时笙 ③

[下册]

墨泠 著

第十三章　我是地主（上）

时笙回到系统空间，重重地叹一口气，果然还是年轻貌美好啊！

她慢慢地走到屏幕前，系统立即刷出资料。

姓名：时笙
人品值：-255000
生命值：40
积分：42000
任务等级：A
任务评分：86
支线任务：完成
支线任务奖励：积分6000
道具栏："女王的皇冠""鬼王之心""暗夜"

人品值竟然涨了！

时笙撑着屏幕边缘看了好一会儿，才开始在屏幕上操作，密密麻麻的数据在屏幕上显示出来。

【宿主你在干什么？】系统的声音如果可以变化的话，此时肯定是瑟瑟发抖状态，因为它感到宿主又要搞事情。

"打个补丁。"时笙悠悠地道。

【你确定不是乱改程序吗？】

时笙嚣张地哼哼道："就算我改了，你又能怎么样？"

【……】不能怎么样。

【宿主，你知道……那个人是谁吗？】系统试探性地问。主人不在，它感觉自己真的好智障。为什么有东西入侵它都不知道?

系统将之前几个位面分析一遍,问题的出现是在它主人让关闭通道之后,当时发生了什么?

"我怎么知道。"她又不是神仙,掐指一算就知道了。

【……】

时笙打完补丁,让系统送自己去下个位面。

时笙醒过来的时候发现自己正被人抬着,四脚朝天那种。她被绑在一根棍子上,前面都是人,她的身体不断地晃悠……头顶是茂密的树林,斑驳的光从树冠落下来,在她眼中极快地闪过。

"嘿,这小娘们儿醒了。"

时笙头顶突然伸出一只手,掐了时笙的脸颊一把。

这个仇她记下了!

"别废话,赶紧回去,官府的人追上来就麻烦了。"

那只手又捏了时笙两把,手感好到他不愿意松手。前面的人骂了一声,那只手才缩回去。

时笙努力仰着头,去看手的主人,等会儿绝对第一个砍他。

时笙看完手的主人,才试着动了动手腕。她被牢牢地绑在棍子上,完全挣脱不开。这身体似乎也很弱,她才挣扎这么两下,竟然就气喘吁吁。每次都是这么弱的身体,敢不敢给她来个大杀四方的!

"别乱动,这细皮嫩肉的我可舍不得揍你。"那人的声音又从前面传来,他还乘机掐了她一下。

时笙:"……"跟你讲,我是个有脾气的人!一次就算了,你竟然还掐两次!咱们没完。

这群人的速度很快,时笙还没挣脱开绳子,他们已经开始上山,进入山寨。山寨外歪歪斜斜地挂着一个招牌,风吹日晒的,时笙已经分辨不出那是什么字。时笙被人放猪一般放到地上,耳边充斥着杂乱的声音。

"终于回来了,累死了。"

"快去禀报大当家的,这次咱们大丰收。"

时笙侧着头,看到一群人正不断地往里面搬东西。

土匪!时笙脑中弹出两个字。

那群人忙着整理打劫来的东西,并没有急着处理时笙。这些人的想法也很简单,她一个被绑着的姑娘,还能跑哪儿去?

时笙先估算一下她这身体的体力,有点弱,不是练武的人。现在最好的办法是……

等土匪头子。俗话说,擒贼先擒王,先把土匪头子搞定,一切问题都迎刃而解。

不对!时笙突然反应过来,她为什么要动脑子?这身体是弱,可她有剑,怕什么啊?时笙觉得自己傻了,麻溜儿地摸出剑割绳子。

"你干什么?!"一个土匪转头看到时笙拿着把长剑割绳子,立即大吼一声,朝着她奔过去。

他这一声让附近的土匪都注意到这边。他们纷纷丢下东西,朝着时笙围过来,七嘴八舌地讨论,完全没有危机感。

"谁给她的剑?"

"没有啊,刚才她在的地方是空的。"

"那剑哪里来的?那么大一把剑,总不能藏在小娘们儿的胸里吧?"

在第一个土匪靠近的时候,时笙已经割开所有绳子,撑着铁剑站了起来。

"小娘们儿还想跑?你跑得了吗?也不看看咱们这是什么地方!"第一个土匪阴森森地笑道,"乖乖听话,跟着咱们,保你吃香的喝辣的。你要敢反抗,就别怪大爷们辣手摧花。"

"这是什么地方?"时笙一脸虚弱,身子摇摇晃晃,好像下一秒就要栽倒在地一般。

"这是黑风寨。"土匪骄傲地挺着胸脯,等着时笙尖叫着求饶。

然而并没有,这个看上去柔柔弱弱的小姑娘,正拿看智障的眼神看着他,眼底有一种唯我独尊的张狂。她粉唇轻动,悠悠地吐出几个字:"没听过。"

"你竟然不知道我们黑风寨?"四周的土匪立即炸锅了,声音震得旁边树上的鸟扑棱棱地飞走。

"这十里八乡,谁不知道我们黑风寨?"

"这女人不会是傻子吧?"

"傻子都知道咱们黑风寨!"

好像时笙不知道黑风寨是多大的罪过一般,他们凶神恶煞地瞪着时笙。

"不知道怎么了?"时笙理直气壮地瞪回去,"瞪什么瞪,眼睛那么小,再怎么瞪也只有那么大。"

"谁告诉你我们是土匪的?!"那个土匪怒道。

"那你们是什么?"

那个土匪深吸一口气,郑重地喊:"我们是强盗!"

时笙:"……"哎呀妈呀,这是哪里来的智障?快拖回去治疗,别在这里搞笑!

旁边一个土匪弱弱地提醒:"栓子,好像土匪和强盗差不多是一个意思。"

被叫栓子的土匪恼羞成怒地道:"要你说,我不知道吗?你们愣着干什么,把她抓起来,给大当家的送过去。我呸!你个小娘们儿还想跑。"

其他土匪大概有些怕栓子，不敢反驳，上前要抓时笙。

"等一下！"后面突然响起一声呵斥。

这群土匪立即让开一条路，一个书生打扮的男人摇着一把鸡毛扇走过来。

"军师。"栓子叫了一声，有些谄媚地道，"军师有什么吩咐？"

时笙："……"一个土匪窝，竟然还有军师，也是厉害了。

军师打量时笙几眼，道："这个女人，你们在哪里抓的？"

"就在白河村。"栓子回答，"军师，你看她是不是很漂亮，我还从没见过这么好看的女人。"

也不知道军师在想什么，好一会儿他才点点头："给大当家的送过去。"

"好嘞。"这么好看的女人，等大当家的玩腻了，才有他们的份儿。

时笙挥了挥铁剑，在空气中带起呼啦啦的声音。土匪们有些不敢上前，围着她转来转去。

"上啊！她一个娘们儿，你们还怕？"

"她有武器啊！"那把剑怎么看都有点瘆人。

栓子一脚踹在一个人的屁股上："有武器怎么了？你们这么多人还怕一个女人？别让大当家的久等，快点！"

他们也只能硬着头皮上。

时笙冷眼看着他们，在他们接近的时候，轻轻一挥铁剑，最近的几个人直接被剑气掀飞，摔出好几米，砸在满是泥土的地面，溅起一层灰。

"哎哟……"

"啊！我的手……"

惨叫声顿起，没有遭殃的土匪一脸惊悚地看着时笙，不由自主地往后退。栓子也被这变故吓到，躲到军师后面。

"军……军师……她她她……"怎么这么厉害？

时笙看向栓子。刚才就是这个男人捏她的脸！

栓子被时笙看得头皮发麻。这哪里是一个姑娘该有的眼神！

站在他们对面的姑娘突然咧嘴笑了一下，四周的光线仿佛瞬间暗了下来，这里变成白骨森森的地狱，而他们正身处其中。

惨叫声在山林间此起彼伏。

这是一篇架空穿越时空种田文。

女主角苏婳，白河村苏家的大女儿。因为年年干旱，苏家种的庄稼没有收成，家里揭不开锅，苏婳要被卖给一个地主做小老婆。苏婳不乐意，上吊死了。

等她再睁开眼，就变成从现代而来的苏婳。了解了自己的处境后，苏婳先解决了那个地主，靠着她在现代学会的知识，开始在古代创业，还从一个黑黑的小胖妞变成一个白白嫩嫩的小美妞。白河村的不少汉子都对苏嫿另眼相看，上门提亲的人数不胜数，然而女主角肯定是不答应的。

之后女主角遇见男主角独孤修，身为摄政王的独孤修被人追杀，半夜闯入女主角的房间。女主角自然救下男主角，男主角就此在女主角家住下。男主角发现女主角有很多奇怪却又非常实用的想法，渐渐对女主角上心，每次有人刁难女主角，男主角就出来保驾护航。村里的人都传两人关系不正当，女主角也没出来解释。

干旱年年有，女主角发现问题后，让人修建水渠，将河里的水引到田地里，解决了收成问题，还宣扬打倒地主，提出还地于民的口号。

男主角欣赏女主角的性子，在他的人找到他之后，并没有急着回去，而是又和女主角生活了一段时间，才带人回京。

女主角不断创业，走出大山，呸，走出白河村，进入县镇这种更高级的城池。她的名字十里八乡都知道。

独孤修偶尔会出现帮助她。两人的关系越发暧昧起来，但是一直没有捅破那层窗户纸。直到女主角成为全国首富，独孤修登基，派人宣旨封她为后。

大结局差不多就是这样。

原主阮小漾，白河县阮家的千金。阮家算是附近最有钱的一家，十里八乡的土地，有八成是阮家的。

阮小漾的父母先后生病过世，只剩下她一个人。靠着这些土地，够她一辈子不愁吃喝，再招个上门女婿，便可幸福安稳地过余生。这本也是阮小漾计划好的未来。偏偏女主角出现了！明明是女主角突然从旁边的店铺冲出去，阮小漾的马车才撞到她，女主角却理直气壮地让阮小漾赔礼道歉。阮小漾一个千金小姐，哪里会道歉？她让人驾着马车离开。之后两人又陆陆续续产生过几次不大不小的冲突，仇就这么结下了。

在女主角得知白河村的土地是阮家的后，便撺掇村民闹事，要求减少收租。阮小漾气不过，脑子一抽，亲自去找女主角，谁知正好遇见土匪下山抢劫，阮小漾和女主角等人便一起逃跑。一群人被土匪堵住，阮小漾和女主角都长得漂亮，土匪起了歹心，要将两人带回去，女主角有男主角护着，最后倒霉的只有阮小漾。她被人抓回黑风寨，当天就被大当家的玷污了。她反抗过，也试着逃跑过，甚至用家产贿赂，土匪明面上答应，等他们把阮家的家产搬光后，根本不提放她走的事。

阮小漾伺机逃跑，但这个时候官府派人打上来。她被当成土匪，最终被乱箭射死。死之前，她还看到女主角站在官府的一行人中。

女主角明明看到了她，知道她不是土匪，可没有任何阻拦，就这么看着她死去。

原主其实没多少恨意，她最大的愿望只是守住父母留给她的产业，平平安安过一辈子。

时笙有点不理解阮小漾的思想。她心底是有恨的，只是不多，可面对这样的事，不管对错在哪一边，都应该恨才对，阮小漾的愿望怎么就只是平平安安过一辈子？
　　人心复杂，人各有志啊！

　　时笙过来的时间，正好是原主被土匪抓住的时候。这个时候，女主角应该和男主角在深山培养感情。
　　荒郊野外，很适合谈恋爱。
　　时笙跷着腿，吃着鸡腿，看着满院子被绑成团的土匪，思考着该怎么处置他们呢？
　　杀了？这算是为民除害，得涨人品值吧？
　　黑风寨盘踞在此多年，大当家的是个杀人犯。后来，他和几个地痞流氓混熟了，就在这里"开山立派"，成了附近的一大毒瘤。仗着这山易守难攻，这群土匪有恃无恐，没事就下去抢抢百姓、抢抢女人。时笙没管那些被抢来的女人，她们此时应该已经跑了。
　　时笙吃完鸡腿，放了把火才下山。
　　【……】这跟杀了他们有什么区别？
　　笑话，她会留着祸害，等着他们以后报复吗？
　　时笙顺着山路下去，山上火光冲天，浓浓的烟雾充斥着半边天。
　　下山的路不好走，时笙走走停停，好久才到山下。等她回到白河县，天都已经黑了。
　　阮家此时一片混乱，看到时笙回来，那群奴仆瞬间将她围起来。
　　"小姐，您去哪儿了？"
　　"怎么弄成这个样子，快去准备热水，小姐慢点……"
　　时笙去白河村的时候只带了两个人，走时也没和阮府的人说，这些人都不知道她去了哪儿。
　　"没事。"时笙摆摆手，语气软绵绵的，听得人直揪心。
　　丫鬟秋水扶着时笙，满脸担忧地道："小姐，您这脸色怎么这么差？是不是生病了。"
　　"累的。"
　　秋水赶紧招呼人送时笙回房。热水已经备好，秋水要伺候时笙沐浴，时笙不太习惯，拒绝了秋水。秋水觉得有些奇怪，以前小姐沐浴都是她伺候的……
　　秋水关上门出去，外面的几个丫鬟立即围上来："秋水姐，小姐怎么样？"
　　"小姐怪怪的。"秋水皱着眉道。
　　"怎么了？"
　　"小姐这几天到底去哪儿了？"

秋水看看房间，挥挥手，道："让小姐歇歇再说，小姐安全回来就好，你们先去准备饭菜。"

几个丫鬟应了一声，朝着厨房跑去。

时笙在浴桶里泡了一阵，全身的疲乏才减少一些。这个位面是有灵气的，这身体这么弱，还是修炼修炼比较好。

等时笙从浴桶里出来，水都凉了。秋水在外面走来走去，眉头紧锁，见时笙出来，才长长地松了一口气。

"小姐，您饿了吧？我这就叫人上菜。"

秋水是原主的贴身丫鬟，从小就和原主一起长大，年纪不大，做事却很仔细，是个很沉稳的人。平时府中的大小事宜，都是她在管。

饭菜是刚做好的，挺丰盛。古代的食物保持着原汁原味，有的味道好，有的味道却不如现代。只要不是那种难吃到不能入口的东西，时笙都不怎么挑。她一连扒了两碗饭。

吃完饭，秋水才小心翼翼地问："小姐，您这几天到底去哪儿了？"她们都快找疯了。

"黑风寨。"时笙打个饱嗝，语气淡淡地道。

秋水顿时白了脸，结结巴巴地问："小……小姐，您……您去黑风寨干什么？"

时笙一脸理所当然地道："被人抓去的啊。"

秋水收拾碗筷的手一哆嗦，碗碟掉到地上，变成碎片，溅得满地都是。

房间陷入诡异的寂静中。

秋水一脸惊骇地看着时笙，几秒钟后猛奔到时笙跟前，焦急又担忧地道："小姐，您没事吧？有没有……有没有……"秋水不敢说那几个字。

时笙看她一眼，摇头道："没有。"

"没有就好，没有就好。"秋水拍着胸口连连道。吓死她了！

"小姐，您怎么会被抓走？您出去怎么不告诉我们？真要是出事，我们可怎么办？"

秋水的问题非常多，从阮小漾怎么被抓走，到怎么从黑风寨逃出来，她都一一问了。到最后她愤怒不已，要去报官。

"这群强盗简直目无王法，连我们小姐也敢抓，必须报官。"

"他们本来就目无王法。"时笙淡然地拆台道。跟土匪讲什么王法，这不是智障吗？

"小姐！"秋水愤然地道，"您怎么还这么淡然？"

时笙挑眉道："不然还能怎么样？报官有用，他们早就被围剿了，别白费力气。"

"那这件事就这么算了？"秋水不服。她们家小姐打小就没受过苦，这次竟然被抓到黑风寨,这口气她怎么咽得下去?

时笙沉默。要是告诉秋水,自己已经把黑风寨给消灭了,她会不会被吓晕过去?

为了少惹麻烦,时笙还是决定不说。

时笙敷衍秋水两句,以自己累了为由,将她赶出去。秋水站在门外,愤怒一点点平复,却一头雾水。小姐怎么……以前的小姐总有些小孩子气,虽然有大小姐脾气,但是遇见事,第一时间就是问她,这次小姐好像挺有主见的。

阮府真的挺有钱,不但有土地,还有铺子,每月的进账很是可观。这么一大笔财富,在原主死后,似乎都成为女主角的囊中之物。要守好这些东西,还是得和女主角打交道。

第二天,时笙就让人将所有的账本都送过来给她过目。

秋水疑惑地道:"小姐……您以前不是最不喜欢看这些东西吗?"老爷在的时候,让小姐看看账本,学习一下,她都不乐意,现在怎么想着要看账本?

时笙翻着账本,单手支着下巴,随意地道:"我可不想阮府败落在我手中。"

秋水愣了一下,随后笑着道:"小姐长大了。"

古代的账目不像现代,让计算机系统一统计就可以得出答案,而是每一笔账都得自己去看去算,而且那些数字还不是阿拉伯数字,等时笙看完,只觉得头昏眼花。

时笙将有问题的账本挑出来,对秋水道:"让这几家店换掌柜。"

"嗯?"秋水不解,拿起账本翻看,"小姐,这几家店的掌柜都是老人,有什么问题吗?"

当初阮小漾不愿意学,秋水就被阮父逼着学,这些账本都是她在看,她没看出有什么问题。

时笙指了指几处作假的地方。秋水一开始没看明白,多看几遍才看懂,脸色顿时难看起来:"他们怎么这样?我们给他们的待遇可是最好的,他们在阮家做工的时间不短……"

"就因为是老人,他们才敢这么做。"

"小姐,我这就去。"秋水拿着账本出门。竟然敢欺上瞒下,当她们家小姐好欺负?

这几个掌柜的事很快就在下面传开,一些想着捞一笔的人,经过这件事,再也不敢有什么想法。阮家留下来的这个大小姐,不是那么好糊弄的。

整理完阮家的账目,时笙才有时间去关注女主角那边。

"白河村的租子是不是还没收?"时笙把秋水叫来询问。

秋水点点头,道:"还没收到那边……之前他们闹得厉害,我们就先收了旁边村子的。不过听说白河村那边遭了土匪,粮食都被洗劫一空,怕也收不到多少。小姐,您怎么突然问这个？"

时笙一挥手，道："走，跟我去装。"

"啊？"秋水没听懂装这个字，愣愣地看着时笙。小姐这是说的什么？

"收租。"时笙改口道。

"这种事下面的人去就可以了，您怎么能去？"秋水不同意。村子那种地方，脏乱得很，哪里是小姐去的地方？最重要是，小姐一个未出阁的姑娘，怎么可以抛头露面？

"在家待着无聊，正好去看看，走吧。"时笙语气淡然，却让人无法反驳。

秋水看向时笙，目光有些疑惑。小姐怎么变得这么奇怪？她张了张嘴，想劝时笙，视线猛地撞入时笙的瞳孔中。那双眼和以前一样清澈，却少了波动。那是她从没见过的平静，不含半分情绪，从眸底深处蔓延出来的寒气，却看得人心底发寒。

秋水愣在原地。小姐这是怎么了？

白河村离白河县有些远，马车晃晃悠悠走了大半个上午，才到白河村。

时笙从马车上下来，路边就是农田，一些租户正在农田中收割不多的稻谷。时笙这马车一出现，那些人就注意到了。

马车上挂着阮府的牌子，他们当然知道这是阮府的人，且极有可能是来收租的。可在看到身穿绫罗绸缎、从马车上下来的时笙时，他们的脸色骤变。

"这不是那天……"

"她怎么从阮府的马车上下来？"

阮小漾从没来过白河村，这里的租户只知道她的名字，并没见过她。上次来白河村，她也没报名字。

那天，阮小漾被土匪抓住，有一些租户是看到了的，此时再看到她从阮府的马车上下来，这些人怎能不吃惊？

白河村的村长闻讯赶来。看到以前收租的管事站在时笙旁边，他的脑瓜子转了转，大概也明白这人是谁。

"东家？"村长试探性地叫一声。

"你就是村长？"秋水代替时笙问话，"把你们村里的人都召集一下，我们小姐来收租。"

土匪打劫那天他正好不在，不知道里面还有事，此时听到秋水的话，他只觉得为难："这……"他看了看后面的村民，搓了搓手，"东家，不是我们不交，是这次黑风寨的土匪下来抢劫，我们现在除了地里的，家里没有一点存粮，您看能不能缓缓，让我们过完冬天……"

秋水看着村长，道："阮家做事不会做绝的，我们也知道你们的难处，但你们还是要交一些。"

这十里八乡那么多的租户，要是被那些人听到白河村的人没交租，那些人还不得闹起来？阮老爷在的时候，对这些租户就很宽容，今年交不上可以明年再交，但也不是一点都不交。一行有一行的规矩，一旦规矩被破坏，就会造成崩盘。

村长沉痛地道："今年实在是没办法，全村的人就剩地里这点粮食，能不能熬过冬天都难说。东家您就行行好，发发善心，来年我们一定补上。"

秋水有些拿不定主意，看向时笙："小姐，您看？"

"之前你们说要减少收租？"时笙斜睨村长。

村长心底咯噔一下，苦着脸道："东家，现在收成一年不如一年，我们也是没办法，交完租，就没剩多少了。"

时笙的嘴角弯了弯，开口道："可是据我所知，其他几家的租子都收得比我阮家高。"

阮家只收四成，其他人收的都是五成，足足少了一成。

村长抹了抹额头上的冷汗，不知该怎么回答，心底不免有些埋怨挑起这件事的女主角。这东家以后要是不将地租给他们可怎么办？

"阮小漾！"一声娇喝从田埂上传来。

穿着粗布麻衣的女主角从田里上来，小腿上还带着泥，看上去有些狼狈。

秋水自然认识苏婳，之前苏婳几次找她家小姐的碴儿，小姐心善不和她计较，她还蹬鼻子上脸，一副她最有理的样子。

"苏婳，你想干什么？"秋水挡在时笙面前，"小姐的名字是你能叫的吗？"

"名字不就是给人叫的？"苏婳理直气壮地道，"阮小漾，你又来干什么？"

苏婳明知道原主被土匪抓走，没有报官，也没去阮府报信。在苏婳心里，觉得阮小漾这种剥削百姓的人，被人教训正好，没想到她竟然完好无损地回来了。

"收租啊。"时笙眉眼弯弯地笑道，"这不是显而易见的事吗？"

苏婳挺着小胸脯，义正词严地指责时笙："我们村遭土匪抢劫，你又不是不知道，现在还来收租，你是想逼死我们整个村子的人吗？"

"关我什么事？"时笙看着苏婳，"你们被抢那是你们的事，难道还要我为你们承担损失？你当自己是谁？"这就像卖家卖出去的东西，买家在半道上被人抢了，结果买家回来找卖家负责，这不是瞎扯吗？

苏婳把自己当成正义的使者："你阮家有的是钱，也不缺这点租子，你就不能发点善心？"

时笙摊手，道："有钱怪我喽？我给你们田种，你们交租，这就是规矩。"

"那我们现在交不出来，你就不能缓缓？"苏婳一副气得不行的样子，"你们这些资产阶级，就知道剥削百姓！你还是个姑娘，心怎么这么狠？"

交不出来，你还有理啊！又不是我抢你的粮，跟我凶有什么意思？真是搞笑。

"彼此彼此。"时笙皮笑肉不笑地道。

苏婳大概听出时笙是在指之前她被土匪抓走的事，顿时有些气短，但很快又镇定下来。自己也只是一介女流，根本救不了阮小漾，而且她不是没事吗？那些土匪就是要钱，阮家有的是钱，那些土匪还能把她怎么样？

"苏婳，"村长看不下去，将苏婳拉到身后，"你个女娃子，插什么话。"

"村长，她这是要把我们往绝路上逼。"苏婳不服气地道："阮小漾，别以为你有钱就了不起！不是所有东西都可以用钱买的。"

"是吗？"时笙扯着嘴角，声音里带着几分戏谑，"可我就是有钱，钱买不到，我可以用别的方法。"

苏婳："……"她古怪地打量时笙几眼。这是她认识的那个阮小漾？

村长冷汗涔涔，让人把苏婳拉住，他自己则赶紧给时笙赔礼道歉。

"你们可以缓缓，但是她，必须交。"时笙指着苏婳。

"凭什么？！"苏婳挣开抓着自己的人，再次冲上来。凭什么就她一个人要交？

"看不惯你呗。"不是说她心狠吗？她怎么能愧对这两个字，这就心狠给你看看。

苏婳气得脸色通红，要和时笙理论。村长赶紧拽着她。再说下去，说不定一会儿他们全村的人都得交。

最后，苏婳只能眼睁睁地看着时笙坐上马车离开。

苏婳在时笙这里吃了亏，回去的时候还愤愤不平，心底越发坚定要打倒这些资产阶级。

苏婳家里一共六口人，苏父、苏母、苏婳的两个弟弟和一个妹妹。她是家里最大的孩子，父母重男轻女，心疼两个弟弟，什么活都让她和妹妹干。

"你怎么了？"苏婳站在院子里揪叶子，后面突然响起一道声音。

苏婳扭头，看到站在门口的独孤修，压下心底的不爽，道："你怎么起来了？"

上次在山上，独孤修被毒蛇咬了，这几天一直在养着。独孤修的身高至少有一米八五。他穿着一身粗布麻衣，脸上还是胡子拉碴的，颇有几分野性美。

"见你在外面站了好久，是不是有人欺负你？"独孤修问。

苏婳上前扶着独孤修，道："还不是那个阮小漾来收租，我们村子现在哪里交得起租子。阮家那么有钱，还剥削百姓，我们种点庄稼容易吗？"

苏婳不断地抱怨，独孤修安静地听着。待苏婳去做饭，他冲着外面吹了一声口哨。

一道黑影悄无声息地从窗户外跳进来："主子。"

"去查查阮小漾。"

"是。"话音落下，黑影悄无声息地离开。

时笙让苏婳一个人交租，苏婳肯定不乐意。第二天，时笙就听说苏婳把派去收租的人给打了。动手的自然不是苏姵,而是独孤修。

收租的管事鼻青脸肿地回来,一把鼻涕一把泪地哭诉:"小姐,那个苏姵太嚣张了,不交租就算了,还让人打人!您看看,都把我打成什么样了!"

"她说什么?"有男主角傍身,给你能的!

"她说要粮没有,要命一条。"管事咬牙切齿地道,"小姐,您听听她这是说的什么话?这就是在耍无赖。"

女主角可不就是在耍无赖?所以,还是那句话——人不要脸,天下无敌。

时笙挥挥手,道:"下去领钱,这几天好生养伤。"

管事一听有钱领,也顾不得抱怨,满心感激地道:"多谢小姐。"

苏姵跟时笙耍无赖,时笙只呵呵冷笑,好像谁不会耍无赖似的。她耍起无赖来,自己都害怕。

时笙让人去收回苏姵家的田地,既然不交租,那就别种了。苏姵自然不干,和人理论不成,直接找到阮府来了。

"阮小漾,你给我出来!"苏姵拍着阮府的大门,嗓门大得整条街的人都听到了。

此刻时间还早,大街上只有准备出摊的商户。听到有人在阮府门前闹事,他们纷纷围过来看热闹。

"阮小漾,你出来,装什么缩头乌龟,别人怕你,我苏姵不怕你。"

"阮小漾……"

围观的百姓听到苏姵大言不惭的话,很是好奇,和旁边的人交头接耳。

吱呀——

阮府大门缓慢地打开,秋水带着几个家丁站在里面。

"阮小漾呢?"苏姵立即往里面走,"把她给我叫出来。"

秋水身后的家丁鱼贯而出,拦住苏姵的去路。

秋水冷哼一声,道:"苏姵,阮府是你能随便闯的吗?我们小姐是你想见就见的?"

苏姵一个姑娘,哪里是大男人的对手?两个家丁将她架到门外。

秋水迈着莲花碎步出来,对着家丁吩咐道:"把她送到府衙去,就说擅闯阮府。"

"是。"

苏姵傻眼,被人架着下了台阶,才开始挣扎,大声嚷嚷道:"你们干什么?!放开我,放开我!阮小漾,你有本事给我出来,放开我……"

"都散了吧。"秋水驱散围在阮府外的人。

时笙把苏姵送进衙门,独孤修这边接到消息,立即去衙门救人。独孤修本想救了苏姵就走,毕竟他现在还不宜暴露行踪,谁知道苏姵竟然又要状告时笙。

· 352 ·

县官刚被摄政王恐吓一番，哪里敢怠慢，立即将时笙传到衙门。

原本的剧情中，阮小漾根本就不能活着回来，哪里会有这一出？时笙怀着一种看八卦的心情到了衙门，很好奇女主角大人要告她什么。

衙门的大堂里，苏嫚站在中间，独孤修站在她旁边，没有跪下，也没坐着。县官坐在写有"公正廉明"字样的牌匾下，面色严肃，余光却不断瞄向独孤修。这下面站的可是摄政王，权倾天下的摄政王！他桌子下的双腿都在发软。

"大人。"时笙规规矩矩地福了福身，动作不算标准，但也没什么大错。

苏嫚抬头看了时笙一眼。时笙正好偏头，牵着嘴角笑了笑，意味不明。苏嫚突然遍体生寒，像是被什么凶兽给盯上，虚汗直往上冒。

独孤修从时笙进来起就在打量她。他在京城时，什么样的大家闺秀没见过，泼辣的，刁蛮的，乖巧的，可是像时笙这样……被叫到县衙来，没有一点好奇和惊慌，只有一脸平静的，他还是第一次见。他手上有阮家的资料，她父母早亡，留下她一个女儿和这偌大的家业。

时笙睨了独孤修一眼。这个男主角可是厉害角色，从被发配边疆的不受宠皇子到如今的摄政王，皇帝还得叫他一声皇叔。

时笙垂下头，嘴角微微上翘。通关难度越大，越让人期待，不是吗？

【……】不是让你玩游戏的！这些人都不是NPC啊！

系统抓狂。

"堂下何人？"县官强作镇定地拿起惊堂木一拍，大声地问。

"阮小漾。"这智障的问题，她真不想回答。

县官指着旁边的苏嫚，道："白河村村民苏嫚状告，租赁契约未到期，你就强行收回田地，可有此事？"

时笙了然。原来在这儿等着她！

"确有此事。"时笙点头认下。

县官看了独孤修一眼，咳嗽一声，道："既有租赁契约，又没到期，你为何要收回田地？"

时笙耸耸肩，语气轻松地道："不想租了呗。"

县官被噎了一下，道："我朝有相关律法，租赁契约未到期，若强行收回田地，是要赔钱的。"

时笙一脸淡然地道："租赁契约上明明白白写着，租户租赁期间需向我支付租金，苏嫚交不出租金，我凭什么不能收回？"

苏嫚立即反驳道："你让别的村民缓缓再交，凭什么就要我家立即交？"

时笙白了苏嫚一眼，道："我愿意让谁缓缓，那是我的事，你还想强行让我缓缓？"

"你这是不公平。"

"对啊，就是不公平，怎么样？我就是看不惯你，就是要让你现在交。"时笙一脸嚣张地道。我有地，我最大！

啪！惊堂木拍在桌子上，县官皱着眉呵斥："公堂之上，吵吵嚷嚷成何体统？苏婳，你且说说，你有没有交租？"

"我……"苏婳张了张嘴，眸子滴溜溜地转，"前不久土匪下来抢劫，我们村子的存粮都被抢走了。大人，不是我不交，是实在交不出来。"

"土匪？哪里的土匪？"

苏婳立即道："就是黑风寨的，这群土匪平时就祸害十里八乡，这次又抢走我们那么多粮食。大人，您让我拿什么交？"

黑风寨一直是白河县的第一大患，但是几日前，县官接到消息，整个黑风寨都被人给烧了。他让人去山上查看，现在人还没回来，也不知道具体是什么情况。

"阮小姐，要不你就缓缓？"县官迟疑地道。这可是摄政王亲自来要的人，他要是不帮着说话，会不会得罪摄政王？

"凭什么？"时笙梗着脖子问。

县官正色道："你不是都给别的租户缓了缓？"

"我愿意让谁缓，那是我的事。"时笙冷哼道。

县官这下没话说了。人家是东家，又不是无缘无故地收地，他也不能睁着眼说瞎话吧？

所以，县官只能将目光投向独孤修。

"不租就不租，谁稀罕你的地。"苏婳突然出声，"阮小漾，你给我等着。"她还不信了，凭她的能力，在这个世界混不过一个古代人。

"你让我等着，我就等着？"时笙嗤笑，毫不掩饰地嘲讽，"好大的脸啊！"

"你……"

独孤修拉了苏婳一下，意味不明地说了一句："阮姑娘，做事不要太绝。"

时笙眉眼弯弯地笑着，她的声音落在独孤修耳畔，每一个字都像砸在他心底："绝？我做得绝的你还没见识过，想见识一下吗？保管你一生难忘。"

之后，时笙扯着嘴角冷笑道："既然没事，告辞。"

县官很想大喊一声放肆，但人家独孤修都没说话，他也只能憋着。敢这么和摄政王说话，阮家这小姑娘厉害！

县官看向独孤修，身子都快坐不稳了，想往桌子下面滑。

京城里有句话，摄政王皱皱眉，必将浮尸百万。这句话有夸张的成分，但从中可以窥见摄政王的凶残程度。县官似乎已经看见阮家被满门抄斩的下场。

独孤修不理会已经吓得软掉的县官，带着苏婳走出衙门。

"你……"苏婳看看身后的衙门，又看看独孤修，迟疑着问，"你到底是谁？"她看得出来，县官很怕他。

从救他的时候，她就知道他不是普通人，他身上的气质不是普通人能比的，但她也只是将他当成一个公子哥儿，没有往其他地方想。可从今天的事，苏婳发现自己救的这个人，身份没有那么简单。

"以后我会告诉你。"

苏婳心底痒痒地道："现在不能说吗？"

"不能。"

苏婳失望地道："那好吧。"

他是什么人呢？朝中的大官，还是哪个大官的儿子？嗯，他这么年轻，极有可能是哪个大官的儿子。天啊！之前她竟然还让他帮忙干活。

苏婳脸上带着一抹笑容，讨好地开口道："那个……今天谢谢你，回去我给你做好吃的。"

黑风寨的所有土匪被一把火烧死的消息传来，十里八乡为之震惊。一个大毒瘤就这样悄无声息地被人收拾了？各种版本的猜想也随之出来，一传十，十传百，到最后都不知道原版本是什么。所有人都觉得，一定是个行侠仗义的大侠看不惯黑风寨的土匪鱼肉百姓，欺凌乡里，便出手将其灭杀。于是，大家对这位神秘的大侠感激又崇拜。

无形中做了一把大侠的时笙，此时正听秋水汇报阮家收回了苏婳租赁田地的事。苏婳话都说出口了，还是当着县官的面，她就算后悔也来不及，只能将田地还给阮家。苏家这下对苏婳可就没什么好脸色了。

"对了，小姐，您听说黑风寨的事了吗？"秋水汇报完，提了一句。

时笙躺在太妃椅上，双眸微闭，长长的睫毛在白皙的肌肤上留下扇形的阴影。

"嗯。"

"小姐，您说这黑风寨会被谁给灭了？"秋水很好奇。小姐当初被抓，说是被人救了，会不会是救小姐的那个人做的？

秋水一想就停不下来。

"我。"时笙淡粉色的唇瓣张了张。

砰——

外面一声巨响，正好将时笙的声音给盖下去。

秋水跑到门口去看："你们怎么回事？小心些，抬不动就多找几个人。"

秋水出去指挥他们，等她忙完，已经把刚才的问题给忘了。

对时笙来说，古代的生活只有两个字，无聊！她整天除了吃喝睡，还是吃喝睡。哦，还可以逛街。这个架空的朝代对女子似乎挺宽容。

时笙无聊地从街头走到街尾,又无聊地转回去。

"小姐?您这是干什么呢?"秋水陪着时笙走来走去,一头雾水。

"无聊啊!"时笙仰头长叹。女主角不来找碴儿,没事干,可不是无聊吗?

秋水嘴角一抽,提议道:"我听人说,最近有几场茶会,小姐不如去瞧瞧?"

茶会?喝茶?

"带路。"时笙想了想,挥挥手。

茶会就是一群文人在茶楼里比诗对对子,因为多是青年才俊,所以在这里的大家闺秀也不少。

茶楼有两层,大家闺秀在二楼。二楼垂着轻纱,以此遮挡这些大家闺秀的真容,下面则是男子。

时笙上楼,正好听到一群女孩子的惊呼声——

"贺公子今日怕是赢定了。"

"贺公子才华横溢,可没人能超过他。"

时笙顺着姑娘们的视线往下瞄,正好看到一个被簇拥在中间的年轻男人。男人的长相颇为秀气,身上书卷味很重,他正眉目温和地和人说着话。

"那是贺廷,贺家的二公子。"秋水小声地跟时笙解释,"他从小就聪明,听说明年要进京赶考。"

贺家祖上是出过高官的,后来改朝换代,贺家就沦落到这里,做了丝绸生意。贺家的家产可能比不上阮家,但贺家在外跑生意,人脉广。

时笙的视线在贺廷身上停了几秒,就落在他旁边的人身上:"贺廷旁边坐的是谁?"

秋水顺着时笙的目光看过去:"那是贺家的大公子,贺清。贺清身体不好,贺家很少让他出来,今天倒是怪了。"

从时笙这里,能看到贺清确实脸色不好,苍白中泛着青灰,像是病入膏肓。四周的人都不愿意和他接触。时笙特意问起贺清,只是觉得贺清的眼神有些奇怪,过于空洞,像行尸走肉。

啪啪啪!热烈的掌声突然响起。

时笙收回视线,看向引得众人拍掌的贺廷。贺廷非常有礼貌地道谢,转身扶起贺清离开。

贺廷一走,下面的人就三三两两地散开。楼上的姑娘们似乎也失去兴趣,离开茶楼。

时笙站在原地,明显在走神。直到离开茶楼,时笙还是一副若有所思的样子。

"小姐……您不会是看上贺二公子了吧?"秋水试探性地问。小姐也差不多到了该谈婚论嫁的年纪,只是这贺家……和他们阮家并不是很合。贺家不可能同意让贺二公子入赘他们阮家，最重要的是，人家贺二公子是有未婚妻的。

时笙回过神，反问一句："你说什么？"

"我说……您是不是看上贺二公子了？"秋水压低声音道。

时笙："……"你哪只眼睛看到我看上贺二公子了啊？

时笙白秋水一眼，大步往回走。

路过一条巷子的时候，时笙突然听到里面有熟悉的声音。她顿了顿，在秋水不解的视线中，朝着巷子里面走。

"我没有同意过，我也不会同意，他们做的事，你找他们去。"

"那我们可不管，现在你是我们老爷买的，赶紧跟我们回去。我们老爷又不会亏待你，跟着咱们老爷吃香的喝辣的，你还有什么不满的？"

"让开！"苏婳挣开那些人，"我没同意过。"

"敬酒不吃吃罚酒。"

"啊！你们这是犯法，我要报官！放开我。"

没了土地，苏家人对苏婳很是憎恨，苏父苏母又生出将苏婳卖给别人做小的念头。苏婳被苏父苏母下了药，送到县里来，等苏婳知道自己又被卖了，心底愤怒无比。一次就算了，竟然还有第二次！她趁那些人不注意，跑了出来，结果还没跑上街，就被人给追上了。

时笙默默地看着女主角被抓回去。男主角肯定要来英雄救美！

就算男主角不来，男配角也要来。男配角是谁来着？对！贺廷就是男配角之一。

"小姐，是苏婳。"秋水看清人，低声道。

时笙转身往回走，撇嘴道："我不知道她是苏婳？"

"……"小姐，我跟你说，你这样会失去我的！

"小姐，您等等我。"

苏婳果真被贺廷救下，还被带回贺府。苏婳不想再回苏家，就此在贺家当贺廷的贴身丫鬟。因为她识字，看上去也算知书达理，贺府的人竟然没拒绝，还挺喜欢她。苏婳很快就在贺府混熟，贺廷出门基本都带着她。

贺廷以前出门要么不带人，要么就带书童，什么时候带过贴身丫鬟？这件事很快在白河县传开，他们都说苏婳不要脸，勾引贺廷。时笙就是从这些人口中听到苏婳的消息的。

"那个苏婳竟然还开店，说是什么……什么……香……香什么来着？"

"香水店！"旁边的人补充，"听说抹一下就非常香。"

"哼，谁知道是不是吹牛！她一个姑娘抛头露面的，贺公子也真是，竟然由着她胡来。"

"不是说特别的好吗？走，我们去瞧瞧。"

"好啊，去看看那个苏嬿在搞什么名堂。"

几个打扮得花枝招展的姑娘从时笙身边过去，朝着另外一条街走。

时笙把玩着摊位上的纸扇，等那群姑娘走得快不见踪影，才放下纸扇，慢慢地转身："走，我们也去看一下女主角。"

"什么女主角？"秋水一头雾水地道。小姐现在说话怎么越来越玄乎，自己都听不懂了。

"苏嬿。"时笙敲了敲秋水的额头，"走吧。"

秋水摸着额头，小跑几步跟上时笙："小姐，您为什么叫苏嬿'女主角'？'女主角'是什么？"

"小孩子别瞎问。"

秋水嘴角一抽，道："小姐，您比我小。"

"是吗？"时笙想了想，原主的年纪好像是比秋水小。

于是，时笙板着脸，一本正经地道，"我心理年龄比你大。"

秋水更加不解。什么心理年龄啊？为什么她听不懂呢？

苏嬿的店是贺廷给的，在白河县最繁华的地段，而旁边的一家胭脂店就是阮家的。此时，阮家店铺的伙计都站在门外，看着被围得水泄不通的隔壁店铺。

"喀喀！"秋水站在他们旁边，清了清嗓子。

两个伙计立即回头，道："秋水姑娘。"

"小姐来了。"秋水侧了侧身，露出被她挡在后面的时笙。

两个伙计惊了一惊，赶紧弯腰行礼，道："小姐。"

时笙微微点头，往隔壁的人群看去。苏嬿的声音隐隐约约从里面传出来。

时笙收回视线，问伙计："她开业几天了？"

伙计弯着腰道："三天了。"

"生意怎么样？"

两个伙计对视两眼，你推我一下，我推你一下，都不愿意说。

秋水立即拉下脸，道："小姐问你们话，照实说。"

"是是……第一天只是看热闹的多，但她让人试用了她的东西，第二天就有人买她的东西，到今天还没开门就有人来了。"

一个伙计从袖子里掏出一只小瓷瓶，道："我们偷偷进去买了一瓶，味道确实……挺好闻的。"

时笙接过瓶子，打开瓶盖闻了闻，一股荷花清香扑鼻而来。里面是液体的，有一点点黏稠，擦在手上，干掉之后又不显得黏，反而很滑腻。

厉害了，女主角大人，在古代你还能做出这种东西。

"让开让开让开！快让开！"粗鲁的呵斥声从人群后面响起。

几个家丁将围观的人分开，抬着一顶轿子，落在苏姻的店铺前。苏姻正跟人说怎么保养，变故突如其来，她只好从里面出来。

"这位大哥，有什么事？"苏姻打量着轿子，不卑不亢地问。

"什么事？你还好意思问，你卖的什么东西！"家丁不由分说地推了苏姻一把。

苏姻被推得一个踉跄，差点摔倒在地。她忍了忍，微笑着道："这位大哥，我的东西是有什么问题吗？"

"什么问题？"家丁冷笑一声，转到轿子后面，拉住一个蒙着面纱的女子，一把扯掉她脸上的面纱，露出一张布满红点的脸。

"啊！"四周的姑娘捂嘴惊叫，纷纷别开视线，不敢看那个女子。

家丁扯着那个女子，大声地道："你看看，你看看，用了你的东西之后，她早上起来就变成了这个样子。幸亏不是我们小姐用，这要是我们小姐，你拿什么赔？"

苏姻心底咯噔一下。她的东西应该没有问题……

"你的东西，我们用完之后就成了这个模样，谁还敢用？你安的什么心！大家伙看看……"家丁又扯着女子给外面的人看，"你们瞧瞧，这就是用过她家东西后的效果，这哪是卖东西，这是要人命！"

已经买了东西的姑娘们被女子满脸红点的模样吓到，纷纷惊恐地捂脸。

"天，我昨天已经用了，我有没有红疹，你快帮我看看。"

"我也用了，我有没有？"

人群乱成一团。

苏姻镇定下来，要求仔细看看那个女子。家丁倒也没拒绝，让苏姻看。

"小姐，苏姻卖的东西不会真有问题吧？"秋水踮着脚往里面瞧。

"我怎么知道？"时笙吹了口气，"不过看这架势，她就是没问题，最后也会有问题。"

秋水疑惑地问："什么意思？"

"遭人嫉妒呗。"都是套路，时笙早已看透真相。

秋水恍然大悟。在生意上，有人嫉妒，就会有人栽赃陷害，她们阮家也不是没遇见过。苏姻做事这么高调，还和贺廷走得那么近，肯定有人看不惯。

"你还有什么好说的？"家丁的声音又传了出来。

"她什么时候用了我的产品？"苏姻也看不出来女子的红疹到底是怎么起的，只能询问过程。按理说，她做的东西都是纯天然的，不会出现这种情况。

"就昨天晚上。"家丁道，"我们小姐买回去，让她先试用，她早上起来就是这个样子。"

"她有没有吃过什么奇怪的东西？"

· 359 ·

家丁有些不耐烦地道:"你问这么多干什么!现在她是用了你的东西才变成这样的。你说,现在怎么办吧?"

苏婳一脸镇定地道:"我得弄清楚来龙去脉,才能确定这位姑娘到底是不是因为用了我的东西才变成这个样子。我不能没弄清楚,就承认是我的产品有问题。"

"丁全。"一直没有动静的轿子里,传出一道娇若黄莺的声音。接着,一只素白的手挑开轿帘。

"小姐。"丁全恭敬地叫了一声。

那女子穿着一身桃红色的裙子,端坐在轿中,一双凤眸从外面扫过,眸底满是不屑:"这么点小事,这么久都解决不了,本小姐养你有什么用!"

顿了顿,她看向苏婳,不屑地轻哼一声。

"是你!"苏婳显然认识来人。

"给我砸。"女子娇喝一声。

轿子四周的人立即往店铺里面冲,见到什么就砸什么。

"住手,你们干什么?!"苏婳想要拦住这些人,奈何她被人架到旁边,只能眼睁睁看着好好的店铺被砸。

"那是谁?"时笙不认识轿子里的人。

"丁家的小姐,丁香。"秋水回答,"还是贺廷的未婚妻。"

时笙了然。难怪这么大张旗鼓地来找碴儿。

苏婳和贺廷走得近,全白河县的人都知道。丁香身为未婚妻,要是不做点什么,怎么对得起她这未婚妻的身份?

"小姐,砸完了。"丁全砸完店,狗腿似的跑到丁香轿子面前请功。

苏婳愤怒地瞪着两人,双手紧握成拳。丁香端着千金小姐的架子,高傲地仰着下巴:"苏婳,做丫鬟就好好做丫鬟,别整天想着这些不切实际的事情。"

丁香这话一语双关,苏婳自然听懂了。之前在贺府,她就被一个刁蛮小姐罚过。她一个下人,在这些人眼中根本不值一提。

"丁小姐,"苏婳忍着快要爆发出来的怒气,"你砸我的店,真是因为我的东西有问题吗?"她要赚钱,她不能让丁香毁掉她的口碑。

"不然还能为什么?你看看她都变成什么样了?我家小姐没有要你的命,那是我家小姐宽厚善良。"丁全立即接话,顺手又将刚才那个女子推出来。

丁香捏着帕子,捂嘴轻笑道:"苏婳,你以为你有什么资格让我对你做什么?我们走。"

替丁香掀着轿帘的下人立即放下帘子,挡住苏婳的视线。

苏婳胸口起伏极大,气息凌乱,可见气得不轻。

轿子被人抬起,眼看就要离开,贺廷带着人匆匆赶到,正好堵住丁香的轿子。透过人群让出来的路，贺廷能看到店铺里面的一片狼藉。

向来温和的贺廷当即冷了脸，道："丁小姐，不知是什么原因让你砸我家的店？"

丁香快速掀开轿帘，脸上没了刚才的高傲，娇羞地道："贺公子。"

"丁小姐，我在问你话。"贺廷无视丁香那满腔爱意。

丁香刚才听到贺廷的声音，满心的欢喜，哪里有去听他问了什么。旁边的丁全立即上前给丁香复述一遍。丁香脸色微变，转瞬红着眼眶委屈地道："贺公子，是苏婳卖了假东西给我。"

丁香指着已经蒙上面纱的女子，道："你看，她都成这样子了，要是我用了，还怎么见人？"

贺廷来的时候已经听人说了大致经过。他扫了那个女子一眼："阿婳卖的东西这么多姑娘都用过，为什么就你的丫鬟出事？"

丁香的脸色瞬间惨白，哆嗦着唇道："苏婳……苏婳这是要害我。不行，我得报官，丁全、丁全，你快去……"

噗——

时笙很不厚道地笑了。这个丁香脑子挺好使的。她这么一说，不仅大度地表明她绝对没有做什么手脚，还能让贺廷心里没底，摸不清到底是不是苏婳的东西有问题。出于对苏婳的维护，他肯定不会让丁香报官。

果然，贺廷拦住了丁全。

"贺公子，苏婳肯定是不喜欢我，之前我去府上，她就那么对我，这次又这样……"丁香说着说着就哭起来，那梨花带雨的小模样，看得四周的一些男人心疼极了。

"事情还没弄清楚，我相信阿婳不会做这种事。"贺廷往苏婳的方向看一眼。

苏婳委屈地冲他摇头。她的东西没有任何问题。

贺廷留下两个人帮苏婳收拾东西。

围观的人都看出这是丁香在找碴儿。丁香走后，人群渐渐散开，一些人这才看到站在隔壁店铺台阶上的时笙。

"阮家的小姐怎么也在这里？"

"还能怎的，她这家铺子可是卖的胭脂水粉……"

那人指了指苏婳的铺子，那些人立即明白过来。从昨天开始，苏婳的店铺就很火爆，阮家的铺子都没人去。身为阮家的当家人，她来看看也正常。

"要说这以后谁娶了阮家小姐，那才是祖上积德。"

"可不是，平白就得这么多家产，要不是我儿子还小，我肯定送我儿子去入赘阮家。"

"你们说什么呢？！"秋水呵斥一声。

那几人立即低下头，快速从时笙面前过去。秋水狠狠地瞪那几个人的背影一眼，转头安慰时笙："小姐，您别听这些人瞎说，他们就知道乱嚼舌根。"

时笙双手环胸，站得没一点千金小姐的架势，神情嚣张地道："他们说得也没错，以后谁娶我，那不就是祖上积德？"

秋水："……"

人群散去，苏媚站在一片狼藉中，看上去颇为可怜。贺廷留下来的人，开始默默地收拾东西，也不敢上去和苏媚搭话。

"苏媚，加油！"苏媚收拾好心情，做了个加油的手势，

她一转身就对上时笙的视线。时笙的眸子很漂亮，清澈明亮，可苏媚没有从那双眸子里看到属于人类的情绪，只看到一片虚无。她明明看着自己，苏媚却觉得她根本就没看自己。

苏媚心底涌起一股无名怒火。这些人一个个都站得高高的，不就是投胎的时候投得好点，有什么好炫耀的？于是，她脱口而出："阮小漾，你来看我笑话？"

"你长得像笑话？"时笙歪着头反问，"你要这么想，那我也没办法。"

苏媚脸色一黑，道："我不会让你们看低我的。"

收她的地，现在还来看她的笑话，阮小漾，给她等着，她一定可以在这里活得很好。

时笙眉眼弯了弯，那笑容很浅，如同湖面的涟漪，还没漾开，已经归于平静。

在苏媚不解的目光中，时笙转身离开。被高看还是低看，不是她说说就可以的。她有那个时间喊口号，还不如做点实事。

苏媚的店最后还是开了起来。

阮家的店铺已经快开不下去，掌柜的来给秋水汇报完，秋水又给时笙汇报。时笙不在意地道："亏了就亏了，一家铺子而已。"

秋水："……"小姐，你这话要是被老爷听到，不得跳出来打死你。好不容易积攒的家业，你说败就败啊？你之前还说不能让阮家败在你手上来着！

时笙被念叨得没办法，让他们把店铺改成卖烧饼的。

秋水："……"这还不如败家呢，好好一个店铺，你去卖烧饼？

"那不然卖臭豆腐？"话说，这个世界有臭豆腐吗？

事实证明是有的，毕竟是小说构建的世界，出现大炮飞机也正常。作者想象力有多丰富，世界就有多奇妙。所以，时笙又被秋水念叨了。

"小姐，您别想一出是一出，咱们家店铺不能这么糟蹋。"

时笙无辜地道："那要怎么糟蹋？"

秋水："……"不是让你糟蹋的！

"行了，就卖臭豆腐。"时笙挥挥手。

好好一家胭脂店改成卖臭豆腐的，这可成了白河县的一大谈资。但是，很快他们就发现，苏姵店里的生意越来越不好，都是被隔壁的臭豆腐给熏的。

"苏小姐，这隔壁天天卖臭豆腐，咱们这生意都没法做啊！"苏姵请来的伙计苦着脸抱怨。他们店里本来香气袭人，现在只剩下臭豆腐味，哪家女孩子愿意在这样的环境下买东西？

苏姵撩袖子，磨了磨牙齿，道："我去和他们说说。"

苏姵走出店门，气势汹汹地走向隔壁。隔壁的伙计正在炸臭豆腐，那味道熏得苏姵都不想上前，天知道她有多讨厌这个味道。苏姵捏着鼻子，往店里一瞧，吃的人竟然还不少！

"阮小漾呢？"苏姵冲上台阶，对着伙计大吼一声。

伙计熟练地捞起油锅里金黄色的臭豆腐，放进旁边的碟子中，头也没抬地回答："小姐当然在府上。"

苏姵被噎了一下，指着油锅，愤愤地道："你们这里味道这么大，影响到我们做生意了。"

"你可以换个地方开店。"

这句话不是伙计回答的，是从苏姵旁边传来的，她扭头就看到时笙带着秋水正往这边来。

苏姵瞪时笙一眼，赶紧从台阶上下去，道："阮小漾，你就见不得我好？非要和我对着干？"

时笙瞪回去，道："讲道理，是你先让我的胭脂店开不下去的。"

"适者生存。"苏姵依然捏着鼻子，说话有些变调，"你家的胭脂卖不出去，是因为没有我的好，你可以做出更好的胭脂，但是你现在这样做，属于恶意报复。"

"你说的啊，适者生存嘛。"时笙将这四个字原封不动还给苏姵。她都干不下去了，换个行业不是很正常吗？

"你……"苏姵指着时笙，"行，你给我等着！"苏姵甩袖子离开。

"小姐……"秋水有些担忧地看着苏姵的背影，怎么感觉她要干什么不得了的事？

时笙哼了两声，没回答秋水，继续往前走。

"阮小姐。"她刚走两步，就被人叫住。

贺廷正大步朝她走过来："阮小姐，不知能否请你喝茶？"

"干什么？"

时笙有点凶，贺廷被吓了一跳。他接触的千金小姐，哪个不是知书达理，说话细声细气？就算是苏姵，也只是说话大大咧咧，并没有这么凶巴巴的，好像谁都欠她钱。

"咳咳……是关于铺子的事。"贺廷道。

"你一个书生,不好好读书,关心铺子干什么?"

"阮小姐,"贺廷嘴角抽了几下,看看四周,"这里不是说话的地方,能不能换个地方?"

"不能,我怕你对我做什么。"时笙转过身,双手叉腰,"就在这里说,不然就别说,憋着。"

贺廷:"……"

秋水很头疼。小姐,形象!形象啊!你是大家闺秀,叉腰是要骂街吗?

贺廷以前没和时笙打过交道,哪里知道她这么不好说话,贺廷身为一个有修养的读书人,不能像时笙一样这么不顾形象。他往前走了几步:"阮小姐,你家这铺子能不能改成别的?你看你这样,让其他铺子也没办法好好做生意。"

"各做各的生意,你还管到我阮家来了?干什么?哪条规定说不许卖臭豆腐的?哪条规定又说这里不许开臭豆腐店的?既然都没有,你和我瞎说什么玩意儿。"

贺廷被震得一愣一愣的。这女人……怎么一点大家闺秀的样子都没有?

"小姐,"秋水拉住时笙,眉头紧皱道,"您小声点,注意您的形象。"

四周的百姓朝这边看,对着他们指指点点,嘀嘀咕咕讨论着。

苏嬽大概是听到动静,从店铺里面跑出来:"二少爷,您和她说什么,她根本就不顾别人的感受。"

"我为什么要顾别人的感受?"

苏嬽不搭话,黑着脸,拉着贺廷的衣袖往铺子里走。

第十四章　我是地主（中）

时笙一大早就被衙门的人请到公堂上。

时笙打着哈欠，一脸不解。觉都不让人睡，这些人烦不烦？大堂上还跪着一个妇人，正低低哭着，哭得时笙更加心烦，恨不得一剑砍过去。

时笙扫她一眼，又打了个哈欠，道："把我请到衙门来干什么？吃早餐啊？"

县官对时笙可是印象深刻，上次她竟然敢给摄政王甩脸子，现在还这么藐视公堂。

啪！县官一拍惊堂木，道："大胆刁民，见到本官为何不跪？！"

"你受得起吗？"时笙翻了个白眼，指着一个衙役，"那个谁，给我搬张椅子过来。"

被点名的衙役："……"

"放肆！"这句话县官想说好久了，"阮小漾藐视公堂，先给本官打十大板。"没有摄政王在，县官的底气都足了好多。

时笙微微挑眉，道："大人，你敢打我？"

"本官有何不敢！"县官怒道，"愣着干什么，给我打！"

时笙不知道从哪儿摸出一块板砖，猛地朝县官砸过去，正好砸到县官的桌子上，发出特别大的声响。县官的身子猛地往后一靠，表情极其滑稽。

整个大堂一片寂静，就连跪在地上哭的妇人都收了声。

"下次砸的就不是你的桌子了，而是你的脑袋。"时笙拍了拍手，"自力更生"地抢走师爷的椅子，搬到旁边大爷似的坐好，"叫我来干什么？"

县官艰难地咽了咽口水，看着板砖好一会儿，猛地一拍桌子，怒喝："阮小漾，你眼里还有没有王法？你竟敢对本官动手？！"

时笙掏了掏耳朵，道："动都动了，你想怎样？"

"怎样？对朝廷命官动手，那是死罪！"县官气得直拍桌子。

"哦。"

"阮小漾，你简直放肆，给我打！"他还不信治不了一个刁民。

师爷却是挥挥手，让那些人先别动。他俯身在县官耳边说了几句，县官的脸色变来变去。

时笙抬头，直直地望向县官："还审不审？"

县官本想让人打这个刁民的，此时话却被噎了回去。

等一会儿再收拾她！

县官正了正身子，拿着惊堂木一拍："孙氏，你有何冤屈，速速说来。"

刚刚收声的孙氏又开始哭哭啼啼，断断续续地道出缘由。她丈夫孙二狗，昨天晚上久久不归。孙氏担心，出去找，在回家途中的一条无人巷子里找到已经断气的孙二狗。孙氏第一时间报了官。

"孙二狗最后出现的地方就是你家臭豆腐铺子，有人证可以证明，仵作尸检结果也是中毒而亡。阮小漾，你有何话说？"

"物证呢？"

县官挥挥手，立即有人端着一个托盘上来。

"这是在你家铺子后院找到还没来得及处理的残渣。"

时笙依旧一脸淡然地道："哦。"

惊堂木一拍，县官中气十足地质问："你为何谋杀孙二狗？"

时笙翻了个白眼，道："那你得问杀他的人。"孙二狗是谁她都不知道，杀他干什么？

县官怒火中烧地道："阮小漾，公堂之上，岂容你胡言乱语？人证物证俱在，坦白从宽，抗拒从严，你为何谋杀孙二狗？"

"我说……"时笙拖长音调道，"铺子里那么多人，谁都有可能给他下毒，你怎么就非说是我呢？你收贿赂了？"

"阮小漾！"县官大吼一声，"诬蔑朝廷命官，罪加一等。"

"你没做过，这么激动干什么？不做亏心事，不怕鬼敲门……大人，你心底有鬼啊！"时笙似笑非笑地看着县官。

这县官也不是个好人，在剧情里，他因为收了别人的贿赂，对付女主角，结果被满门抄斩。

"阮小漾，我们现在说的是你下毒之事，你不要混淆视听。"县官镇定下来，"有人亲眼看到你下毒，带人证上来。"

人证是她铺子里的一个伙计。看到时笙，伙计瑟缩了一下，垂下头，跪到地上，将自己在什么时候看到时笙，她又是如何下毒的，都说得非常详细。

"好吧，就算你们说得有理。"这手法，时笙大概猜出是谁了。

"你认罪了？"县官立即接话。

时笙用看智障的眼神看向县官："现在有一个很重要的问题，就是我为什么要杀孙二狗。"

无缘无故地杀个陌生人，她是有病吗？

"这是你该交代的！"

"我编不出来。"时笙双手一摊，"你们给我编一个，或者……可以让你后面的人给你编一个。"

县官瞳孔微缩，怒道："阮小漾，你不要在这里胡言乱语，本官可不会再给你留情面。"

"你个杀人凶手，你还我相公，你还我相公！"孙氏大叫着，突然朝时笙扑过去。

寒光从时笙眼底闪过，一把匕首从孙氏袖子里滑出。她握着匕首，刺向时笙胸口。时笙身子一侧，避开孙氏的匕首，抬脚踢在她手腕上。孙氏手腕吃痛，匕首从她手中飞出，直直朝着县官飞去。县官吓得身子往下一滑，匕首插入他坐的椅子上。

孙氏失手，竟然还没放弃，又从袖子里摸出一包粉末，朝着时笙撒过去。趁着时笙闪避的时候，孙氏又从腰间抽出一条鞭子，朝着时笙挥过来。时笙掏出铁剑，从鞭子上横着砍过去，鞭子立即断掉一截。孙氏惊讶，眼前突然一暗，身子不受控制地飞起又落下。

直到这个时候，大堂里那些衙役才开始动起来，将孙氏和时笙围住。

"喀喀……"孙氏捂着胸口吐血，满含杀气地瞪着时笙。

时笙扯着嘴角冷笑道："还知道请杀手，也不是没有长进。"

县官完全不解。

时笙抬了抬铁剑，走向孙氏。孙氏的身子往后蹭，眼底已经有些惧意。这个女人，和她见过的人都不一样。遇上这样的事，这个女人完全不惊讶，不惊慌，没有疑惑，没有愤怒，冷静理智得不像人。

【支线任务：扶独孤翊登上皇位。】系统突然蹦出来。

大概知道时笙心情不太爽，系统非常快速地发布完任务，关机下线。它什么都不知道。

时笙并没因为系统发布任务有所停顿。她走到孙氏面前，在孙氏不可置信的目光下，一剑刺下去，速度快得衙役都没任何反应。直到她抽出剑，这群人才反应过来。她竟然在公堂之上杀人！

县官早就躲在桌子底下瑟瑟发抖。可没人告诉他，这个阮家的小姐这么彪悍！

县官不表态，这些人也不敢拿主意，只能围着时笙。时笙甩干净铁剑上的血，平静地看向围着她的衙役，随后看向缩在桌子底下的县官。

时笙朝着县官走过去。

"拦住她，拦住她！"县官大叫。

时笙挥开挡路的几个衙役，将县官从桌子底下拽出来，直接摁到桌子上，把铁剑搁在他脖子上："来，告诉我，是谁贿赂你的？"

"我……我……"县官脖子上满是寒意，心脏似乎都要停止跳动，语不成调地道，"你……你……"

"是谁？"时笙面含浅笑，手上力道加重。

县官感觉利刃已经割开他的皮肤，他的脑袋下一秒就要和脖子分家。想到那个场面，县官双眼一翻，直接晕死过去。

时笙："……"就这胆子！

时笙啪啪两下把晕过去的县官弄醒。县官直接吓得尿了裤子，一股尿臊味飘散在大堂。

时笙嫌弃地放开他，后退几步，道："最后问你一遍，是谁贿赂你？你不说，下场就是和她做伴。"时笙瞄向已经断气的孙氏。

"我……我说……我说……"县官瘫软在地上，惊恐地道，"是贺清，贺家的大公子，是他贿赂我。"

贺清……之前她怀疑过，还专门找人盯着他，但贺清除了眼神空洞了点，并没有表现出其他奇怪的地方。

"他的最终目的，是让你干什么？"

县官已经快哭了，道："他只是让我把你弄进牢里，其他的什么都没说。姑奶奶我错了，我不该收他贿赂，你饶过我这一次，我再也不敢了。"

县官当初答应贺清，还是因为贺清承诺过，只要她进了牢门，阮家的财产都归他，他这才鬼迷心窍。他哪里知道阮家这个小姐，彪悍得连朝廷命官都敢威胁。

"这么说，那个孙二狗是贺清杀的？"

"不知道。"县官摇头，一把鼻涕一把泪地道，"我们接到报案，贺清就给我送来消息，说是动手的时候到了。"

"你们勾结很久了？"时笙目光幽幽地看向县官。

县官一个哆嗦，但还是点点头。这件事贺清已经和他说过有段时间了，他只负责判罪，其他的，贺清让他都别管。

"很好。"

县官浑身发寒。她说什么很好啊？

时笙从衙门里出来，等在外面的秋水立即迎上来："小姐？您没事吧？"

短短时间，已经是二进衙门了。这次还是因为人命问题。她是不相信她家小姐会杀人的。她家小姐要什么没有，何必去杀一个不认识的人？

"我能有什么事。"

阳光下，少女身姿挺拔，身上如同被镀上一层金光。她的自信张扬是从骨子里散发出来的。小姐变得不像以前的小姐了！

"去贺家。"时笙几步走下台阶，朝着贺府的方向走去。

秋水甩了甩脑袋，小跑着跟上时笙："去贺家干什么，小姐？"

"找人算账。"

"啊？"秋水回头看看没有人影的衙门，一头雾水。小姐怎么从衙门出来就要去贺府找人算账？难道这件事和贺府有关？贺府的人怎么这么歹毒，竟然用这样的方法对付阮家！

贺府大门紧闭，时笙直接踹门而入。

贺府的下人听到动静，迅速朝大门处赶过来。时笙最近在街上晃荡的时间比较多，贺府不少人都认识她。这阮小漾，今日突然闯来贺家，想干什么？他们贺家最近也没和阮家起什么冲突。

"阮小姐，你擅闯贺府有何事？"下人将时笙堵在一道门前。

"贺清呢？"

"大少爷？"下人奇怪地道，"您找大少爷干什么？"

时笙声音微冷地道："他在哪儿？"

说话的下人也冷下脸："阮小姐，您别太过分！"

时笙一路强行闯进去，遇见闻讯赶来的贺廷和苏嬿。

男主角估计回京了，最近都没在女主角身边。

"阮小姐。"贺廷拦住时笙，目光轻扫后面一群躺地哀号的下人，温和的面上渐渐浮起怒意，"阮小姐为何到我贺家打人？阮老爷在世的时候，没有教过阮小姐礼仪吗？"

"没有。"时笙坦荡荡地瞎说。

贺廷被噎了一下，僵着脸问："阮小姐有何事？"

时笙用铁剑戳了戳地面，道："找贺清。"

"你就是这么找人的？之前我找你，你说我擅闯，把我送官。阮小漾，你现在不也是擅闯？"苏嬿有些气愤地道。

"去告我啊！"时笙嚣张地道。

苏嬿对贺廷道："二公子，报官吧。"

贺廷皱了皱眉，随后点点头，让人去报官。

时笙翻了个白眼，也不阻拦那个人："贺清在哪里？"

贺廷打量时笙几眼，道："你找我大哥有何事？"

时笙冷漠地道："私事。"

"我大哥身体不好，不见客。"贺廷的语气有些冷，"阮小姐，你现在离开贺府，我可以不追究此事，大家不要闹得太难看。"

衙门的人哪里敢来？贺府的人去报官后，又灰溜溜地回来了。衙门表示有案子要办，没时间处理民事纠纷，有事他们自己解决。

而时笙此时已将贺府搜了一遍，并没有找到贺清。贺清哪里是不见客，是根本就不在贺府。

"阮小漾，你太过分了！"贺廷跟在时笙后面，身为读书人不能骂人，只能翻来覆去地说这几句话。

苏嬿跟在贺廷身后，偶尔说上几句话，但总能火上浇油，让贺廷更加讨厌时笙。

时笙听得有点烦，道："我过分？你哥买凶杀我，就不过分？"

贺廷以为自己听错了，问道："你说什么？"

"我说你哥买凶杀我，听明白了吗？智障！"时笙大步离开贺府。

秋水也被这句话惊到，好一会儿才苍白着脸追着时笙离开。

直到时笙的身影消失在拐角处，贺廷才回过神，看向苏嬿："她刚才说我大哥……买凶杀她？"

"好像是。"苏嬿点头。她在贺府基本都和贺廷在一块儿，很少见到这个大公子。但是听贺府的人说，这位大公子脾气挺好，只因身体不好，很少出来活动。他怎么会突然买凶杀人，还是杀阮小漾？

"不可能。"贺廷摇头，追着时笙出去。他不相信他大哥会买凶杀人。

贺廷在门外追到时笙，拦住她的去路，满脸认真地道："阮小姐，你说清楚，我大哥为何要买凶杀你？"

时笙摸了摸脸，道："看我貌美如花，家财万贯？"

贺廷顿觉无语。这种理由他怎么可能信？他深吸一口气，正色警告道："阮小姐，没有确凿的证据，你不要乱说，这是诬告。我大哥和你无冤无仇，不会做这种事。"

时笙反问道："你怎么知道他和我无冤无仇？"

"我大哥都没怎么出过贺府，更别说和阮小姐有什么交集。阮小姐倒是说说，我大哥和你能有什么仇怨？"

时笙淡然地道："没见过面也是可以结仇的。"

"阮小姐，你这说法也太牵强，恕我不能信。"

"你信不信与我何干？我要你信了吗？"时笙推开他，轻飘飘的话语顺着风落到贺廷耳畔，"你哥要是没问题，他跑什么？"

贺廷之前还见过他大哥，可是转眼他大哥就不见了。他自然还是不信时笙说的，回去让人找贺清，可将贺府翻遍也没找到贺清。伺候贺清的人都不知道去哪儿了，贺清就跟人间蒸发了似的。

秋水懵懵懂懂跟着时笙回府，脸色依然难看。她的声音带着几分颤抖："小姐，贺清真的买凶杀你？"

"嗯。"可不就是他买凶杀她？

"您和贺清……有什么仇？"秋水和贺廷有同样的疑问。她家小姐也就那天在茶楼见过贺清一面，之后再也没见过，她和贺清能有什么仇？

"可能前世有仇。"时笙揉了揉眉心，"让人备热水，我要沐浴，另外去找个信得过的人，必须是那种特别可信的人。"

秋水还想问，但瞧着时笙脸上有些倦意，便微微点头，道："我这就去。"

热水很快被送过来，时笙泡在里面思考之前系统发布的任务。

独孤翊是当今皇帝的兄弟，年龄二十有二，被封为平南王，却没有封地，相当于被幽禁在京城中，而幽禁他的人正是摄政王独孤修。当初独孤翊才是皇位的继承人，因为孤独修的干涉，扶持如今的皇帝上位，独孤翊就只得了一个王爷的封号。

剧情里，独孤翊是很聪明的人，他一直设法保全自己，最后独孤修登基，他依然是平南王。

让这样一个人登基不是什么难事，问题在于，系统为什么要她扶持这样一个人登上皇位？

【……】就是一个任务而已，你别想太多，没人要害你。

"是吗？"

【你觉得我现在还能说谎话骗你吗？】它倒是想，但是能骗到她吗？

以前它说的那些话，她看起来听进去了，其实压根就没听，她根本就不信。

"越来越有自知之明了。"时笙赞赏地点头。这才是一个合格的系统。

【……】它在等主人回来，忍住，忍住，【最初我就说过，这些位面都是崩坏的，独孤修已经不具备成为皇帝的资格。】

"我看的那些剧本其实已经没什么用了对吧？"自从大逃杀之后，剧本基本都成了摆设，除了男女主角不死定律外，剧情早就变了样。

系统憋屈地解释，【可以这么说，剧本只是让你大概了解这个世界，里面的人物其实早就已经崩坏，剧情也会有变化。】

现在还有不明病毒在里面，剧情更是千变万化。

想到那个病毒，系统更憋屈。主人到底给它安的什么杀毒程序，竟然连人家的影子都抓不到，搞得它现在还比不过宿主，它到底有什么用？

时笙点头道："退下吧。"

【……】系统气哭！

主人，你再不回来，可能就见不到我了！

时笙泡完澡出来，秋水已经带着一个人在书房等她。

时笙去书房，让秋水代笔写了一封信。时笙的毛笔字写得跟狗爬似的，她自己都认不出来。秋水写完，拿起信纸，吹了吹上面的墨迹，递给时笙："小姐，您看这行吗？"

时笙大概扫了几眼，道："嗯。"然后，她将信折起来，装进信封，递给等在书房里的人。

"把这封信送到范府范大人手上，记住，一定要亲手交给范大人。"

"小姐放心，小的见过范大人，一定会将信安全送达。"

"去吧。"

"是。"

等那人出去后，秋水才问道："小姐，您为何要给范大人写信？"范大人是老爷生前的朋友，以前来过阮家两次，秋水记得他是个很和蔼的人。

"我准备造反。"

"咯咯。"秋水忙往门外看了几眼，压低声音道，"小姐……您可别开玩笑，这是要杀头的。"

时笙白了秋水一眼，道："谁跟你开玩笑。"

对于时笙要造反的事，秋水总觉得她家小姐在说瞎话，她们连京城都没去过，怎么造反啊？秋水再三叮嘱时笙不要乱说话，这事要是传到外面，整个阮府都得遭殃。

秋水发现她家小姐自从说过那句话后，并没有什么奇怪的举动，她这才把心放下来。她家小姐最近言语有点疯癫，也不知道是不是上次被土匪绑走吓出来的。她是不是得给小姐请个大夫瞧瞧？

秋水把县里最好的大夫给请了过来，以预防为由，让大夫给时笙把脉，最后只得到一句话——阮小姐身体很好，没有毛病。秋水越想越觉得不对，之前在贺府的时候，小姐那把剑是哪里来的？她家小姐什么时候变得那么厉害了？她打小就跟在小姐身边伺候，可从来不知道小姐还有这身本事。

被怀疑的时笙受到秋水三百六十度无死角的监视。秋水想从时笙身上找出一些奇怪的地方，但是时笙没事的时候，基本是吃了睡、睡了吃，不然就是在书房待着，不过问府中的事，也不过问铺子的事。

秋水蹭到时笙身边，开口道："小姐……"

"什么都别问我，问了我也不一定会告诉你。"时笙连眼皮都没抬一下。

秋水瞪大眼睛，自己还没问，小姐怎么就知道自己要问什么？

不过，秋水此时也只能压下心底的疑问。

时笙在等那个范大人的消息，奈何京城距离这里实在太远，一来一回，即使不分昼夜、快马加鞭地赶时间，都得花上个把月。

等时笙拿到范大人的信，已经过去一个多月了。

京城的局势现在有些紧张，皇帝想除掉独孤修，上次独孤修流落到这里，就是被皇帝追杀的。独孤修已经回到京城，但是没和皇上闹翻，双方明面上没起什么冲突，暗地里却已经交手多次。

范大人跟时笙说的，肯定都是无关痛痒的事。时笙着重问了独孤翊，范大人竟然只用四个字回答——不知所终。

独孤翊不在京城，他去哪儿了？独孤修竟然任由独孤翊离开京城？还是说，独孤翊趁着独孤修被皇帝追杀的时候，偷偷离开了京城？时笙觉得后面这个可能性比较大。

时笙叹气，这天高皇帝远的，她要怎么把独孤翊推上皇位？

苏婳最近很不好过，丁香在贺家长辈面前哭诉，说贺廷和苏婳走得太近，苏婳被贺家的人赶出贺府，那家店也被贺家收了回去。贺清则被关在府中。

丁香得意地在苏婳面前炫耀嘲讽一番。

这还不是苏婳最倒霉的时候，过了一阵子，苏家的人竟然又找上她，说她妹妹得了重病，求她回去看看。苏婳对同病相怜的妹妹有些好感，在苏家人的哭诉下，心软回去了。回去后她才发现，哪里是妹妹得了重病，分明是苏家在另外一家李姓地主家租了地，干活人手不够，这才叫她回去。苏婳身上那点银钱，也被苏母搜刮掉，她妹妹再一哭，苏婳想走的心也硬不起来。

苏婳只能继续在家种地。

而此时，时笙已经只身进京。

京城的繁华不是白河县那么一个小县城可以比的。她在白河县可以说是最有钱的，然而到了京城，她就发现自己其实还是个"吃土"的。

时笙找了一家客栈住下，顺便打听小道消息。

"听说摄政王要娶镇北将军的女儿，是不是真的？"

时笙撑着下巴听隔壁的两个人说话，神情有些诡异。独孤修竟然要娶妃，不要女主角了？

"怎么不是真的？我有个亲戚在将军府当差，听说已经快下聘礼了。"

"真的啊？这娶的是谁？"

"好像是将军府的大小姐。"

"怎么不是二小姐？"镇北将军府有两位小姐，大小姐的名气没有二小姐大，但是听闻大小姐的脾气很好。但是具体情况如何，他们这些平民百姓也是无法得知的。

那人压低声音道："二小姐要进宫，这事你可别出去乱说，被人知道，可是要……"

"知道知道，我什么样的人，你还不清楚吗？咱哥们儿说说就算了。不过镇北将军这主意可打得好，一个女儿嫁给摄政王，一个女儿进宫，到时候不管……"

果然，没过几天，摄政王给镇北将军府下聘的事就在京城广为流传。下聘的时候，时笙还去看了热闹，很大的阵仗。

就在独孤修进府的时候，皇上的圣旨也跟着到了，是宣将军府二小姐进宫为妃的圣旨。皇上的人和摄政王的人就这么在门口堵着，谁也不愿让谁，让百姓看了一场大戏。最后，还是那个镇北将军出来打圆场，这件事才算过去。

婚礼就定在半个月后，皇上大概是和摄政王对上了，连时间都定在同一天。这件事成了百姓茶余饭后的谈资。

时笙从客栈出去，准备去皇宫看看那个皇帝长什么样。这个皇帝可是最大的反派，所以……说不定会是凤辞呢？

就在时笙靠近皇宫的时候，余光扫到一个熟悉的身影，可等她仔细看去，那身影已经不见了。时笙皱了皱眉，朝着那个方向追过去。追了一段距离，她停下脚步，摸着下巴思考，难道是她看错了？

"阮小姐。"

时笙抬头朝着声源处看去，独孤修带着两个人从旁边的酒楼下来。

孤独修穿着黑色的锦服，狭长的眉，犀利睿智的眼，薄唇微抿，没有收敛上位者的气势，一股无形的压迫感从他身上散发出来。

"摄政王啊。"时笙似笑非笑地叫了一声，态度很随意，完全没被他身上的气势吓到。

独孤修微微皱眉，道："阮小姐怎会在此？"她竟然知道他是摄政王，在白河县的时候，他应该没有暴露过身份。

"我怎么不能在这里？你这话说得好像京城是你开的似的。"

"放肆！"独孤修身边的人呵斥一声，怒目瞪着时笙。

时笙很想让他看看什么才叫放肆，但再次瞥见之前那个身影从街角一闪而过，便不理会独孤修，快速追出去。

独孤修抬手拦下想要追时笙的随从。

"王爷？"那名随从不解，这个女人对王爷这么不敬，王爷竟然就这么让她跑了？

独孤修的眸子微微眯起，望着已经看不见时笙踪影的街道："派人跟着她，看看她想干什么？"他总觉得这个女人不简单。她不像是一个困在小县城的千金小姐，更像是见过大世面的人。她身上总有一种自信，一种近似狂妄的自信，就好像在这个世界上，没有她做不到的事。独孤修从没见过这么奇怪的女人。

"是。"那名随从追着时笙过去。

时笙跑到最繁华热闹的地段，眼前人潮涌动，那人瞬间就失去了踪迹。时笙双手叉腰，微微叹气。这个游戏真是越来越有意思了，比以前那些智障位面有意思！

【宿主，请端正你的态度，这不是在玩游戏。】系统并不想提醒她，因为提醒没有用。

"这不是虚拟位面？"

【是。】

"既然是，为什么不是游戏？"

【……】它竟然无言以对。

时笙转身往皇宫的方向走，进皇宫对别人来说可能很难，但对时笙来说，再简单不过。

时笙一路摸到皇帝所在的御书房。外面有人守着，时笙绕到后面，打晕守在那里的人，推开窗户往里瞧。她第一眼看见的就是扭着腰肢的莺莺燕燕，丝竹声声从里面传出来。穿着明黄色龙袍的男人歪歪斜斜地坐在龙椅上。男人有些胖，已经看不出什么帅不帅。

时笙："……"这个皇帝也够可以的，摄政王都要造反了，他竟然还有心情在御书房享乐。

坊间一直在传皇帝荒淫，后宫佳丽三千。这样一个智障，竟然能做这么多年的皇帝，也是蛮厉害的。

时笙在外面等了一会儿。皇帝大概玩儿累了，被美人簇拥着去后面休息。就冲这点，她已经确定这人绝对不是凤辞。时笙摇着头离开御书房。

时笙不怕被人看见，就这么大摇大摆地在宫里走着。

"过几天，镇北将军府的那位就要进宫了，咱们这些人怕又要失宠了。"远处另一条小路上，慢慢地出现几个人，后面跟着不少宫女太监，看那架势，大概是宫里的妃嫔。

旁边的女子安慰走在最前头的那个女子："陛下喜新厌旧得快，她也得宠不了多久。丽妃姐姐，您可是有皇子的，怕什么。"

"就是，陛下现在年轻，喜欢年轻貌美的女子，还是说得过去的，但皇嗣就不同，丽妃姐姐您可是有保障的，哪儿像我们？"

丽妃被这些人捧得有些高兴，抿着唇笑。

时笙看着这群人走远，神情莫名地摇摇头。这些人是真心喜欢皇帝的吗？恐怕少之又少。

时笙离开皇宫，慢悠悠地往客栈的方向走。

皇帝虽然不成器，但他有老臣支持。只不过这几年，那些老臣的势力被独孤修削弱了不少，恐怕现在皇帝一方的势力已经很弱了。那么，她要对付的就是独孤修。男主角啊……

时笙走走停停，速度非常慢，跟在后面的人都为她着急。你走就走，不走就不走，走走停停算什么？

就在那人快抓狂的时候，前面的人突然不见了踪影。那人心底一惊，快速打量四周。这条街没有可以躲避的地方，怎么眨个眼的时间她就不见了？

"找我呢？"

头顶突然响起一道轻灵的声音。他抬头看去，少女坐在一把凭空飘浮的铁剑上，双脚微微晃着。因为背光，他看不清她的神情。夜风拂过，吹动她的发丝。

头顶的乌云慢慢散开，露出皎洁的月亮。月光洒落，将她的面容清晰地展现在他面前，是很好看的一个姑娘，巴掌大小的脸，柳眉弯弯，嘴角勾着浅浅的弧度。

"你你……"那人直接从暗处摔出去。

这是人是鬼？还是妖怪？哪有剑可以凭空浮起的？

时笙从铁剑上跳下去，拿着铁剑慢慢逼近那人："独孤修派你跟着我干什么？"男主角大人，你也太小看人了，派这么个智障跟着我。

听到时笙的问题，那人头皮阵阵发麻，哆哆嗦嗦地道："我不知道你在说什么，我只是路过。我什么都没看到，你放过我吧。"必要的时候，他有特殊的保命手段。

"放过你？"时笙嗤笑道，"做梦呢？"

话音落下，铁剑瞬间被扬起，她朝着那人砍下去。那人只感觉一股很可怕的寒意朝着自己压下来，身体冻得无法动弹，寒光汇聚成光团，在他眼底放大……

摄政王府。

独孤修站在回廊下，月光将院子和回廊分隔成两个世界。

"王爷，跟踪阮小漾的人死了。"跪在独孤修身后的人低声禀报。

空间一片寂静，一阵夜风吹来，院子里的树叶沙沙作响。树叶拉动地面的阴影，犹如张牙舞爪的魔鬼。

良久，独孤修的声音才响起："怎么死的？"

"一剑封喉。"

"她今天去过什么地方？"

那人快速回答："在皇宫外面绕了一会儿，消失了一段时间，我们的人没跟上。后来，她又出现在皇宫外面，跟上去的人，等找到时已经死了，她则不见踪影。"

又是一阵寂静，跪着的人小心翼翼地抬头，看向立在他面前的高大背影。

"王爷？"

独孤修抬起手，道："让暗影去。"

"需要出动暗影？"那人诧异地道。

独孤修仰头，声音在寂静的回廊上响起："一击毙命。"他从阮小漾身上感觉到了危险。危险的东西，必须铲除！

时笙没有住之前那家客栈，而是一个人坐在可以看到客栈、别人却又不容易看到她的房顶阴影处。大概凌晨三点的时候，时笙看到几道黑影极快地从远处掠来，停在客栈四周。

时笙捧着脸，看着他们一把火烧掉客栈，还守在客栈四周。从客栈里跑出来的人，他们则格杀勿论。难怪系统说，男主角已经不具备成为皇帝的资格。宁可错杀一千，也不放过一个，这可不是男主角该有的设定。男主角可以狠，但只能对敌人狠。

时笙摸出剑，让我们来拯救世界吧，救世之剑！

【……】你不毁灭世界就已经谢天谢地了，还拯救世界，宿主，你的病又犯了？

铁剑："……"它又被改名字了！

时笙拎着剑冲过去，还没到目的地，客栈突然传来砰的一声，爆炸了！热浪从前面涌来，带着火星子，时笙被呛了一脸热气。四周的建筑被热浪冲击，承受不住，跟着倒塌，木料直往时笙身上砸。

时笙迅速往后撤，退到安全的地方才开始抱怨。她还没出场，就这么败北？客栈什么时候爆炸不好，偏偏在这个时候爆炸？运气值又在作怪！时笙准备默默退走，转身的时候，后面不知什么时候悄无声息地站了个人，正看着她这边。时笙只能看清对方的轮廓，是个男人。

"你可真狠心。"

时笙上下打量对方几眼，完全不认识，他也不是风辞。

她随口胡诌道："独孤翊？"

"姑娘认识本王？"对方诧异了一下，转而又自恋地道，"也是，像本王这么玉树临风的青年才俊，京城的姑娘没几个不认识的。"

时笙："……"呵呵，还真是啊！会在这种地方出现的人，肯定和剧情有关。

这就是即将登上皇位的自恋狂吗？

时笙翻了个白眼，朝着旁边的巷子走。这么智障的人，她完全不想让他当皇帝，任务还是不做了。

【宿主，请你好好完成任务成吗？】你一个不顺心就不做任务？！

时笙没理系统。她觉得不顺心的事，当然不干！她又没有自虐倾向。

独孤翊竟然跟了上来："姑娘，你的心怎么这么狠？那些人可是无辜的。"

"关我什么事？"时笙反问。她不一直这么心狠吗？再说那些人也不是她杀的，是男主角大人干的。

"他们可是冲你来的，怎么不关你的事？"

时笙停下脚步。独孤翙刹车不及时，差点撞到时笙。时笙目光幽幽地看着独孤翙。独孤翙被看得有些不自在，双手抱胸往后退，那样子好像时笙会对他干什么。

"你怎么知道他们是冲我来的？"

"本王自然有本王知道的渠道。"独孤翙突然甩了甩袖子，一改刚才的智障模样，装出高人范儿，"姑娘，我看你根骨奇佳，要不要跟着本王干？"

根骨奇佳的台词后面接的不是练武奇才吗？当她没读过书是不是？！时笙高深莫测地笑道："你还被独孤修压着，我跟着你能干出什么名堂？"

独孤翙嘴角抽搐，开口道："姑娘，你得罪了摄政王，可没什么好下场，跟着本王，本王可以保你一命。"

时笙瞄独孤翙一眼，淡淡地道："臣服独孤修？"

独孤翙："……"这姑娘说话咋这么难听？什么叫臣服？他那是识时务。

独孤翙似乎非要拉时笙入伙，亦步亦趋地跟着时笙。

"你到底想干什么？"这个独孤翙莫名其妙地缠上来，有毛病？

"别激动，别激动。"独孤翙安抚时笙，又正色道，"姑娘，你是阮家的人？"

时笙皱眉，心底警铃大作，转身就跑。绝对有隐藏剧情，不刷！

独孤翙不解，她跑什么啊？

时笙甩掉独孤翙，二话不说，踩着铁剑离开京城这个是非之地。

【……】宿主任性起来，无人能及。

时笙在京城待了一段时间，回到白河县的时候，白河县已经是白雪皑皑、银装素裹。

时笙一溜烟儿奔回阮府。

秋水一直担心时笙，见她完好无损地回来，那颗提到嗓子眼的心才落回去。

"小姐，路上没出什么事吧？"秋水紧张地打量着时笙。一开始，她是不同意小姐一个人去京城的，但是小姐竟然偷偷留书出走了，她派人去追都没追到。

时笙摇头道："没事。"

"那就好。小姐，您是阮家的当家人，以后这种事您可不要再干了，真要是出了什么事，这偌大的阮府可怎么办？"

"最近发生过什么事？"

秋水立即正色道："有几件事，都和苏姗有关。白河村的村民都不种我们的田地了，跟着苏姗去种李家的地。不知苏姗和李家的人达成了什么协议，李家只收他们三成的租。苏姗还在县里和人合作，开了一家叫什么烤鸭的店，生意很好……"

时笙："……"

"小姐，白河村的地没人种，这来年开春可怎么办？"秋水有些担心，白河村的地还是比较多的,如果没人种,就得荒着。"

时笙撇撇嘴,道:"请人种呗。"

"请人?"

"到时候再说吧。"时笙挥挥手,"再说空着就空着,咱家也不缺那点钱。"

秋水:"……"

苏婳将小日子越过越红火的时候,时笙窝在阮府,大门不出二门不迈。

白河县的冬天很冷,在这个没有暖气、没有空调的世界,时笙只想自杀。随便做什么,她都得把自己穿成一只球,动一下胳膊都嫌累得慌。整个冬天,时笙都没怎么动弹过。

春天来临,沉寂许久的白河县渐渐热闹起来。

苏婳的烤鸭店已经开了第二家分店,时笙让人去买来尝过,味道不算特别好,但是比起古代的那些食物,绝对算是美味。现在想吃苏婳的烤鸭,那可是得预约。

"小姐,这苏婳今天竟然想盘我们城东的那家店。"秋水满脸怒容地进门。

时笙摇着太妃椅,吃着精致的点心,漫不经心地问:"哪家店?"

"就是城东那家酒楼。"秋水走到时笙面前。

"不盘给她不就行了?"时笙将最后一口点心塞进嘴里。

"小姐!"秋水提高音量,"那家店我们当初也是盘下来的,还有一个月,契约就到期了,苏婳不知道从哪儿得来消息,和东家谈了,现在东家有意将店盘给苏婳。"

时笙:"……"女主角大人啊,我最近没招惹你,你咋非要往枪口上撞?

"生意怎么样?"时笙坐正身子。

"挺好的,能在我们的铺子里排到前几名。"那里人流量比较大,而且他们请的也是手艺高超的师傅,每个月的进账很可观。

时笙让秋水去约那个东家见面,然而东家推三阻四不和时笙见面,话里话外的意思就是不租给她,她出再多的钱都不行。

时笙亲自去找那个东家。刚到门口,就见苏婳和一个男人出来,两人相谈甚欢的样子。那人将苏婳送到门口,转身回府。

苏婳哼着小曲下台阶,看到站在不远处的时笙,冲着时笙挑挑眉:"阮小漾,你来晚了。"

时笙看她一眼,没有说话,转身离开。苏婳能搞定东家,那是她的本事。

苏婳像是一拳头打在棉花上,有些气闷。这个阮小漾,老是这么一副看不起她的样子。给她等着!

"小姐,有人找您。"时笙一回府,就被阮府的下人告知。

"谁啊？"

"不认识，听口音像是京城来的。"下人摇头道。

京城……时笙脑中闪过几个人影，也不知道是谁。她跟着下人到了会客厅，待看清是谁后，只想把来人扔出去！

会客厅中的男人端着茶，吹着漂浮在上面的茶叶。外面的光照进来，他微微抬头，帅气的脸庞上立即露出一抹笑意。他放下茶杯，道："阮姑娘，别来无恙？"

时笙面无表情地走进去："你来干什么？"隐藏剧情什么的，她是拒绝的。

"阮姑娘，你可真难找啊！"独孤翊感叹似的道，"我这跋山涉水来找你，腿都快跑断了，你不给我张笑脸，好歹也给声问候吧？"

那天晚上之后，她竟然就跟失踪了似的。不但他找不到她，独孤修的人也找不到她。眼下他好不容易找到她，她竟然一脸嫌弃！别问他怎么从她面无表情的脸上看出了嫌弃，他就是看出来了。

时笙微微挑眉，问得理直气壮："我让你找我了？"

独孤翊："……"

"你找我干什么？"

独孤翊咳嗽一声，正色道："独孤修的人来白河县了，他似乎也来了。"

"你来，找我，干什么？"时笙语气加重。独孤修来这里，需要他特意跑来提醒她吗？

"本王是来招揽人才的啊！"

招揽你大爷啊！时笙让人把独孤翊扔出去，她一分钟都不想看到这个智障。

"阮姑娘，你听我说，哎，我说你们等等，阮姑娘，你听本王说啊！"独孤翊被人架着扔出阮府。

大门在他面前合上，差点夹到他的鼻子。独孤翊摸了摸鼻子，伸手拍门："开门啊！阮小漾开门！"

独孤翊在外面拍了许久的门，也没人给他开，也没人理他。独孤翊大概自觉没趣，离开阮府。然而，独孤翊是个不愿意轻易放弃的人，每天都来阮府报到，很快白河县的百姓都在传这件事了。

独孤翊长得帅气，穿得又好，白河县的一些姑娘都来围观独孤翊。

"公子，我看你在阮府门口守好几天了，这阮小漾是欠你钱了？"有人好奇地问独孤翊。

"没有。"独孤翊一边拍门一边问答，也没看后面问话的是谁。

"没欠你钱，你怎么整天守着阮府？"

"本……我找阮小漾有事。"

后面问话的人暧昧地哦了一声，转而娇滴滴地道："公子，您看我怎么样？我家虽然比不上阮小漾家,但是保管你衣食无忧。"

独孤翊只觉莫名其妙,转过头,被面前的一张大饼脸吓得猛地往后一退,脸色惨白地贴着大门。那身材肥硕的姑娘正含羞带怯地冲他抛媚眼:"公子。"

独孤翊艰难地咽了咽口水。这声音挺好听的,怎么这人就……

"公子,只要你入赘我家,我家的家产以后都是你的。"姑娘不断眨眼,表情娇羞地道,"阮小漾是个泼妇,哪里比得上人家体贴,公子还是跟人家走吧。"姑娘说着就要上前拽独孤翊。

独孤翊吓得直往后面退,可是后面就是门,他根本退无可退。

那姑娘还带着几个人,明显是准备强抢!独孤翊着实被吓到。他堂堂一个王爷,竟然要被人抢。

"阮小漾,阮小漾,你快出来,要出人命了!"独孤翊伸手拍门,扯着嗓门喊。

"公子,你叫破喉咙,阮小漾都不会出来。"大脸姑娘可是观察了很久,他在这里叫了这么多天的门,阮府的人从没出来过。而且,那天她是看着阮府的人将这位公子扔出来的。

"阮小漾!"

独孤翊现在连杀了时笙的心都有。他为什么要跑到这个鬼地方来?阮小漾是死是活,关他屁事啊!

"阮小漾,你给本王滚出来!"

"李红红!"一声娇喝从台阶下传来,苏婳极快地冲上台阶,指着大脸姑娘就是一顿指责,"你又在抢男人!"

大脸姑娘似乎很不愿意见到苏婳,直接拍着苏婳,怒道:"苏婳,你少管闲事!本小姐做什么,你有什么资格管?"

"你爹让我教你!"苏婳避开她的手,挺着胸脯,毫不畏惧地道,"你想你爹知道你干的这些事?"

苏婳一提大脸姑娘她爹,大脸姑娘就怕了。大脸姑娘左顾右盼,见四周没什么人,胆子又大起来,指着苏婳的鼻子道:"苏婳,你别以为你有我爹撑腰,本小姐就怕你。本小姐今天还就要把他带回去。"

独孤翊:"……"本王知道自己玉树临风,英俊潇洒,可是这姑娘,他真的承受不来!

"阮小漾!"独孤翊又开始拍门。

吱呀——

独孤翊背抵着大门,此时大门被人从里面拉开,独孤翊直接摔了进去,四脚朝天,正好看到渐行渐近的人影。

争吵的苏婳和李红红也停了下来,看向门内。

"吵架吵到我阮府来了？"时笙斜睨苏嬷一眼，"谁给你们的脸？"

苏嬷爱管闲事的性子又冒了出来："阮小漾！这位公子找你那么久，你都不出来见人家，有什么事，你和他说清楚不行吗？"

时笙看向独孤翊。

独孤翊不解地看着苏嬷。他不认识她啊！真的！

"苏嬷，你闲事也管得太宽了吧？"秋水忍不住出声。她家小姐做事，什么时候轮到一个外人指指点点。

"我只是看不惯阮小漾这样的为人。"苏嬷正义凛然地帮着独孤翊说话，"这位公子这么多天都守在这里，白河县都传遍了，你这么做，太不礼貌。"

时笙："……"我礼貌不礼貌，关你什么事啊！

"就是就是，让这么好看的一个公子站在你家门外，阮小漾你什么居心？！"李红红竟然认同地点头。

时笙扯着嘴角笑道："关门。"

站在大门边的下人立即关上大门，将苏嬷和李红红晾在外面。李红红瞪大双眼，凄厉地哀号："公子……"

"苏嬷，都是你不好。"李红红再次将枪头对准苏嬷。都是因为这个女人，那位公子才被阮小漾放进府中！

李红红越想越气，上前抓着苏嬷就给了她一耳光："都是你这个贱人，让你跟我参告状，让你阻拦我！"李红红对着苏嬷又抓又挠，拽头发扯衣服。

"李红红，你住手！啊……李红红你疯了！"

李红红的体重有压倒性的优势，完全压着苏嬷打。

府中，独孤翊还坐在地上。时笙站在他旁边。

外面不时响起尖叫声，听得独孤翊直起鸡皮疙瘩。

"阮姑娘，"独孤翊从地上站起来，这次没有废话，直接切入正题，"我找你是受人之托。范大人你知道吧？他让我照拂你一段时间。"要不是范大人是他的授业恩师，他是绝对不会答应范大人这个要求的。

"范大人？他为什么要你照拂我？"范大人不是在信中说独孤翊不知去向吗，骗她的？

范大人和阮父是认识许多年的朋友，当初阮父过世，这位范大人还来吊唁过。

"这个问题，你去问范大人，本王不清楚。"他也不想知道这些事，他只想好好活着。

"时间对不上。"时笙淡淡地道。

独孤翊一头雾水地道："什么时间？"

"范大人什么时候要你照拂我的？"

独孤翊皱着眉想了想，道："去年九月份左右吧。"

九月她还在白河县，没给范大人写信，他那个时候怎么会让独孤翊照拂她？

独孤翊道："本王本来打算那个时候就来找你，但本王因私事耽搁了一段时间，之后就在京城遇见了你。"

"当时在京城，我们遇见时，你怎么知道是我？"他们可从没见过，怎么他就知道是她呢？

独孤翊撩了撩垂在胸前的头发，道："本王在京城的眼线还是有的，独孤修在查你，本王自然能知道。"

时笙皱了一下眉。这个解释没问题！她在京城的时候，并没有隐藏行踪，有心人一查就能查到。那么现在只有一个问题，范大人为什么会在那么早的时间，让独孤翊照拂她？

时笙不是个爱纠结的人，想不明白，她就不想，时间到了，自然会有答案。

"你回去吧，我不需要什么照拂，替我多谢范大人的好意。"保命的办法多的是，她不需要一个智障保驾护航。

独孤翊眸子一亮，急急地开口道："这可是你说的？不行，你给本王写封信，本王好给范大人交差。"

时笙："……"真是识时务的王爷，不愧能活到大结局！

时笙还真写了封信，让他带着信赶紧滚，别再回来。独孤翊揣着信，高高兴兴地离开阮府。然而，不过半个时辰，独孤翊就一脸紧张地跑了回来。

"独孤修……我看到独孤修了。"独孤翊气喘吁吁地道。

时笙嫌弃地道："看到又怎么了？"

独孤翊瞪着时笙道："独孤修带着军队，堵在白河县外面，我现在出不去。"出白河县的路就一条，他出去时肯定会被独孤修的人发现。他以后还想在京城好好生活，可不想和独孤修对上。

时笙好奇地问："独孤修不知道你出京了？"

"当然不知道。"独孤翊白时笙一眼。

"那他也不是很厉害嘛。"时笙撇撇嘴。

独孤翊没说自己是怎么出京的，反正他现在不能出白河县，非得赖在时笙府中。

独孤翊这个人，为了保命，什么都干得出来。

时笙怀疑，让他假扮姑娘，他都会答应的。

独孤修回到白河县，没有隐瞒身份，很快，整个白河县的人都知道摄政王来了。

时笙不怕死地去看独孤修。独孤翊打扮成一个中年男人，跟在时笙旁边："阮小漾,本王……我说你来看他干什么?他可是要你命的人。"

"你跟着我来干什么?"这个怕死的智障,在府中待着不好吗?

"我来看看他是来干什么的。"独孤翊贼眉鼠眼地打量四周,已经惹起旁边的人频频回顾。

时笙扶额。做贼的时候,千万不要把自己想成贼,要镇定!

时笙默默地往旁边移。珍爱生命,远离智障!

时笙在人群中看到了苏嫿,她似乎是被人拉来的。此时看到众星捧月般的独孤修,苏嫿的神情有些愣怔。

独孤修和县官似是而非地扯了两句,他身边的人站出来,示意百姓安静下来。

"这次王爷到此,是为宫中选秀而来,家中有适龄女子的,都到县衙来报备。"

这话一出,所有人都惊了。选秀?选秀怎么选到白河县来了?这个疑惑一闪而过,很快这些人就只剩下高兴。他们的女儿要是进宫得了宠,那可就是一飞冲天了。

"选秀?"独孤翊古怪地抓了抓耳朵,"我怎么没听到这个消息?"

"明显是借口啊!"时笙白独孤翊一眼。

"本王当然知道。"独孤翊总改不过口,说完便捂住嘴,见没人注意这边,才继续道,"你不觉得这借口很诡异吗?"

独孤修找什么借口不好,用选秀……时笙沉默,多半是冲女主角来的。

"独孤修娶了那个……什么镇北将军的女儿没有?"时笙冷不丁地冒出一句。

"娶了啊。"独孤翊点头道。

时笙替女主角默哀。

"你知道独孤修为什么要娶她吗?"独孤翊凑近时笙,迫不及待要跟时笙分享他知道的小道消息。

"兵权?"镇北将军手上握有重兵,独孤修娶他的女儿,多半是为了兵权。

独孤翊伸出一根手指,道:"这只是其一。"

时笙嘴角一抽,还有其二?

独孤翊点头,眼底燃烧着浓浓的八卦之火,就差在脸上写"你快问我吧,你快问我啊,你倒是问啊"一排大字。

时笙兴趣缺缺,并不怎么想问。然而,独孤翊憋不住:"我跟你说,他和将军府的那位其实早就珠胎暗结,不得不娶。"

时笙惊了惊,道:"你怎么知道?"

"我撞见的。"独孤翊得意地道。

时笙:"……"

"就是他上次回京时,参加镇北将军的寿宴,独孤修应该是被下了药,和……"独孤翊伸出手,双手相对,大拇指同时点了点,给时笙递了个你懂的眼神,"而且还被镇

· 384 ·

北将军当场捉到,你说他能不娶吗?"

时笙默默无言。这男主角大人竟然被人算计了?她已经预料到镇北将军一家的死状。

独孤修和畏畏缩缩的县官进了衙门,时笙看到独孤修身边的人将女主角带向衙门后门。

人群陆陆续续地散开,大多数人都去传播这个好消息了。

之后,不少人带着家中的女孩子去县衙登记,经过一轮选拔后,留下的只有容貌上乘的姑娘。

"小姐,小姐,不好了,衙门来人让您去县衙。"秋水风风火火地从外面跑进来。

时笙慢慢地睁开眼。这把火到底还是烧到她这里来了。剧情君,你还没死呢?!

"小姐,这可怎么办?我听说容貌姣好的姑娘,都被选上了。您这相貌,肯定会被选上的。"小姐要是被选上,阮家可怎么办?

"去看看。"时笙慢腾腾地起身,拍了拍有些褶皱的裙摆,狂妄又嚣张地道,"去看看这群智障想把我怎么着。"

"小姐,您不能去!"秋水拦在时笙面前,急得眼眶都泛红了。

"我不去,他们就没完没了。"时笙摸了摸秋水的脑袋,"在家等消息,他们不敢把我怎么样。"

"小姐。"秋水的眼泪已经蓄在眼底,一眨眼睛就会掉出来。

时笙轻柔地笑了一下,从秋水身边绕过去。秋水轻咬唇瓣,心一横,追着时笙出去。时笙也没阻拦她,任由她跟着自己。

此时,衙门里依旧有姑娘在徘徊。这些人都是落选的,有些不甘心。时笙一出现,这些人就指着时笙窃窃私语。

"快看快看,阮家的那位来了。"

"她……应该能选上吧?"

"那还用说,你们说这阮小漾要是进宫,阮家可怎么办?"

"那么多家产,这阮小漾不在,还不得被人……"

时笙目不斜视地从那些人身边走过去。秋水有些气不过,瞪了那些人几眼。

进衙门的时候,时笙看到一个熟人——丁香。她被一个丫鬟扶着,哭得梨花带雨。旁边站着一个中年男人,大概是丁香的父亲,此时也是面色难看。

丁香推开丫鬟,抓着丁父的手臂,声音哽咽地道:"爹,我不想进宫,我和贺二公子有婚约的。"

"女儿啊……爹这……也没办法啊!"丁父叹气。上面的决定,他们这些百姓能有什么办法。

"爹……"

丁父挥挥手，道："先进去吧，爹和大人说说……"

丁香抽抽噎噎地往里面走，正好和时笙同时进衙门。她抬眼看向时笙，大概觉得同病相怜，又一声不吭地垂下了头。

第十五章 我是地主（下）

县衙内，县官正等着那几家没有送人来的。他也很头疼，这些人贿赂他，可摄政王在这里，他哪里敢收？看到白花花的银子不能收，县官肉疼啊！

当他看到时笙的时候，就不肉疼了——他全身都疼。这个女人简直就是他的噩梦。

"阮小姐……"县官连忙从椅子上站起来，踹旁边的人一脚："快去给阮小姐拿把椅子。"

丁香和丁父同时到，见县官这模样，都有些奇怪，县官这么讨好阮小漾？

时笙坐得心安理得。县官不敢招惹时笙，转头看着丁父和丁香："丁老爷，丁小姐。"

丁父拱手弯腰，道："大人。"

"民女见过大人。"丁香刚哭过，声音有些沙哑。

丁父刚想说话，县官摆摆手，为难地开口："丁老爷，这事我可做不得主。"他朝着另外一个方向看一眼，"丁小姐的年龄和样貌都符合甄选要求，丁老爷也别舍不得，这进了宫啊，就是光宗耀祖的事。"

"爹。"丁香拽丁父的袖子，她不要进宫，她要和贺廷在一起。

丁父朝着县官走几步，用袖子挡住视线，给县官塞东西："大人，我就这么一个女儿，你帮我想想办法，丁某定有重谢。"

县官捏了捏丁父塞给他的那沓银票，心疼得嘴角直抽，好一会儿才推回去："丁老爷，不是本官不帮你，这次是实在没法子，本官要是帮你，这乌纱帽怕是保不住了。"县官说完赶紧让人记录，怕丁父继续贿赂自己。

丁父叹气摇头。如果是别的人来，他还可以塞钱，可这次来的是摄政王，他哪里敢去给摄政王塞钱？

"阮小姐……"县官解决完丁香的事，脸上又挤出笑容，"你看，要是没什么问题，本官就给阮小姐记录登册了。"

"有问题。"时笙抬头看向县官。

县官小腿发软,双手撑着旁边的桌子才站稳:"阮小姐有什么问题?"

"我不进宫。"

"这个……这个本官做不得主啊!"他要是能做主,他现在已经数钱数到手抽筋了。

今天早上起来,他的眼皮就一直跳,他就知道要出事,这个阮小漾不好对付。

县官暗中冲旁边的人摆手,这意思是让人去请摄政王,他搞不定的人,就请摄政王出手。

县官面上不显,劝着时笙,拖延时间:"阮小姐,其实进宫也挺好的,多少女子想进宫都不行,你有这么好的机会,一定要珍惜。"

"进宫去等死?"时笙挑眉道,"皇宫是个什么地方,没点后台进去的,被人弄死了都不知道。"

旁边还没走的丁香听到时笙的话,脸色顿时煞白,紧紧抓着丁父的手。

县官虚汗直冒,小心翼翼地道:"话不能这么说。"

"那该怎么说?"

县官:"……"他怎么知道该怎么说,摄政王怎么还不来?

独孤修姗姗来迟,县官跟找到主心骨似的,一溜烟儿跑过去:"王爷。"

独孤修微微点头,看向依然坐在椅子上、没有任何动静的时笙。

丁父和丁香跪下拜见独孤修。

"大胆刁妇,见到摄政王为何不跪?"独孤修身边的亲信对着时笙一声大吼。

"他也配?"时笙瞄那个亲信一眼,神情嚣张又不屑。

"放肆!"

时笙微微仰着头,脸上似乎带着笑,反问道:"放肆又怎么的?"

县官站在独孤修身边,冷汗直冒,那叫一个心惊胆战。连摄政王她都敢顶撞,这个阮小漾是不想活了吗?

那亲信怒喝一声:"你这刁妇!"说完,他几步朝着时笙走过去,伸手要去揪时笙的头发。

秋水哪里看得下去,上前挡住时笙。那亲信一把揪住秋水的头发。她梳得好好的发髻,瞬间散开,人也往旁边摔去。

"啊!"秋水吃痛,双手护住头发。

时笙伸脚踹向那亲信。

"啊!"那亲信这一声可比秋水那声大得多。他松开手,捂住裆部,身子微微弯曲,一脸痛苦的神情。

时笙将秋水扶起来:"没事吧?"

· 388 ·

秋水披散着头发，眼眶微红，微微摇头道："没事。"

时笙看了看秋水的头皮，有一些头发被扯掉了。时笙的脸色沉了沉，动作轻柔地替她理了理散在前面的头发。下一秒，时笙毫无征兆地掏剑，众人只看到剑光一闪，刚才还在哀号的亲信，已经瞪大眼，慢慢地往地上倒去。鲜血从他身体里渗出来，在地面流淌。

"啊！杀人了！"丁香吓得直往丁父怀里钻。

独孤修被激怒，吼道："阮小漾，你眼中还有没有本王？！"

"没有啊。"时笙诚实地道，"你长得又不好看，我眼里为什么要有你？"

"小姐……"秋水脸色煞白，悄悄地拽时笙的衣袖。

小姐怎么能当着摄政王的面杀人？完了完了，要出事了，都是她的错，要不是她，小姐也不会动手。

"阮小漾目无王法，乱棍打死。"独孤修沉声道。

时笙斜睨着独孤修，那眼神过于讽刺，看得独孤修心底有不好的预感。

鉴于自己的威严受到挑衅，孤独修并没有收回命令。其结果就是，独孤修的人被时笙揍得哭爹喊娘都不行。这么长的时间，时笙体内已经有一些灵气。她虽然不能徒手打架，但是配合铁剑，砍死一车的人还是没问题的。

"独孤修，你少打我的主意。"时笙用铁剑指着独孤修，"你以为你是摄政王就了不起？我想让这天下姓什么，它就得姓什么。"

独孤修脸色铁青，目光阴狠地瞪着时笙。这个女人哪里是嚣张，简直是狂妄自负！历史上那么多的能人，都不敢说想让这个天下姓什么就姓什么，谁给她的自信！

时笙带着不解的秋水离开，那些想拦时笙的人，在她作势挥剑的时候，呼啦散开。这寒气逼人的剑要是砍在他们身上，他们还能活吗？

"小姐……"秋水亦步亦趋地跟着时笙，"咱们得罪了摄政王，会不会有事啊？"

"当然有事。"得罪了男主角大人，那还有好日子过吗？

"这……这……这可怎么办？"秋水急了，"咱们赶紧离开白河县吧，去外面避一避。"

时笙气定神闲地道："外面都是独孤修的人，你能去哪里避？"她得罪的人都能绕宇宙一圈了，一个独孤修，怕个屁！大不了就是一死。

【……】宿主，你这想法真的好危险啊！

秋水急得手脚都没处放，心底全是慌乱。

回到阮府，时笙让秋水下去休息，秋水哪里有心情休息，在时笙身边转来转去，给时笙出各种主意。

"小姐，您怎么还这么淡然，快想想办法啊！"

时笙头疼，有什么办法啊，都已经得罪了。

"要不你回乡下庄子去？"

秋水瞪着眼睛道："那您呢？"

"我得造反啊！"独孤修不是想当皇帝吗？她偏不让他当！

独孤翙进门的时候，正好听到这句话。他身子一个趔趄，差点撞到门边的花瓶。

独孤翙扶着花瓶，道："阮姑娘，这话也敢乱说？"

秋水一惊，转过身，慌慌张张地道："孤独公子……您怎么能随便闯小姐的闺房？"

独孤翙很无辜，他没想闯进来，他是听到时笙的那句话，被吓进来的。

"咳咳……"独孤翙干咳一声，放开花瓶，转身出去，伸手敲了敲门。

时笙："……"

秋水想拦住独孤翙，然而独孤翙已经自动走了进来。他几步凑到时笙跟前，好奇地问："阮姑娘，我听说你今天在衙门把独孤修的人给收拾了？"

"你倒是消息灵通。"时笙目光幽幽地看他一眼。

独孤翙倒没辩驳："这下你可是把独孤修得罪惨了。"

"哦。"

"你这是什么反应？"独孤翙不解地道，"你不怕独孤修对付阮家？你一个人能跑，你阮家这么多人还能跑？"

"为什么要跑？"

"为什么不跑？"那可是独孤修，摄政王！他皱一下眉就能让周围血流成河！

时笙打了个哈欠，道："胜者为王，败者为寇。我要是被独孤修弄死了，那是我技不如人，我没什么好说的。"

独孤翙嘴角一抽，道："你倒是想得开。"

时笙忽而自信一笑，道："因为我知道，我不可能被一个智障弄死。"

独孤翙："……"摄政王是智障，他们这些人是什么？

"我很好奇，你到底哪里来的自信。"半晌，独孤翙才憋出一句话。

时笙望向独孤翙，唇瓣微张："天生的。"

"咳咳……"独孤翙被口水呛到，转过头问秋水，"你家小姐是怎么活到这么大的，居然没有被人打死？"

秋水："……"小姐以前不是这样的，自从那次回来后，才变得奇奇怪怪。她一直觉得小姐是受了刺激，可是现在小姐这样子，哪里是受了刺激，简直是疯了。

"不是我说你，阮小漾，你真想造反？"独孤翙的话题又转回最初的问题上。

说到造反还这么有兴致的王爷，估计也只有独孤翙这一个。

"不想。"

独孤翙瞪眼道："你刚才说了！"

"你听错了。"时笙正经地道。

独孤翊看向秋水，无声地问，本王听错了？

秋水不敢点头也不敢摇头，索性垂下头不说话。

独孤翊不信，他肯定没听错："那你刚才说的什么？"

时笙一脸正气地道："铲除奸臣，匡扶正义。"

【……】宿主，你说这话的时候，就不觉得臊得慌吗？"匡扶正义"这四个字你竟然说得出口，本系统想把一堆乱码拍你脸上！

独孤翊怀疑自己听错了："阮姑娘，你再说一遍。"

时笙翻了个白眼，道："智障。"

独孤翊憋得慌，不行，他不能再和这个女人说话，否则迟早得气出心脏病来。

独孤修动作很快，阮家在白河县的所有铺子同时被强行查封，查封的理由，独孤修直接给的是"以下犯上"。

整个白河县的百姓都震惊了，阮家这是干了什么？

阮家铺子里的人大多被抓，关在县衙的地牢里。阮府也被独孤修的军队围得水泄不通。

整个阮府乱成一团。

时笙这个正主一脸悠闲地从后院晃到前院大门，慌慌张张的下人们见时笙这个悠闲的模样，竟然镇定下来。

"小姐肯定有办法。"

"嗯嗯，小姐那么厉害，我们要相信小姐。"

"相信小姐。"

下人们互相打气。时笙波澜不惊的目光从他们身上扫过，唇角勾了勾，道："该做什么就做什么。"

一群人对视几眼，同时行礼，道："是，小姐。"

时笙慢吞吞地走到大门口，守门的下人慌得直哆嗦，生怕外面的那群人闯进来。

时笙出现，下人们才松了一口气："小姐。"

"开门。"

"这……"下人迟疑，外面可都是带刀的军队。

时笙看向他，那人立即垂下头："是。"

之后，两个人合力打开大门。

门外的场景，缓慢地从门缝中扩大，直到完全呈现在时笙视野中。身穿铠甲的军队将阮府围得水泄不通。远处是围观的百姓，正对着阮府指指点点。

阮府大门打开，所有人的注意力立即集中到大门里面。

深蓝色的人影逐渐出现在众人视线中。

姿容秀丽的少女双手环胸，大门拉开，带起的风扬起她的裙摆，腰间璎珞晃动。她平静地看着外面，好像面对的不是来抄家抓人的军队。

领头的将领上前一步，敛容沉声道："阮小漾，以下犯上，目无王法，你可知罪？"

时笙迈着步子，踏出门槛，微微仰起下巴，眉眼弯了弯，轻灵的声音缓缓响起："不知。"

将领冷哼一声，挥手下令："顽固不化，抓起来，带走。"

没人看清这名看上去娇小的少女是从哪里摸出一把铁剑的，待他们反应过来，面前已经倒下一批人。

"阮小漾，你敢动手！"将领大怒。

"手滑。"她嘴上这么说，却再次挥动铁剑，凌厉的剑气横扫而过。

一群人被剑气掀翻，躺了一地。铁剑在空气中挽出一个剑花，剑尖猛地戳到地面。少女衣袂翻飞，眉宇间满是张扬："你们想抓我，回去再努力练练。"

将领躺在地上，捂着胸口，嘴角有殷红的血渗出。他不服气地狠狠擦掉血，从地上摇摇晃晃地站起来："你不就是仗着有那把剑吗？有什么好得意的，有本事和我单打独斗。"

时笙居高临下地睨着他，嘴角扬了扬："我有剑，那是我的本事。你要是有，也可以拿出来。"

将领气结。他要是有这么一把厉害的剑，哪里还用在这里跟她废话！

将领还没说话，又听少女嗤笑一声："我一个姑娘，你让我和你单打独斗，不觉得搞笑吗？"

将领哪里是时笙的对手，只能眼睁睁地看着大门关上。大门将少女隐隐含笑的面容隔绝。

"将军。"地上的人陆陆续续站起来，围在将领身边，心有余悸地看着紧闭的大门。

将领喷出一口鲜血。

"将军！"

将军摆摆手，指着其中一个人，道："你回去向王爷禀报。"

独孤翊怕被独孤修的人看到，躲在后院不敢出来。估计等这些人冲进阮府，他就立即跑路。然而，他紧张地等了许久，整个阮府依旧如常，没什么奇怪的动静。独孤翊拽着一个人问，才知道前面发生的事。听完之后，独孤翊对时笙只剩下佩服。

一顿午饭的时间后，整个白河县的人都知道了阮府大门口发生的事。

独孤修亲自带人到阮府，看着紧闭的大门，吩咐人直接撞开。当他们接触到大门，直接被一股无形的力量弹飞，别说进去了，连人家的大门都摸不到。

时笙趁着男主角在外面折腾的时候，跑去了县衙门，把独孤修抓的人给放了。县官哆嗦地抱着脑袋，蹲在一旁，大气都不敢喘。王爷哟，您跑去撬她的老窝，人家却跑来衙门救人，您倒是快回来啊！

这些人都是阮家的伙计，时笙给他们发了工钱，让他们各自回家，或者去什么地方避一避。

时笙瞄了哆哆嗦嗦的县官一眼，大摇大摆地离开牢房。等独孤修那边接到消息，时笙已经回到阮府。独孤修整个人都快气炸了，恨不得将时笙大卸八块。

"不管用什么办法，给我把阮府大门弄开！"独孤修扔下这句话，怒气冲冲地离开。

剩下的人面面相觑。这阮府现在像铜墙铁壁，他们怎么弄开啊？

独孤修回到衙门，县官瑟瑟发抖地跪在地上请罪。独孤修踹了他一脚，往后院走去。捡回一条命的县官摸了摸胸口，他还是辞职吧！再这么干下去，迟早得送命。不对，他不能辞职，得直接跑路才行！县官立即站起来，火烧屁股般往后院跑。

独孤修回到房间，倒了好几杯水喝下，却没浇灭此时的怒火。

"王爷。"

独孤修猛地回头，眼底的戾气吓得门外的人直哆嗦。

看清来人，独孤修垂下头，缓了缓脸上的表情："阿婳，你怎么来了？"

苏婳迟疑着走进去，看了看独孤修的神色，本想问阮小漾的事，却不敢问出来，只小心翼翼地建议："王爷还没吃饭吧？不如去醉仙楼试试我做的烤鸭？"

以前独孤修住在她家的时候，她还没有多怕他，这次不知道为什么，她总觉得独孤修身上有种让她心惊的气势。

"也好。"独孤修舒展眉头，点点头。

醉仙楼就是苏婳盘下的阮家酒楼。苏婳亲自给独孤修做了烤鸭，独孤修吃完烤鸭，心情好了不少。

"阿婳，这次你跟我回京吧。"独孤修看着苏婳。

苏婳卷着鸭肉的手一顿，有些诧异地看着独孤修："和你一起回京？"

独孤修点头。

"可是……"苏婳放下手里的鸭肉，有些忐忑地道，"我怎么跟你回去？"

独孤修如今是表现出有几分喜欢她，但并没有对她表白，他们还处于暧昧期。她就这么跟着他回京，是以什么身份？她可不想给独孤修做侍妾。她要的，是一世一双人。

"阿婳，"独孤修握住苏婳的手，微微用力，将她扯到自己怀中，眼底有一丝情意流转，"我会娶你的。"

苏婳蓦地红了脸，却还是大着胆子问："王爷这是在跟我表白？"

独孤修伸手刮了一下她的鼻梁："你觉得呢？"

"这种事，怎么还要我觉得？"苏婳有些不满地鼓着脸，娇艳的唇微微嘟着，泛着诱人的光泽。

美人在怀，独孤修喉结滚动，忽然朝着苏婳吻去。苏婳被吻得措手不及，直到身上有了凉意，她才惊醒，有些慌乱地抵抗独孤修。

"王爷……等等，独孤修……"苏婳抓着他在自己身上游走的手。

苏婳身体发软，靠着独孤修，声音娇软地道："独孤修，不要。"

独孤修慢慢含住她的耳垂："阿婳，我会娶你的。"

苏婳喘了两口气，道："独孤修，你只能有我一个女人。"

独孤修含混地应了一声，袖子一扫桌上的东西，将她放到桌上……

苏婳自从和独孤修在一起后，就被独孤修勒令住在县衙，独孤修还将阮家那些查封的铺子交给苏婳处理。如此以公谋私，白河县的百姓多多少少有些不满，特别是那些盯着这些铺子的商人。

阮家要是倒霉了，这些东西会充公，但衙门又不能经营，只能重新卖给他们商户，捡便宜的好时候，他们不能不盯着。现在阮家的小姑娘还好好的，摄政王竟把铺子给了苏婳，这些人怎么会没意见？奈何人家苏婳现在是摄政王面前的红人，他们也只敢在背后骂苏婳狐狸精。

阮府。

秋水最先听到消息，匆匆跑来找时笙："小姐，摄政王太过分了。"她家小姐还没怎么样呢，怎么那些铺子就归苏婳了！

"她要就给她呗。"时笙不在意地道。

"小姐！"您能不能有点紧张感，现在府外还围着人，铺子又没了！

时笙挥挥手，道："这事你别管，吃好睡好就成，看看你那黑眼圈，快回去休息。"

秋水欲哭无泪。她要是睡得着才怪，生死攸关啊！

时笙几步消失在秋水的视线中，她不想听人唠叨。

选秀已经结束，独孤修让人先带那些秀女回京，听说丁香割腕自杀都没逃过这一劫。

而贺廷被贺家人关在家里，完全不能出门，对于外面的事，他只能从下人口中偶尔听到一些。听说苏婳和独孤修在一起，贺廷整天借酒浇愁，颓废得不像样子。

苏婳攀上独孤修这棵大树，苏家人自然也知道了，纷纷跑来找苏婳，闹出不少的事。闹得最凶的一次，听说是苏母打了苏婳一巴掌，说她忘恩负义。独孤修差点当场杀了苏母，最后是苏婳拦着，苏母才幸免于难。苏婳也在那次和苏家断绝了关系，给了他们足够的银钱，并将她妹妹从他们手里买了过来。苏家人得了钱，还真没再来找苏婳。

苏婳是个想成为富翁的女主角，所以，即便男主角承诺会娶她，她也继续做着自己的事业。

拿到阮家的那些铺子后，苏婳立即开始谋划其他产业，诸如美食、潮流服饰、首饰，很快得到白河县一些姑娘的好感。

苏婳的事业做得风生水起，有摄政王坐镇，连个找事的人都没有。

独孤修奈何不了时笙，不断地对阮家的产业下手。他先以官方名义查封阮家的铺子，然后再送给苏婳。到最后，阮家只剩下那座宅子。

独孤翊这个借住的人开始急了，整天在时笙面前晃悠。

"阮小漾，你家现在一穷二白，你还有心思在这里晒太阳？"

"不然我能干什么？"时笙换了个更舒服的姿势。

"你不是很嚣张吗？去抢回来啊！"独孤翊一拍旁边的桌子。

时笙抬手，拂了拂被风吹得有些乱的发丝，道："你就是想看我和独孤修狗咬狗吧。"

"本王怎么可能是那种人！"独孤翊立即反驳，"我是想看你和独孤修斗智斗勇，这可比京城那些人暗中斗来斗去有意思多了。"

京城的人都是暗自下黑手，看得他费脑子。哪里像现在，所有人都知道她和独孤修水火不容，可偏偏独孤修就是拿她没辙。

"想看戏？"时笙坐起身，看向独孤翊。

独孤翊小鸡啄米一般点头。

时笙站起来，轻描淡写地道："走吧。"

"去哪儿？"

"看戏。"

独孤翊不知道时笙说的看戏是什么，但是看到她要出大门，独孤翊有些退缩。他纠结了一会儿，快速跑回去重新装扮一番，这才追上时笙。他到大门口时，时笙已经突破了独孤修手下的包围，正往大街上走。独孤翊低着头，赶紧追上去。

"我们去哪儿看戏？看什么戏啊？"独孤翊一出来就贼眉鼠眼地观望。

时笙嘴角上翘，轻飘飘的话语落在独孤翊耳边："迎接摄政王妃。"

独孤翊差点没站稳，道："你说什么？"

"耳聋？有病就治。"

"咳咳……"独孤翊又被口水呛住，拍着胸口缓了缓，"摄政王妃？将军府的那位？"

时笙翻了个白眼,道:"难道独孤修娶了两个?"

独孤翊:"……"那倒没有。

没走多远,就有人塞了张纸条给独孤翊。独孤翊偷偷摸摸地展开看了看,又神情诡异地看向前面的少女。她怎么知道摄政王妃要来?

时笙还没走到县衙大门,就看到一群人围着一个地方。时笙走过去,那些百姓纷纷给她让开一条路。

"贱人!"

时笙刚走进去,就听到这么一声娇喝,接着就是一声清脆的掌掴声。

华丽的车队前,一个盛装打扮、肚子微微隆起的女子柳眉倒竖,瞪着一个方向。而她对面站的,正是苏姵。独孤修还没出现。

苏姵莫名其妙地被打了一巴掌,怒火噌噌地往上冒:"我不就是不小心撞了你的婢女一下,我都道歉了,你凭什么打人?"

"凭什么?"女子又是一巴掌甩过去。

这次女子没打到她,苏姵突然伸手推了女子一下。女子大概没想到苏姵会还手,被推得一个踉跄,直接往后摔去,腰撞在后面马车的车辙上。女子脸色倏然一白,身子僵在那里。

"王妃,王妃……"婢女们这才反应过来,围住女子,扯着嗓子吼,"来人来人,御医呢,快叫御医!"

"娇气。"苏姵哼了一声,但当她看到女子的裙摆开始渗出红色的液体,神情才一慌。她想上前,却被那些人挡住。

女子被人扶上马车,苏姵直接被旁边的侍卫拿下。

"王妃要是有个三长两短,有你好看的!"婢女恶狠狠地对着苏姵道。

时笙捧着脸笑。那女子至少有四个月的身孕,已经显怀,明眼人都能看出来,苏姵却没看出来,真有意思。

"阮小漾,你别笑,瘆得慌。"独孤翊搓了搓手臂。

女子肚里的孩子没保住。独孤修姗姗来迟,听完下人的汇报,只看了苏姵一眼,便上了马车。苏姵张了张嘴,无声地叫着独孤修的名字。

独孤修很快抱着女子下来,女子脸色苍白地抓着独孤修的衣襟:"王爷,妾身的孩子。"

"会有的。"独孤修语气不算温柔、但也不算冷淡地安慰一声。

"都是妾身的错。"女子小声哭着,那叫一个伤心欲绝。

独孤修没出声,抱着女子往县衙的方向走。

时笙不是很懂,坐马车不是更好吗?为什么要用走的呢?

苏嬦跟在后面，围观的百姓一路跟着到了县衙大门，低声讨论着刚才的事。

"刚才那些人叫的是王妃吗？摄政王娶亲了？"

白河县地处偏远，冬天又刚过，好多消息都没传回来。

"叫的是王妃，又是摄政王亲自来接，肯定没错。"

"那苏嬦算什么？"

"狐狸精呗，勾引王爷，现在王妃来了，还把王妃的孩子给整没了，这下惨了。"

时笙双手环胸，慢慢地退出人群。

"阮小漾，"独孤翊叫着她的名字，几步追上来，"你怎么知道王妃来了？"

"听人说的啊。"时笙如实回答。

"听谁说的？"独孤翊好奇地问。他刚刚才接到消息，怎么她比自己还早知道？

"不知道。"她是真不知道，之前她出来的时候，听到一个商队在说，路上遇上一队人马，有朝廷的人护送，还有个年轻貌美的女子。她特意顺着商队说的路线去瞅了瞅，这不就知道了？

苏嬦已经被关在牢房好几天，每天除了有人给她送吃的，她就没见过其他人。

这一天，天刚亮，她就被人带出去，二话不说被打二十大板。二十大板，对一个姑娘来说，绝对是要命的。奄奄一息的苏嬦，被人抬回她之前住的房间。苏嬦疼得晕了过去，等她醒过来，屁股上火辣辣地疼，眼泪顿时不受控制地往下掉。

"别哭。"旁边突然响起一道声音，一双手捧着她的脸，"对不起，阿嬦，让你受委屈了。"

"独孤修……"苏嬦声音嘶哑地道，"那个孩子……我不知道她有身孕，我不是故意推她的，是她先打我。"苏嬦语无伦次地解释。

"我知道。"孤独修替她擦了擦眼泪，"不是你的错。"

独孤修俯身吻了吻苏嬦。苏嬦被吻得忘记了哭，身上的疼似乎也消失了，喉咙里发出轻微的呜咽。直到独孤修放开她，苏嬦才抓着他的手问："你娶妻了？"

独孤修沉默片刻，点头，又很快地解释："我不喜欢她。阿嬦，你放心，再等一段时间，我就会休了她。"

独孤修说了很多好话，又告诉苏嬦自己的处境，苏嬦虽然有些难以接受，但也没揪着不放。

独孤修每天都来看苏嬦，亲自帮她上药。上药的时候，独孤修免不得要揩油。苏嬦动弹不得，只能躺着被独孤修吃豆腐。

"独孤修，你能不能好好上药？！"苏嬦趴着，面色潮红。

独孤修俯身在苏嬦耳边吹气："阿嬦不是很喜欢吗？"

苏嬦脸色更红，扯着旁边的被子往自己身上裹："我已经没事了，不用你给我上药。"

"没事了？"独孤修冲苏婳挑眉。

"没事了，没事了。"苏婳赶紧摇头。

"既然没事了……"独孤修拖长音调，翻身上床。

门外，脸色苍白的女子静静地听着房间中传来的声音。

"王妃，身体要紧。"扶着她的婢女小声提醒。

女子脸上浮起冷笑，抬步离开。

苏婳不在店里，时笙带着阮府的下人一路将那些人撵了出去，不走的直接揍，她也不做生意，只是将这些店铺砸得稀烂。

时笙砸铺子的事，很快传到苏婳和独孤修耳中。独孤修被王妃缠着，脱不开身，苏婳只能自己去。苏婳赶到的时候，时笙正在砸最后一家店。

"阮小漾，你干什么？住手！"苏婳从人群中挤进来，见铺子已经完全不能看，对着时笙大吼，"阮小漾，你凭什么砸我的铺子？"

"你的？"时笙看着苏婳，"你有房契吗？"

时笙扬了扬手中的房契："白纸黑字写着，这些铺子是属于我阮家的，我砸我自家的东西，关你屁事啊！"

"这些铺子都被查封了，已经充公，早就不是你的了。"苏婳大声地道。

时笙哼了哼，用平静无波的眸子看着苏婳："他独孤修算什么东西？敢查封我的东西？"

"阮小漾，你别太过分！"

时笙眉开眼笑地道："打我啊。"

【……】不是很懂宿主得意个什么劲儿！

"你……"苏婳指着时笙，气得脸色铁青。

苏婳看看后面已经被砸得不成样子的铺子，又看看嚣张狂妄的时笙，此时只想掐死这个女人。她凭什么这么践踏自己的劳动成果。

苏婳强忍着才没哭出来："阮小漾，我和你势不两立。"

"欢迎加入我的敌对大军。"时笙双手摊开，"不过你得排队，想弄死我的人太多了。"

苏婳："……"

时笙挥挥手，带着砸铺子的人离开。围观的人跟躲病毒似的，给他们让出一条路。

苏婳恨恨地瞪着时笙的背影，咬牙切齿地道："阮小漾。"

苏婳失魂落魄地回去，刚进县衙，就被王妃身边的人给叫过去。

王妃端坐在主位上，高贵优雅地喝着茶。苏婳站在中间。王妃也不说话。足足一盏茶的时间后，王妃才慢慢地开口："要伺候王爷，你得学会规矩，不能像个乡下丫头似的，给王爷丢脸。"

时笙砸铺子的事，让白河县的百姓再次认识到，阮家小姑娘不好惹。你要铺子，她没任何意见地给了。等你把铺子重新开起来，人家二话不说，带着人就把铺子砸了。

时笙砸得很爽，秋水却肉疼得不行："小姐，那可是我们的铺子。"

时笙沉默。秋水又要开始碎碎念！

"那个，秋水啊！我有点饿，你去给我弄点吃的。"

秋水奇怪地道："不是刚吃过吗？"

"最近消耗有点大。"还不是为了打发你。

秋水行礼，道："小姐，您稍等。"

秋水退出房间。独孤翊在门口鬼鬼祟祟地往里面张望，见没人，他才溜进去："阮小漾，阮小漾。"

时笙的目光投向他。独孤翊嘿嘿地笑两声，道："我跟你说个好消息。"

"你的好消息，对我来说，并不一定是好消息。"时笙这句话说得有点绕。

独孤翊冲时笙眨眼："真的是好消息，你想不想知道？"快问我啊！问我我就告诉你。

时笙不为所动。独孤翊憋不住地道："皇上派巡察使来了。"

"这算什么好消息？"

独孤翊用"这你就不懂了"的眼神看着时笙，摇头晃脑地道："我跟你说，这次派来的巡察使你知道是谁吗？是短短几个月时间，就被皇上破格提升为丞相的贺清。这个男人，啧啧，那可是有本事的。现在皇上什么都听他的，而且听说他就是白河县的人。"

时笙："……"贺清那个智障回来受死了！

独孤翊将贺清在京城的事给时笙一件不落地数出来，什么和独孤修在朝堂上斗智斗勇、争夺兵权……

独孤翊的消息来源至今成谜，时笙没见他和什么人接触过。他表面上装得很怕独孤修，时笙却没从他眼中看到什么惧意，甚至他还敢去看独孤修的好戏。

时笙对独孤翊的消息不是全然相信，晚间的时候，她一个人出了阮府，踩着铁剑往白河县外飞。她刚出白河县，远远地看到下方的小道上有火把明明灭灭，几道人影正快速朝白河县的方向前进。

时笙在上面停留几秒，下面的人就停止前进，似乎在仰头看她。时笙让铁剑落下去，直接落到那几人面前——领头的正是贺清。

贺清看上去依然很羸弱，风一吹似乎都能把他吹倒。

"哎呀，"贺清有些懊恼地道，"我都提前这长时间动身了，你怎么还是知道了？"

时笙眸子微眯，开口道："你到底是谁？"

"我？"他脸上保持着微笑，但配上他那脸色和明明灭灭的火光，总有些诡异，"我叫慕白，爱慕的，白色的。"

"没听过。"慕白啊……

慕白的嘴角僵硬一下，好气哦，她竟然不知道他。但他是绅士，不能发火，所以仍然保持微笑，道："没关系，现在听过了。"

"你的目的？"

"我的目的你不是清楚吗？"慕白笑容得体，好像面对的是一个即将和他达成合作关系的伙伴。

时笙微微挑眉，道："弄死我？"

慕白笑着没答，算是默认。

"你和我有仇，还是和搞出这个系统的人有仇？"

慕白伸出一根手指："一次只能回答一个问题哦。"他往后退了几步，"我们的较量才刚刚开始。时笙，我知道你是个很小心的人，可马有失蹄时，我们来日方长。"他突然抽出后面一个人的佩剑，眼都不带眨一下地朝着脖子抹去。虽然很不想死，可他这时候要是不死，待落到她手中，就没什么好果子吃了，还是死了比较幸福。

慕白的嘴角勾起诡异的弧度，眼底的光慢慢消失，身体缓缓倒进旁边的草丛里。

时笙："……"

剩下的几人，在慕白倒下后，纷纷咬舌自尽。

很好，你引起我的注意了！

时笙慢悠悠地晃回白河县。

巡察使惨死的消息，很快传回白河县，诡异的是，这位巡察使是自杀而死的……这么诡异的死法，让白河县的人百思不得其解。最高兴的人是独孤修，这个突然冒出来的人很是棘手，不管他是怎么死的，现在就是死了。独孤修连时笙都没时间理会，带着他的两个女人，匆匆回京。

时笙站在白河县最高的城楼上，目送独孤修的队伍离开。

"独孤翊，想当皇帝吗？"

"不想。"独孤翊在旁边胡吃海喝。

"不想当皇帝的王爷都不是好王爷。"时笙转过身。

"你能让本王当皇帝？"独孤翊啃了一口肘子，满嘴是油。

他嚼了两下，飞快地抱怨："阮小漾，吹牛有个限度好不好？我知道你很厉害，但这只是白河县，京城是什么地方，比你厉害的人多了去了。"

时笙默默地移开视线。就这智障也不是当皇帝的料。

"你们京城还有谁想造反？"时笙坐到独孤翊对面。

独孤翊想了想，没回答她的问题，只道："你还真想造反啊？"

时笙认真地道："你看我像是在跟你开玩笑吗？"

独孤翊仔细地看了时笙几秒，笃定地点头："像。"

时笙拿着桌上的酒杯砸过去，独孤翊偏头避开，不满地嚷嚷："别动手啊！"一言不合就动手，一点姑娘家的样子都没有。

时笙去拿另外一只酒杯，独孤翊赶紧喊停："永乐侯一直想造反，不过他手上的兵权太少，翻不起什么风浪。"

永乐侯是长公主的丈夫，比独孤翊还高一辈，和独孤修同辈。

独孤修回京第一件事，就是处理掉慕白留下的暗桩。慕白不在，皇帝一个人，根本就不是独孤修的对手，皇帝很快就被独孤修软禁。独孤修大概不想落得一个造反的名头，没有直接造反。而苏嫿被接入摄政王府，王妃变着法折磨苏嫿。

原剧情中，没有慕白暗中插手，独孤修不需要娶王妃以获得镇北将军的支持，自然就没有苏嫿和王妃的对手戏。

苏嫿很想回白河县，可每次独孤修都会深情挽留。独孤修在她面前说上一点自己的难处，苏嫿就沦陷了。女主角的光环还是在的，就算王妃几次想弄死苏嫿，都没成功。苏嫿也因此在最短的时间内，学会了一项新技能——宅斗。

独孤修最终得到了镇北将军的支持，成为天下权势最大的人。他悄悄将皇帝弄死，留下假诏书，传位于自己。虽然不少人都知道内幕，可事已至此，那些不满的人哪里敢冒头，一冒头就要被杀头。独孤修成功登基，封后的事又出了问题。

王妃作为镇北将军的女儿，又是他独孤修明媒正娶的妻子，自然该被封为皇后。可独孤修想封苏嫿为后。这一举动遭到不少大臣的反对，特别是镇北将军。迫于压力，独孤修只能封王妃为后，苏嫿得了一个妃位。此时，苏嫿才觉得，自己跟着独孤修回来是错的。

"姐姐，你别难过。"少女轻拍着苏嫿的后背，"陛下心底只有你，就算她是皇后，也不能和你争宠。"

苏嫿勉强笑笑，拉着苏妹的手："姐姐没事。"

苏妹和苏嫿长得有几分相似。苏妹大概十四岁，眉宇间还有些稚气，但她笑起来的时候，格外清纯可爱。

"姐姐，陛下刚才派人来说，今晚歇在你宫里。"

闻言，苏嫿脸上的笑容才多了一点。

独孤修被人簇拥着进来，苏嫿已经重新沐浴过，也重新化了妆，看上去光彩照人。

独孤修不顾旁人，直接将苏嬿抱起，朝里面的床走去，后面的人识趣地退出去。

两人在床上翻云覆雨一番，苏嬿趴在独孤修胸口，道："我想回白河县一趟。"

独孤修眉头一皱，道："回去干什么？"那个地方有个他很讨厌的女人，等他这边稳定下来，一定要派兵去把那个女人解决了。

"有些东西要拿回来。"

"这里什么东西没有？你要什么，让下面的人去买。"独孤修的手不老实地在苏嬿身上游走，"白河县那个地方，你别回去，朕不放心。"

苏嬿不满意，推开独孤修，背对着他躺下。

"好好好，让你回去。"独孤修将苏嬿的身子扳回来，"不过你得让朕高兴。"

苏嬿掐了独孤修一把，主动翻身坐到他身上。

苏嬿回到白河县，已是一年后，白河县的变化很大。她一进县城，最先看到的是阮家的店铺招牌。整条街，几乎全是阮家的招牌。苏嬿让人去问了才知道，阮家现在可是真正的有钱人，这白河县的铺子，八成是阮家的，更别说附近的土地，好多都被阮家买了。

时笙现在是白河县不少人想娶的对象，她自己却完全没有招上门女婿的意思。

苏嬿的车队进入白河县，来迎接她的是新上任的县官。

苏嬿住的地方自然是县衙，那排场看着就让人羡慕。

谁也想不到，当初那个苏嬿竟然真的成了高高在上的妃子，而当初落选的那些女孩子更是捶胸顿足，后悔不已。嫉妒苏嬿的人不在少数。

苏嬿对此有些得意，当初这些人不是都看不起她吗？现在不还是得对她行礼，跪在她脚下。

苏嬿要回白河村，县官立即给她安排。白河村和她走的时候相比，没多少变化。

"这些田地是谁种的？"苏嬿指着长得不错的稻田，问外面跟着的县官。

县官低着头，小心地回答："娘娘，这是阮家种的。"

苏嬿皱眉。又是阮小漾！

"白河村的村民租地种的？"

"回娘娘，不是，是阮家自己请人种的。"县官对苏嬿和阮小漾的恩怨有所耳闻，此时心底满是忐忑。这位娘娘想干什么？

白河村村民对她不是很待见，碍于身份悬殊，他们只能将这份不待见埋在心底。可苏嬿是个很敏感的人，她能感觉到，他们对自己的不喜欢。苏嬿有些不解，她走的时候，明明给他们找了李家的田种，而且租金也比阮家少，他们怎么还不待见自己？

苏嬿让人去问了才知道，在她走后不久，李家就涨了租金，收得比阮家还高一成，这些租户签的又是好几年的约，可以说被苏嬿害苦了。

"去叫李隆升来见我。"苏婳吩咐县官。

"是。"县官赶紧亲自跑一趟。

出去的时候,县官看见一辆从另一方向驶来的马车,嘴角一抽。今天这是要闹事啊!这位常年不出门的主儿,怎么这个时候也来了?

县官让人拦下时笙的马车。秋水挑开帘子,见是县官,下车规规矩矩地行礼:"大人,有什么事?"

"你们家小姐这是要去哪儿?"县官往马车里看了看。

"最近天气炎热,小姐要到乡下的庄子住一段时间避暑。"

县官飞快地转了转脑子,去阮家的庄子,沿途要路过白河村,那阮家的小姐肯定得和苏婳的队伍撞上。

"咯咯……你看,让你家小姐过两天再去行不行?"县官也是被时笙收拾过的,对时笙有些惧意。

"为什么啊?"秋水不解地问。

县官:"……"他能说苏婳在前面吗?

时笙在马车里等得不耐烦,挑开马车帘子,道:"磨蹭什么?天都黑了!"

"阮小姐。"县官赶紧上前。

"周大人啊,"时笙不咸不淡地问候一声,"怎么面前封路,不许我过去?"

"不是不是……"县官直冒冷汗。

时笙哪里不知道是苏婳回来了,这位女主角大人没被封后,只得了个妃位,也好意思跑回来炫耀。

"让开。"

"阮小姐……"

时笙瞪过去,县官立即怕了,让人把路让开。马车慢悠悠地从他身边驶过。时笙不想看见智障女主角,让人从另一条路去庄子。

"小姐,您累吗?要不要先休息?"秋水一边往屋子里搬东西,一边问时笙。

时笙靠着马车,摇了摇头。秋水也不再问,指挥人布置房间。等她布置好,发现人没了,一群人在庄子里找了一圈,也没找着自家小姐。

秋水知道时笙来庄子后,会去庄子后面的山上,有时候待一天,有时候待几个时辰。眼下她在庄子里没找到人,便派人去了山上,确定时笙在山上后,秋水就不担心了。

山上的灵气比较充裕,时笙在这里待着比较自在。她一待就到了第二天中午,回去的时候发现自家庄子里多了许多陌生人。

时笙:"……"这是闹什么?

"小姐！"秋水面色难看地从角落跑出来，非常愤怒地告状，"苏婳带着人，非要住我们的庄子。"

昨天，时笙离开后没多久，苏婳就带着人来了，非要住在这里。秋水他们不同意也没办法。苏婳带的禁卫军，个个武艺高强，庄子里的下人，没两下就被打趴下，还被赶了出来。

"她人呢？"

"在里面。"秋水指了指庄子。

时笙朝着庄子走去。秋水非常自信地跟在时笙后面。她现在可不是以前的秋水，她家小姐连摄政王都敢对上，还会怕一个苏婳？

"站住！"庄子外面的禁卫军拦住时笙，"这里被兰妃娘娘征用，闲杂人等不得……"

禁卫军的话还没说完，人已经被踹飞。旁边的禁卫军立即朝着时笙围过来。时笙三下五除二地解决掉这些人，苏婳听到动静，从里面出来。

苏婳对时笙可是恨之入骨，直接呵斥一声："阮小漾，你不想活了？"

时笙踹开最后一个禁卫军，扭过头，笑眯眯地道："对啊，不想活了。"

苏婳看了地上躺着的禁卫军一眼，有些嫌弃，这些人怎么这么没用？独孤修还说他们是最厉害的，他们却连个女人都打不过，算什么最厉害的！

时笙将苏婳的人全部扔出庄子，苏婳连反抗的机会都没有。

"阮小漾，你眼里还有没有王法？！"苏婳身上华丽的宫装有些脏，发髻乱糟糟的，看上去像个泼妇。

"我目无王法也不是一天两天了。"时笙似笑非笑看着苏婳，"苏婳，你再敢招惹我，小心我弄死你。"

苏婳脊梁蓦地一寒，身子摇摇晃晃，往后退了几步。也不知道是没踩稳，还是被吓得腿软，她突然跌倒，脑袋磕在碎石上，鲜血流了出来。

"娘娘……"

苏婳被时笙扔出庄子的事，不知怎么就传回了白河县，苏婳回去的时候，白河县的人对着她指指点点。苏婳的心性早就发生改变，今天被时笙这么一刺激，她有些恼羞成怒，竟然让人打了几个人。

"娘娘，有人求见。"

"不见。"苏婳烦躁地道。

站在门口的人迟疑片刻，小声回禀："来人说是您的亲生父母。"

"不见。"早在之前，她就和他们断绝了关系。

苏婳飞黄腾达不理亲生父母的消息，很快就在白河县传开，苏婳气得直摔杯子。最后,苏嬿受不了苏家父母的纠缠,悻悻回京。她本想衣锦还乡,谁知结果竟是这样。

然而,苏嬿不知道,她回去后要面对的现实更加残忍。她的妹妹,在她离开的这段时间,竟被封了位分,还有了身孕。

"对不起,姐姐。"苏妹跪在地上,稚气未脱的脸上满是愧疚,"陛下他……他把我错当成你,我……我挣脱不开,对不起,姐姐……"

苏嬿冷笑着看向苏妹。她把这个妹妹从苏家带出来,可妹妹就是这么回报自己的?

"滚,滚出去!"苏嬿有些失控地吼道。

苏妹泪眼婆娑地看着苏嬿,楚楚可怜地道:"姐姐……"

苏嬿看到她这个样子,就会想到她在独孤修身下承欢的情形。她抓着旁边的东西,直接往苏妹身上砸。最后,是苏妹身边的宫女强行拉着苏妹离开。

苏妹跪在苏嬿的殿外,谁也劝不动。直到她身体支撑不住,独孤修来了,才把她带回宫里。苏妹跪的时间太长,孩子差点没了。

独孤修沉着脸去见苏嬿:"苏嬿,你现在怎么变成这个样子?她是你妹妹,肚子里还有一个孩子。"

苏嬿面沉如水地坐着,开口道:"抢姐姐的男人,还想让我笑着恭喜她吗?独孤修,你以前怎么答应我的?"说好等他登上皇位,只有她一个女人。可是现在看看,他后宫里不断有人进来。他每次都以根基不稳不能拒绝那些大臣为由,将那些女人留下,宠幸她们。

"可她是你妹妹,我也是因为把她当成了你,才……"独孤修的神情有些复杂。

"呵……"苏嬿冷冷地笑着。

这个笑大概激怒了独孤修,他上前捏着苏嬿的下巴,迫使她抬头:"我心里只有你一个人,你还想怎么样?我是皇帝,身不由己,你难道就不能体谅我?"

苏嬿大逆不道地推开独孤修,眼底满是嫌弃地道:"别碰我。"

独孤修盯着自己的手好几秒,眼底升腾起一股熊熊怒火:"苏嬿。"

苏嬿冷冷地瞪回去。独孤修冷笑,抓着她就往床上扔,而后翻身压上去,不顾苏嬿的尖叫和反抗,将她狠狠要了好几遍,直到苏嬿晕过去,独孤修才放过她。以后苏嬿越发抵触独孤修,闹着要出宫,可进宫容易出宫难,独孤修怎么可能放她离开。

苏妹还时不时到苏嬿面前显示存在感,有意无意地透露自己和独孤修相处的时候,他对自己的照顾。

苏妹临盆的时候,苏嬿和苏妹吵了起来。苏嬿推了苏妹一把,苏妹早产,孩子是个死婴。独孤修这次是真的怒了,狠狠罚了苏嬿。苏嬿落魄,多的是人痛打落水狗。皇后让人毁了苏嬿的容,有镇北将军为皇后做后台,苏嬿被皇后毁容一事,独孤修只能装作不知道。

毁了容的苏嬿,脾气暴躁,看到独孤修就跟看到仇人似的。独孤修一个帝王,能忍受她一段时间，已经是极限。在苏嬿发疯般再次让他后宫的一个女人流产后，他让人将苏嬿送回白河县。再次回到白河县的苏嬿，哪里还有之前回来时的风光，只有一个老嬷嬷跟在她身边伺候。独孤修虽然给了她足够的银两，可那个老嬷嬷发现苏嬿有点神志不清后，将她送到白河县，就带着银两跑了。

"小姐，您看下面的那人，怎么有点像苏嬿？"秋水拉着时笙的胳膊，指着下面被人围着的一个女人。

时笙趴在窗户上，可不就是女主角大人？她竟然被人毁容了，皇宫果然是个可怕的地方。

苏嬿身上穿得不错，但半边脸都被毁了，看上去有些狰狞。

有人认出她，苏嬿回来的消息，一传十，十传百，围观的人越来越多。

秋水好奇地问："小姐，这苏嬿怎么变成这个样子？"

"谁知道呢。"

时笙转身回了里面，正好这个时候房门被敲响。秋水立即去开门，然后行礼道："侯爷。"

门外站着一个大概三十岁的男人，锦衣华服，面上带着几分笑，礼貌地点点头："秋水姑娘。"

秋水侧身道："小姐在里面等您。"

男人给后面的人打个手势，只身进了房间。秋水退出去，将房门关上。

秋水抬头就看到一个汉子，正冲自己挤眉弄眼。

"秋水，"汉子走到秋水跟前，"你家小姐这次叫我们侯爷来干什么？是不是……"

"这我可不知道。"就算知道，她也不会乱说。

"咱们现在可是一条绳上的蚂蚱。秋水，你不用这么防备我吧？"汉子有些难过地道。

秋水白了汉子一眼，道："谁跟你是一条绳上的蚂蚱？"

秋水扭过头，不理会汉子。打探消息失败的汉子，悻悻地回到自己的队伍。站了一会儿，他又闲不住地凑上去找秋水说话。秋水特别烦他，但他还不自知，一个劲儿地说着。等到房门打开，秋水二话不说，直接往房间里走。

"阮小姐，你真的不考虑一下我刚才的提议？"长乐侯出门的时候，不甘心地问了一遍。

"侯爷，不要得不偿失。"时笙只淡淡地扫他一眼。

长乐侯轻笑一声，道："取舍我还是懂的，既然阮小姐不愿意，那就当我没提过，咱们还是朋友。"长乐侯对着时笙拱拱手，"阮小姐，那就京城见，告辞。"

聪明的人知道什么人可以惹，什么人不能惹。

长乐侯带着人离开。刚才和秋水说话的汉子，回过头对着秋水又是一阵挤眉弄眼。

秋水权当没看到："小姐，长乐侯和您说什么了？"

"他让我嫁给他。"

"长乐侯年纪大了点。"秋水立即冒出一句。

时笙："……"你这重点抓得怎么这么奇怪，这是年纪大的问题吗？是她根本就没想过成亲的问题啊！凤辞都不在，她和鬼成亲去！

时笙下楼的时候，正好看到有人将苏姵带走。

"是李家的人。"秋水跑过去看了看，回来禀报。

时笙看着苏姵被人连拖带拽地拉走，皮笑肉不笑地扯了一下嘴角。

之后没几天，秋水就开始讲苏姵的消息。苏姵被李红红各种虐待，日子过得非常凄惨。时笙准备去京城，自然没时间理会这些。她没带任何人，独自去了京城，刚进京，就遇上搂着花姑娘的独孤翊。独孤翊没理时笙，和姑娘说着话，从她身边过去。

直到晚上，独孤翊才翻了她的窗。

"阮小漾！开一下窗！"独孤翊拍着窗户，不敢弄出太大的声响。

时笙推开窗，道："大半夜的，爬姑娘的窗，平南王好兴致。"

独孤翊有自动过滤功能，只道："阮小漾，你上京来干什么？"

"你管我。"

"好奇啊！"孤独翊直接爬进房间，"我听说长乐侯有动静，你们是不是要造反了？"

时笙挑眉道："怎么，后悔了？"

"后悔什么啊，我对那个位子是真没什么想法。"独孤翊叹气，"奈何我身在皇家。"

"你找我什么事，说吧。"

独孤翊环顾四周，压低声音道："我帮你们一把，事成之后，你帮我和长乐侯说说，让他放我离开京城，我就想做个云游天下的浪子。"

"你想离开不是很容易吗？"这个男人是有能力的，上次他在白河县待那么长时间，独孤修的人不也没发现？

独孤翊深沉地道："你不懂那种整天觉得后面有人要暗算你的感觉。"

时笙："……"我很懂，想暗算我的智障太多了。

独孤翊手里有城防图，还掌握着一些外人不知道的消息。有独孤翊帮忙，时笙本来打算暴力造反，现在都不用了。

时笙连面都不用出，长乐侯自己的人就搞定了。长乐侯不是独孤修，他不在乎名声，只要他登上皇位就好。

皇城被破的时候，独孤修带着人逃跑。他计划得很好，路线也是鲜有人知。然而，当他们走到出口的时候，发现那里早有人等着，火把点起，将这方天地照亮。独孤修看清站在前面的人，少女轻灵的声音在黑夜中流转。

"独孤修，好久不见。"

独孤修脑中此时浮现的不是即将失去的荣华富贵，而是面前这个少女说过的一句话——我想让这个天下姓什么，它就得姓什么。

长乐侯悄无声息地布置了一年多，他竟然毫无察觉，等他发现，一切都晚了。

独孤修看着对面的少女。她和几年前一样，几乎没什么变化，依然这么冷静理智，那双眼睛，永远不会有波动。而他们……早已发生改变。

长乐侯登基，改年号长乐。

独孤修被囚禁在皇陵，终生看守陵墓。独孤翊假死，改名换姓后离开京城，云游天下。

或许长乐侯做事有些不拘小节，但也确实是个好皇帝。

白河县独立出来，不受朝廷管辖，时笙是真正地占地为王，成了白河县最大的地主。

白河县附近从来不会出现土匪，所有租户的日子过得都比其他地方的租户好得多，惹得不少人羡慕，想要搬到白河县来。唯一让白河县百姓不解的是，这位地主千金，直到死去都没招上门女婿，身边也没有任何男人。

时笙寿终正寝，回到系统空间，人刚站稳，系统的声音就响了起来。

【宿主，男女主角到底哪里招惹你了？】你非得弄死人家……

"看不惯他们。"时笙走到屏幕前，"你看不惯一个人时，弄死他需要理由吗？"

【……】说得好有道理。当你看不惯一个人的时候，不管对方做什么，你都觉得不顺眼。

不对，它怎么被宿主带歪了……

【你总不能看每个位面的男女主角都不顺眼吧？】

"我是后妈型作者，不喜欢男女主角多正常。"时笙翻了个白眼。

【……】任性的宿主。

时笙低头查看了一番自己打的补丁，已经出现了漏洞。厉害了，这个慕白。

她这次在空间里待的时间比较长，等她重新打好补丁，才让系统刷出资料。

姓名：时笙

人品值：-258000

生命值：45

积分：43000

任务等级：A

任务评分：89

支线任务：未完成

支线任务奖励：无

道具栏："女王的皇冠""鬼王之心""暗夜"

时笙默默地看了一眼人品值。

时笙叹了口气，问："数据库里面有慕白的资料没有？"

【搜索中……】

系统不受控制地在数据库里搜索。

主人，我中毒了啊！

【未找到匹配数据，是否更换关键词？】

慕白是谁啊？

主人，你到底在外面干什么，还放了这么一个奇奇怪怪的东西进来。

时笙将看智障的眼神投给系统屏幕："下个位面。"

【传送开始……】

第十六章 总编太坑（上）

滴答……滴答……

时笙耳畔只有这个声音，一声一声显得周围有些空旷。她身体冰凉，四肢麻木，艰难地睁开眼。

入目是昏黄老旧、有些开裂的天花板，惨白的灯光刺得她眼睛生疼，眼前有重影，脑子昏沉。

滴答……滴答……滴答……

时笙微微扭头，水顿时淹没她的侧脸，她立即将头转回去。

她此时躺在浴缸中，水将她整个身子都淹没了。她的一只手搁在外面，滴答滴答的声音正是从侧面传来的。

手腕有些麻木，带着一股疼意。时笙试着抬手，只见手腕上有一条狰狞的伤口，鲜血淋漓地呈现在她眼前，浴缸外的地面全是血迹。

时笙："……"原主竟然割腕自杀！

时笙感觉自己的生命正在流失，扭头看了看，在旁边的洗手台上发现了手机。

时笙捏住不断流血的手腕，用旁边的毛巾裹住，做了简单的止血处理。她从浴缸起身，撑着浴缸，艰难地挪到洗手台边。

时笙拿着手机按了半天，然而手机并没有任何反应。

没电？坏了？

时笙喘着粗气，拿着手机，摇摇晃晃地往浴室外面走。

外面的房间不大，十多平方米，一眼就能看完，应该是间单身公寓。

时笙往桌子的方向走，桌面很混乱，电脑、零食、各种书籍和纸张，她在上面翻了半天也没翻到充电器。

她身体虚脱，一屁股坐到椅子上，气息不稳，大口大口喘着粗气。

找不到充电器，时笙只能先给自己止血。找东西包扎伤口的时候，她从一堆不知多久没清洗的衣服下找到了充电器。

时笙包扎好伤口,开始为手机充电。充了几分钟,时笙按下开机键。

她还没点开电话界面,手机就叮叮咚咚响个不停,手机界面被卡死,半天没有反应,最后卡得自动关机。

时笙:"……"厉害了!

这次,时笙按了半天开机键,手机也没反应。时笙将手机扔开,决定自力更生。

血已经止住,这身体应该能够支撑一段时间。时笙在空间里掏了半天,掏出来的东西最终都被她给塞了回去。

这身体没有接触过灵气,吃了那些东西,估计死得更快。

时笙拿过一件外套,裹住上身,翻出原主的钱包,拿着往外面走。外面是客厅,还有两个房间,时笙扫了一眼,往大门的方向挪。

大门外是一条老旧的走廊,墙壁上的白灰开始脱落,地面湿润,角落堆着杂物,还能看到老鼠从阴暗的地方跑过。

时笙:"……"这个女配角混得也太惨了!

老旧的楼房是没有电梯的,时笙只能走楼梯,下楼的时候她看了一眼外面,黑沉沉的一片,几乎什么都看不清。

来到一楼,时笙面前是一扇铁门。她伸手拽了一下,拽不动,门是锁住的。

老子的剑呢!

"小衣?要出去?"

旁边突然想起一道沧桑的声音,吓得时笙差点掏剑砍过去。

啪的一声,楼道的灯亮起来。借着昏暗的光,时笙看到一个老人,披着一件外套,满脸和蔼地看着她。

"没带钥匙吗?你等等啊,我去给你拿,免得你跑一趟。"老人说着就转身进屋,很快拿着一串钥匙出来。

老人一边开门,一边道:"你们年轻人啊,精神好,大晚上的还往外面跑,不像我们,老喽。"

时笙没接话,她现在什么都不知道。老人上了年纪,眼睛不太好使,好一会儿才打开门。

"去吧,一会儿要回来叫我就行,我给你开门。"

"谢谢。"时笙微微颔首,走出铁门。

老人眼睛都眯成了一条缝:"路上小心点。"

这里应该是个老旧小区,还挺大,时笙走一会儿停一会儿,想找个地方打急救电话。直到她走出小区,才看到一个小卖部,小卖部二十四小时营业,时笙过去打电话,老板娘似乎认识她,和她搭话。

·411·

"小衣？你这是怎么了？脸色这么白。"老板娘从小卖部里出来，伸手扶住她。

时笙应了一声："身体不舒服。"

"唉，怎么不舒服？你别动啊，我送你去医院。"老板娘说着就去关门。

时笙沉默，原主的人缘不错啊！

老板娘把时笙送到医院，连住院手续也一力承包。

时笙住进病房后，才有时间接收剧情。

原主叫辛衣，是个孤儿，父母给她留下了一套房子，就在她所住的那个小区。

小区里的邻居见她可怜，不时接济她，她可以说是吃百家饭长大的。

辛衣上大学后，就将房子重新规划了一下，隔出两间租给别人，其中一个租客是男主角谢言。

谢言在某网站上写小说。写了一本受欢迎的书后，他住进了辛衣的房子，对辛衣挺有好感，经常照顾辛衣。

两人关系有些暧昧，小区里不时有人拿他们开玩笑，谢言也没反驳。

辛衣脸皮薄，不好意思告白。谢言先对她告白，两人便顺理成章地在一起。然而，这一切随着另外一个男人聂城的出现，发生了改变。

聂城强势地出现在谢言的世界中，搬到谢言隔壁，辛衣一开始没发现什么不对，只以为他和谢言认识。

她每次和谢言约会，聂城都会有意无意地出现。

聂城出现的次数太多，辛衣才有些不满，对谢言抱怨了两句，谁知谢言躲躲闪闪，敷衍了过去。

有一次，辛衣无意间看到两人在接吻。

辛衣要和谢言分手，但当时谢言已经发现聂城和他的前任有染，便不想和聂城在一起，再三挽留辛衣，表示他是被聂城逼迫的，而聂城也确实搬走了，辛衣相信了谢言的话。

然后，她的悲剧开始了。

总有莫名其妙的男人纠缠她，她还被人拍照，照片被上传到学校论坛，有人说她水性杨花，和许多男人关系不清不楚。

眼看她就要毕业，学校以这个理由劝退她，她刚找好的实习单位，也以她不适合那个职位为由，拒绝了她。

辛衣的生活一团糟，而谢言收到了神秘人的短信，说辛衣给他戴绿帽子。

谢言跑去质问辛衣，两人说着说着就吵了起来，谢言摔门离开。

辛衣接到各种骚扰短信，第一次割腕后，被小区的人发现，没有死成。

从医院回来，她再次发现谢言和聂城勾勾搭搭。

各种打击之下，辛衣患上了抑郁症。

大概出于愧疚，谢言照顾了辛衣一段时间。但是，骚扰短信和信息并没有因此中断，甚至有人给辛衣寄恐吓信件。

最后，辛衣不堪重负，从小区的楼顶跳了下去。

时笙现在过来的时间点，正是辛衣第一次割腕。

时笙简直觉得无语。

原主是智障吗？既然都发现自己男朋友和别的男人在一起了，那就不能原谅他。

好吧，恋爱中的女孩子都是智障，她也没立场说别人。

时笙在医院养病期间，小区里不少人都来看她，纷纷劝她别想不开。

小区里的人也听说了那些流言蜚语，但他们知道辛衣是什么样的人，相信她不会做那种事。

时笙在小区群众的关怀下，住了三天院，康复回家。

她住院的时间和剧情里一样，所以这个时候，谢言肯定和聂城在……

她谢过小区里送她回家的人，心急火燎地往自己家跑去。

大门没有关紧，时笙不用掏剑就进去了。

这套房子有一百多平方米，她住的那间比较小，谢言和聂城住的比较大。

时笙进门就听到从谢言房间里传出的声音。

时笙靠近房门，透过半开的门往里看去，同时从空间里摸出用来破解系统后台的平板电脑，打开录像功能。

谢言知道自己女朋友进了医院，却还有心思在这里和聂城恩爱。

而聂城，不说公平竞争，竟然直接将人家女朋友往死里弄。

时笙默默看着视频上跳动的数字，估计差不多了，便悄无声息地回了自己的房间。

谢言和聂城在房间又待了一阵，聂城是被一个电话叫走的。

时笙推门进去的时候，谢言正扯着床单，听到动静，神色慌张地用被子盖住床单。

时笙站在门口没进去。

"小衣……你什么时候回来的？"谢言脸色泛红，心虚地问时笙。

时笙看他一眼："刚才。"

谢言像是松了口气，随后满脸愧疚："对不起啊，小衣，我身体不舒服，不是故意不去医院看你的。"

他小心地瞄了时笙一眼："上次是我不对，不该没弄清楚就和你吵架，我知道小衣不是那种人，对不起，小衣。"

时笙扯着嘴角，勾起一抹冷笑："身体不舒服？我送你去医院吧。"

全小区的人都知道她是割腕自杀的，谢言竟然一句不提。

"不……不用……我休息一会儿就好。"谢言赶紧摇头，大概扯动了身体某处，他微微抽气，怕时笙看出来什么，又赶紧遮掩地道，"小衣……能不能帮我做点吃的？"

时笙眸子弯了弯："好啊。"

以前那些位面里崩坏的女主角、男主角，与此人相比，根本不是一个档次的。看看你不要脸的程度，还想让老子给你做吃的？你不吃完，老子不打死你！

时笙去外面买了一碗粥，拿回厨房，将盐罐里的盐全倒在里面。

时笙端着粥进屋，笑眯眯地道："趁热吃吧。"

谢言因为心虚，不敢和时笙对视，所以没有看到时笙脸上的恶意。

他舀了一勺粥送进嘴里，下一秒就吐了出来，这味道……咸得刺舌头。

"怎么了？不好吃？"

"小衣……"你放了多少盐？

"我给你放了糖啊。"时笙把碗端过来，面带浅笑地舀了一勺粥喂过去，"生病了，不能吃其他东西，你就将就一下。"

时笙喂得非常粗鲁，表情看上去有点吓人。谢言也不敢有太大动作，怕被时笙看到被子下的情景，被迫塞了一嘴完全没有粥味却咸得难以吞咽的粥。

时笙一直笑着，好像真的不知道里面放了多少盐。

谢言吃完一碗粥，嘴巴都麻木了。

"那你休息吧，明天我再给你做粥。"

谢言瞪大眼，摇头，他不想吃粥了。

然而，时笙并没理会他，端着碗离开房间。

时笙回到自己的房间，看着满屋子的东西，心里发堵。

原主以前也是个挺爱收拾的女生，可是被人骚扰后，整个人都是恍恍惚惚的，也不爱收拾屋子了。

时笙刚来的时候，看到的房间就像垃圾场。

时笙去浴室看了一眼，因为原主是个小姑娘，所以当初改建房子的时候，就把外面的浴室隔到她房间这边，谢言和聂城共用主卧的那个。

浴室地面的血迹已经发黑，散发着难闻的味道。时笙忍了忍，实在忍受不了，便找钟点工来帮自己打扫。

结账的时候，她发现原主太穷了。

她将卡里的钱用来结了医药费和住院费，手头便只剩几毛钱。

打扫清洁的阿姨有些狐疑地看着时笙，时笙尴尬地道："那个……阿姨，你跟我去下面拿钱吧。"

阿姨倒是没说什么。

时笙在下面商店老板娘那里借钱给了阿姨，老板娘担心她的身体，还硬塞给她一千块，让她不着急还，先买东西补补身体。

时笙捏着一千块，有点感动，她竟然穷得需要借钱。

时笙谢过老板娘，转身回去，到门口的时候，看到正在开门的聂城。聂城手里拎着大包小包，时笙眼尖地从一个塑料袋里看到了药膏。

聂城看都没看她一眼，开门进去，直接往谢言的房间走去。

砰！关门声震得老旧的窗户都在颤抖。

当着正牌女朋友的面，你都敢这么嚣张！

聂城家里似乎挺有钱，她要是把谢言给赶出去，那不是正好让聂城渔翁得利吗？而且，她让谢言住在这里，也省得自己跋山涉水去看他们。

时笙慢悠悠地往自己的房间走，刚在书桌前坐下，房门就被敲响。

聂城黑着脸站在外面。

"干什么？"

"锅到哪儿去了？"聂城冷着脸问。聂城准备给谢言做点吃的，发现锅不见了。

"我怎么知道，我还能把锅给吃了？"时笙翻了个白眼，直接摔上门。

聂城被带起的风拍了一脸，看着有些老旧的房门，半晌没回过神。这个女人竟然敢吼他，还敢摔门？

聂城想敲门，但怕把谢言引出来，只好算了，他出门去买锅。

想做一个完美男人，必须会做饭。此时，时笙在房间里都能闻到诱人的饭菜香。时笙撇撇嘴，扒拉着桌上的电脑。电脑桌面也是乱七八糟的，运行速度更是感人。

时笙在电脑上发现几个文件夹，文件夹没有正式命名，直接用了一串疑似随手打的字母做标题。时笙点进去看了看，有两个里面是图片，一个类似账目与日记，另外一个则是……小说。图片上是原主和谢言，有的也有聂城，拍的是三个人一起出去看电影或者吃饭。

每次原主和谢言合照，聂城就会有意无意出镜，造成三人同在的尴尬画面。

账目那里记录原主每天用了多少钱，连坐公交车，她都有记录。

时笙一直往上翻，在其中发现了较大的三笔账目。其中一笔是买笔记本，花了六千多块，但时笙并没有在原主这里看到那个牌子的笔记本。还有一笔是三千块，就是一个数字，没有说明款项。最后一笔是五千块，买的是手机，时笙同样没在原主这里发现那个牌子的手机。

时笙扒拉一下记忆，对照时间，很快就知道这些东西去了哪儿——原主把它们都送给了谢言。

时笙："……"

最后一个文件夹，时笙点开看了看，一共有七部小说。有五部有名字，另外的都没有。而这有名字的五部，应该都是谢言写的。

时笙以为原主只是保存自家男朋友的文，但当她点开的时候，发现里面有两部小说有大篇幅修改的痕迹。

时笙打开网页，搜索谢言的笔名——言叶之。

时笙找到网站，点进作者专栏，谢言正在更新的一部小说叫《神兽》，是一部修真文。最近一次更新时间是一周前，时笙对比了一下原主的文档，发现有修改痕迹的地方，正好是小说最后更新的章节。

时笙："……"好像发现了什么不得了的事。

谢言发布的小说，都是经由原主修改过的？

时笙打开谢言早期的几部小说，和《神兽》对比，相差甚大，尤其是修辞手法，前后期明显不同。

让谢言火起来的一部小说叫《娇子恩宠》，是现代豪门虐文，更新的时间，正好和谢言搬进原主家相契合。但是，时笙并没有在原主记忆里发现这些事，好像这些都被原主给忘记了。

时笙看了看剩下的两部，一部只写了大纲，另一部则是悬疑文，已经写完，只有十五万字左右，落款的笔名是——辛衣。

这部十五万字的小说，时笙从头看尾，故事文笔唯美，人物关系复杂却不混乱，情节环环相扣。

原主的写作能力和剧情构建都不错，如果当作者，绝对要火。也不知道原主写这本小说的目的是什么，时笙没动它，将它保存好。原主既然没交代要怎么处理这小说，她也不会擅动。

原主到底有没有帮谢言改文，时笙现在也不能下定论，万一这些改过的文是谢言改好后发给原主的呢？

所以……到底是不是原主帮忙改的文，等谢言下次更新时就知道了。

时笙在谢言的网站注册了作者号，这么好的机会，她当然不能放弃写新文。"坑"遍天下读者，是她的远大理想。

时笙花了一个晚上写大纲设定，天亮的时候，总算把前三章写出来，发到网站。

时笙打了个哈欠，从椅子上站起来，又伸个懒腰，微微叹口气，好穷啊！

目光扫到还插着充电器的手机，时笙迟疑几秒，拔掉手机，摁下开机键。她本以为没办法开机，但屏幕很快亮了，尽管依然卡得不行，好在没有死机。

时笙等了片刻，才开始看那些叮叮咚咚进来的短信。和原主记忆中的没什么区别，要么骂她不知羞耻，要么就是给她发来恐吓短信图片，不然就是PS她的照片。

原主是一个小姑娘，被吓到也很正常。

时笙翻了一会儿,又是几条短信进来。时笙摇头,将卡抠出来扔掉,等会儿出去再重新买卡,这姑娘咋就不知道换卡呢?

时笙一晚上没睡,这会儿一觉睡下,就到了下午。外面客厅里传来声音,时笙坐了一会儿才起来,穿着拖鞋,打开房门往外看。

聂城正在厨房鼓捣什么,味道挺香的。时笙撇撇嘴,想起自己已经很久没进食,随便换了身衣裳,准备出去吃饭。

"小衣。"时笙准备出门,谢言的声音突然从后面响起。他扶着门,还有些行动不便,面上有痛色。

时笙看过去,他立即挤出一抹微笑:"你还没吃饭吧?一起吃?"

听到声音的聂城,黑着脸从厨房走出来,很不待见似的瞪着时笙。

"不用了。"时笙推开门,若是和这两人吃,她可吃不下去。

房门砰的一声合上,谢言身子也跟着颤了颤。他看向聂城,见聂城黑着脸,目光微变,解释道:"她一个女孩子……我……"

聂城冷笑道:"她都给你戴绿帽子了,你还这么护着她?"

"小衣不是那种人。"谢言辩解道。

聂城看他一眼,没说话,脸色不太好。

谢言赶紧垂下头,转身回了房间。

时笙重新办好卡,回房间开电脑,网站上已经提示她可以签约。

时笙按照提示加了编辑。时笙的字还没打完,编辑的信息就发过来了。

花月缺:你的大纲发给我看看。

祖宗:……

花月缺:……

这个笔名,编辑真的是不想说话。

时笙扒拉出大纲,发给编辑。趁着编辑看大纲的时候,时笙在网站论坛上搜了搜这个编辑,并没有搜到。可这是网站后台发来的,总不能有假吧?也许是新来的编辑。

花月缺:谁是女主角?

祖宗:阳年年。

花月缺:……

对方不知道在干什么,好一会儿才有消息过来。

花月缺:改一下大纲,五点之前发给我。

时笙觉得自己的大纲没有问题,凭什么要改?

祖宗:为什么要改?我觉得设定挺好的。

祖宗:你觉得哪里有问题?

祖宗：说话啊！

对方一直没回复，时笙关掉对话框。新编辑都这么高傲？太难沟通了！她还是换个编辑好了。

她立即换了编辑内投，直接把那本只写了三章开头的文给弃了。幸好她点子多，不怕没故事可写。

时笙这边忙着写文，聂城和谢言那边忙着培养感情。时笙出去寄完合同，回来的时候，发现只有谢言一个人坐在客厅，面前的笔记本开着。

"小衣你回来了。"谢言抬起头，笑着打招呼。

时笙瞄了一眼他的笔记本，那个牌子和原主文件夹里记录的是同一款。

"嗯。"时笙收回视线，换鞋进门。

"你吃饭了吗？"谢言贴心地问。

时笙不咸不淡地回："吃了。"

谢言哦了一声，有些沉默。眼看时笙就要进门，谢言赶紧道："小衣，你能帮我看看最新章节吗？"

时笙："……"还真是啊！

"我没时间。"帮你改文，老子还不如多写两个故事。

时笙进了自己的房间，谢言面色尴尬地站在那里，此时才觉得不对劲，辛衣好像……

时笙码完字，登录网站，发现谢言更新了一章，时笙点开最新章节。果然和前面有很大的差别，和他最初的文倒是没什么区别。

谢言这一章发出来，读者也发现不对劲，但剧情并没有多大改变，读者也只是抱怨作者是不是心情不好。

时笙刚把今天的故事更新完，之前那个花月缺竟然给她发信息了。

花月缺：你的大纲改了吗？

祖宗：不改了，我不写了。

让你挑，你挑我，我还不是得挑你。

花月缺：……

花月缺没再给她发信息，时笙直接将人拉黑了。

时笙更新速度比那些上架文还快，她的编辑萌籽天天让她别更那么快，不然就排不上推荐。

萌籽：祖宗祖宗，你今天又更新那么多，我刚给你申请了推荐，你更那么快做什么啊！

萌籽：祖宗，你在吗？

祖宗：我等着上架拿钱，穷得吃土。

她现在还是个负资产的作者,而且没有启动资金。

她倒是想卖空间里的那些东西,奈何她发现这个世界,卖这种东西很麻烦,必须有正规渠道和各种证书,像她这种三无人员,除非买家是熟人,不然很难卖出去。

萌籽:……

编辑大概被气死了。

时笙的小说,文笔不错,编辑很看好,即便时笙更新迅速,编辑还是给她争取了各种推荐。

时笙的编辑手上的作者不多,写得好的作者更少,她手上的好推荐位,几乎都砸到了时笙身上。

时笙这边日子好过了,谢言那边就惨了。因为文风突变,读者有些无法接受,连续几章都是如此后,已经有不少人弃文。

谢言有些憔悴,连聂城都不愿见。他纠结许久,还是决定找时笙。

"小衣。"

谢言敲时笙的房门,敲了大概一分多钟,时笙才给他开门。

"有事?"

"我们好久没有出去看电影了,我买了电影票,一起去看吧?"

"聂城不去?"

"小衣,我和聂城只是朋友,你不要误会。"谢言立即摇头辩解,"上次的事我不是跟你解释过了吗?那是个意外,小衣,你相信我。"

"呵……"都做过了,你也说得出口。

谢言将电影票递到时笙眼前:"小衣,你看这是你之前最想看的,我们一起看?"

谁要和你去看电影啊!不去!时笙直接甩上门。

谢言被关在门外,好一会儿他才敲门。敲门没反应,他这边摸出手机打电话,结果发现号码是空号。

"小衣!你开门!"

"小衣!"

"辛衣,你把门打开,我们聊聊。"

谢言的声音到最后有些气急败坏,这段时间,他被聂城缠着,虽然和时笙在同一个屋檐下,但几乎没什么交流。

时笙懒得理他,现在重要的是赚钱,然后把这两个人扫地出门。

时笙的文上架第一天,直接冲到全网站销售榜前十名,榜单前十名的销售量都是日销一万人民币。

第三天冲到前三名。

加上其他打赏收入，时笙的第一笔稿费还算可观。

然而，拿到第一笔稿费后，读者就发现作者更新速度骤减，到后面竟断更了。

拿到第一笔钱，时笙还写什么文，直接冲股市去了。

萌籽：祖宗你已经三天没更新了！你什么时候更？！

祖宗：有时间再更。

萌籽：你不是穷得吃土了吗？

祖宗：不吃了。

现在她是有钱了，虽然连百万富翁都不是，但她依然有钱，不用吃土了。

萌籽：……

好好一本文，她竟然断更！之前更新明明那么快，眼看自己就要捧出一尊神，结果她说不更就不更了。

有钱了，时笙立即把欠老板娘红姐的钱还了。

"不着急的，你先用着。"红姐担心时笙没钱，不肯收。

"我有钱。"时笙将钱放到红姐的柜台上，"谢谢红姐啊！"

红姐摇头道："你这孩子。"她转身装了几袋零食给时笙，"拿回去吃，有啥需要的给红姐说。"

时笙从口袋里摸出一张五十块的钞票放到柜台上，拎着袋子快速冲出门。

红姐哭笑不得地看着那五十块，自己是想给她吃的，没想卖她吃的。

时笙跑得太快，在外面撞着一个人，一抬头就对上聂城阴沉的脸。他突然伸手抓住时笙，将她往旁边没人的地方拖。

"辛衣，你最近和谢言说什么了？"聂城狠声质问。谢言现在不接他电话，也不回他信息，就连自己的房间都反锁着。

时笙大力甩开聂城的手："我没和他说什么。"

聂城威胁道："辛衣，我警告你，赶紧和谢言分手，不然别怪我不客气！"

时笙嗤笑道："哦，用之前那种低劣的手段？"

聂城眉头一皱。她怎么会知道？不过也没什么，她知道就知道。

"你知道就好，我想让你在这里混不下去，不过几句话的事。"聂城放完话，大步离开。

时笙："……"想让我混不下去，也得你有这个命才行！

时笙回去的时候，聂城正拖着谢言出门，三人在楼梯口遇上。

"小衣……"谢言有些慌乱，想要推开聂城。

聂城低头，在谢言耳边低语："你敢挣扎试试。"

谢言身子一僵。聂城搂着他，朝下面走。时笙站在中间，并没有让开的意思。

"辛小姐，麻烦让一下。"

"你要带我男朋友去哪儿？"时笙笑眯眯地问。

聂城面不改色地道："公事。"

"哦……公事。"时笙点点头，微微侧身。

聂城总觉得时笙的语调有点古怪。他从时笙旁边走过，即将转弯的时候，她的声音缓缓响起："在床上办的公事？"

"小衣，不是……"谢言抬起头，飞快地辩解。

然而，他的话还没说完，聂城就接下了话："是又如何？"

"不如何。"时笙耸耸肩，嘴角勾起一抹嘲讽，"注意节制。"

聂城看着她转身上楼，心里更觉得古怪。她的反应怎么这么奇怪？

谢言想追上去，奈何聂城死死搂着他，不让他动弹。

"聂城，你到底想干什么？！"谢言气急败坏地吼他，声音很大，整个楼梯间都是回音。

聂城不出声，强行拽着他下楼。

等谢言回来，发现门外全是行李，他的，还有聂城的。谢言用钥匙开门，却发现怎么都打不开。谢言敲门，一声之后，门开了。

时笙似乎在等着他回来。

"小衣，你这是什么意思？"谢言指着地上的行李。

"赶你走啊。"时笙白谢言一眼，道，"你不会觉得，我还会要你吧？"

谢言脸色白了白，勉强解释道："聂城和你开玩笑的，我跟他真的是去办正事。"

时笙往谢言微微发颤的腿看去，点头道："办到床上去了，确实是正事。"

"谢言，你欺负小衣了？"旁边一直偷听的大叔，听到这里忍不住打开门，气势汹汹地走过来，"当初我就觉得你这小白脸不是什么好东西。小衣，你别怕，叔帮你教训他。"

谢言赶紧解释道："强叔，我没有，是小衣误会了。"

"小衣？"强叔看向时笙。

"他出轨了。"时笙淡淡地道。

强叔面色一变，揪着谢言的衣领，一拳挥过去，打在谢言脸上。

"老子最讨厌你这种人，三心二意。"强叔呸了一声，道，"我们小衣哪里不好？什么地方对不起你？"

"咯咯……"谢言的脸被打肿，嘴角有血渗出来，"强叔……你听我解释。"

"解释什么解释？小衣会冤枉你？你这种人，哪里配得上我们小衣！"强叔将谢言拎下楼。

楼下的住户也听到动静，已经有人上来，见强叔拎着谢言，纷纷询问发生了什么事。

"这小兔崽子给小衣戴绿帽子。"强叔冷哼一声。

"什么？"众人惊讶地道。

强叔简单地说了几句，众人纷纷愤怒地瞪着谢言，还有人主动上去，将谢言和聂城的东西拎下来。

此时正是下班时间，小区里的人正多，谢言绝对是千夫所指。

时笙跟在后面，有人正安慰她。

"小衣别怕，我们不会让他欺负你。"

"这种人渣，小衣你可千万别往心里去，你以后的日子还长着呢。"有人怕她像上次那样想不开。

"嗯，我知道。"时笙乖巧地点头，"人生在世，谁还不遇上几个人渣。"

众人见时笙没有过激的反应，都微微松了口气。

"小衣……你听我说……"谢言的声音从前面传来。

几个男人已经拎着谢言到了小区门口，他那瘦弱的身体，哪里是这些汉子的对手？人直接被扔在了小区外。

时笙走到小区门口，看着有些狼狈的谢言："谢言，我把你甩了，记住，我们不是分手，是我把你甩了！"

"小衣，说得好。"后面的人立即大喝一声。

谢言的脸色青一阵白一阵。他开口道："小衣，你真的要做这么绝吗？"

"噗……"时笙实在没忍住，笑了好一会儿，才道，"你都和人在我的房子里面乱来了，我还不做绝一点？"

"你……"谢言的脸色瞬间煞白。

"我甩了你不是正好？你就可以和你的新欢双宿双飞了，你和我矫情什么？"

谢言被一群人看着，心底有屈辱的感觉。他们好歹交往过，她用得着让这么多人都知道吗？

聂城出现得正好，在谢言不知该怎么办的时候，聂城犹如救世主一般，出现在他面前。聂城将谢言带上车，又将行李收拾好，临走时看向时笙："辛衣，你会后悔的。"

时笙："……"让她和谢言分手的是他，现在她把谢言甩了，他还是有话说。

"小衣，别难过，我们都是你的后盾，谁敢欺负你，就是和我们过不去。"

"是啊，是啊，为那种人不值得。"

"我没事，真的。"时笙比了个停的手势，"谢谢大家，我请大家吃饭吧。"

大家见时笙坚持，也没推托，一起到了附近的一家餐厅。

结账的时候，大家担心时笙没钱，提议AA制，时笙好不容易才让他们打消了这个念头。

回小区的时候,时笙落在了后面。进小区的时候,她看到之前给她开门的那个婆婆,正颤巍巍地往外走。

这是杨婆婆,平时对原主挺好。

"杨婆婆,你去哪儿?"时笙路过她的时候问了一声。

杨婆婆耳背,没有听清:"啊?"

时笙提高音量:"我问您去哪儿?"

这次杨婆婆听清了:"我去接我孙子。"

时笙不是爱多管闲事的人,问完之后,将杨婆婆送出小区就离开了。

时笙回家,电脑上全是她家编辑的信息,那破电脑直接卡住了。

时笙沉默。还是重新换一台电脑吧。就这电脑,还不够她折腾两下。

时笙重启电脑,虽然还是卡,好在勉强能用。萌籽的消息应该被卡掉了一些,时笙只看到催更的那些信息。

大概看到她上线,萌籽的消息又发了过来。

萌籽:你怎么得罪了聂城?

祖宗:???

萌籽:聂城把我报上去的推荐和福利都给否了。

萌籽:你怎么得罪这个黑面阎王了?

时笙这才想起,聂城好像是女频总编……他肯定是看到她的资料了,毕竟她之前的销售太扎眼,上面的人要看也是情有可原。

萌籽:你怎么得罪他的啊啊啊啊啊!

编辑很激动,时笙可是她手里第一个已经快成"神"的作者,竟然就要这么夭折。

时笙指尖在键盘上敲了敲,屏幕上跳出一排字。

祖宗:可能因为动了他的男人。

萌籽:!

后面是几个惊恐的表情。

这句话的信息量太大,萌籽有点消化不了。

萌籽:他真的喜欢男人?

时笙没回,萌籽的消息不断发过来。

萌籽:你和聂城在现实生活中认识?

萌籽:之前编辑部就在传聂城和一个男人走得近。

萌籽:祖宗,你别装死啊,我知道你在,你快和我说说,是谁?

萌籽:祖宗,我都叫你祖宗了!!!

时笙嘴角抽搐地看着萌籽不断发消息，这哪里是编辑该有的工作态度？

祖宗：这么背后说你上司，你不怕被炒鱿鱼？

萌籽：我才不怕他，你和我说说，聂城和谁在一起？

一个小编辑竟然不怕作为男主角的主编，厉害了！她绝对有后台！

祖宗：谢言。

萌籽：！

谢言是谁？她不认识。

聊完八卦，萌籽不知怎么又跳回更新这个话题上。

萌籽：祖宗，你就赶紧更吧！我想知道后面发生了什么！

祖宗：聂城现在要封杀我，我写啥都没用。

聂城那个男人，报复心这么强，既然知道她在这个网站，哪里还会给她活路？

萌籽：你等等。

萌籽：266****6

祖宗：？？？

发串数字给她干吗？

萌籽：你的文那么好，聂城还不能只手遮天。你加这个号，保管对方捧你成神。

时笙写文完全就是凭兴趣，现在她不缺钱，能不能签约上架，她都不在乎。

所以，时笙很愉快地把这事给翻篇了。

时笙下线，去客厅接水。谁知道，饮水机里面一点水都没有。以前这些事都是原主在办，谢言只管用。

时笙叉腰，噘着嘴使劲吹着刘海。好渴哦！

时笙去厨房，准备亲自烧水，结果，她找了半天没找到烧水壶，最重要的是，并没有自来水。

时笙生无可恋地下楼买水。红姐的丈夫在守店，笑呵呵地和时笙说了几句。

时笙喝完水才从店里出来，商店四周黑灯瞎火的，时笙赶紧往小区里走。她走了几步，又顿住，扭头看向对面的街道。没有亮起的路灯下，似乎站着一个人影，有点像杨婆婆。时笙伸出舌头，舔了舔唇，转身朝着那个人影走去。

杨婆婆站在路灯下，伸长脖子望着一个方向。

"杨婆婆。"

此时，四周很安静，时笙叫一声她就听见了。她笑呵呵地转过头："小衣啊。"

"杨婆婆，都快凌晨了。"时笙指了指手机，"您的孙子肯定不会回来了，赶紧回去吧。"

手机屏幕的光映着杨婆婆沧桑的脸，她的眼底有些失望："唉，他们都忙。"

时笙不好评价别人："我送您回去。"

杨婆婆大概不甘心，伸着脖子看了又看，好一会儿才点头道："回吧，回吧。"

时笙将杨婆婆送回去，上楼的时候，听到她那层有动静。时笙放轻脚步，小心地上楼，从楼梯拐角处往外瞧。有两个套着黑色头套的人正在开她家的门，其中一人手里拿着一把刀。

刚才，她要是没送杨婆婆回家，中间错开了这么一会儿，此时那两人应该在屋子里面。就在时笙感叹的时候，那两个人已经打开门，快速进屋。

时笙摸出手机报警，有事找警察，准没错。

报完警，时笙才上去，站在门口，等着那两个小偷出来。大概两分钟的样子，拿着刀的小偷先伸出一颗头，他还没看清外面，迎面就有人踹了他一脚，正好踹在他脸上。

小偷被踹回屋里，时笙伸手摁开玄关的灯，其中一个小偷站在几步远的地方，大概是被这变故给惊呆了。

警察赶到的时候，时笙已经将两个人都绑了起来。警笛声将整个小区的人都吵醒了，大家纷纷跑过来。

时笙怀疑这两人目的不纯。

两个小偷一口咬定他们就是偷东西。时笙没有证据，也不能硬说人家想害她，警察叔叔会把她当疯子的。

警察将小偷带走，表示案情有进展，会再联系她。

小区的人安慰时笙一番之后，各自回家。

这件事后，时笙就在房子里贴了防御符。这个聂城狠起来，可比她想象中的要狠得多。

时笙每天的日常就是看一下谢言发的文下面越来越多的抱怨。之前，他文笔虽然变了，但好歹剧情没变，现在连剧情都变了，好多读者表示看不懂。

谢言在"作者有话说"里谈到自己最近失恋，状态不好。

这么一倒苦水，已经快要爆炸的读者，又心疼起谢言来。

时笙刚退出网页，萌籽就发消息给她。

萌籽：我最喜欢的作者竟然失恋了，写的文都不好看了。呜呜呜，祖宗，你什么时候恢复更新？

祖宗：你上班就只是和我聊天？

待遇这么好的公司，搞得时笙都想去上班了。

说到上班……

萌籽：我和很多人聊天。

萌籽贴了她和许多人的对话框，时笙数了数，至少有十多人。

这姑娘厉害了。

· 425 ·

祖宗：你们公司缺编辑吗？

萌籽：怎么？你有朋友要来？

祖宗：我准备去应聘，看能不能走后门。

男主角一号在那里，她怎么也得去硌硬他一下才行。

萌籽：……

萌籽：好好的文不写，来当什么编辑？你一个月的稿费能抵编辑一年的。

萌籽觉得这个作者简直有毛病。

祖宗：我想体验一下催稿的感觉。

萌籽：我竟无言以对。

萌籽：招倒是招，但你不是和聂城有恩怨？来了不得天天和他作对？

祖宗：人生需要激情！

【……】宿主又在瞎扯。

萌籽：……

萌籽将招聘信息发给时笙，待时笙到了编辑部，自己可以当面催更，更方便，哈哈哈，她真是太聪明了。

时笙绝对没有想到萌籽是怀着这样的心情给她发的招聘信息。

时笙按着招聘信息上说的投了简历。她大学的专业并不对口，也就没抱多少希望，但是某一天，她还真接到了面试通知。面试地点就在公司，时笙一早就到了，同来的还有好几个人。有的是刚毕业的大学生，有的看上去却是工作过几年的。

时笙这个愣头青，自然被归到无工作经验那一列。最后面试结果出来，时笙勉强过关，和她同时过的还有两个人。那两个人都有工作经验，就时笙啥经验都没有。

时笙还真没认真上过班，在前面的位面，她不是有钱人，就是有权人，哪里需要上班？

"明天你们过来办理入职手续，不要迟到。"

工作人员发了本员工手册给她们："这些拿回去看看，不需要背，但一定要知道。"

等工作人员走了，另外两个人才开始说着话往外面走。

"大公司就是不一样，员工手册都这么高级。"

"有钱任性，好好干，努力转正。"

这两个人之前就在同一个网站工作，也算是有点名气的编辑。

时笙跟在她们后面下楼，两人没跟时笙打招呼，时笙自然也不理她们。

进电梯的时候，电梯里还有人，见她们进来，都停止了说话。

到了底楼，众人从电梯里出来，时笙听到后面有人在讨论。

"哎，我听说这次只招两个人，怎么有三个？"

"有一个走后门的吧？你看那个……刚大学毕业吧，怎么应聘得上？"

"最讨厌这些走后门的，占着茅坑不拉屎。"

"就是，咱们编辑部已经有一个了，这还来一个。"

这些人的讨论声，前面的两个人也听到了，她们回头打量时笙几眼，又不屑地移开视线。

时笙："……"所以你们在鄙夷我？搞得好像你们就不是从大学时代过来的！谁生下来就会？

嗡嗡……

时笙兜里的破手机振动得欢，时笙掏出手机看了看，一个陌生的号码……

时笙接通电话。

"辛衣，猜猜我是谁。"女生甜美的声音从手机那端传来。

时笙沉默三秒，道："萌籽。"她认识的人里，有她新手机号，说话声音又这么甜美可人的，只有萌籽一个，根本就没啥可猜的。

"啊……你怎么一下就猜到了？"萌籽有些失望，"你面试通过了吧？"

"嗯。"时笙继续往外面走。

"厉害了，我听说这次考题特别难。你还在公司吗？以后我们就是同事了，作为同事，我先请你吃饭，给你庆祝吧！"

时笙想了想，拒绝了萌籽。她觉得这女生没安好心，她还是不要上当为好。

"我这么可爱，你竟然拒绝我！"萌籽在电话那边咆哮。她只是想安静地催更而已，为什么时笙就不能满足她？

时笙淡然又不要脸地自夸："我比你可爱。"

"我不信，你在楼下等我，我去鉴别真伪。"

萌籽风风火火地挂掉电话，然而等她到了楼下，哪里还有人在？

时笙从公司离开，准备打车，正好有辆出租车停在她面前。

车门打开，一个有段时间没见的人从里面出来。

谢言也愣了一下。

谢言穿得很正式，一头亚麻色的头发，被风一吹，微微拂动。

谢言挺高，差不多一米八，长相也清秀干净，是很讨喜的那种男生。他站在这里，还真挺吸引人的注意力。

"小衣……"他张了张唇瓣，开口道。

时笙还没反应过来，旁边冲出一个人，撞着时笙的肩膀过去："辛衣，你还来纠缠谢言做什么？"

时笙条件反射般捂着被撞的肩膀，偏头看向说话的人。英俊的男人站在谢言身边，

· 427 ·

他比谢言更高。两个男人，一个清秀干净，一个英俊霸气，站在一起，无比"般配"。

"你哪只眼睛看到我纠缠他了？"时笙嘴里蹦出一句话。她打车回家也要触发剧情，真是够了。

"那你在这里干什么？"聂城用一种"我看透了你"的眼神看着她，"辛衣，谢言已经不可能和你再在一起，你别想纠缠他。"

老子的剑呢！是我甩了他好不好，你什么理解力？

时笙深吸一口气，扯着嘴角，皮笑肉不笑地道："抱歉，我对他没兴趣。"

"辛衣！"聂城低吼一声。

"干什么？"时笙挑眉，眸子里似有光华流转，又似乎什么都没有。炽热的阳光照进她的眸子，温度如潮汐退去，冰凉而阴森。

她语气里满是恶意地道："我说错了？难道不是事实吗？"

这句话不知怎么激怒了聂城，他突然扬手，朝时笙的脸颊打过来。时笙下意识地往后退，避开聂城的手。

"小衣！"谢言突然惊恐地伸出手，似乎想拽她，可聂城拉了谢言一下，谢言拽她的力道变成推她。

时笙的身子一个趔趄，旁边车轮摩擦地面，发出刺耳的声音。时笙反应快，奈何身体素质跟不上，没有完全避开过来的车，被撞到了小腿。车子及时停下，车上一个姑娘急急忙忙地下来，手足无措地看着她："你……你没事吧？"

时笙皱着眉，扶着车头站稳，声音有些沉地道："你撞一下试试？"

"对不起，对不起，我送你去医院吧？"姑娘伸手扶住时笙，满脸歉意。

时笙摆摆手，道："小伤，不碍事，你走吧。"要不是聂城拽谢言那一下，她也不会退到后面，这事倒和人家姑娘没多大关系。

"这……这哪儿行啊……"姑娘看着时笙的腿。

时笙的小腿有些麻，还有些痛，但她强行站稳，道："我没事，你再不走，我就讹你钱了。"

姑娘："……"

聂城和谢言还站在那里，时笙捂着腿，一瘸一拐地走到旁边。

那姑娘一步三回头地上车离开。

"你……"谢言大概想上前，被聂城拽了一下。聂城冷哼一声，拉着谢言离开。

时笙气得不行，想追上去，然而她的腿不方便，只能眼睁睁看着两人走掉。

时笙艰难地去了医院，回小区的时候，被红姐看到，对方还以为她怎么了，拉着她说了好一阵话。

时笙好不容易才回到家。

第二天，时笙因为行动不便，上班迟到。等她入职的工作人员将她好一顿说，最后看她腿脚不便，问了昨天的事，才放过她。

三个人被领到编辑部，这个公司的正式上班时间是九点，但编辑得八点打卡，前面半个小时，随便做什么都行，后面半个小时就是用来开会的。

此时，编辑部里有人围在一起聊天，有人在玩儿电脑，有人在吃早餐，乱糟糟的。

"大家静一静！"领着她们进来的人拍拍手，"这是今天新来的编辑，大家认识一下。"

刚才还吵吵闹闹的编辑部立即安静下来，众人纷纷看向门口。那两位新编辑一前一后地上前做自我介绍。

"我是安娜，毕业于……已经工作四年，以前在……以后请大家多多关照。"

"我知道她，安溪就是她捧出来的，没想到来我们网站了。"

"我也知道，听说很厉害……"

安娜一介绍完，就有人小声议论，说是小声，其实整个编辑部的人都听到了。

安娜似乎很享受这种被人吹捧的感觉，有些飘飘然。她又说了好几句话，才让另外一个人做自我介绍。这个女生的成绩虽然没有安娜好，但明显也有人知道她。

最后轮到时笙。

时笙上前几步，平静地吐出两个字："辛衣。"没介绍毕业自哪里，也没介绍自己有什么成绩，就只有这么两个字。

"之前公司只说招两个人，现在莫名其妙招了三个，这人一看就是走后门的。"

"真不知道公司的人怎么想的。"

"没意思，做事做事。"

编辑部的人觉得时笙是走后门进来的，可是，时笙还真没走后门。

领着她们的人给另外两人安排好职位，这才看向时笙。

"辛衣，你负责纯爱这一个板块，没问题吧？"

纯爱？谢言写的可不就是……

"嗯，没问题。"

"那边有位子，你们自己找地方，坐哪儿都行。"

安娜和另外一个女生选了采光比较好的位子，时笙只能坐在角落那边。

八点半开会，三个新编辑自然又被介绍了一番。主持会议的是其他编辑，时笙没见到聂城。开完会，时笙刚坐下，一个女生就风风火火地冲进编辑部。她的目光在编辑部里扫了一圈，在安娜和另外一个女生身上停留片刻，然后便直接冲着时笙扑过来。

"辛衣，辛衣！"

她扑得太快，时笙差点没反应过来。

"啊啊啊，我见到真人了。"女生显得非常激动，抓着她的胳膊猛摇，摇完才反应过来，"喀喀，我是宋萌籽。"

"我知道。"时笙将手臂抽回来。

"你怎么知道？"宋萌籽瞪眼道。

"听声音。"之前宋萌籽给她打过电话。

宋萌籽撇撇嘴，道："没意思，你一下就猜到了。"

宋萌籽是个自来熟，拉着时笙一个劲儿地说话，让纯爱版的另一个编辑都不好上来给时笙交接工作。这个编辑要离职，时笙得和她做交接。

直到宋萌籽说累了，回自己的位子上，那个编辑才过来和时笙交接工作。

宋萌籽是个很难缠的人，反正时笙服了她，短短一天的时间，她已经把整个公司的八卦都给时笙说了一遍。而且，时笙还发现这女生在这公司很受欢迎，不管是男是女，大部分员工都挺喜欢她。唯独公司里女频编辑部的人，个个看宋萌籽都跟看阶级敌人似的。

时笙好奇地问："你怎么得罪她们了？"

"她们嫉妒我的美貌！"宋萌籽哼哼，将手里的零食递过来，"别理她们，小衣，你吃吗？"

时笙："……"她这种零食不离嘴还长不胖的体质，被女生嫉妒，也是活该。

时笙好几天都没见到聂城，听人说是出差了。这天早上，她刚打卡上班，外面就急匆匆地走过几道人影。

"聂总编回来了。"编辑部的女生兴奋地冲到门口。

她们还没兴奋完，从电梯方向又走来几个人。女生们显得更加激动，站在门口，将时笙的视线完全挡住，时笙根本看不到外面的人。

"舒总编也回来了！"

"舒总编和聂总编是在同一个地方出差吗？"

"不是吧……我看聂总编订的机票和舒总编不同，应该只是在同一天回来。"

这群女生还没高兴完，就有人来通知开会。

当她们到达会议室，发现里面竟然有人。对方告诉她们，改用旁边的会议室，一会儿舒总编要用这里。

聂城进来就看到时笙，表情顿时一变。

"辛衣，你怎么在这里？"

"上班啊。"时笙一脸无辜，难道是来玩儿的吗？

"谁让你来上班的？"她竟然跑到他的公司来上班，胆子不小。

众人对此有些莫名其妙，怎么聂总编看到辛衣反应这么大？

时笙双手一摊，道："当然是应聘进来的，我又没后门可以走。"

"都给我出去。"聂城突然呵斥一声。

其他人更加莫名其妙，可是现在的情势，她们也不敢留下来，便纷纷退出会议室。

聂城冷笑一声，道："辛衣，你胆子挺大的，以为这样就能从我这里抢走谢言？"

"我胆子一直大。"时笙眯着眼道，"谢言呢，你自己留着吧，我不稀罕。"

"好……好得很！"聂城咬牙，她竟敢到他这里来上班！

"自然比你好。"

时笙从会议室出来，隔壁会议室的门正好打开，时笙往那边看了一眼。

"看什么看？没看过挨骂？"时笙吼了编辑部那些看戏的人一句，回了办公室。

众人："……"没见过挨骂的人这么嚣张的。

众人不满地嘀咕着离开。

宋萌籽回来的时候，抱着一堆零食。听说时笙被聂城训了，她连零食都没放下，直接冲了过来。

"聂城有没有把你怎么样？"

时笙点着鼠标，漫不经心地答："他能把我怎么样？"就凭聂城那点战斗力，给她祭剑都不行。

"没有就好，来，给你吃。"宋萌籽松了口气，将手里的零食往时笙桌子上堆。

"你逃班就是去买零食？"

"才不是买的。"宋萌籽哼哼道。

时笙发现编辑部里的女生此时看宋萌籽的眼神都有些微妙——嫉妒中掺杂着羡慕。

时笙："……"这些人什么意思？

宋萌籽没高兴多久，就被聂城给叫了进去。出来的时候，宋萌籽就跟霜打的茄子似的。编辑部的女生却高兴了，不再关注宋萌籽，开始工作。

"可恶的聂城。"宋萌籽气愤地骂了一声，抱着零食，走回自己的办公桌。

时笙觉得莫名其妙。这都是什么情况？她摇摇头，看向电脑屏幕。

她的编辑名是重新取过的，叫深井冰。

言叶之：编编，新文大纲和开头已发邮箱，你看看有什么地方需要修改的？

谢言的信息突然跳出来。

时笙打开邮箱，果然在里面看到了谢言的大纲，故事类型竟然是悬疑。

时笙将大纲和开头部分大致浏览一遍，就这质量，用来拉低谢言前面几部小说的人气，肯定行。

深井冰：发吧。

时笙等了一会儿，刷新后台，果然看到谢言的新文，直接点了通过。

谢言开新文，立即引起读者的注意。可谢言只发布了几天，文就被人喷得体无完肤。

这和她们之前看的根本就不是同一人写的,她们纷纷质问作者是不是本人。

作为编辑,时笙当然也要去插一脚,给在线的谢言发消息。

深井冰:你的文怎么回事?我看过你前面的作品,和现在的区别很大。

言叶之:我最近状态不好……

深井冰:状态不好,也不能发生这么大的变化。

现在没人给你改文,你当然状态不好。

言叶之:我会努力调整好状态,新文暂时不更了。

深井冰:嗯。

然后,她用私人号上线,立即就接到谢言的消息。

谢言:小衣你在吗?

时笙也是佩服他,竟然还敢来找她。

祖宗:干啥?

谢言:上次的事对不起啊,你有没有事?我请你吃饭吧?

时笙被谢言的厚颜无耻恶心到了,赶紧将他拉黑。她翻了翻私人号,上面还有聂城,时笙一并把他给拉黑。

谢言那边发不出消息,好一会儿都没反应过来。他现在住在聂城新租的公寓里。他起来走动几步,有些烦躁。好一会儿,他抓着钥匙出门。

谢言到达辛衣所住的幸福小区外面,这个小区现在没人守,谢言很容易就溜进去了。

到了时笙住的地方,谢言也不敢大力敲门,怕将隔壁的强叔给吵出来。可他敲了半天门,都没人应。谢言在走廊上等了一阵,眼看下班回来的人越来越多,谢言咬咬牙,决定到小区外面等。

时笙回来的时候,正好遇上红姐。她坐红姐的车回到小区,并没有和谢言撞上。

"一会儿下来吃饭啊。"红姐住在时笙楼下,开门的时候还不忘嘱咐时笙。

时笙扶着楼梯,眉眼弯弯地道:"蹭饭我是绝对不会拒绝的。"

时笙上楼回家,在家里洗了个澡,换身衣服,正好赶上吃饭时间。

在红姐家蹭完饭,时笙才回家干自己的事。

谢言没等到时笙,悻悻地回去。聂城已经回来,脸色不好地看着电脑。

"你去哪儿了?"谢言一回来,他就发问,"给你打电话也不接。"

谢言连忙摸手机,道:"没电了,我没注意。"他顿了顿,摸了摸头发,有些心虚地道,"我就出去转转,没去哪儿。"

"你是不是去见辛衣了?"聂城毫无征兆地冒出一句。

谢言赶紧摇头道："没有，我去见她干什么？"

聂城从沙发上站起来，直逼谢言而去。谢言心虚地往后退，直至退到浴室门口，退无可退。

"聂城……"

聂城捏着他的下巴，迫使他和自己对视："你还想着那个女人？"

"聂城，你胡说什么！"谢言有些恼羞成怒地道，"你把我当什么？"

聂城的眸子里闪过一缕危险的光芒。下一秒，他将谢言推进浴室，自己也快速进去，砰的一声关上门。

第十七章　总编太坑（中）

第二天去公司，时笙的屁股还没坐热，聂城的助理就给她安排了一堆工作。这些事哪里需要她做？时笙当场和助理闹了起来。

"辛衣，这是聂总编交代的，你和我闹有什么用？"助理张口是聂总编，闭口还是聂总编。

"这不在我的工作范围内。"时笙坐在座位上，双手环胸。

助理语重心长地道："辛衣，你是新人，多做一点也是锻炼你的能力。你不能辜负聂总编的一片苦心。"

"一片苦心？"时笙拿下巴指了指正和编辑部的人站在一起看戏的安娜和赵晴，"她们也是新人，怎么就让我一个人做？刁难就刁难，说那么好听干什么？"

安娜狠狠地瞪时笙一眼。她自己走后门进来，被聂总编发现，怎么要扯到她们身上？

"安娜和赵晴都有工作经验，就你没有，这是在给你积累经验，你怎么就这么不知好歹？"助理的声音不免提高几分。

时笙仰着下巴，嚣张地道："我就是不知好歹，有本事开了我啊！"

助理："……"

"干什么干什么，欺负我家小衣干什么？"宋萌籽的声音插了进来。下一秒，她挤开挡路的几位，几步走到时笙面前。

"宋萌籽！你不要胡闹！"助理呵斥一声。

宋萌籽掀了掀桌子上的文件，道："我怎么胡闹了？聂城欺负我就算了，还欺负小衣？这些事是小衣做的吗？信不信我上报！"

助理面色一变，瞪宋萌籽一眼，抱着桌子上的东西愤愤地走了。

"狗腿子！"宋萌籽在后面骂了一声。

助理大约听到了，停下来想和宋萌籽理论，下一秒却接到聂城的电话，她只好匆匆离开。

　　宋萌籽拍拍时笙的肩膀，道："小衣，好样的，就是不能助长这种歪风邪气，真以为这里是他聂城说了算！别怕，我罩着你，聂城不敢把你怎么样。"

　　时笙："……"你若不怕聂城，那聂城叫你做事的时候，你咋不反击呢？

　　时笙休息时去了洗手间，出来的时候路过休息区，几个编辑正坐在里面，隐约有谈话声传出来。

　　"宋萌籽不就是仗着有舒总编吗？也不知道舒总编看上她哪里了，她整天不好好上班，惹是生非，搞得我们整个编辑部乌烟瘴气的。"

　　"还有那个辛衣，走后门进来的，还一点自觉都没有，敢和聂总编呛声。"

　　"现在的人哪里像我们那个时候？现在有后台就是大爷，别人找工作累死累活，她们呢？一句话就搞定了，上天怎么就这么不公平！"

　　"那个辛衣的后台是谁？"

　　"不知道，没见她和上面的人接触过……"

　　在编辑部，时笙也就和宋萌籽一个走得近，但她们都知道，宋萌籽和时笙认识的时间不长，不可能塞时笙进来。

　　时笙什么流言蜚语没听过？她比较好奇的是，她们口中的舒总编是谁。

　　中午吃饭的时候，时笙找宋萌籽打听。

　　"舒绝啊。"宋萌籽一脸诧异地道，"你来公司这么长时间，还不知道舒绝是谁？"

　　"我整天想着怎么弄死聂城，哪儿有时间去关注别人。"

　　舒绝这个名字，剧情里是没有的。

　　宋萌籽表情古怪了一瞬，将椅子扯到她旁边，冲她挤眉弄眼地道："上次我不是跟你说，她们嫉妒我吗？"说到这里，宋萌籽突然话锋一转，"我告诉你可以，但你得写完。"

　　时笙面无表情地站起来："不听了。"续写什么的，她拒绝。

　　"哎哎哎，你怎么这样？"宋萌籽拉住时笙，"好好好，我说我说，你先坐下。"

　　时笙被宋萌籽拉着坐下，后者清了清嗓子。

　　"舒绝是我大学的学长，才华横溢，在大学的时候，那可是风云人物，无数女生追着他，都没能让他多看一眼。"

　　时笙听了半天，也就只听到舒绝被人追的丰功伟绩，宋萌籽完全没有说到重点。

　　"没了？"

　　"没了啊！"宋萌籽一脸无辜，"你不是想知道这些吗？"

　　时笙："……"谁想听一个男人的风流史？

· 435 ·

"那你想知道什么？"宋萌籽凑近时笙，嘿嘿笑着，"是不是看上舒绝了？我和你说，舒绝这人特难伺候，洁癖、闷葫芦、特烦、掌控欲强，这种人绝对不是最佳男朋友。"

时笙嘴角一抽，道："你不是他女朋友？"

宋萌籽表情一僵，道："我要有这样的男朋友，我选择死亡。"

不是男女朋友，编辑部的人嫉妒你做什么？

"喀喀……其实舒绝是我表哥，这事你别和其他人说。我表哥拿我挡那些狂蜂浪蝶，害得我都没办法谈恋爱。"

"表哥？"

宋萌籽点头，一脸真诚。真的是表哥，亲！她和舒绝只相差一岁，她打小就不服管，唯独怕舒绝，所以上大学的时候，她被送到了舒绝的学校。读书那几年，绝对是她人生最悲惨的一段时间，别人都忙着玩，忙着谈恋爱，她呢？整天给舒绝挡女人，为此也不知道折断了她多少的桃花。

宋萌籽说着说着，又开始数落舒绝。

时笙觉得自己得抽空去见见这位舒总编，说不定他是凤辞呢？

【隐藏任务：弘扬天下。】

【任务目标：舒绝。帮助舒绝扩大产业，弘扬文学，传播正能量。】

时笙："……"系统说出来就出来，毫无征兆啊！

【支线任务：伪君子。无提示，请宿主自行探索。】

范围都没有？怎么查？

【宿主，你可以的，我相信你。】你都厉害得要上天，征服宇宙，还怕这点难度？

你相信我有个什么用，给线索才是正经的。

大概是权限不够，又或许是系统没有线索，总之，系统没有吭声，装死。

时笙还没来得及瞻仰凤辞，网站的年会就快到了，各个编辑都忙碌起来。

能参加年会，对作者来说也是一件大事。毕竟你只有成绩够了，才有资格参加年会。

时笙的纯爱板块属于冷门栏目，作者名额有五个，这种一般都是按照榜单成绩来排。

时笙报上去的，并不是成绩最高的五个人，聂城自然而然发火了，将时笙叫到办公室训话。

"做不了这份工作就别做，公司给你工资，不是让你胡作非为。"聂城这次有理，自然不肯放过这么好的机会。

"胡作非为？"时笙嗤笑一声，"我怎么就胡作非为了？"

聂城将名单拍到时笙面前："你报上来的名单，不是胡作非为是什么？"销售金榜上的第一名竟然不在名单内。

"她抄袭。"时笙淡然地道，"一个抄袭的作者，有什么资格参加年会？"

聂城噎了噎，深吸两口气，道："你有证据吗？"

时笙将之前做好的调色盘对比图用手机调出来，递给聂城，嘲讽地道："公司不是说对抄袭是零容忍吗？早在几个月前，就有人举报过她，然而公司一直没处理，这就是所谓的零容忍？"

"辛衣，你少自作主张，公司有公司的考虑，把名单给我改回来，出去。"

时笙扯着嘴角笑了一下，道："是吗？就是不知道上面的知不知道这个考虑。"

聂城脸色难看地看着时笙。她竟然威胁他！

时笙的名单到底没改，等名单公布后，那个销售金榜第一名的作者立即跑来质问。时笙没有任何迟疑，将作者批得哑口无言，第二天作者就断更了。

时笙任性的行为让编辑部的女编辑侧目，她们手下也不是没有抄袭的作者，可人家销售好。他们公司规定，作者的销售和编辑的工资挂钩，她们也睁只眼闭只眼，大家名利双收。然而这女生倒好，刚上任没多久，就把手下的一个大神作者给骂跑了。这么任性的行为，聂城竟然只是扣了她一半的工资，简直不合理。

时笙撞见谢言，是在一个傍晚。时笙冒雨从出租车上下来，跑进小区。

还没进小区，她就被一个人给拦住。谢言浑身湿透，头发紧紧贴着脸颊，看上去有些狼狈。

"小衣。"谢言拦住时笙。

雨幕中，时笙看不清他的神情。时笙绕开他往楼里跑。下这么大的雨，谢言还在这里等着，是想让她同情他吗？笑话！

时笙一跑，谢言也追着她跑，还伸手拽她的胳膊。时笙迅速避开。雨水从她的脸颊淌下来，她伸手抹了一把脸，道："谢言，你想干什么？"又不是演苦情戏，需要在大雨天找她吗？

"小衣，我想和你谈谈。"谢言赶紧道，"我在这里等你好多天了，但是一直没等到，我没有别的意思，就是想请你吃个饭，为之前的事道歉。"

"我和你没什么好谈的。"

谢言见时笙转身，伸手拽时笙。时笙一脚踹过去，正好踹到谢言裆部。谢言吃痛，捂着裆部，面色痛苦。谢言没想到时笙会这么对自己，她那么喜欢他，怎么会这么残忍地对待自己？

"谢言，我的忍耐是有限度的，别以为我不敢揍你。"时笙顿了顿，抹了抹脸上的雨水，又一脚踹过去。

· 437 ·

时笙快速冲进楼里，留下谢言一个人捂着某处站在雨里。

在雨里淋了那么长时间，时笙毫无意外地感冒了，喷嚏不断。
"你怎么感冒了？"宋萌籽将热水和感冒药递给时笙，"刚给你买的，我好吧。"
"谢谢。"时笙鼻音有些重。
"不客气。"宋萌籽将剩下的感冒药放到时笙桌子上，有些担忧地道，"按时吃，实在不行就请假吧。"

时笙笑了一下。这点小感冒，她完全没看在眼里。但是，时笙没想到，这身体在感冒后，竟然一直不好。她去医院输液也没用，一直打喷嚏、咳嗽。

宋萌籽让她请假休息，奈何聂城不批。他说现在正是编辑部忙的时候，她负责的那块现在又只有她一个编辑，她请假了谁做她的工作？

聂城就是在故意为难她，整个编辑部的人都看出来了。

宋萌籽得知聂城不批后，风风火火地跑了，等她再回来，手里已经拿着批准后的请假条。

"走走走，回家去。"宋萌籽架着时笙起来。

大概是在来的路上吹了风，时笙感觉自己的病情好像又严重了，站起来的时候整个人都眩晕了一下。这么娇弱的身体，她真的不想要。

宋萌籽将她送到楼下，接连几天都是大雨，不好打车。宋萌籽挠挠头，摸出手机打电话。

宋萌籽说了几句就挂掉电话，扶着时笙走出公司。两人在门口等了一会儿，雨幕中有一辆车渐行渐近。

车里下来一个男人，冒雨跑过来："宋小姐。"

宋萌籽瞪眼道："怎么是你，我表哥呢？"

"舒总编有事走不开，让我开车送你们。"

"英雄救美都不来，活该单身。"宋萌籽嘀咕一句，让男人扶着时笙上车。

时笙此时整个人都是昏昏沉沉的，身体不行，意识便没法保持清醒。被一场感冒折磨成这个样子，时笙不觉得全是感冒的原因，绝对是运气值作怪。

时笙被送到医院，检查的结果更是让人吃惊，最近流行某种病毒，时笙感染了。

时笙感觉到了世界深深的恶意，生病住院太痛苦了。她讨厌这么弱的身体。

等时笙病愈，回到编辑部，年会已经准备得差不多了。这次年会在一个风景区举行，年会后还能让作者旅游赏景。

聂城不知道怎么了，没有找时笙麻烦，在公司里，时笙连他的面都很少见到。至于舒绝，更别说了，就跟玩儿失踪似的，根本找不到人。

一直到年会那天大家出发时，时笙都没见到舒绝。她感觉好累。本来，这种场合还

· 438 ·

轮不到时笙这个刚进公司的新人去，不过她负责的那块没人，她就只能上了。

"小衣小衣，这边。"

机场里人来人往，宋萌籽穿着一身扎眼的红衣，正冲时笙招手。旁边是编辑部的其他人。

时笙只带了一个背包，和其他人的大包小包加行李箱比起来，她就像是来送行的。

"你穿成这样，是要去选美？"时笙戳了戳宋萌籽身上招摇的红衣。

"嘿！这样我的作者一眼就能认出我。"

"我不认识你。"时笙嘴角一抽，摆摆手，往旁边挪几步。

"小衣，不要这样嘛！"宋萌籽挽住时笙的手。

宋萌籽拉着时笙噼里啪啦地说话，时间过得非常快，眼看就要登机。

"要登机了，聂总编怎么还没到？"

"打电话问问？"

就在众人准备打电话的时候，聂城带着一个人从机场外进来。

聂城竟然把谢言给带来了……

"这是谁啊？咱们公司的吗？以前怎么没见过？"

"还和聂总编一起来……"

聂城走到众人跟前，指了指和他保持距离的谢言："作者言叶之。"

众人哗然，竟然是作者，可是怎么和聂总编认识的啊？

"你们好。"谢言笑着打招呼。

"啊，你好，我很喜欢你的文。"聂总编带来的人，大家都很给面子地夸了几句。

编辑对自己网站上有点名气的作者都是知道的。

宋萌籽和时笙站在后面，有些激动地戳了戳时笙："他就是言叶之？"

"嗯。"

宋萌籽立即抛弃时笙："我要去找他签名，我特喜欢他的文。"

时笙："……"

宋萌籽还真去找谢言要签名了，但因为要登机，所以宋萌籽只来得及和谢言说了一句话。

上飞机的时候，谢言才看到时笙，他满脸惊讶与复杂之色。

聂城挡在谢言面前，推着他去了头等舱。

"我竟然看到言叶之了，他还给我签了名。"宋萌籽一脸痴迷地道。

时笙决定离这个智障远一点，毕竟她喜欢的人可是自己的情敌。呸，敌人！

宋萌籽却不打算放过时笙："小衣，他的《神兽》超级好看，还有《娇子恩宠》，我最喜欢这两部，可惜《神兽》后面没有前面好看。"

后面没人给他改文，当然不好看。

439

"不对啊……小衣，我记得你名单上好像没有他吧？"宋萌籽的智商重新归位。

"嗯。"

"那他……"宋萌籽捂着嘴，不可置信地看着时笙。不会是她想的那样吧？不会吧？

时笙微微一笑，道："聂城带他来的。"

"天！"宋萌籽惊呼一声，察觉自己声音太大，赶紧又压下来，"他……他他……他……和聂城？"

宋萌籽那叫一个气愤，立刻就不喜欢谢言了。

等到达景区，已经花了不少时间，由于明天还要忙碌，众人分完房间就去休息。然而，分房的时候出了偏差，编辑部的两个闹不合的女生不巧被分到一起，两人都不愿意和对方住，其他人又不愿意换房，双方就这么僵着。

时笙趴在大理石的柜台上，看着那边的人闹。

最后，谢言肯定会和聂城住到一起。事实证明，时笙又一次猜对了。谢言不在名单里，又是男生，住的是单人间，所以他很大方地将房间让了出来。聂城身份在那里摆着，本来也没被安排合住，现在可以名正言顺地和谢言住。

分好房，大家才上楼，各自进了房间。

时笙本是和另一个女生住，结果宋萌籽强行和人家换了房。

"小衣……你说聂城和谢言在干什么？"宋萌籽八卦地问。

时笙趴在床上，玩着手机，头也没抬地回："还能干什么？"

"小衣，没想到你思想这么污。"

时笙翻了个白眼，道："我说什么了？"

宋萌籽："……"

除了宋萌籽在猜测聂城和谢言的关系，编辑部的其他人也在猜测。毕竟之前公司里就有传闻。

一夜无话，第二天一早，编辑部的人就要赶到场地，准备迎接即将到来的作者们。

宋萌籽说得也没错，她那身招摇的红衣，让她负责的作者一眼就把她认出来了。

来的人越来越多，时笙报上去的几个作者也到了，他们见到时笙都有些意外。

第二天十点，活动正式开始。

时笙也没什么事，和自己负责的几个作者打了照面，聊几句就算完成工作。

叮——

"聂城，你够了，你让我来，我也来了，这里人多，你能不能收敛点？"这一声随着电梯门的打开，从里面传了出来。

时笙："……"为什么她到哪儿都能遇见主角？

电梯里，谢言大力推开搂着自己的聂城，低头快速跑出电梯，连站在门外的人是谁都没看。

聂城不紧不慢地从电梯里出来，意味不明地看了时笙一眼，追着谢言离开。

时笙无语地看着聂城离开的方向。等她准备进电梯，发现电梯已经往上走了，她只好郁闷地等下一趟。

几分钟后电梯才下来，时笙走进电梯，电梯门关上，很快又打开，外面站着一个穿黑色休闲衣的男人。他戴着耳机，单手插兜，脑袋微微垂着，似乎准备进来，但是下一秒，他脸色微变，转身快速离开。

时笙快速追出电梯，大厅里人不少，时笙追了几步，就没看到那人的身影了。

时笙气得挠墙。几个意思？！几个意思啊？！还让不让人好好谈恋爱？

"小衣，干什么呢？"宋萌籽从后面拍了时笙的肩膀一下。

"我好像看到我情人了。"时笙回答。

"什么？"宋萌籽瞪大眼，"什么情人？你哪里来的情人？"

"前世今生啊。"时笙抓了抓头发，有些烦躁地问，"你表哥也来了？"

宋萌籽眨眼，怎么上一句说情人，下一句就说她表哥了？

"来了吧，我在名单上看到他名字了，我问问。"宋萌籽摸出手机打电话。

那边好一会儿才接通，说了几句，宋萌籽挂掉电话："在外面，走，我们去找他，让你看看我表哥帅不帅，哈哈哈哈！"

宋萌籽拽着时笙往外走，酒店外面的停车场上，时笙老远就看到之前那个穿黑色休闲装的男人。

阳光打在车窗上，反射到男人身上，他就像一个发光体，格外惹人注目。

面容还算英俊。此时，他面无表情地抿着唇，浑身散发着一股压抑的气息。

这也是时笙对他的第一感觉，压抑。那种让人一看就觉得心情不好的压抑。

"表哥。"宋萌籽拉着时笙，飞快地跑近。

舒绝没有回头，连姿势都没变一下。宋萌籽似乎习惯舒绝这个样子，浑不在意地和站在舒绝旁边的人打招呼："程哥哥，好久不见。"

对面的男人看起来有些轻佻，眉宇间却有几分凌厉。男人开口道："小萌籽，我们几天前才见过，怎么就是好久不见呢？"

"一日不见，如隔三秋嘛，程哥哥你说对不对？"

"对对对，我们家小萌籽说的都对。"程明爽朗地笑两声。

宋萌籽不知怎么哼了一声，又惹得程明大笑。

程明站正身体，拉开旁边的车门，对着舒绝道："我先走了。"

舒绝二话没说，绕到另一边，拉开车门上去。程明似有些无奈，叹口气："我没事，你不用……"

441

"开车。"舒绝的话简短有力。

"表哥,你去哪儿啊?带我一起啊!"宋萌籽立即扑上去,抓住程明还没来得及关上的车门,将脑袋钻了进去。

"小萌籽……"程明的话还没说完,就见刚才站在宋萌籽后面的女生,几步走到舒绝那边,拉开车门,以迅雷不及掩耳之势亲了过去。

程明:"?!"

宋萌籽:"……"

时笙的唇贴着舒绝的嘴角。舒绝眸子里还没浮现起厌恶,瞬间被另一种情绪取代。他的心跳好像停止,一种奇怪的感觉从心脏蔓延而出,传遍四肢百骸。他愣愣地看着近在咫尺的人。

时笙慢慢起身,笑眯眯地看着舒绝:"我看上你了。"

舒绝伸手摸了摸嘴角。下一秒,他突然推开时笙,冲下车,跑到旁边,扶着树干干呕。

时笙:"……"

程明已经从另一边过来,似笑非笑地说了一句:"妹妹胆子大啊!"

他从后面拿出一瓶水,大步朝舒绝走过去,轻拍着他的后背。舒绝大概没吃东西,并没有吐出来。他吐了一会儿,用程明递给他的水漱了漱口。

宋萌籽还保持着一脸震惊,同手同脚地走到时笙跟前,语调古怪地道:"小衣……你刚才……亲了我表哥?"

时笙恬不知耻地点头道:"对啊。"看到自己的男人,当然先"盖章",难不成还留着给别人?

说完,她又指着舒绝道:"所以他这是什么反应?"

"我不是跟你说我哥有洁癖吗?"自己都不敢随便碰他,她倒好,一上来就亲,"小衣,就算你看上我哥,也不用这么心急。"宋萌籽语重心长地道。

时笙:"……"洁癖?人家男主角有洁癖,女主角一亲不就没有了?为什么到她这里就行不通了?

舒绝已经转身朝着时笙走过来。

"小衣……自求多福啊。"宋萌籽艰难地咽了咽口水,有些后怕地往后退。

舒绝的身影越来越近,越来越近……他们的距离在缩短。

两人即将面对面的时候,他脚步一转,绕开时笙,直接上车,大力关上车门,还把车窗给关上。

"不是……你什么意思?"时笙转身走到车窗前,拍着车窗,"好歹给个回应啊!"

"革命还需努力。"程明一只脚已经踏进车里,冲时笙做了个加油的手势,"小萌籽，有空见。"

程明开车，时笙只能让开。她双手叉腰站在原地，为什么觉得凤辞这么欠收拾呢？

程明将车开出一段距离，才看向旁边的人："什么感觉？"

车厢里很安静，好一会儿，舒绝才开口："难受。"

"你没有发火。"程明指尖在方向盘上敲出有节奏的声音，"第一次，你没有因为女人碰你而发火。"

舒绝直视前方。景物极快后退，化成光影。他伸手摸了摸心脏。他说的难受不是生理上的难受，是心脏难受，像心脏病人犯病的时候，喘不上气。他当时不想吐的，可是忍不住身体的本能反应。他甚至不敢去看她的表情。一个陌生人……多么可笑，他竟然怕一个陌生人。

"挺有意思的一个女孩儿。"程明目光微闪，道，"舒绝，试试吧，你不是我们这个圈子的。"

舒绝看向程明。程明转头，对着舒绝展颜一笑，道："我们这么多年朋友，你要真是，我早就下手了，不要逼自己。"

舒绝垂下头，若有所思。

待舒绝他们走了，宋萌籽还有点不敢相信，她表哥竟然违背自然法则，没有发火。今天太阳打哪边出来的？于是，接下来的几天，宋萌籽都用一种崇拜的眼神看时笙。

"没想到，我家表哥竟然喜欢这种用强的做法。"

时笙："……"这小姑娘脑子里都想的什么？

"小衣，我看好你，早日拿下我家表哥哦！"我就可以早日脱离苦海！哈哈哈哈！我真是太机智了！

"这是我表哥的电话、微信……"宋萌籽立刻把所有能联系舒绝的方式都给了时笙。

时笙将手机举到宋萌籽面前："这是你哥的网名？"

"对啊，怎么了？"宋萌籽点头，"这名字还是我给取的呢，好听不？"

时笙："……"她并不是很想说话。为什么他一个总编，竟然是她之前的那位责编？花月缺……关键是，她还把他给拉黑了！

"这个啊……听说最近公司要捧IP，我表哥加你，应该是看中了你，不过你竟然拒绝了我表哥，厉害！"

"我要是早知道，打死也不拒绝啊！"时笙欲哭无泪。自己作的死，哭着也要作完。

"小衣，你什么时候写完？"说到这茬，宋萌籽立即想起催更的事。

"有生之年。"时笙从床上坐起来，一脸认真地道，"我要去泡你表哥了，泡不到我就嘿嘿他！"

"噗！"宋萌籽一口汽水全喷了出来。她默默竖起大拇指，厉害了我的小衣，这种豪言壮语，一般人可不敢说。

年会开完之后，就是旅游时间。因为是集体活动，众人自然不能分开。

"你们发现没有，聂总编和谢言走得好近。"

"早就发现了，你们说他们两个是不是在交往？"

"没想到，我能在现实生活中看到这么帅的一对！"

时笙回头往后看，聂城和谢言走在最后，因为游客众多，两人之间保持着一人宽的距离。

到半山腰的时候，有人提议今晚露营，这本不在计划内，谁知道大家和聂城一说，聂城竟然答应了。

半山腰有出售露营用的东西，可不在计划内的活动，自然得作者和编辑自己掏钱，大多数人都没意见。

带着东西爬山，速度自然慢下来，时笙慢悠悠地落在最后面。

等她到达山顶，这些人已经开始搭帐篷。奈何会搭帐篷的人并不多，仅有的帐篷也搭得乱七八糟的。

时笙找了个比较好的位置，不紧不慢地搭着帐篷，宋萌籽和几个女生说说笑笑走过来："小衣，要帮忙吗？"

"不用了。"时笙摇头道。

宋萌籽根本就不听，径自让几个女生帮忙，很快就帮时笙搭好帐篷。

"谢谢。"时笙对几个帮忙的女生道谢，语气柔和，脸上带着几分笑意。

"不谢不谢。"女生们受宠若惊地摇头，之前她们见这个编辑独来独往，表情也有些冷，还以为她不好相处，没想到这么礼貌。

宋萌籽和几个女生告别，蹦到时笙面前："我和你睡好不好？"

"我更想和你哥睡。"

宋萌籽不服气地道："我表哥身不娇体不软，哪有我好？"

"我身娇体软就可以了。"

宋萌籽："……"为什么话题变得这么不堪入目呢？

"你到底喜欢我表哥哪一点？"宋萌籽实在不解，就她表哥那德行，也就长得还能看。

"哪里都喜欢。"

"你见过我表哥几次？"

时笙想了想，道："一次。"

· 444 ·

"小衣，一见钟情都是骗人的，你别这么傻。"

时笙眉毛微扬，眼角似乎染上几分笑意："谁跟你说我和他一见钟情的？"

宋萌籽不解地道："你们之前又没见过，不是一见钟情是什么？"

时笙高深莫测地笑了笑，声音浅浅淡淡，含着几分宋萌籽不懂的情绪："我是专程来找他的。"

宋萌籽一脸不解地道："你和我表哥以前认识？"不应该啊！

"认识很久了。"时笙看着逐渐暗淡下来的天空，唇瓣微动，"久到……我都习惯他了。"

后面一句话宋萌籽没有听清，她觉得奇怪的是，时笙什么时候和她家表哥认识的，为什么她不知道？

那群人不知道从哪儿弄来了篝火，山顶的风轻柔舒服，早已打成一片的作者和编辑围着篝火载歌载舞。

时笙一个人朝更高的山坡上走，喧嚣声渐渐消失。翻过山丘，时笙见隔壁竟是几个天文爱好者。

时笙在这边待了一会儿才回去，闹得厉害的人已经喝上了。

时笙环顾一圈，没看到谢言和聂城，不知这两人干什么去了。

这些人直到凌晨才睡，时笙躺在帐篷里，微微闭着眼，手指有一下没一下地敲着膝盖。

"聂城！"

紧张压低的声音从帐篷外传来，时笙闭着的眼缓缓睁开。

时笙的帐篷离其他人比较远，又是黑色的，旁边还有岩石遮挡，不仔细看都看不到。她撩起帐篷帘，往外面瞧了瞧，远处的一棵树下，两个人正偷偷摸摸地亲热。

时笙："……"

时笙眸子转了转，见时机差不多了，从帐篷里钻出去。她快走几步，将手电筒的光射向两人，大喝一声："干什么呢！"

时笙这声大喝平地炸开，聂城即便心理素质再好，也扛不住这么一声。

"哟！这不是聂总编吗？在这里玩儿什么呢？"手电筒的光在两人身上照来照去。

两人衣衫不整，一瞧就知道在干什么。

时笙将手电筒移开，慢悠悠地道，"不打扰你们了，不过你们小点声，吵到我了。"

"辛衣！"聂城咬牙切齿地叫她的名字。

"干什么？还想请我欣赏？"时笙又将手电筒照回来，"就你们这技术，我怕脏眼睛。"

聂城气得要死。谁要请她欣赏，这女人有没有点羞耻心？

谢言听到聂城的呵斥声才慢慢地反应过来。这声音耳熟！他是不愿意让时笙看到自己这个样子……谢言想离开这里，可现在这个样子，怎么走？

时笙嘲讽完，回了自己的帐篷。

时笙离开后，谢言挣开聂城的束缚，快速回了自己的帐篷。

聂城的双手紧握成拳。

年会结束，作者们回了自己的城市，编辑照常上班。自从那天以后，圈子里就流传着一些传闻，说谢言被潜规则了。

而接下来，谢言作为作者，直接被聂城要了过去，由他来带，网站上的各种推荐砸下去后，这个消息更加疯传，编辑部的人都有所耳闻。

那天，时笙吼得那么大声，有听到的人悄悄看到，也不足为奇。

八卦四起的时候，时笙正在加舒绝好友。她加了五六次，都被他拒绝。

时笙愤怒地黑了舒绝的号，才把自己加上去。

祖宗：我现在重写大纲，还来得及吗？

花月缺：……

她不是拒绝了吗？

舒绝没回时笙，时笙也不在意，麻溜地滚去重写大纲。

祖宗：我已经把改过的大纲发给你了。

舒绝点开邮箱，一眼就看到那个标新立异的邮件标题。

——总编，你看看我，我想和你谈个项目。

舒绝点开邮件，下载里面的附件。然而里面的内容……和他之前看过的并无任何区别。

花月缺：……

祖宗：怎么了？还不满意？我可以再改。

花月缺：你改了什么地方？

一模一样，她竟然说改了！

祖宗：不好意思，传错了。

舒绝很快就收到另外一封邮件，点进去是一个心形图案，图案中间是他的名字。

祖宗：看到我对你的一片赤诚了吗？

时笙半天没收到舒绝的回复，等再打字，就发现消息发不出去了……

时笙："……"她被拉黑了！他竟然拉黑她？！

【……】宿主刚才像个变态粉丝，人家拉黑你不是很正常吗？

时笙再次把自己强行加上去。

祖宗：拉黑我也没用，我能自己加回来。

花月缺：你想干什么？

祖宗：想和你谈恋爱。

舒绝不想理这个变态，果断拉黑她，下线。他不信他都下线了，她还能说什么。

然而，他电脑没关，很快账号就被登录了。

祖宗：刚才那邮件里有大纲，你别拉黑我。

祖宗：你看了吗？真的有大纲，改过的。

时笙不断给他发消息，舒绝拉黑不行，下线不行，只能去看刚才那封邮件。

里面确实有附件，很正经的大纲，不是什么奇怪的东西。

相比他之前看的大纲，这份大纲更加成熟，主线、人物关系明了，而且有结局。

舒绝看看还在不断跳出消息的对话框，果断拔了电源。

拔了电源，时笙肯定没办法了，她又不能凭空接通电源。

舒绝再次上线，已经是第二天，满屏都是时笙给他发的消息。

祖宗：哎，媳妇儿你上线了。

舒绝差点又拔电源，他怎么就成她媳妇儿了？！

舒绝直接将这个号送给下面的人打理，改用他平时不怎么用的私人号。

奈何对方跟长了眼睛似的，立刻蹿到他的私人号上。

予舍：你到底想干什么？

祖宗：追你啊。

予舍：你再这样，我报警了。

这是追人的样子吗？纯粹一个变态。

祖宗：如果连监狱都不愿意为你进，还算什么真爱？你报吧，我不怕。大不了就是被关几天，我很快就出来了，你不用心疼我。

予舍：……

谁要心疼你？

予舍：我喜欢男人。

祖宗：这么巧，我也喜欢男人。

予舍：……

舒绝绝望了，他约了程明见面。

程明直接来到公司，一进办公室，就看到舒绝脸色极差地坐在那里。

"怎么了？这么着急把我叫过来？"

舒绝把面前的笔记本电脑转向程明："这个人一直骚扰我，你帮我查查她的IP。"

程明挑挑眉，弯腰看着屏幕上的记录。

"现在的小粉丝都这么疯狂？咦，她是作者？"

·447·

"嗯。"

"这是她的笔名？"程明已经打开网站，搜索"祖宗"两个字。

取这么个名字，也是够了。

"是签约作者，后台有她的资料，直接调来看啊。"

舒绝不知道时笙签过一部书，听程明这么说，才去看电脑。

程明已经调出资料。

"有点眼熟……"后台里，时笙的身份是扫描上去的复印件，看着有点不清晰，"辛衣，你认识吗？"

舒绝盯着复印件上不知丑化了多少倍的身份证照。

舒绝慢慢地道："上次和萌萌一起的那个女生。"

"就是亲你那个？"程明吊儿郎当地吹口哨，戏谑道，"这小姑娘挺有能耐的。"

有能耐到敢骚扰他！

舒绝拿起内线电话："让编辑部的辛衣过来。"

时笙进来的时候，程明正好出去。他冲时笙眨眨眼，做了个口型："加油。"

时笙进入办公室，整个办公室的风格，时笙只能用一个字来形容——白。

除了几盆装点用的植物，入目的地方几乎都是白色。

时笙："……"

感觉自己像进了精神病院是怎么回事？

舒绝坐在办公桌后面，只穿了一件白衬衣，袖口微微挽着，露出白皙的小臂。他微微抿着唇，看着时笙。

"舒总编。"时笙收回打量的视线，乖巧上前。

舒绝手指一拨，笔记本转了个方向："你想干什么？"

时笙扫一眼，面不改色地道："舒总编，我在追你啊。"

舒绝噌的一下站起来："你这是骚扰。"

"好吧，算骚扰。"时笙大方地承认，"给你带来了不便，我深感抱歉。为了表达我的歉意，我请舒总编吃饭吧。"

舒绝："……"

时笙眉眼弯弯地笑，那样子人畜无害，像个涉世未深的小姑娘。

之前那种奇怪的感觉又来了，他自从高中毕业，就再也没做过那种梦，可上次遇见她后，他竟然接连好几晚……而且那个人，此时就站在自己面前。

舒绝闻到一股似有若无的馨香，来自面前的女孩，和他在梦中闻到的气味一模一样。

舒绝压下视线，道："不用了。"

他坐回去，将笔记本转回自己这边，面无表情地道："以后不要做这种事。"

时笙上前几步，道："那怎么行，不请你吃饭，怎么能表达我的歉意？"

"出去。"

"行行行，出去就出去，你别这么生气，对身体不好。"时笙悻悻地退出办公室。

咔嗒——

办公室的门合上，舒绝紧绷的身子松懈下来。他扯了扯衣领，一直压抑的心跳此时似乎得到放松，一下一下加速。

舒绝伸手揉着眉心，良久，给程明发了一条消息。

叩叩——

"进来。"舒绝放下手机。

助理端着一杯咖啡进来："舒总编，您的咖啡。"

舒绝皱眉道："谁让你送的？"他没有让人送咖啡进来。

"不是您吗？"助理不解，"刚才辛衣出来的时候，带的话……"

"知道了。"

助理一头雾水地闭嘴，退了出去。

舒绝喝了一口咖啡，香浓的咖啡充斥着整个口腔，他彻底放松下来。

编辑部的人以为时笙被叫走是有什么事，结果见她什么事都没有地回来，明显有些失望。

"我表哥叫你干什么？"宋萌籽从自己那边溜到时笙这边，压低声音问。

"让我别骚扰他。"

"你骚扰他了？"她怎么不知道？每天上下班，她都和舒绝一起走，时笙要是骚扰她表哥，她怎么可能会不知道。

时笙喝了口水，道："当然，看上了不下手，难道等着他结婚生子，再去和他儿子谈恋爱吗？"

宋萌籽嘴角一抽，道："说得好有道理。"

"你怎么骚扰他的？"

时笙喝口水，解开电脑锁，指着上面还没关掉的对话框："就这样。"

宋萌籽过去，从头到尾看了一遍，感叹道："我表哥没有报警抓你，简直是奇迹。"

就这骚扰程度，她绝对要被抓。

时笙嚣张地哼哼道："他舍不得。"

就算凤辞没有记忆，会被角色原本的性格所影响，但他对她的感情是不会变的。

"你这还没把我表哥拿下来呢。"宋萌籽鄙夷地道，"别以后失败了哭。"她虽然很想让人把舒绝给收了，这样她自己就能愉快地谈恋爱，但舒绝哪里是那么好追的。

"在我这里，没有'失败'两个字。"

宋萌籽继续鄙夷时笙。

时笙往宋萌籽的方向凑了凑，脸上的笑容有点诡异。她的瞳孔映着对方的身影，清晰如镜面。那双眼犹如墨染，里面似乎藏着什么吃人的怪物。

宋萌籽呼吸加重，后背冰凉，艰难地吞咽着口水。就在她准备离时笙远点的时候，时笙道："要么成功，要么同归于尽。"

宋萌籽猛地退开，差点撞到后面的桌子。

时笙坐正身子，随意点着桌面。

刚才那种感觉还在，宋萌籽小心地瞄时笙几眼，她的侧颜安静祥和，哪里有刚才那种阴森诡谲之感？宋萌籽甩甩脑袋，定睛瞧去，确定时笙和平时没什么区别，才拍着胸脯松了口气。最近她肯定是太累了。今天不熬夜，要好好休息，宋萌籽揉着脸蛋，回了自己的办公桌。

"刚才我好像看到谢言了。"

"我也看到了，聂总编不是已经下去了……"

"上次年会就觉得他们有奸情。好男人都在一起了，我们这些单身女人可怎么办？"

吃饭的时候，时笙后面的几个女生一直在讨论谢言和聂城，直到她吃完，她们还在讨论。

年会事件后，时笙只在开会时见过聂城，但这位男主角竟然无视她，不知道在打什么主意。

周五的下午，编辑部比较忙。时笙忙完已经快七点，编辑部里大部分人还在。宋萌籽那个打酱油的家伙，依然和作者聊得火热，也不知道她的工作是谁在做，反正时笙从没看见过她认真工作，走后门进来的就是好。

嘀嘀……

时笙正准备关电脑，突然有消息进来，时笙点开看了眼。

欧鹭：编编在吗？

深井冰：？？

这个欧鹭她有点印象，是最近崛起的一位新人作者。

欧鹭：有人抄袭我的文，我做了调色盘对比。

欧鹭给时笙传来几张图片。

欧鹭：我发布的时间比他早，不管是情节还是描写，他都抄袭了我的文。

时笙看了看图片，上面正是谢言的新书《非诚勿撩》和欧鹭的《大神，我想娶你！》内容高度相似。

时笙点开谢言的书评区,下面全是说他抄袭的事。

欧鹭虽是新人,可也有不少读者,此时发现她的文被人抄袭,这些读者还不得炸锅?很好,谢言已经长大,都学会抄袭了!

算得上耽美名作者的谢言,竟然抄袭一位新人的文,这个消息很快在作者圈子里传开。

时笙作为欧鹭的责编,自然要为自己的作者争取利益,可谢言现在由聂城负责,她得去和聂城打交道。

时笙看了下时间,顺手回复欧鹭。

深井冰:我会处理。

欧鹭:谢谢编辑。

时笙起身往聂城的办公室走。

聂城一个人在里面,看到时笙,脸上就差写着"你来干什么,这里不欢迎你"的话。

时笙关上门,道:"聂总编。"

"有事?"

"就你名下作者言叶之抄袭一事,聂总编难道不该给我一个说法?"

"什么抄袭?"聂城皱眉,沉声道,"辛衣,你不要没事找事,我想开除你,很容易。"

开除我?你以为你是谁!

时笙语气轻轻地道:"聂总编,我只是和你讨论工作,你怎么就扯到开除我了?"

明明是很轻的声音,却让聂城有种温度下降的感觉,阴森森的。

聂城一个激灵,恼怒地道:"辛衣,你不要太把自己当回事!"

竟然敢和他叫板,谁给她的胆子?

时笙的目光从聂城脸上扫过,她讥讽道:"自己都不把自己当回事的,谁还会把你当回事?"

"你到底有什么事?"聂城说不过时笙,不耐烦地质问。

时笙表情换得极快,无辜地耸耸肩:"刚才我已经说过了,聂总编,有病得治。"

聂城眼底极快地闪过一缕阴狠,却不似刚才那般生气:"你说抄袭,证据呢?"

"刚才我已经把文件传给你了,聂总编可以看看。"没证据,我会乱说?

聂城暗中深呼吸几口气,点开邮箱,找到时笙发来的文件。

聂城的脸色越来越难看。

"聂总编,你不会又想包庇吧?"时笙顿了顿,"你包庇他也正常,毕竟他是你的小情人。"

"闭嘴!"聂城呵斥一声,往外瞄了一眼。这是在公司,她这么说话,被人听到怎

451

么办？

时笙哼笑一声："怕什么，现在公司谁不知道你和谢言有一腿。"

聂城哪有时间去关心公司的流言蜚语，他要工作，还要忙着撩谢言。

"你说什么？"

"哦……看来聂总编还不知道。"时笙拖长音，嘴角的笑意像是利刃一般扎进聂城心底，"我说，你和谢言的事，公司的人早就知道了。"

聂城猛地站起来，手撑着桌面，犹如被激怒的雄狮，咬牙切齿地瞪着时笙："是不是你说的？"

那天晚上的事就她看到，现在公司的人知道了，不是她说的，是谁说的？

难怪最近他觉得公司里的人看他时，眼神不太对劲……

"饭可以乱吃，话不能乱说。我要说，公司的人早就知道了……毕竟……"时笙似笑非笑地看聂城一眼。

毕竟你在原主家里，就和人家前男友勾搭上了。

"那他们怎么知道的？"聂城从桌子后面绕出来，"辛衣，你是不是想报复我？还是想把谢言抢回去？我告诉你，不可能！"

时笙："……"到底谁给你的自信，让你觉得我就看上了谢言那个智障啊！

时笙毫不畏惧地对上聂城的视线："聂城，我们现在说的，是关于抄袭的事。"

聂城冷笑一声："你被开除了，明天不用来上班。"

时笙："……"公报私仇！

"你凭什么开除我？"我又没犯错，开除我是要赔钱的！

"就凭我是总编。"

总编有啥了不起的，又不是公司总裁。

"总编厉害了。"时笙嗤笑，"你还能代替整个公司做决定？"

"我开除一个人的权力还是有的。辛衣，我早就说过，不要和我作对。"

聂城是打定主意要开除时笙，时笙怎么可能让聂城如意，立即准备去找人告状。

她刚拉开办公室的门，就见两个人准备坐电梯下楼。

"舒总编。"时笙立即叫了一声。

舒绝下意识地回头，时笙正笑眯眯地冲他招手。

本来已经进电梯的程明，冒头看了看，直接出了电梯，推着舒绝往时笙这边走。

"小姑娘，这么晚还在公司呢？这么敬业，年末的时候给你发个敬业奖怎么样？"程明说话总是带着几分轻佻。

时笙小嘴撇了撇，用亮晶晶的眸子瞅着舒绝："有人公报私仇，要开除我。舒总编，你不能看着我这么好的员工被胡乱开除，对不对？"

舒绝对上时笙的视线，仅一秒就移开了目光。

"谁要开除你？"程明往时笙后面瞧，不知看到什么，脸色突然沉了下来，眉宇间的凌厉失去了轻佻的掩饰。

舒绝顺着程明的视线看过去，聂城站在门口，神情复杂，像是恨，又像是嫉妒。

时笙看得有点蒙，这是什么情况？

程明突然转身，俯身在舒绝耳边说了一声："我在下面等你。"

他声音虽小，但聂城还是听到了。他无意识地追了两步，随后面色复杂地停下，正好站在时笙身侧。

"谁要开除你？"舒绝并没有因为程明的离开，表现出什么异常。

"他，就是他。"时笙指着还有些不在状态的聂城，"他公报私仇，要开除我。"

时笙的信条是，能告状的时候，一定要告状，能弄死对方一回算一回，谁知道下一秒你是不是就倒霉了？

【……】恕本系统不服宿主的理论，这都是些什么歪道理？

聂城回过神，大吼一声："辛衣！"

"干什么？不就是你要开除我？"时笙扭头瞪过去，"这么大声干什么，我又没病，听得到。"

"为什么开除她？"舒绝看向聂城。

舒绝觉得开除她才是正确的选择，可不知道为什么，一想到以后在公司里看不到她，他心底就很不舒服。

聂城没想到舒绝真的会帮时笙出头，这两个人平时也没什么交集，他怎么就要帮着她？

"我的人，我想对她做什么，还轮不到你管吧？"

"讲道理，谁是你的人！"时笙怒道，"我是舒总编的人，生是舒总编的人，死是舒总编的鬼。"

这台词说得好不要脸，不过她自己喜欢，哈哈哈哈！

舒绝："……"

聂城："……"

现场有一瞬间的寂静。

时笙表白后，一直盯着舒绝。舒绝被盯得浑身不自在，恨不得转身离开。

舒绝微微吸气，压下心底被时笙那句话撩起来的涟漪："聂城，她犯什么错了？"

"我没犯错。"时笙接话，噼里啪啦地将刚才的事说了一遍，"刚才有作者找我，说有人抄袭她的文，正好那个抄袭的人是聂总编负责的，我就去找聂总编讲道理，他一言不合就要开除我。"

聂城被时笙抢了先机，眼神能杀人的话，时笙现在估计已经成了一具尸体。

"这是我们女频编辑部的事，舒绝，你最好少管闲事。"舒绝的职位比他高，但他

453

聂城并不怕舒绝。

他们两家的股份，在公司里是不相上下的。

"你看你看，他还威胁你。"时笙继续煽风点火。

聂城眼眶有些红地道："辛衣！"看来他之前对这个女人太仁慈了，才让她觉得自己好欺负。

时笙嚣张地挑衅聂城："看什么看？没见过抱大腿的吗？！"

舒绝差点没忍住面部表情，迟疑着道："明天……你过来我这边上班。"

"真的？"时笙立即把智障聂城抛去脑后，"你不怕我骚扰你？"

舒绝："……"

对于舒绝的这个决定，聂城不能多说什么。他能开除时笙，却不能阻拦舒绝继续用时笙。

舒绝转身离开，时笙给聂城竖中指。感谢我家凤辞，不然你早就被我砍了！

聂城恨得牙痒痒，等两人上了电梯，聂城转身回了办公室，阴沉着脸拨出一个电话。

时笙跟着舒绝下楼，开口道："他真的抄袭了，要不要封了他的书？"

舒绝语速不快地道："公司对抄袭是零容忍，把东西发我邮箱，确定后，我会让人去处理。"

时笙眨巴下眼，道："可这是女频的事，会不会给你惹麻烦？"她最不愿的就是给凤辞惹麻烦。刚才她找他，完全是为了接近他，毕竟他好像对女人有点反感。

舒绝的回答很官方："这代表一个网站的形象。"

时笙："……"

公司外，程明靠着车门，见时笙和舒绝出来，眉毛扬了扬，飞快地道："刚才家里打电话让我回去，今天就不送你了。"

程明拉开车门上去，开着车一溜烟儿跑了。

舒绝："……"

"我送你啊，舒总编。"感谢程明的"助攻"。

舒绝看时笙一眼，不置可否，时笙就当他答应了，把自己的车开了出来。

时笙的车不算好，甚至在这附近的一排车中，算得上最低档的那种。

程明的车可是豪车级别的，突然"纡尊降贵"坐这么一辆破车，舒绝是拒绝的。

"舒总编，你想干吗？"时笙从驾驶座上下来，走到舒绝跟前，"我这车好歹也是十几万买的，你这么嫌弃它干什么？"

舒绝微微摇头，转身走向人行道。

时笙："……"

闷葫芦、难伺候、洁癖……宋萌籽点评舒绝的几个词不断在时笙脑中徘徊，想打人怎么办！

时笙烦躁地追上："舒总编，这个时间也没地铁给你坐，你将就一下呗？"

"你说句话行不行？"

"舒总编……"

"舒绝？舒大爷！"

时笙一把拉住舒绝的手腕，强迫他转过来。

舒绝被时笙拉着，浑身不舒服，他挣扎一下，没挣开。

胃部有些翻涌，这完全是生理反应，他的内心是不反感时笙的。

舒绝不知怎么，不想让时笙知道，所以忍着不舒服，抿唇不说话。

"你想怎么样，你说句话行不行？"你再不说话，信不信我把你绑回去？

"车……"舒绝艰难地吐出一个字，"不干净。"

时笙："……"什么不干净，我才洗过它好不好？就你事多，我不伺候了。

时笙放开舒绝，大步离开。

舒绝看着时笙的身影渐行渐远，他几步走到旁边，难受地干呕。

他并不讨厌女人，只是女人一碰他，他就会出现这种生理反应，久而久之，他就觉得女人是很麻烦的生物。

舒绝吐了一会儿，感觉好受了点，才站直身体，伸手摸了摸手腕，那里似乎还残留着她的体温。

很奇怪的感觉。

舒绝准备给程明打电话，一摸裤兜，发现手机不在。他愣了下，手机好像……在程明那里。

汽车的鸣笛声让舒绝侧目，车窗摇下，里面的人露出了脸。

"新车，满意了？舒大爷？"时笙几乎是咬牙切齿地道。

幸好这附近有一家4S店，不然时笙还真打算把他扔在这里。

舒绝迟疑几秒，拉开车门上去。

"地址。"

舒绝沉默地设置着车上的导航。

时笙："……"厉害了，我的总编，你是不是除了工作，就不会开口说话？

时笙将舒绝送到公寓门口，瞅了瞅外面："舒总编，缺暖床的吗？不要钱，免费。"

舒绝开车门的手一顿，盯着外面灯火通明的公寓，半响才回头，然而一回头就碰到时笙凑上来的唇。

不似第一次的轻触，这一回，时笙轻轻咬了咬。

舒绝身子僵硬片刻，唇瓣上有柔软的感觉，心底有什么东西想要冲破封印，重见光明。

然而下一秒，他胃部翻腾，浑身像有东西在爬，心慌难受。

结果，舒绝又吐了。

刚才已经吐过一次，此时的舒绝脸色发白，好像恨不得把胃都给吐出来。

时笙在旁边，默默地看着他吐，这绝对是病！第一次就算了，第二次还这样！有病得治！

舒绝一直避免和女性接触，因此已经很久没有经历这么难受的状态。

"好点没？"时笙想伸手扶他，又怕像刚才那样，引得他越发难受。

她见过各种有过敏症的人，还是第一次见到一个男人对女人过敏的。

舒绝摇摇头，仰头喝了一口矿泉水，还没吞咽下去，又给吐了出来。他拿着矿泉水对着车灯看了看，沉默地将水盖上。

时笙："……"你这是几个意思？

"谢谢你送我回来。"舒绝拿着矿泉水往公寓走，走了两步又停下，在原地站了几秒，一声不吭地离开。

好气哦！这都什么奇怪设定，就不能来个正常的吗？她想要正常可爱的凤辞！

时笙烦躁地挠头，看着舒绝进入公寓，消失在转角。

时笙郁闷地回家，先给欧鹭说了结果，再把之前的文件发给舒绝。

舒绝那边很快接收，但是没和她说话。

时笙愤愤地推开电脑，起身去洗澡，洗完澡出来，往电脑上瞄了一眼，正好看到舒绝的头像跳动起来。

时笙擦着头发，走过去点开。

予舍：已处理。

除了这三个字，并没有其他消息。

时笙正准备打字，一排字跳了出来，随后头像就黯淡下去。

予舍：我不是反感你，身体原因，抱歉。

时笙憋着的一口气总算消退一些，他要是不解释，她真打算明天就把他给绑回家养起来。

祖宗：我觉得我们要多练习，也许你习惯了就不吐了。

舒绝并没有下线，屏幕上只有这么一个对话框，他看着跳出来的话，伸手摸了摸唇瓣。

他的手指在键盘上敲了敲，又将打好的字全部删除，重新打。

予舍：《花神》已经有影视公司有意购买，你需要把后面的写完。

· 456 ·

祖宗：不想写。

《花神》就是时笙之前用来赚起步资金的那部小说，她完全不想续写。

予舍：你很有才华，公司愿意捧你。

祖宗：你直接娶我吧。

予舍：……

予舍：你好好考虑一下，还有《姑苏行》，明天发正文给我。

祖宗：大爷！我叫你大爷行不行！明天我还要上班！！！

予舍：嗯。

祖宗：嗯是什么意思？舒总编，你怂恿我写文，这是不对的，不如你娶我。

【……】句句不离娶她，正常人都会觉得你是恨嫁。

舒绝那边很久才回。

予舍：辛衣，我们才见过几次面？

祖宗：可是你对我很熟悉，不是吗？

予舍：你怎么知道？

祖宗：因为我也有这种感觉。

舒绝盯着那一排字，不知道该说什么，输入框里的字，被他删了又写、写了又删。

就在他迟疑的时候，程明的消息突然插进来。

程明：今天怎么样？

予舍：她亲我了。

舒绝现在急需一个人帮自己理一理。

程明：你又吐了？

予舍：嗯。

程明：我要是小姑娘，会有心理阴影的，亲你两次，你都吐了。

予舍：她没有……

她一点都不介意，至少他没从她脸上看到什么介意。

舒绝撑着下巴，单手打字。

程明：那挺好的，这样的小姑娘可不好找，你别错过了。

予舍：程明。

程明：嗯？

予舍：我真的不是？

程明：你怎么还不信，你根本……算了，你想试试吗？我现在过来，你要是能接受我，那我无话可说，放心，我会对你负责的。

予舍：我考虑考虑。

舒绝回复完，才发现对方名字不对。

祖宗：你可以考虑一下，让我追你。

予舍：我考虑考虑。

舒绝扶额，切换到程明的对话框。

予舍：不用了。

程明：哈哈哈，怕了？

程明：我在这个圈子这么多年，谁是谁不是，一眼就能看出来。舒绝，好好谈个恋爱吧，作为兄弟，我可不想看着你和"五指姑娘"恩爱，简直暴殄天物。

予舍：我身体……

程明：你不能因为你的身体就一辈子不恋爱吧？现在有个姑娘不嫌弃……亲你的时候你吐了，哈哈哈哈，这件事够我笑一年。

予舍：程明。

程明：喀喀……这姑娘胆子挺大的，你心底应该也不反感她吧？别否认，我和你认识多久，你什么性子我还不清楚？既然不反感，那就努力一把，你不踏出这一步，就永远都困在原地。

舒绝沉默一阵，打出几个字。

予舍：我知道了。

舒绝关掉程明的对话框。

祖宗：我睡觉了。

这条消息是一分钟前发过来的，舒绝盯了好一阵，关掉对话框。

这晚，舒绝睡得晚，第二天上班迟到，宋萌籽还一个劲儿在他耳边说个不停。

"表哥，你今天怎么看着这么憔悴？昨晚出去干什么了？"

舒绝面无表情地将车停好，松开安全带下车。宋萌籽赶紧跟上。

"表哥……"

宋萌籽眼尖地看到时笙坐在旁边一辆档次一夜间提高不少的车子里，瞬间把自家表哥给忘了。

"小衣小衣，你被包养了？这车……好像是最新款，得几百万吧？"

时笙指了指自己的脸，道："你看我像是那么好包养的？"

"不像。"宋萌籽摇头道，"所以你是买彩票中奖了？"

时笙打开车门，从旁边拎出几只食品袋。

"啊，小衣你给我带的早餐？你真好。"宋萌籽伸手就去接。

时笙把其中一只袋子分给她，追着已经快进公司的舒绝而去。

宋萌籽："……"为什么她只有一袋？重色轻友！

此时已经过了上班高峰期，电梯里没人。舒绝进去，也不摁关门键，等着它自己关上。

在电梯门即将合上的时候，一道人影快速冲了进来。

"舒总编，早啊。"

舒绝微微垂眸，视线极快从她脸上扫过，强作镇定地点头。

"给你带的早餐。"时笙扬了扬手中的袋子，笑着递给他。

舒绝看了看上面的标志，都是他平时吃的那几家。

但是……这几家店彼此离得有些远，她竟然买齐了。

"谢谢。"舒绝伸手接过。

"作为一名合格的追求者，这么做必须的，你说呢舒总编？"

舒绝收紧指尖，袋子发出轻微的声响。

在舒绝不知道该怎么回答的时候，电梯到了。

他快速出去，道："收拾东西后过来报到。"

时笙耸耸肩，看着舒绝有些慌乱的背影，怎么看怎么觉得好玩儿。

时笙回去收拾东西，其他同事不知道发生了什么事，纷纷奇怪地看着她。

宋萌籽叼着糕点，风风火火地进来："小衣。"

她吼完才发现气氛不对，定睛一看，时笙在收拾东西，这还了得？宋萌籽立即冲出去，将嘴里的糕点囫囵吞下。

"小衣，你收拾东西干什么？"

昨天宋萌籽早退，并不知道后来发生的事。她这么一问，其他人也纷纷竖起耳朵，等着时笙回答。

时笙冲宋萌籽勾了勾手指，宋萌籽会意地凑过去，脸上的表情变来变去："真的？"

时笙将最后一件东西放进箱子，微微颔首。

"厉害•了！看来我快要改口了。"宋萌籽默默给时笙竖大拇指，"改口费啊，记得！"

宋萌籽勾肩搭背地和时笙出去，一群人万分不解，这是什么情况？

离开办公室，宋萌籽话题又绕回车的问题："不过我还是想问，你的车哪儿来的？"

"买的呗，我还能去抢？"

"几百万呢！"她都买不起，天天蹭她表哥的车，有时候蹭不上，还得挤地铁，没见过她这么可怜的表妹。

"你哥想要，几千万我也得买啊。"时笙抱怨，"昨晚我开的那辆车，他竟然不上。"

"我跟你说了，他很难伺候，现在反悔还来得及，少女，不要往火坑里跳。"

时笙叹气道："刀山火海我也得跳。"谁让他是凤辞呢。

宋萌籽："……"

这还没开始恋爱，就海誓山盟、生死相随了？

"聂总编，事情差不多就是这样。"

时笙和宋萌籽走着走着，与对面的人撞个正着。

聂城嘴角浮起一丝冷意，带着人从她身边过去，带起一股冷风。

"装。"宋萌籽哼哼两声。

聂城这是要搞事情啊……可惜我时笙最不怕的就是搞事情！

宋萌籽将时笙送到舒绝办公室外面，回头就看到后面装模作样跟着的几个女生。被宋萌籽抓到现行，这些女生立即转身离开。

时笙进舒绝办公室的时候，舒绝已经在工作。她买的早餐被他放在旁边，并没有动。她进去，舒绝只抬头看了她一眼，随手又垂下头，快速敲完几个字。

"你不饿？"

"嗯？"舒绝奇怪一会儿，随后反应过来，"没时间。"

"都凉了。"时笙探着身子，摸了摸那几只袋子，"有微波炉吗？给你热热。"

舒绝指了指外面。时笙拿着东西出去，问外面的助理微波炉在什么地方。助理一脸蒙，这种事，以前不是自己做的吗？

奇怪归奇怪，助理还是给时笙指了位置。时笙重新拿着东西进去，舒绝还在工作。

"先吃东西。"时笙敲了敲桌面。

舒绝没有拒绝，起身走向旁边的沙发。舒绝一般不吃早餐，有时候是顾不上，有时候是没人给他买。

宋萌籽那个吃货，买的早餐还不够她一个人吃，哪里会管她家表哥吃没吃。

"你……"

"我吃了。"时笙将东西帮他打开，又将白皙的手在他面前翻了翻，"洗过手，消过毒，很干净的，你看。"

"嗯。"

舒绝垂下头，安静地吃早餐，胃里是有些不舒服的，不过，他忍着不舒服，快速解决完早餐。

其间，助理给他送了咖啡进来，时笙端过去就喝了一口。

"那杯……"

"早上喝什么咖啡，对身体不好。"

舒绝看着被她端着的杯子，唇瓣抿了抿，喉结滚动几下，没有说话。

时笙帮他把咖啡解决掉，舒绝也吃完了东西。

舒绝去了卫生间，出来时身上已经没有食物的味道。他脸色有些白地坐回办公桌后面："我看过你的应聘视频，你负责男频没问题？"

时笙瞪眼："我给你做生活助理不好吗？"

"我有助理。"舒绝顿了顿，有些不愿意地道，"你会影响到我。"

"我不说话还不行吗？"时笙撇嘴。

"要么离开公司……"

时笙赶紧投降："行行行，反正能看到你就行。"

等我在这里玩腻了，就把你抢回去！

舒绝打内线，让人进来领人。挂掉电话，舒绝想起昨晚说的正事："你的正文？"

"不想写。"时笙兴趣缺缺地回答。

写什么写啊，她家男人都没泡到，不开心。

舒绝没有说话，低下头忙碌，实际上他什么都没做。她在这里，确实会影响到他，他没办法集中精力。

很快，有人进来领人。开会的时候大家都见过，不用做什么自我介绍，但看到一个小姑娘突然被调到男频，其他同事还是有点不解的。

时笙离开办公室，舒绝坐了一会儿，让助理冲了杯咖啡进来。

杯子自然是原来那个。

舒绝看着冒热气的咖啡，直到咖啡凉了，他才慢慢伸手，端起杯子，凑到嘴边。谁知，他唇瓣刚碰到杯沿，就是一阵反胃。

舒绝放下杯子，大步朝着卫生间而去。刚才吃下去的东西，此时几乎全被吐出来了。舒绝撑着洗手台，脑袋低垂，突然一拳打在台面。他用冷水洗了洗脸，出去后，端着咖啡一饮而尽。冰冷的液体进入食道，似乎凉进了心里。然而，液体还没完全进去胃部，舒绝就将它们吐了出来。

舒绝让助理继续送咖啡进来，咖啡似乎没有味道，只会让他反胃。

助理接连送了五六次，在舒绝继续让他送的时候，助理忍不住劝道："舒总编，这咖啡……您是不是喝太多了？"

又不是白开水，这么喝，身体哪里受得了？咖啡喝多了，也是要出事的！

"继续。"

助理迟疑一下，道："好的。"

时笙下班的时候，溜到舒绝办公室去找他，结果被告知舒绝已经走了。

时笙失望地下楼，遇见难得没有早退的宋萌籽。

"小衣，那边好玩儿吗？今天你没看到聂城那脸色，哈哈哈，简直太搞笑了。"宋萌籽不知道在吃什么，很浓的一股奶油味。

"没什么好玩儿的。"

"和我表哥近距离接触，有没有……拉拉小手啊？"宋萌籽凑近时笙。

时笙翻白眼："我拉他一下，他还不得吐了？！"

"说得也是，我表哥那体质，女人碰一下的东西，他都能恶心半天。"宋萌籽嘀咕一声，"我刚才见我表哥脸色特别苍白……不会是你对他做了什么吧？"

"没有啊……"时笙皱眉道。她突然想起，今天早上他吃完早餐，脸色就有些发白……难道被她碰一下就能恶心半天？

时笙无语了。他这个病比以前那些病严重多了，这还怎么愉快地在一起？

男频的办公室比女频那边大很多，人也要多几个。

除了时笙，这里就没有女人。时笙一去，立即成了办公室的一枝花。

男频的编辑一直以为时笙是个高傲的小姑娘，相处之后才发现，这人没有白取那么一个编辑名，就是个神经病，一言不合就怼人，怼得你哑口无言，还觉得她说得很有道理。

时笙在这边混得风生水起，而舒绝那边，时笙除了每天送早餐的时候能见到他，其余时间很难看到人，更别说舒绝隔三岔五地出差。

"哟，小衣，你干什么呢？"时笙敲键盘敲得噼啪响的时候，一个男人突然冒出头，往时笙电脑屏幕上瞧。

"聊天。"

那人看了一眼她的屏幕，开始和她八卦："哎，小衣，前几天你们女频爆出抄袭的事，你知道吧？"

时笙关掉对话框，道："怎么了？"

自从舒绝下令屏蔽掉谢言的那篇文，这件事应该就揭过了。谢言本就理亏在先，聂城想为他洗白，不是那么容易。

此时是午休时间，编辑部没几个人，男编辑小声地道："听说聂总编和那个作者关系暧昧，是不是真的？"

"你这么说聂城，看上他了？"时笙挑眉道。

"我喜欢女人。"男编辑黑着脸道，"我和我老婆都结婚三年了，孩子一岁多。"

时笙："……"

男编辑觉得还不够，摸出手机给时笙看照片。

好不容易摆脱这位男编辑，时笙决定去调戏舒绝，找找平衡感。

祖宗：舒总编，我们来聊聊人生。

予舍：……

予舍：忙。

之后，不管时笙发什么，舒绝都没回她。

时笙猜他可能真的忙，下班的时候再去找他，见他一个人在办公室，助理都下班了。

"你怎么不回家？"舒绝从文件中抬起头，问靠着桌子的时笙。

"等你啊，你这么貌美如花，被人看上怎么办？"

舒绝垂下头，道："程明会来接我。"

时笙眸子眯了眯，道："你和程明什么关系？"

这个程明在剧情里可是个大反派，曾经和聂城交往，后来不知怎么分手了。

舒绝下意识地解释："朋友，你别多想。"解释完，他又觉得自己多此一举，干吗要和她解释？

时笙双手撑着桌子，微微俯身，道："你宁愿他接你，也不要我送你？你就这么讨厌我？"

不怕有情敌，就怕情敌和自己不同性别。

"没有。"舒绝反驳，声音有些大，大概自己也发现了，声音又低下去，"我没有讨厌你。"他不知道该怎么和她相处。

"那我送你回家，就这样。"

舒绝沉默一会儿，收拾东西，准备把工作带回家做。时笙可不敢碰他的东西，只能让他自己收拾。

一路上回去，时笙都觉得舒绝在避着她。

"舒总编，缺暖床的记得叫我。"时笙冲着舒绝的背影喊了一嗓子。

舒绝似乎趔趄了一下，顺着车灯照明的方向，快速离开。直到车灯照不到了，舒绝才难受地吐出一口气，整个车厢里都是她的气息，这才是他不愿意她送自己回来的原因。他怕自己没忍住就吐了。

舒绝回到家里，用咖啡杯接了一杯水，快速喝下去。一阵轻微的反胃后，他并没有要吐的意思。

有些本能是可以克制的，即便是生理本能。

第十八章　总编太坑（下）

时笙回到小区已经快十一点，小区里静悄悄的，看不到一个人影。

时笙停好车，穿过绿化区。黑暗中，似乎有脚步声重叠着她的脚步声。

时笙似乎没有察觉，不紧不慢地往前走。

"不许动。"时笙的腰被坚硬的东西抵住，嘶哑变声的声音自后面传来。

"把身上的钱、银行卡、手机都交出来。"对方似乎是个惯犯，口气很是老到。

"快点。"一个人影转到时笙面前，后面抵着她的东西并没有消失，对方有两个人。

"抢劫抢到我头上来了，胆子很大嘛。"话音落下，时笙抬脚往后一扫，对方没有防备，被踹到小腿，身子往后退开几步。

另外一个人见此，立即朝着时笙扑上来。

时笙掏出铁剑，唰的一下砍向另外一个人，铁剑贴着他的脑袋削过去，一股寒意从头顶蹿进身体。

他像是被人点了暂停键，只能眼睁睁看着面前的女生一脚踹过来。

时笙将两个人弄翻在地，然后重叠起来，一脚踩在上面的那个人背部："来，说说看，谁让你们来的？"

"哎哟，姑奶奶，我们兄弟就是缺点钱花，您大人大量，饶了我们这一次，以后我们再也不敢了。"

抢匪甲立即哭着求饶。

抢匪乙附和道："女侠，我们再也不敢了。"

"你们就是想抢我的钱？"时笙用铁剑挑着上面的抢匪甲，语调古怪地问。

"是是是，我们该死，不该抢你的钱，我们再也不敢了。"抢匪甲立即点头。

"放屁！"时笙呵斥一声。

抢匪甲和抢匪乙吓了一跳，愣愣地看着时笙。

"你们从我下班，从公司出来起就跟着我，其间还想开车撞我，当我眼瞎？"

抢匪："……"

他们就说之前怎么那么巧合，她每次都能避开。

"说，谁让你们来的？"时笙脚下用力。

"嗷……"抢匪甲吃痛，忍不住痛呼一声。

两人忍着痛，也不愿意开口，时笙敬他们有骨气，拎着两人上楼，将他们绑起来。

她从空间里找出摄影机，然而发现并不能用，只好改用她一直没换的破手机。

"你……你想干什么？"抢匪甲有些哆嗦，这个女人搞出这个阵仗是想干什么？

"给你拍点特殊电影。"时笙架好手机，"你说我要是把这些发到网上，你们的家人朋友怎么看？"

抢匪甲手上戴着戒指，明显已婚。这两个人也不像什么亡命之徒，不可能没有家人。

"你……"抢匪甲脸色突变，"你有什么冲着我来。"

"行啊，告诉我，谁想害我？"

抢匪乙辩解："姑娘，你是不是有被害妄想症？我们兄弟真的只是为了钱才抢你的。"

时笙冷哼一声，道："我不但有被害妄想症，我还有病呢！"

抢匪乙："……"看出来了，你确实病得不轻。

时笙对待这种人向来不会心慈手软。经过她的一顿折磨，两人将雇佣他们的人说了出来。

主使者一开始是想让他们制造一场车祸，让她意外死亡，但听说没有成功，又改变了策略。

聂城上班时间一向比较准时。

"准备开会。"聂城一走进办公室，便吩咐助理。

"是。"

聂城走进办公室，背对他的老板椅突然转过来："聂总编，等你好久了。"

聂城看看办公室门，又看看时笙，眼底满是复杂，低声怒喝："谁让你进来的？"

时笙扯着嘴角笑了一下，按下手机的播放键。

"是……是聂城，聂城雇佣的我们……我们只是拿钱办事，都是他指使我们做的。"

"是……是聂城……"

时笙按下暂停键，看向黑着脸的聂城，声音轻轻地道："聂总编，想弄死我呢？"

"辛衣，你别在这里胡说八道，给我滚出去。"聂城指着大门，"别以为舒绝护着

·465·

你，我就拿你没办法。"

时笙站起身，将手机揣进兜里，指尖从桌沿拂过，慢慢朝外面走。她脸上带着几分浅笑，浮于表面，不达眼底；目光似千年寒潭，冒着寒气，不起丝毫波澜。

走到他身边的时候，时笙抓着桌上的瓷器摆件，猛地朝聂城砸去。聂城哪里知道时笙会突然砸他，闪避不及时，被砸个正着。额头上一痛，温热的液体从额头上淌下来，染红他的视线。他隐约看到时笙朝他走过来。他的腹部被人揍了一拳，还没来得及还手，脖子上就是一寒。冰冷的东西贴着他的皮肤，寒气一点一点渗进体内。

时笙把聂城揍了一顿，临走的时候，还不忘嘚瑟："有本事你就去告我，看看是你惨还是我惨。"她揍人大不了赔点钱，聂城买凶杀人，那可就不是赔钱能了事的。

时笙吹了吹额前有些挡住视线的头发，拖着铁剑，稀里哗啦地往外走。她拉开门一看，助理正一脸惨白地看着她，手机页面正好是电话拨出界面。时笙伸手帮她挂断，咧着嘴，露出一个恶意的笑容，大摇大摆地离开。

时笙回到办公室，好像什么都没发生，该干吗干吗。她揍了聂城，过了大半个上午，也没见他有什么动静。她手上有证据，聂城敢报警才怪。

嘀嘀……

予舍：下班，吃饭。

时笙身子猛地坐正，反反复复看着那几个字，确定不是自己眼花，极快地回复。

祖宗：舒总编这是在约我？

予舍：嗯。

祖宗：你答应和我在一起了？

予舍：只是试一试，不合适，我们就好聚好散。

时笙噌的一下站起来，动作太大，将桌上的东西带到地上，啪的一声，惊得其他人都朝着她看过来。

时笙一溜烟儿冲进舒绝办公室，舒绝正好拿着衣服往外走，时笙立即扬起一抹笑："舒总编。"

舒绝："……"这姑娘怎么这么不矜持？

他转念一想，她要是矜持，今天自己或许就不会和她一起去吃饭。

舒绝走向时笙，斟酌片刻，道："想吃什么？"

时笙笑眯眯地回："你想吃什么，我们就吃什么。"

舒绝可没从时笙脸上看到什么不好意思，她完全用宠溺的目光看着他。

舒绝替她拉开门，示意她出去。

两人从办公室离开，路上遇见下班的员工，隔得老远就对着两人指指点点。

"这辛衣真的和舒总编在一起了?舒总编不是宋萌籽的……"

"宋萌籽把辛衣当朋友,现在人家把她男朋友都给撬走了,这下有好戏看了。"

"舒总编那么完美的男人,怎么就看不上我呢,想想我也是咱们部门的一枝花。"

"得了吧,就你还一枝花。"

宋萌籽抱着一袋零食,追着时笙和舒绝过去。

众人顿时噤声,结果,众人只见宋萌籽不知和时笙说了什么,而后笑眯眯地挥手送他们离开。

众人:"……"不是很懂这意思,情敌见面都能和平共处了?

吃饭的地方是舒绝选的,私人小厨房那种,厨师和服务员都是男性。

时笙沉默。就知道自己不选地方是正确的。洁癖症晚期的人,怎么可能随随便便找个地方吃饭呢?

"你看看,有什么想吃的。"舒绝将菜单先给时笙。

时笙翻了翻,随手点了两样。舒绝看了她几眼,和她点了一样的。

时笙习惯性地扬了扬眉毛,道:"舒总编这是在将就我?"

舒绝微微垂着眼,道:"叫我舒绝就可以。"

"你还没回答我的问题。"

舒绝深呼吸一口气,抬起头,和时笙对视:"我得适应……"作为你男朋友应尽的职责。他既然做出了决定,就不会半途而废。也许……他们真的是命中注定呢?

时笙撑着下巴,道:"你不用适应我。"顿了顿,她嘴角隐隐带着几分笑,"我们之间没有'适应'这个词,你只需要……被我宠着就可以了。"

舒绝是有点蒙的,这台词怎么有点不对劲?是他的错觉吗?被宠的那个人竟然是他?

时笙叫来服务员,将刚才舒绝点的东西,换成他喜欢吃的。

"舒绝,我没有什么特别喜欢的,但是唯独你,我是最喜欢的。"时笙声音不轻不重,落在舒绝耳边,犹如狂风骤雨,掀起一层又一层波澜,惊得他不平静起来。

"你喜欢我哪一点?"难道人真的可以凭着感觉,和一个陌生人在一起?

"只要是你,我哪里都喜欢。"

只要是你,我哪里都喜欢。

十个字,如同被人设置为循环播放,不断在舒绝脑中徘徊。

这顿饭,大概是舒绝这辈子吃过的印象最深刻的一顿饭。

"吃饱了吗?"虽然时笙表现得和舒绝预想的不一样,但他心底也不觉得突兀,潜意识中,似乎认定了她就是这样的一般。

时笙摸摸肚子:"饱了,不过有饭后甜点就更好了。"

"你刚才不是吃了？"舒绝看着时笙面前的甜点盘子。

时笙翻了个白眼，道："作为男朋友，难道你不该亲我一下，庆祝我们确定关系？"

"我去结账。"舒绝起身，快速离开。他虽然强迫自己习惯用她用过的东西，但实际接触她，他不知道能不能行。而且两人才刚吃完饭，他可不想自己在她面前的形象就这么没了。

结完账，舒绝带时笙出去。上车后，也不问时笙去什么地方，直接将她带到一家珠宝店。

"喜欢什么，我给你买。"舒绝进店的时候，就说了这么一句话。

时笙直接冲着婚戒过去。

"小姐是要看婚戒吗？我们有最新款，您这边来看看，都是知名设计师……"

舒绝上前几步，道："辛衣，你干什么？"

"不是你让我选的吗？"时笙无辜地道。

"我没……"舒绝侧过身，压低声音，"我没让你选婚戒，我们……"只是试试看。

时笙笃定地道："那有什么关系，反正最后我一定是你的人。"

"辛衣！"舒绝声音提高几分，耳根子有些发红。她就不能像个女孩子？

时笙撇撇嘴，道："不买不买，烦死了。"

时笙直接往店外走，舒绝追上去，有点无措地开口："你生气了？"

"没有。"时笙拉开车门上车。

舒绝赶紧跟着上车，车门关上，车厢里很安静。

"我们进展太快了。"半响，舒绝才憋出一句话。

时笙扭过头："知道我现在想干什么吗？"

"什么？"

时笙往他的方向靠了靠。女孩子的馨香扑面而来，舒绝差点推开车门下去。

他忍着没动，看着对面的人不断缩短他和她之间的距离。

时笙并没有接触舒绝，在离他还有一指宽的地方停下，脑袋偏了偏，在他耳边低语："睡你。"

舒绝有一种快要窒息的感觉，满世界都是她的味道。

时笙朝着舒绝伸手："所以为了达成这个目的，我们先从牵手开始如何？"

舒绝回神。刚才还在他耳边的人，此时已经坐正了身体，白皙的手伸在他面前。舒绝迟疑片刻，鬼使神差地将手搭上时笙的手心。她的手有点凉，没有男生的手那么大，很小，小到他一只手就能将它包裹起来。大概因为适应了，舒绝只是脸色有些难看，并没有想吐的意思。

婚戒的事，就此揭过。时笙不提，舒绝也不再说。

舒绝坚持送时笙回去，时笙只好顺从，让舒绝把自己送到小区外。

"你住这里？"舒绝皱眉看着外面的老旧小区。

老旧小区看上去有点脏兮兮的，舒绝这个智障不喜欢很正常。

"是啊，买不起房，如果男朋友大人愿意让我和你住，我也没意见的。"

时笙逮着机会就调戏他，舒绝避开这个问题："晚安。"

时笙耸耸肩，道："晚安。"

第二天，时笙还在睡觉，舒绝给她打电话，说在小区外面等她。

时笙蒙了一会儿，匆匆忙忙地洗漱下楼，一眼就看到一堆杂牌车里的豪车，她一溜烟儿蹿了上去。

"这么早？"

"接你上班。"舒绝平静地回答，却没启动车子，看着时笙，好一会儿都没说话。

"怎么了？我洗脸了啊！"时笙上下摸摸脸，"你这么看着我干什么？一晚上不见，是不是觉得我又漂亮了？"

时笙自恋起来，那绝对是天下无敌的。

舒绝抿了抿唇瓣，突然倾身，朝着时笙压过去。这突如其来的动作，让时笙下意识地往后面一缩，两人缩短的距离，再次被拉开。舒绝进也不是，退也不是，就那么尴尬地停在那里。

时笙看着舒绝的架势，脑子转了转，才反应过来："你想亲我？"

舒绝面色没什么变化，但是耳朵红了，目光躲闪地道："不是你说……多练习，我就能适应？"

"那你不用搞偷袭啊。"吓得我以为你要搞事情。

时笙微微拉近和舒绝的距离，趁着舒绝没反应的时候，蜻蜓点水一般在他唇瓣上印了一下。舒绝表情极快地变化一瞬，很快推开车门下去。

时笙扶额。就知道是这样！好好谈个恋爱就这么难吗？

好一会儿，他才回到车上，道："抱歉。"

"习惯了。"时笙麻木地道。

舒绝一边启动车子，一边道："我会尽量习惯的，以后早上我都来接你。"

车子的引擎声，正好盖住舒绝语气里的一丝不自然。

时笙坐舒绝的车到公司，这更让公司里的八卦之风刮得生猛，就连男频的这些编辑都开始议论纷纷。

午休的时候，这群人不去吃饭，围着时笙打听消息："小衣，你和舒总编真在

· 469 ·

交往？"

之前这小姑娘追舒总编，就让他们觉得稀奇。有的编辑已经是老人，在舒绝还没来公司的时候就在这里工作。本以为这位一进来就自带女朋友的人，其他人连肖想一下都不可能。

"隔壁编辑部那个宋萌籽，不是舒总编的女朋友吗？小衣，你撬人家墙脚？"

时笙哼哼唧唧着瞎扯："没有撬不到的墙脚，只有不努力的锄头。"

"小衣，你这可就有点……"

"怎么？"时笙抬头看向说话的男编辑。

另外一个编辑接话："现在公司的人都说你是小三。"

时笙满不在乎地道："我又不在乎。"

"这可是影响……"到你名声的。

好好一姑娘，怎么就要去做小三呢？舒总编是很帅，可这名声不好听啊。

"小衣小衣，今天食堂有醉虾，你快点，我等你半天了。"编辑部外面突然响起一道声音。

众人扭头看去，可不就是他们讨论的当事人之一？她竟然来找情敌吃饭？这个世界怎么了？

"啊啊啊啊啊！小衣，你磨蹭着要生孩子吗，快点啊！"宋萌籽在外面嚷嚷不停。

时笙推开挡着自己的人："少吃一顿又不会死。"

"我的人生就只剩下吃了好吗？快走快走！"宋萌籽拉着时笙往食堂走，还没走几步，就连舒绝也从另一边过来了。他顿了顿，冲时笙招手。

编辑部里的人立即围到门口，这三个当事人都到齐了，要打架吗？

然后，他们就看到诡异的一幕。

宋萌籽先是屁颠屁颠地跑过去："表哥，没零用钱了，求投喂。"

舒绝皱眉道："我上周才给过你的。"

"哎哟，女孩子当然要买买买，再说表哥以后可就不能给我零花钱了。"宋萌籽拿眼神示意慢慢走过来的时笙。

现在表哥有正牌女朋友，她这个假冒的也该功成身退，愉快地去撩拨小哥哥了。

舒绝拿出手机，操作几下后，道："好了。"

宋萌籽看了看转账金额，识趣地道："那我不打扰表哥和表嫂约会，撤了，拜。"

众编辑就看着宋萌籽这个"前任"，竟然喜笑颜开地跑了……喜笑颜开！

他们没有用错词，就是喜笑颜开，再看舒绝那边，人家牵着"小三"已经走了。

编辑部众人："……"到底发生了什么？

舒绝带时笙去的是一个饭局，舒绝在饭局上几乎什么东西都没碰，就喝了几杯酒。

"舒总,这可是头一次见你带姑娘出来应酬啊。"坐在舒绝旁边的一个眼镜男打趣地开口,"这小姑娘长得是挺惹人喜欢的,来,我敬小姑娘一杯。"

舒绝虚挡了一下眼镜男,语气不轻不重地道:"钱总,这是我女朋友。"

钱总诧异了一下,随后又笑着赔礼:"抱歉抱歉,原来是舒总的女朋友,小姑娘莫怪。"

舒绝在圈子里一直洁身自好,大家早就听说他有女朋友,只不过谁也没见过本尊。

"舒绝女朋友?难得啊,万年单身汉都有女朋友了,哈哈哈哈,来来,敬舒总一杯,恭喜舒总。"

舒绝自己倒酒,从容地和这些人喝。

这里大多数人似乎都和舒绝关系不错,知道她是舒绝的女朋友,之前的那些打量的目光彻底消失了。

舒绝不让时笙喝酒,其他人敬酒,舒绝一个人全喝了。那些人见好就收,轮了两圈,就回到自己的位子,和身边的人继续讨论。

钱总寒暄完,坐下来找舒绝说话:"舒总,上次我和你说的,你考虑得怎么样了?"

"她是作者,你和她谈。"舒绝望了望时笙。

钱总惊奇地道:"原来舒总的女朋友就是作者啊,哈哈哈,那真是太有缘了。"

时笙不解地看向舒绝,什么情况?

舒绝大概是怕时笙不适应,伸手握住她的手:"没事,和他谈谈,不喜欢拒绝就行。"

"那我们换个地方谈?"钱总知道舒绝不太喜欢人多,聪明地提议。

舒绝没有意见,时笙依旧不解。

三人换到隔壁房间,吵闹声立即消散。

"喀喀……那个……我做下自我介绍,我是钱勇,华艺影视公司的副总。"钱总这介绍自然是说给时笙听的。

时笙回握钱总一下:"辛衣。"

"幸会幸会,没想到这么快就能见到原著作者。"

钱总握着时笙的手,显得有些激动。

舒绝的眉头随着钱总握时笙手的时间增长而越皱越深。在钱总还在说话的时候,舒绝突然伸手拉了时笙一下,周身萦绕着时笙初见他时感觉到的那股压抑。钱总下意识地松手。

舒绝拉着时笙的手,抽出桌上的湿纸巾,仔仔细细地擦着她的手。

钱总:"……"

时笙倒是没什么感觉。男朋友舒绝,竟然给她擦手?

舒绝感觉擦干净了，才松开时笙的手，唇瓣动了动，开口道："继续。"

钱总："……"这气氛诡异得连他都忘了要说啥。

好一会儿，钱总把掉线的智商找回来："是这样的，辛小姐，我们影视公司准备买你名下的《花神》小说的影视版权，不知道辛小姐有没有这方面的意向？"

买版权……她还以为什么事，这事不应该来和她说吧？

"被我阉割掉的那本？"

钱总听到那两个字，略显尴尬，但还是点点头。

《花神》是一部神话题材的小说，整本都是剧情向的，特效不是很难，电影能拍出来。

唯一的缺点是，这部小说没有完结，后面好多伏笔都没有交代完整。

"多少钱啊？"

"啊？"

"我问你多少钱。"时笙重复一遍。

他还没说其他，怎么她一下子就跳到多少钱上了？

钱总看看旁边的男人，将早已定好的报价稍微提了提："当然前提是，辛小姐必须写完结局。"

时笙："……"拒绝"填坑"。

【友情提醒宿主，卖出版权，有利于你完成隐藏任务。】

系统的声音冷不丁响起，这次的隐藏任务不是和凤辞恩恩爱爱，而是帮凤辞弘扬天下……

这都是什么鬼任务？

她的《花神》，前期看着是挺正常的，可是后期……时笙怕写出来吓坏了这群人，所以很爽快地拒绝了。

钱总让时笙好好考虑，还给她留了名片，让她想好后给他打电话，觉得价格不合适的话，还可以商量。就凭她是舒绝的女朋友，钱总也愿意加钱。

钱总寒暄两句，离开了房间。

"为什么不卖？"舒绝轻声问。他不是质问时笙，只是想知道原因。

"因为要续写啊。"时笙耸耸肩，"不想续写。"

舒绝："……"这个理由，竟让他无言以对。

之前她也说过，不想续写。

不想续写，你发什么文啊？

"不过……"时笙不怀好意地凑近舒绝，"你要是让我睡一次，我或许可以考虑一下续写的问题。"

"辛衣。"舒绝皱着眉唤她。她竟敢这么调戏他，他也是有脾气的！

"哈哈哈哈……"调戏她家"媳妇儿"就是好玩儿。

谢言最近因为抄袭的事，一直没怎么冒头，聂城不知道是忌惮时笙手上有他的把柄，还是怎么，在公司里都尽量避着她。

时笙和舒绝的关系，在他们没有任何遮掩的情况下，彻底被坐实。

一开始，这些人都在看宋萌籽的笑话，枉费她对时笙那么好，结果人家转身就把她男朋友抢了。后来，他们是找与宋萌籽关系比较好的女生打听，才知道人家和舒总编根本不是什么男女朋友。

这些人仔细想想，舒绝的确没有在任何场合说过宋萌籽是他女朋友，只是偶尔接宋萌籽上下班，让助理给宋萌籽送吃的。

他俩的关系，都是他们自己瞎猜的。

但是时笙不同，舒绝在公开场合就会承认，她是他的女朋友。

错失良机的一群小姑娘哭晕在厕所。如果她们没有瞎传，说不定现在和舒绝在一起的就是她们。

舒绝每天都会接时笙上班，又送她下班，现在他接触时笙已经不会有什么反应，但是亲吻还不行。

"去哪儿？"舒绝有些无奈地被时笙拉着走，"我还有工作。"

"没事，我帮你。"时笙拖着他往前面走。

舒绝叹口气，快走几步，将她搂进怀中："你这么翘班，我这个上司是不是该扣你公资？"

"那点工资，给你买件衣服都没了，你要扣就扣吧。"

买件衣服……很好，他家媳妇儿口气很大。

舒绝以为自己和时笙在一起，需要适应很多东西，可他发现，自己除了习惯她的触碰，并没有什么要适应的。他们像在一起多年的恋人，举手投足间有一种默契。

时笙顺着河堤，一路走到宽阔的广场上。这里聚集着许多人，还有人正在架望远镜。

舒绝想起自己看的新闻推送，今天似乎……有一场流星雨。

时笙找了个人少的地方，带着舒绝过去。

"你就是带我来看这个？"

"对啊。"时笙点头，"作为男朋友，难道不该陪我吗？"

"还要等很久才到时间。"

流星雨在晚上八点左右，他们这么早过来干什么？

时笙歪着头道："你不觉得，和我在一起，度日如秒吗？"

"别撩我。"舒绝揉了揉时笙的脑袋。

473

时笙撇撇嘴，找个地方坐下去。等待的时间并不长，至少在舒绝看来是这样。第一颗流星划过天际，广场上的人立即沸腾起来。

很快就有第二颗、第三颗，最后流星雨漫天降落。无数流星拖着长长的尾巴，从天空划过，瑰丽而璀璨。

"舒绝。"

舒绝将视线挪到时笙身上，对面的女孩子浅浅地笑着，她瞳孔中不断有流星划过，惊起细细的涟漪，可她看到的只有他。

时笙唇角微微上翘，道："我想和你将这个世界上所有浪漫的事都做一遍。"

舒绝手腕上一凉，但是凉意很快便消失，只剩下暖意。

舒绝想低头看手腕上的东西，时笙突然仰头吻过来，微凉的唇瓣贴上他有些炽热的唇，将他和她的气息混合，分不清谁是谁。

舒绝伸手环住她的腰，将她拉进怀中，加深这个吻。流星划过的夜空下，舒绝尝到从来没有体验过却美妙到让他不想放开的味道。

女孩子的呢喃声随风飘进舒绝心底："谢谢你惊艳了我的世界。"

流星雨短暂而璀璨，在生命的最后一秒，绽放出绚烂的光华，照亮了黑夜。

流星雨结束，舒绝才有空仔细看手腕上的东西。是一块手表，表里似乎注入了水，晃动的时候会出现涟漪，最下面是一朵花，栩栩如生。

舒绝伸手摸了摸手表："这是……"

"定情信物。"

定情信物？舒绝哭笑不得，为什么他还没做的事，都被她抢先了？不过这表……好像在什么地方见过。

"你刚才……"时笙将他的手压下去，就一块表，看也看不出一朵花来，"没有什么反应。"

舒绝知道时笙说的是什么，耳朵火烧火燎起来。

"不如我们再试一次？"时笙提议。

"很晚了，我工作还没做完。"舒绝拉着她往回走，小声补充一句，"明天再亲。"

"可以提前透支嘛。"

"不能。"

"为什么？"

"……"

"我开车啊。"时笙抢着要去开车。

"不行。"舒绝将她推上副驾驶座。

"聂城，别让我看低你。"

"你不是一直都看低我吗？"

舒绝关门的手一顿，朝着声源处望去。旁边是一辆货车，挡住舒绝的视线。他皱了皱眉头，道："我去看看。"

刚才那声音有点像程明的，但似乎变了些音，又有点不像。

时笙从车上下来："一起。"

舒绝没拒绝，将车门关上，牵着时笙绕过货车。旁边的车子旁，聂城正抱着一个人往车上塞。

"聂城……你敢动我，我会让你生不如死。"咬牙切齿的声音从车厢中传出来。他的声音有些喘，像是在压抑着什么。

"我们又不是没做过，你在我面前装什么？今天要不是我，指不定你就被谁给带走，比起和陌生人，我这个前任怕是要好许多吧？"

舒绝几步上前，将还没来得及上车的聂城给拽出来。

"谁！"聂城恼怒地瞪向舒绝。

看清是谁后，聂城脸色极快地变换几下："原来这就是你宁愿忍着也不要我的原因。"

时笙从后面冒出来，恶声恶气地吼了一嗓子："聂城，你说话注意点，老子揍你信不信。"

聂城没想到时笙也在，他现在有点怕她，但又有些不甘心地看了车里一眼。

程明已经挣扎着出来，身上的衣服被扯得乱七八糟，面色潮红，喘着粗气，身子有些发软，扶着车门，勉强能站稳。

舒绝看向时笙，似乎在询问他，自己能不能扶程明。

"弄车里去。"

舒绝这才上前，将程明扶到车上。等他回来，就见自家媳妇儿正在揍聂城。

舒绝汗颜，赶紧将时笙拉走，好歹是一个公司的，这么揍下去，以后还怎么在公司见面？

舒绝将程明送回他的公寓。公寓里有个小男生，见程明这个模样，有些不知所措。最后，在时笙指挥下，小男生才将程明弄进浴室。

接下来便不关时笙和舒绝的事了，两人一起离开公寓。

舒绝还要回公司，时笙自然陪他。舒绝确实还有好多事没做完，回公司后，时笙玩着手机等他，结果他半天都没弄完。

"还没好？"

舒绝揉揉眉心，道："快了。"

这么晚，他也不放心让时笙一个人回去："你困了就先去里面休息会儿，一会儿我

475

送你回家。"

"我帮你吧。"时笙凑上去,"当然,你得不怕我泄露什么公司机密。"

"不用了,哪有让女朋友帮自己工作的。"舒绝摇头。

舒绝倒不是不信任时笙,只是觉得,自己身为她的男朋友,大半夜的还让女朋友工作,简直是毫无人性。

时笙也没强求,拖了张椅子,坐在他旁边继续玩手机。

"辛衣,帮我递一下那边的文件。"舒绝叫时笙一声。

时笙看看他指的方向,伸手把文件给他递过去。里面的东西似乎没有夹稳,掉了出来。那东西正好掉在时笙身上,封面的几个大字让时笙愣了一下。

《十年瘾》!

这是……辛衣的。她保存在电脑里,没有动过,怎么会出现在这里?时笙极快地翻了翻,这是一份版权合同,而笔名……言叶之。

之前他抄袭就算了,现在竟然直接拿原主的东西去卖,可真厉害啊!

"怎么了?"舒绝见时笙脸色有些难看,赶紧转过身。

"《十年瘾》的作者不是言叶之。"时笙将合同扔到桌子上。

舒绝是知道这部小说的,公司上下都挺看好它。

"为什么这么说?"

时笙看向舒绝,道:"因为这是辛衣写的。"

舒绝觉得这话怪怪的,问道:"辛衣不是你吗?"自己说自己的名字,什么意思?

"算是吧。"这是原主写的,可她现在只是用了原主的身体,勉强算是一体。

"这是聂城批的……"舒绝看了看后面的附页。

时笙一猜就知道是聂城,谢言怎么能有那么大的本事?

"版权已经卖出去了,你有证据吗?原稿有没有保存?我马上联系律师。"

舒绝无条件信任时笙,就像一种本能。

时笙保存着原主所有的东西。她虽然已经换过电脑,但也将原主的东西拷贝进新电脑备份,原稿自然还在的。

原稿里面不但有稿子,还有许多思路和文里没有详细提及的东西,以及她还来不及修改的一些错误。

舒绝联系了私人律师,毕竟公司里有聂城的人,万一对方被聂城收买,此事就难办了。

大半夜被迫工作,律师也没有任何怨言,匆匆赶去舒绝告诉他的地址。

时笙的破旧房子已经请人打扫过,不脏,就是看着有点乱和旧。舒绝一进去,浑身都不舒服。时笙拿了东西,带着他下楼回到车里,他才算好受一点。

时笙凑过去，在他脸上亲了一口："过几天就换房子。"

"是我自己的原因。"舒绝有些愧疚，因为他的怪癖，她迁就他的地方数不胜数。

他不知道她的忍耐力有多强，万一有一天她忍受不了了呢？舒绝突然发现，自己似乎已经没办法接受她不在自己身边的情况。

舒绝感到没来由地心慌，突然捧着时笙的脸，吻得有些急躁，像是在确定什么。他想她一直待在自己身边。

叩叩！车窗被人敲响，舒绝猛地松开时笙，身体和时笙拉开距离，呼吸有些沉重。

时笙看着舒绝，微微喘息，伸出舌尖舔了舔唇角，血腥味在嘴里蔓延，让她有些难以忍受。

"你刚才想干什么？"

舒绝抿着唇道："对不起……"

时笙理了理身上的衣服，道："我不会离开你，就算是死，也会和你在一起，这是我给你的承诺，如果你想和我一起死，尽管来。"

时笙推开车门，外面的律师正准备继续敲车门，车门突然打开，把他吓一跳。

时笙和律师在外面谈了一会儿，等舒绝恢复得差不多了，她才让律师上车。

舒绝坐在后面，不知在想什么，时笙上去，他被惊了一下。

时笙将笔记本递给律师："东西都在里面。"

律师坐在前面，接过笔记本后开始翻看。

车厢里一片安静。

舒绝慢慢地伸手，勾住时笙的小手指，见她没有反对，立即握住她的手。带着热度的手，让他一直快速跳动的心平复下来。

律师看完所有东西，用了大概三个小时，其间时笙偶尔和时笙说几句，舒绝就这么在车里干坐着。

律师需要回去再理一理，毕竟这种东西，不是一下子就能看清的，所以他暂时不能下定论。

"舒总，有结果我会给您打电话。"

舒绝绷着脸点头。

砰！车门关上。

车厢里，除了两人轻微的呼吸声，再也没有任何声音。

"对不起。"低哑的声音打破沉默，舒绝紧了紧时笙的手，"我不知道刚才怎么会有那样疯狂的念头。"

时笙抽出自己的手，舒绝似乎想用力，大概怕弄疼时笙，慢慢地松开手。他看着时笙，眼底是一种很复杂的情绪，隐隐有阴暗的光芒若隐若现。这才是凤辞。

时笙抚上舒绝的脸，指尖在他耳垂上捏了捏。她伸手抱住舒绝，道："我说过，我不会离开你。"她看上的东西，要么陪着她一起灭亡，要么就永生永世和她在一起。

时笙一直知道自己是个极端的人，哪怕平时掩藏得再好，她也没办法否认，她就是这样的人。这样既阴暗又邪恶的人。

可她喜欢凤辞，那种喜欢，喜欢到想把他彻底绑在身边，谁摸一下都不行。

舒绝好一会儿才回抱了时笙，先是轻轻试探，接着力道逐渐加重，勒得时笙有些喘不过气。

"舒绝，你真的想弄死我吗？"时笙有些难受地开口。

舒绝这才松了松力道，将脸埋在她颈间，静静地拥着她。

外面越来越亮，有吵闹声从小区里传来，上学的孩子，上班的年轻人，做生意的商贩，所有人都忙碌起来。

车里的时间却像静止了一般。

时笙瞄了瞄时间，上班又要迟到了。

舒绝一晚上没睡，时笙索性发了短信，让宋萌籽帮她请假。

时笙扯开舒绝，道："回去再抱。"

时笙下车坐上驾驶座，舒绝从另一边下去，直接上了副驾驶座。

叩叩！

"小衣，小衣……"

时笙看舒绝一眼，摇下车窗，道："红姐。"

"真是你这丫头啊，我还以为看错了呢。你这是……"红姐往车里瞄了瞄，"男朋友？"

"嗯。"时笙大方地承认。

红姐拿长辈打量晚辈的眼神打量舒绝几眼："挺好的，一表人才，比上次那……"

时笙赶紧打断红姐："红姐，改天回来请你吃饭啊，我们赶时间上班，先走了。"

"好吧好吧，下次说，年轻人都忙，快去吧。"红姐赶紧退开。

车子开出小区的范围，舒绝脸色不好地问："她刚才想说什么？"

时笙打断得太突兀，舒绝想不注意都难。时笙那叫一个愁，原主给她留下这么一个烂摊子，让她怎么和她"媳妇儿"解释？

时笙沉默地开车，将舒绝送到公寓底下。

"其实我曾经和谢言交往过。"时笙咬牙，在舒绝越来越沉的脸色中道，"但是你要相信我，我不喜欢谢言，喜欢谢言的是……"

砰！

"辛衣。"时笙看着舒绝的背影，赶紧下车追出去，"舒绝。"

舒绝不理她，沉默地上楼，开门，但也没阻拦时笙进去。在时笙进门的时候，他突然转身，将时笙摁在旁边的墙上，低头吻了过去。时笙费劲地去关门，她可没有被人围

478

观的习惯。

时笙不知道怎么被舒绝抱上床的，舒绝几乎带着几分强势地将她要了。但结束之后……舒绝更绝——在厕所吐了大概半个小时。时笙都快有心理阴影了。

舒绝脸色苍白地出来，身上只穿了一件浴袍，长腿和胸膛若隐若现。他上前，将时笙从被窝里捞出来，抱着她进浴室，亲自动手给她洗干净，苍白的脸色也随着他看时笙的身体而越来越红。

"你之前怎么不知道害羞？"时笙没好气地瞪他一眼。

舒绝将她从浴缸里抱出来，裹上浴袍，道："我没害羞。"

"没害羞，你脸红什么？"时笙搂着他脖子。

"生理反应。"舒绝嘴硬地道。

"那还不是害羞！"生理反应和害羞有什么区别？

舒绝将她放到椅子上，掀开床上乱糟糟的被子。不知道看到什么，他脸色更红。换成现在理智的他，不会那么冲动。

舒绝快速扯下床单，换上干净的床单，将时笙抱上去，在她额头吻了吻："休息一会儿，我去做饭。"

"我不饿。"时笙拉着他，"陪我睡会儿。"

舒绝确实累得不行，听话地上床，将时笙搂进怀中。

"以后不会我们每次这样，你就要吐一次吧？"

"可以多做几次，习惯就不会了。"

"多做几次是几次？"

"不知道。"

他总会习惯她的。

也只会习惯她。

时笙以为舒绝已经忘了之前的事，显然她太天真了。舒绝对于她曾和谢言交往的事，很是在意。

无论时笙怎么解释，他都是一副"别解释了，解释也否认不了你和谢言交往过"的表情，不然就是"谢言那个样子，你是怎么看上他的"？

时笙抓狂，和谢言交往的真的不是她啊！她是无辜的。

然而，舒绝根本不听，时笙一解释，他就用身体去习惯她，最后把自己折腾得半死。

时笙无奈，虽然不是她的锅，但她还得背。

时笙第二天去公司上班，宋萌籽贼兮兮地拉着她："得手了？"

"我出马，哪有不得手的。"

"我怎么看表哥刚才脸色不太好？"宋萌籽狐疑地上下打量时笙，"不会是欲求不满吧？"

时笙："……"他都快吐死了，哪里是欲求不满。

时笙和宋萌籽瞎扯几句，正准备回办公室，宋萌籽又拽她："跟你说，你知道谢言要开签售会了吗？"

"签售会？"

"对啊，他现在连载的一部小说叫《十年瘾》，人气很高，加上他之前的一本出版上市了……"

时笙这段时间比较忙，不知道谢言将《十年瘾》上传到网站的事。

时笙："……"他盗窃别人的东西，还敢这么高调，厉害！他是觉得她那里没有原稿，还是觉得她不会告他？

时笙回办公室，打开电脑，登录网站，搜了书名。

谢言名下正在更新的有两部作品，一部已经断更，现在更的是《十年瘾》。

因为即将出版，他每天更新很少，小说人气却很高。

时笙之前就说过，《十年瘾》是一部很好的作品，只要有人运营，火起来很容易。

时笙返回网站主页，只见横幅广告就是《十年瘾》，更别说客户端上各种推荐，随处可见"十年瘾"三个字。

时笙不确定聂城是否知道，这部作品并不是谢言所写，毕竟聂城这个角色也是崩坏的，从他的所作所为和对待谢言抄袭的事就可以看出来。

时笙打电话询问律师那边的进度，律师表示还需要一些时间。

程明：小辛衣，晚上吃饭哟，感谢你那天晚上帮忙。

时笙屏幕上突然跳出一个对话框，她好像没有加程明……

予舍：程明晚上请吃饭。

舒绝的消息下一秒发过来，时笙自然选择回复舒绝。

祖宗：知道了。

祖宗：晚上我住哪儿？

予舍：我家。

祖宗：你这一点都不矜持啊。

以前的凤辞好矜持的，那个害羞的凤辞哪里去了？

予舍：我要习惯你，不是你说的吗？

予舍：矜持一般是用来形容女孩子的。

祖宗：……

予舍：乖乖上班，等我来接你。

祖宗：……

下班的时候，舒绝果然来接她。编辑部里众人的表情大概只能用目瞪口呆来形容，这两人的关系发展得也太快了。

程明请客，宋萌籽也在列，不过这个吃货只关注吃，不怎么关注人。

"陈录。"程明指了指站在他身后的小男生，"你们应该见过。"

"定了？"舒绝突然冒出一句。

程明耸耸肩，道："你都有女朋友了，我再这么单着也没意思。"

时笙一直觉得程明觊觎她家男人，现在更加觉得是这样。

程明和陈录走在前面，舒绝牵着时笙走在后面，解释道："程明不会随便带男人见他的朋友，他带来的，都是动真格的。"

舒绝只见他带过一次，就是聂城。

"你和程明真的没有一腿？"她怎么觉得这两人奸情满满？

程明大概耳尖，突然转回来，道："小辛衣，我跟你说，他啊，一直不能碰女人，就觉得自己是我这个圈子的……"

"程明。"舒绝警告。

程明举起双手，赶紧回到小男生身边，搂着他的肩膀往前走。

舒绝解释道："因为我和男人接触没有其他反应，所以……"

他有这样的想法也正常，但他只是和程明走得近了些，并不能接受自己的伴侣是个男的。

"我和程明很清白，连一起睡一个房间这种事都没有过。"舒绝赶紧表示自己的清白。

"那就好。"他真要和程明有一腿，她估计得把这两个人都弄死。

"你们磨蹭什么，快点。"宋萌籽已经走到店门，朝着几人大声嚷嚷。

程明选的店是陈录最喜欢的一家。舒绝看着被女服务员送上来的东西，压根儿没动筷子。

程明见好就收，赶紧让人重新准备新的。

这顿饭吃得最开心的人，大概就是宋萌籽和陈录，两人都是吃货。

趁着陈录去洗手间的时候，舒绝问了几句。

陈录还是在校学生，这次可不是程明追人家的，是陈录自己送上门的。

之前陈录死皮赖脸住在他家，反正他不怎么回去，也就任由陈录去了。

谁知那天晚上，舒绝将程明送了回去，这下人也被程明睡了，程明想不负责任都不行。

好在他也不是对陈录一点感觉都没有，算得上情投意合。

"他怎么去这么久？我去看看。"陈录半天不出来，程明起身去找人。

"哎呀，好饱啊！"宋萌籽解决完食物，满足地抚着小肚子，"我现在最大的愿望就是吃吃吃。"

时笙轻笑一声，道："不撩小哥哥了？"

宋萌籽哼唧一声，道："我这样还用撩吗？要不是表哥耽误我，现在追我的人，不知道排到哪儿去了。"

"明天给你安排相亲。"舒绝淡淡地道。

"表哥！"宋萌籽大叫一声，表情滑稽，双手合十放到胸前，"高抬贵手，放你表妹一条活路行不行！"表哥祸害完她前半生，还想祸害她后半生吗？

宋萌籽抗议完，又解决完甜点，陈录和程明还没出来。

"掉洗手间里了？"宋萌籽不满地哼哼，"不会是跑路了吧？说好的请客呢！"

"我去看看。"舒绝起身。

程明不缺钱，不会为了一顿饭钱跑路。

时笙赶紧站起来跟上去。

宋萌籽见两人都去了，旁边的服务员正盯着，她也不好跟着去，只能在位子上坐着当吉祥物。

时笙和舒绝还没到洗手间，就在转角的地方，发现了陈录和程明。陈录被程明半搂着，单手捂着脸，低垂的头发挡住了他的神情。他们对面站着聂城，聂城看上去很气愤。

"程明，他有什么好？"聂城指着陈录，声音嘶哑地低吼，眼中有狰狞的光。

程明几乎是从牙缝里挤出几个字："比你好。"

聂城突然冷笑，语气讥讽地道："是他勾引你的吧？"

"聂城！"程明怒喝。

"我说中了？"聂城脸上的讥讽更重，"你还是这么不经勾引，是不是上过床就想负责？程明，你怎么就没长进？"

时笙实在不明白聂城和程明之间有什么恩怨，但两人都分手了，聂城还一副嫉妒的样子是什么意思？

舒绝像是知道时笙在想什么，在她耳边解释："聂城出轨，被程明抓到，两人分手后，聂城纠缠过程明一段时间。"

"他还出过轨？"这也是够可以的。

舒绝声音浅淡地道："他自己说是被人陷害的，但那已经是事实，程明不会接受一个对自己不忠的人。"

"够了！"一直低着头的陈录突然大叫一声，抬起头看着聂城，一字一顿地道，"你怎么说我没关系，但是你不能说他，你凭什么说他？"

"我凭什么？就凭我是他前任。"聂城似乎还挺自豪的，"他的第一次就是给的我，这样够不够？"

啪！

随着这一声，空间诡异地安静下来，聂城脑袋微偏，慢慢地伸手，似乎有些不可置信地摸了摸脸颊。

程明打完聂城，一点也不后悔，唾骂一声："老子早就想打你了。"

"聂城，看在我们交往过的分上，我容忍你很久了，你一次次得寸进尺，是不是觉得我很好拿捏？"

"程明，你为了他打我？"聂城指着陈录，质问，"你为了他打我？"

程明没有接话，转而说起另外一件事："那天晚上，是你指使的吧？以为我不知道？"聂城脸色微变。

程明脸上的冷意更重地道："聂城，你太小看我的影响力，我程明想查一个人，没有查不到的。"

聂城似乎有些慌乱地道："程明……我……我是想和你和好。"

"和好？你把你家那个放到什么地方了？吃着碗里看着锅里？"程明不屑地冷哼。

程明搂着陈录往外走："好自为之。"

两人在外面和时笙撞上，程明表情很淡地点点头："让你见笑了，走吧。"

时笙往聂城那边看一眼，正好看到谢言从另一头出来，他表情有些古怪地看着聂城，随后转身跑了。

聂城大概也发现了谢言，顾不得程明，赶紧追了出去。

走到人多的地方，程明放开陈录，让服务员拿了冰袋过来，帮他敷了敷脸。

宋萌籽抱着饮料，挤到时笙身边："这是怎么了？"

"前任遇现任。"时笙用五个字概括。

宋萌籽立即懂了。

这次的饭吃得不是很愉快，程明表示下次补上，然后带着陈录匆匆离开。

宋萌籽和别人还有约，也一溜烟儿跑了。

时笙和舒绝两人大眼瞪小眼一会儿，舒绝耳根子微微发红，先移开视线。

"我先送你回家。"舒绝一边开车门一边道。

"哎？不是说今晚睡你家吗？"这和之前说好的不一样，你不要乱改剧本啊！咱们就按剧本走！

时笙不肯上车，扶着车门和舒绝对视："我不管，我就要和你睡。"

舒绝沉默几秒，道："你要拿换洗衣服。"

时笙："……"早说啊！为什么要说送她回家这种让人误会的话？

· 483 ·

"其实我穿你的也没问题。"时笙眨巴着眼,开始调戏舒绝。

舒绝想想上次她穿自己的衣服,那场面……

为了自己不随时随地出丑,舒绝黑着脸将时笙推上车,送她回家。时笙上楼去拿衣服,他在楼下等着。

时笙下楼的时候,遇见强叔,耽搁了一会儿。

"丫头,你最近忙什么呢?早出晚归的,都见不到人。"强叔和时笙一起下楼。

"忙着谈恋爱啊。"

"哟,小丫头都有男朋友了。"强叔大笑两声,"可别被人给骗了,自己多长个心眼。"

时笙一脸乖巧地道:"嗯,我知道。"

下到底楼的时候,强叔和时笙都没带大门钥匙,上去拿太麻烦,强叔便去敲底下杨婆婆的门,然而半天都没敲开。

"可能不在,我上去拿。"强叔嘀咕一声,转身要上楼。

时笙拉住他。

"怎么了丫头?"

"强叔,你有没有闻到一股怪味?"时笙问强叔。

强叔嗅了嗅,道:"好像真有……什么东西臭了?"

时笙指了指刚才强叔敲过的门:"味道是从里面散发出来的,杨婆婆会不会出事了?"

时笙知道那是什么味道,是腐尸的味道。

强叔一听,仔细回想,这几天好像真的没见到杨婆婆。他赶紧再去敲门,实在没法,他去外面找来几个人,大家商量一下,直接撞门进去。

门一开,那股味道更浓。

强叔和两个男人先进去,在卧室里找到已经开始腐烂化脓的尸体,其中一个男人直接恶心地跑出来狂吐。

强叔看上去好一点,但也脸色苍白:"报警,报警……"

时笙先出去给舒绝说了一声,这才返回,警察已经到了,正在调查现场。

最后警方确定,杨婆婆是病发死亡,不是谋杀。

现在这个天气,不是很热,杨婆婆死了几天,尸体才开始腐烂。

警察联系杨婆婆的家人,然而那些人不是不接电话,就是接到之后也没什么反应。

最后,小区的人看不下去,商量着合资给杨婆婆举行葬礼。时笙出了一部分钱,小区的人觉得她一个小姑娘赚钱不容易,不让她出,时笙便偷偷地将钱放到强叔的包里。

有时候,亲人还比不上一群陌生人。

· 484 ·

时笙和舒绝同居的事，不知怎么在公司传开了。公司里的人看时笙的眼神，简直就像要吃人。时笙已经成为公司新一代的女性公敌，走到哪儿都有人给她行注目礼。

律师那边给时笙打电话，表示可以起诉。时笙让律师全权代理，将谢言告上法庭。

谢言接到消息，整个人都是蒙的。他没想到时笙根本不找他，直接将他告了。谢言想找时笙，却每次都扑空，根本见不到人。

时笙这边准备充足，谢言除了能提供一份稿子，其他的什么都不知道，怎么和时笙打官司？就算有聂城帮着，他也没多少胜算。

中午，时笙下楼的时候，被谢言堵个正着。和前不久还意气风发的他比起来，现在的谢言就像在家宅了许久的抠脚大汉。

"小衣，小衣。"谢言见时笙出来，立即跑过去，"小衣，你放我一条生路，撤诉好不好？"一旦判决下来，他的名声就全毁了。只要她撤诉，一切都还来得及。

"撤诉？然后让我背负骂名？"她撤诉的结果，是那些粉丝会将枪口对准她。

"小衣，你不一样，我不能败诉，不然我的一辈子就毁了。你现在是舒总编的女朋友，后半辈子不愁吃穿，你撤诉好不好？我可以补偿你。"

这不要脸的程度，她只能佩服。

"你不是和聂城在一起吗，你的下半辈子不也吃穿不愁？"别人的名声可以毁，他的不能毁是吧？

"不……小衣，你不懂，你不要把我往绝路上逼，小衣，看在我们曾经交往的分上，你撤诉吧。"

他还敢说交往，交往的时候，他和别的男人勾搭在一起，谁给他的脸！

时笙觉得自己已经气得不行，这个位面的主角怎么是这种人？

"我不可能撤诉。"时笙冷冰冰地扔下几个字，这本来就是原主的东西，她拿回来有什么错。

"小衣……"谢言不甘心地追上来。

他还没追上时笙，面前突然多了一道人影。谢言抬头看去，有些瑟缩地往后退了一步。这个男人的眼神好可怕，像是要杀了他。

"再纠缠辛衣，别怪我不客气。"

谢言脸色煞白地僵在那里。

舒绝转身走向等在几步远的时笙，自然地搂住她的腰，刚才那身可怕的气势消失，他微微低下头，轻声问身侧的人："想吃什么？"

时笙歪着脑袋道："唔，你啊。"

"大白天的，你在想些什么？我问你中午吃什么？"

"中午不可以加餐吗？"

"不可以！"

谢言的官司自然败诉，网上骂声一片，谢言的手机号不知怎么被爆了出去，每天都有人给他发咒骂短信。

聂城最近也很少回来，谢言想找个人安慰自己都不行。

他给聂城打电话，聂城都以忙为由，让谢言在家待着，等过段时间，风声过去就好了。

谢言无处发泄，只能在网上找人聊天，这些陌生人，让他可以随意地抱怨咒骂。

谢言最近和一个人很聊得来，对方不但对他嘘寒问暖，还会听他倾诉。

人在慌张空虚的时候，最容易上钩。有了这个人，谢言连聂城都不怎么在意。

当那个人提出视频聊天的时候，谢言迟疑一会儿，也就同意了。

对方是个很帅气的男人，说话风趣幽默，更是体贴异常，知道他们在同一个城市，每天都会派人给他送东西。

谢言不知不觉就和这个男人越走越近，忘记了之前的痛苦，忘记了聂城。

谢言跟对方提出在现实中见面，男人欣然应允，见面后，自然发生了不可告人的事情，谢言开始频繁地和男人来往。

但是这段关系只持续了一个月，男人是有女朋友的，只不过为了寻找刺激才搭理了谢言。在他们开房的时候，男人的女朋友找上门来，谢言被教训一顿，男人连声都不敢出。

男人的钱都是他女朋友的，所以他不敢和他女朋友呛声，在他女朋友让他和谢言断绝关系的时候，他也不敢不从。

谢言满身是伤地回家，发现许久不回家的聂城竟然在客厅坐着。

谢言没来由地一阵心虚，不敢直视聂城，小声唤道："聂城……"

聂城抬头看他，见他脸上有伤，也没问一句，将一沓照片扔到地上："我拿钱养着你，你就是这么回报我的？"

照片上，是他和那个男人约会的情景，甚至有几张尺度非常大。

谢言急急开口道："聂城，你听我解释，是他……"

聂城打断他，满脸的厌恶："谢言，你怎么这么贱！"

这句话大概刺激到谢言，他突然崩溃地冲着聂城尖叫："我贱？当初是谁先招惹我的？"

要不是他，他还是辛衣的男朋友，现在说不定已经是出名的作家。

"招惹你？"聂城噌的一下站起来，几步走到谢言跟前，捏着他的下巴，"谢言，当时你明知道杯子里下了药，还选择喝下去，你现在说是我先招惹你？"

谢言歇斯底里地尖叫："就是你，是你毁了我！都是你，聂城，我恨你。"

聂城看着谢言那狰狞的面容，突然觉得一阵恶心："这里送给你，我们分手了。"

听到聂城这话，谢言一时间慌了神，从沙发上爬起来，冲过去抱住准备离开的聂城："阿城，我错了，我再也不敢了。你不要和我分手，我以后什么都听你的。"

聂城掰开谢言的手，转过身，用厌恶的眼神打量着站在自己面前的人。

"阿城。"谢言攀附上来，念着他的名字。

聂城大力推开谢言："好自为之。"

"阿城。"谢言跌坐在冰冷的地上，满脸不可置信。

房门关上，震得他身子跟着颤抖。

谢言试着去找过聂城，奈何聂城根本不见他，对他指指点点的人太多，谢言也不敢再去，整天在家醉生梦死。

时间一长，谢言身上的钱越来越少。之前赚的钱，都赔给了时笙，他现在除了聂城给他的这套房子，已经一无所有。

他也试着披上马甲去其他网站发文，但那些文不是无人问津，就是被人骂写得烂。总之，他的生活过得十分不如意。

"喂，小辛衣，你有没有看到陈录？"

时笙接到程明电话的时候，正在和一个作者讨论怎么写文会更好。

"没有啊。"时笙用肩膀夹住手机，腾出手，回复作者的消息，"出什么事了？"

程明那边有点急，还有呼啸的风声和杂乱的车鸣笛声："昨天晚上陈录给我打电话，说学校有事，让我别去接他。今天早上我给他打电话，他朋友说他把手机落下了。我去学校找他，也没找到人，我问了他同学，都没见过他。"程明喘了口气，继续道，"他常去的地方我也找过了，都没有。你帮我问问舒绝，有什么消息，麻烦你给我打电话。"

"嗯。"

程明挂断电话，时笙奇怪地皱眉，起身去舒绝办公室。

助理现在已经习惯，直接让她进去。

舒绝似乎正准备出门，时笙推门进去，和他撞个正着。

"去哪儿？"时笙奇怪地看他一眼。

舒绝抬了抬手，指着手表："吃饭了，夫人，你不是来找我去吃饭的？"

时笙看看时间，道："刚才程明打电话问我有没有见过陈录，说是陈录不见了。"

"不见了？"

时笙点头道："程明说找了好多地方都没看到人，他手机也不在身上。"

时笙习惯性地往坏处想，这不是被人绑架，就是被人给……

陈录的活动轨迹都是跟着程明转的,他除了上课,整天都和程明在一起。

就算有事要去哪里,他也会提前和程明说,联系不上程明,他也会让时笙或者舒绝带句话。

所以,陈录是不可能无缘无故失去联络的。

舒绝刚才在打电话,没有接到程明的电话,便给程明回拨过去。程明那边气急败坏地说了几句什么。

"怎么了?"

舒绝挂掉电话:"陈录被聂城带走了。"

时笙:"……"

为什么聂城现在又揪着程明不放?他的真爱难道不是谢言吗?

时笙和舒绝赶到现场的时候,只见到处都是警察,聂城的房子里有警察进进出出。

很快,有警察抬着装尸袋出来。

聂城被警察一左一右架着跟在后面,并没有程明和陈录。

"死者是谁?"时笙拦住一个警察,在警察准备拒绝的时候赶紧出声,"我们是程明的朋友。"

"程先生没事,已经送去医院。"警察回答的部分无关紧要。

死者是谢言,聂城绑架陈录,打电话给程明,让程明一个人来他家。

但是,谢言先程明一步找到聂城,两人大概说得不合,谢言突然拿出事先准备好的刀子,要杀聂城。

谢言不是聂城的对手,结果人没杀成,反而被聂城给杀了。聂城虽然是自卫杀人,但是蓄意绑架,也足够他喝一壶的。

陈录被误伤,并不碍事。

程明在医院陪着陈录,等陈录伤一好,就着手收购聂家的产业。

程家在这部小说中是最有钱的,连舒绝家都比不上。

聂城在公司里的股份被程明收购,而程明转手就把它们卖给了舒绝。

时笙在舒绝的威逼利诱下,郁闷地将《花神》写完,读者都以为是系统抽风了,这篇几百年不更新的小说,竟然更新了。

当然,看到后面,这群人混乱了,这都什么啊?为什么最后女主角死了,男主角也死了?就剩下一株树……

得知《花神》影视化的消息,这些人更郁闷,这么坑人的结局,还怎么看?

时笙本来就想用这个小说结局作为电影结局,奈何影视公司不同意,当初时笙答应

· 488 ·

写出让他们满意的小说，所以只能改成另外一个结局。

等《花神》上映后，看过原著的人发现，其实男女主角死了也挺好的，当然这是后话。

时笙在这个位面活得并不长，在她二十七岁的时候，确诊罹患癌症，且是晚期。

她可以避免这具身体遭遇意外，但身体本身的问题，却不是她能避免的。

舒绝后期一直陪着她，当年那个明媚的少女，似乎已经被时光掩埋，只剩下苍白的面容，可她的目光从未变过。

"小衣，吃药。"舒绝将药递到时笙面前，温柔又小心。他的脸上并没有留下岁月的痕迹，依然那么帅气。

时笙就着他的手吃下，能感觉生命的气息越来越弱。

时笙看着舒绝，道："舒绝，我们出去看看吧。"

"今天天气好，我带你出去……"

"我说，我们去外面看看。"时笙打断舒绝。

舒绝沉默一会儿，道："小衣，你的身体……"不能远行。

时笙拽着舒绝的手，轻轻晃了晃："求求你了。"

舒绝无奈，摸摸时笙的脸："我安排一下。"

环球旅行对时笙现在的身体而言，是很大的负荷。

"舒绝，你快点。"时笙冲舒绝招手。

舒绝几步走过去，道："人多，你小心点。"

"你怎么越来越啰唆？"时笙翻个白眼，表情轻松地道，"我们是去玩儿的，你就不能笑一下，来，学我。"

时笙咧着嘴，露出一个笑容。她化了妆，此时的气色很好，好像没有罹患即将夺走她生命的疾病。

舒绝扯了一下嘴角，露出浅浅的笑容。

"这就对了。"时笙拽着舒绝，"走吧走吧，我还有好多钱呢，不挥霍掉，岂不是浪费了。"

时笙确实是来败家的，卡里的钱一点都不心疼地花着。

他们的最后一站是大海，舒绝包下了整艘游轮。

时笙揉着眼，慢慢地从床上坐起来，鼻子突然一热，殷红的血滴落到纯白的被子上。

时笙伸手摸了摸，好烦，又流鼻血。

"舒绝，舒绝。"时笙扯着嗓子喊。

脚步声由远及近，舒绝从外面进来，见时笙流着鼻血，赶紧上前，熟练地帮她止血。

时笙仰着头，房间里寂静一片，只有海浪的声音。

"舒绝，我要死了。"时笙突然出声。

舒绝面色平静，眼底的情绪压抑得谁也看不懂："嗯，我知道。"

"你把东西还给我。"时笙低下头，指着舒绝手上的手表。

"为什么？"

"因为，下一次我还要送给你。"时笙说得那叫一个认真。

舒绝迟疑片刻，将手表取下，递给时笙。

时笙非要到甲板上去，舒绝也只好由着她。夕阳西下，海浪阵阵，一切都那么唯美静谧。

时笙躺在甲板上，打开电脑。这艘游轮配置不错，能够联网。她之前就会将她和舒绝的事，更新到网上，他们做过的事，看过的风景，吃过的美食，住过的酒店，遇见的人，其中穿插着各种有趣的小故事。

时笙敲下最后一个字，点击发布。她看着页面，最后还是关掉，合上电脑。

"舒绝。"时笙放下电脑，看向舒绝。

舒绝手中端着两杯酒，时笙叫他的时候，他正将两杯酒倒进一个杯子里，微微晃动两下。时笙微微错愕。

夕阳下，男人的目光认真而坚决。

"我陪你。"

脸色苍白的女子缓缓笑开，夕阳在她瞳孔中绽放出血一般的颜色。她动了动唇瓣，道："真好。"

舒绝仰头，将酒一口饮尽，俯身将嘴里的酒渡给时笙。酒香似乎随着浓郁的血腥味在口腔蔓延。

舒绝松开时笙，将她唇角的酒汁舔干净，搂着她躺下。

"我们会去哪里？"

"下一个世界。"

读者并不知道时笙病重的消息，整天刷着祝福的话。直到这本书显示为完结状态，读者才从网站上发布的悼念条幅上得知时笙离世的消息。他们从没想到，之前还在书评里和他们互动的作者，就这么离开了他们。同时离开的，还有她的丈夫，舒绝。

舒绝离开的时候，安排好了所有的事，就算他走了，依然不会有任何影响。

悼念会上，程明和宋萌籽作为代表，迎接那些来悼念他们的人。

宋萌籽眼眶红肿，忍到最后，突然崩溃，当着来宾，就那么大吼出来："他们怎么这么自私。"

程明赶紧将她拉下去。

"他们怎么可以这样！"宋萌籽声音哽咽地道，"凭什么，他们凭什么就这么走了，什么都不管，凭什么让我们痛苦！"

程明无声地拍着宋萌籽的肩膀，轻声道："因为他们自私。"所以，他们的世界没有猜疑，没有嫉妒，只有信任。

舒绝和时笙去世一周年纪念日，她生前在网上最后更新的那个故事被出版社出版，书名为《下一次相遇》。

简介只有一句话——

世界上所有人都知道，辛衣有一个愿意追随着她去死的舒绝。

不管是为他们同生共死的爱情，还是为时笙曾是他们喜欢的作者，这本书都将成为对他们最好的纪念。

故事的最后一句是这么写的——我们从来都不是命中注定的，只是我一直在找你，你要等我。

第十九章　国师明鉴（上）

时笙回到系统空间，系统的声音立即响起。

【宿主，你也太狠了。】

时笙瞄向屏幕，眼神过于冰冷，系统顿时不敢吭声。

就在系统准备刷新资料的时候，听到宿主的声音幽幽响起。

"我的人，随我生，随我死。"

【……】这神经病宿主太可怕了。

  姓名：时笙
  人品值：-268000
  生命值：40
  积分：45000
  任务等级：B
  任务评分：66
  隐藏任务：未完成
  隐藏任务奖励：无
  支线任务：完成
  支线任务奖励：积分3000
  道具栏："女王的皇冠""鬼王之心""暗夜"

时笙："……"不但扣她的人品值，生命值还没任何波动，这是直接抵扣了？

系统不敢吭声，直接装死。它也很委屈，这又不是它乱扣的，这个锅它不背。

时笙在空间待了一会儿，系统不知道她在干什么。她把手表拆了，加了一些奇怪的部件进去。

系统想扫描一下那是什么，结果还没开始，就被时笙一个眼神给瞪回去了。

等时笙重新组装好手表，才让系统传送。

【传送开始……】

"啊啊！"

刺耳的尖叫声折磨着时笙的耳膜。她感觉自己正在高速坠落，危机感从四面八方袭来，一股浓郁的血腥味在鼻尖蔓延。

突然，有什么东西朝着她拍过来。时笙猛地睁开眼。坠落的速度骤然减慢。铁剑从下面托住她，猛地升高，拉开和下面的距离。

时笙身上很痛，那种被火灼烧的痛。她半死不活地躺在铁剑上，听着下面不绝于耳的尖叫声，只想按暂停键，让这些杂音都消失。

缓了好一会儿，时笙才探着脑袋往下面看。一只体型庞大的长臂猿正在下方肆虐，那些声音是从逃窜的人群中发出来的。

她目光所及的地方，是一望无际的森林，远处山脉连绵，一座接一座，根本看不到尽头。

时笙观察了一会儿，这些人手中打出有颜色的灵气，穿的也是古装——这是玄幻世界。

"吼！"长臂猿横扫森林，树木不断倒塌，被它一脚踩死的人也不在少数。

刚才要不是她让铁剑迅速出现，现在估计也成了它脚下的一只……肉饼？

自己一来，情况就这么凶险，怕了怕了。

就在时笙观察的时候，长臂猿突然仰头朝着时笙看过来，猩红的眸子盛满了愤怒。

时笙白了长臂猿一眼，有本事上来啊！

就在她挑衅完后，身后不知从哪儿刮来一阵狂风，直接把她从铁剑上掀了下去。长臂猿嘴里突然吐出一簇火焰，火龙般朝着时笙烧过来。

时笙全身都痛，连翻个身都难。铁剑在天上，被一只庞大的鹰缠住，等它劈开那只鹰，时笙已经快被火龙烧到。

时笙给自己贴上一张防御符，快速摸出能量球，直接朝长臂猿的方向扔过去。奈何她力道不够，并没有扔出多远。

时笙还没看清，火焰呼啸而来。她眼前被火焰覆盖，什么都看不到，四周的温度在不断升高。

幸好那些火焰不会追着她跑，她掉下去后，火焰还在往空中冲。

时笙没有听到爆炸声，艰难地扭头去看长臂猿。

那家伙正捏着能量球，拿到眼前观看，能量球还没有它眼珠子大。它一会儿把球放到左眼前面，一会儿放到右眼前面，最后还闭上一只眼睛看。

493

能量球属于落地炸的东西，没有砸到硬的地方是不会炸的，所以刚才这家伙是接住了能量球？

厉害了我的……什么玩意儿？她也不认识那是什么。这么大个儿，还能喷火，估计是灵兽一类。反正在玄幻世界，这些动物都是这么设定的。

铁剑从空中俯冲下来，接住快要掉到地上的时笙。刚才又被火烤，时笙感觉自己更疼了。这才是真的哪儿都疼，疼得她想砍人，奈何连剑都拿不起。每次都这么玩儿，她要生气了。

长臂猿大概是很好奇能量球，竟然把它放进嘴里，还愚蠢地嚼了嚼。

这只长臂猿是来搞笑的吗？你牙齿要是磕到那玩意儿，会爆炸的啊！

长臂猿嚼了几下，它的牙太大，根本就嚼不到小巧的能量球，它将能量球含在嘴里，怒吼着朝时笙张牙舞爪地冲过来。

时笙："……"我招你惹你了，你非得弄死我不可！

"快跑！"时笙拍了拍铁剑。

嗡嗡——

"吼！"长臂猿又喷出一串火焰。

你会喷火了不起啊！

时笙赶紧指挥铁剑："大杀四方个什么东西，我现在动一下都难，快点跑，不跑你要等死啊！！"

铁剑立即如火箭一般蹿出去，在茂密的树林中穿梭，很快就将后面的长臂猿甩开。

直到身后一点动静都没有，铁剑的速度才慢下来。

铁剑带着时笙绕着四周飞了一圈，确定没什么奇怪的生物，最终停在一处空地上。时笙从铁剑上滚到地上，地面铺着厚厚的落叶，有一股腐烂的味道，有点难闻。

时笙憋着气，从空间摸出丹药，这些珍藏总算有作用了。

丹药下肚，过了一会儿才发挥药效，时笙这才感觉身上的疼痛减轻一些。

她举着手看了看，黑不溜秋的，身上的衣服也有被烧过的痕迹。在她过来之前，这身体肯定已经被长臂猿烧了一次。

厉害了我的长臂猿，等我伤好了，定要和你大战三百回合。

呸！等我伤好了，立刻砍死你。

时笙拎着铁剑，照了照自己的鬼样子，吓得她连剧情都没接收，让铁剑先带自己去有水的地方。

头可断，血可流，发型不能乱。

时笙将这句人生格言铭记于心。

【……】这算什么人生格言？宿主你不要乱说。

时笙的空间里常年装着各种服饰。她洗漱干净，又吃了几颗丹药，稳固一下伤势，这才开始接收剧情。

原主姓凤,名枝音。

是天炎大陆凤家家主的义女,打小天赋就好,又受家主宠爱,俨然是凤家最受宠的小姐。然而这一切,在原主十六岁的时候,从女主角凤倾倾被接回家开始,就改变了。

凤倾倾是家主的私生女,比原主小一岁。

凤倾倾是重生回来的,上一世,她也是在原主成年之际回到凤家,可那一世,凤倾倾弱懦无能,胆小怕事,族人对她很是鄙夷。

家族试炼期间,凤倾倾被人陷害,差点死在魔焰岭。虽然捡回一条小命,修为却全废了。

凤倾倾在凤家过的日子更加不如意。原主唯一对不起凤倾倾的地方,就是悔婚。

准确来说,不是原主悔婚,是原主被退婚,对方要求娶凤倾倾。

凤倾倾嫁过去后,那个男人对凤倾倾极好,常年被人鄙夷的凤倾倾突然遇见一个对自己这么好的男人,很快就沦陷到所谓的爱情中。

然而,在她即将生产的时候,那个男人却带着一个女人,抢走了她随身戴着的吊坠。

男人告诉凤倾倾,他之所以对她那么好,就是为了得到她身上的吊坠。

凤倾倾悲痛绝望,生下的孩子也体弱多病。

男人和小三公然在她面前秀恩爱,小三还让她做各种重活,不然她的孩子就没奶吃。

在一个冬天,凤倾倾的孩子生了重病,她去求男人,却被女人拦住,让她的孩子活活冻死,她自己也被女人推进池塘中。

凤倾倾没想到自己会重生。重生后,她要报仇。上辈子的屈辱,她都要讨回来,原主就是其一。

凤倾倾一直以为是原主悔婚才造成她后来的悲剧,可原主根本就没悔婚。

凤倾倾重生后,在同样的时间回到家族中,已经知道吊坠的秘密。那是一个空间,无边无际的空间,里面有许多东西。于是,凤倾倾开启了炼丹、炼器、驭兽的全能修炼之路。

在她回到家族的时候,修为已经是同辈中最高的,可她没有展现实力。在家族试炼中,凤倾倾找到一株极品草药。

凤倾倾拿到草药,却被天狼猿追杀,不是天狼猿的对手。她为躲避天狼猿,忍痛割爱地将草药放到原主身上。

凤倾倾不是天狼猿的对手,原主更不是。要不是家族的长辈及时赶到,原主连小命都难保。

原主被救回去后，家主用各种极品丹药救治她，但也仅仅让她捡回一条命，和凤倾倾前世的遭遇一样，修为全废。

凤倾倾做了一枚和她身上的吊坠一模一样的仿制品，买通了为原主治病的医师，让他以吊坠可以减缓疼痛为由，把吊坠送给原主。

原主最后走了凤倾倾前世的路，被娶进门，被抢走吊坠，惨死雪地。

而凤倾倾自然走上人生巅峰，嫁给这个世界最有权势的男人。

时笙为原主默哀，这个原主是真的无辜，没有做任何对不起凤倾倾的事，最恶劣的行为也不过是看到她被欺负，没有出声。

这样的事，在大家族中多么常见，就算是亲姐妹，都不一定会开口帮忙。

好吧，有可能是她思想过于偏激，正常人的思维和她不一样。

原主的遗愿是报仇。

时笙接收完剧情，缓慢地睁开眼。现在这个时间点，正好轮到家族试炼。

刚才那只长臂猿，就是文中的天狼猿。

很好，敢烧她，她必须砍回来。

就在时笙准备起身的时候，一抹黑影从林子中疾掠而出，带起四周的树叶哗啦作响，那道黑影正好落在她面前——是之前那只追她的天狼猿。

时笙："……"

老子的剑呢？

时笙弯腰在之前换下的衣服中翻找一会儿，摸出一株已经有些焦黑的草药，直接朝着天狼猿扔过去："还给你。"

天狼猿接住草药，拿到鼻尖嗅了嗅，突然做出一个……大概是哭的表情。

它咧着嘴，嘴角和眼皮子往下耷。

"吼！"可恶的人类，竟然毁掉了它的草药，它必须要她偿命。

时笙赶紧拿起插在旁边的铁剑，横在胸前："喂喂！讲道理，这是你自己烧的！"

草药是凤倾倾趁乱塞到原主身上的，天狼猿循着这株草药的味道追杀而来，所以才能锁定原主。一切明显是它自己干的，和她有几毛钱的关系啊！

"吼！"

时笙诠释了一下这声大吼，大概是——我不听，我不听，我不听。

天狼猿体型庞大，可行动很灵活。它吼完后，双腿一弯，整个身子都弹跳起来，朝着时笙飞扑过来。

时笙："……"这猿好不讲道理。

天狼猿不但会飞，还会喷火，将火龙不要钱似的往外喷。

时笙只能快速躲避，她身上的伤还没好全，此时也只能跑了。

"你别追着我，我不都把东西还给你了吗？"时笙坐在铁剑上，看着下面狂躁地嚎踢树木的猿。

花花草草也是有生命的,这猿好生凶残。

猿冲着时笙捶打胸脯。

"吼!"

估计它在说,你下来?

时笙尴尬,她也不懂为什么可以明白这猿在吼什么,反正就是听得懂,大概是天赋异禀……

【……】想太多,这是原主的自带技能。

谁让你说话的,闭嘴,我装一下容易吗?

【……】

时笙往下面望了望,冲着狂躁的猿勾手:"你上来。"

"吼!"——你下来。

"你上来。"

"吼吼吼!"——你下不下来?

"我就不下去,有本事你上来啊!"她又不傻,下去了,以她现在的战斗力,就算能把这只猿干掉,那也肯定很狼狈。

猿在下面跳脚,不断糟蹋树木,很快,它四周的树木不是烧焦就是倒了,一片狼藉。

时笙撑着下巴,偶尔支使铁剑往旁边飞飞,避开猿喷出来的火龙。

时笙发现自己只能用铁剑飞这么高,再往上,就会被一股压力往下压。反正以她现在的能力,肯定是不能强行上去的。

这是魔焰岭,绵延着无边无际的森林,里面有玄兽无数。

是的,这个世界,像下面这种猿都被称为玄兽,往上还有圣兽、神兽。

玄兽又分为九级,下面这只猿是五级玄兽。

三级玄兽在大陆上属于难得一见的珍稀物种,常见的是一级玄兽。

玄兽的一级之差,对人类来说,可是好几个等级。反正五级玄兽,在大陆上,人打不过就对了。

三级玄兽开了灵智,五级玄兽相当于十岁的孩子。时笙突然就能理解,下面这只蠢猿糟蹋树木的行为了。

转念想想,自己竟然干不过一个十岁的孩子,她怎么感觉自己这么智障?

时笙沉默,从空间掏出几枚能量球,有仇就得报。

她看准猿,将能量球往下扔。不知道是不是因为上次它接住了能量球,所以看到时笙扔球的时候,猿下意识又伸手去接,球稳稳当当地落在它手心里。

时笙:"……"

空手接球的猿，不去当运动员可惜了。

它嘴里还含着之前那颗能量球，这次接住后，猿继续将能量球塞进嘴里。

时笙看着它一脸享受的样子，有些莫名其妙，这玩意儿好吃吗？

时笙拿着能量球看了一会儿，放进嘴里舔了舔，冰冰凉凉的，像夏天的冰淇淋，透心凉，但是没什么味道，小孩子的世界她不懂。

"吼！"

猿这一声来得突兀，时笙手一抖，差点把手里的能量球捏爆了。她赶紧将能量球放回空间，朝着猿看去。

猿正冲着一个方向狂吼，那边飞鸟惊起，扑棱着翅膀飞远。

时笙看了半天，也不知道它在吼什么。吼完之后，猿又开始糟蹋树木。

时笙："……"这猿脑子是不是有问题？

系统快看看附近有什么奇怪的东西。

【……】我不是你的探索器，权限不够，不给你看。

时笙现在的权限只能查看特定事物，大范围的查看是不行的。

"要你有什么用。"时笙再次嫌弃它。

系统愤怒，我又不是给你用的！

时笙觉得自己应该找个地方恢复实力，可是下面那猿老跟着她，一副不弄死她就不走的架势。

它仿佛在时笙身上安了监视器，不管她怎么飞，最后它都会跟过来。

"吼吼吼！"猿还在不断挑衅时笙。

弄死它，弄死它！

这是时笙现在唯一的念头。

她让铁剑飞低，猿一见距离缩短，立即开始喷火。火焰呼啸而过的地方，一片焦黑。

时笙避开火焰，落到碎石遍布的山岩下方。

这不知是什么地方滚来的一块大石头，突兀地矗立在这里，时笙就站在下面。

"吼！"——愚蠢的人类。

时笙："……"我不是很想知道你吼的是什么。

时笙伸出手，冲着猿勾了勾手指：你不愚蠢，你过来啊？

猿怒吼着捶胸脯，脚下一蹬，直接朝着时笙射过去。它速度非常快，肉眼只能看到一道残影。

时笙站在山岩下，并没有任何动作。

远处的灌木中，站着几个人影，皆是目瞪口呆地看着这一幕。

"主上，要不要帮她一把？"其中一个人小心地问站在最前方的男子。

男子戴着面具，看不到面容。

他看着依然站在山岩下的少女："认识？"

"是凤家的小姐，凤枝音。"

男子并没有说救还是不救，其他人也不敢多言，只能继续看着那边。

时笙在猿快要接近自己的时候，凭借这具身体最大的爆发力，朝着旁边闪开，猿刹车不及时，直接撞到山岩上。

山岩不经撞，碎裂成无数的石块，哗啦啦地从上方砸到猿身上。

猿因为惯性扑倒在地，下巴磕到一块石头，锋利的牙齿咬到嘴里的能量球，一股磅礴的力量瞬间蔓延出来，猿瞳孔渐渐睁大……

砰！时笙被震到一边，身上落了一层灰尘，好在人没什么事。她看着只剩下一个大坑的地方，非常没形象地抖了抖身上的灰。

时笙拖着铁剑，绕开被炸出的大坑，扬长而去。

时笙离开后，刚才躲在暗处的一行人，皆是一脸震惊。

"主上……"刚才爆炸的是什么东西？

"过去看看。"男人先从灌木后出去。

他们距离爆炸的地方有些远，走近才看清这里的场景。偌大的坑里不断闪烁着闪电，整个坑中散发着一股让人畏惧的力量。他们越往前走，越感觉难受，双腿发颤，有种跪下去的冲动。

好半晌，才有人语不成调地问："这是……什么？"

刚才还矗立在这里的大石头，此时已经完全看不到，只有散落在大坑里的碎石头证明，这里曾经有一块大石头。

大坑非常深，离地面至少有七八米，坑底干干净净，没有看到那只天狼猿的尸体，这坑里的泥土也跟消失了似的。

众人面面相觑地看着大坑，十几秒钟后，将视线移到男人身上。这么奇怪的现象，他们可没见过。

男子拿着一个物件，朝大坑中扔进去。

嗞嗞……

东西一进入大坑，就被凭空出现的闪电击中，眨眼消失在众人视线中，连渣都没剩下。

周遭安静——

男子看向时笙离开的方向，呢喃一声："凤枝音。"

时笙离开那个地方没多远就遇上一队人，凤家派来找人的小队。

领队的是凤家的一个旁支长辈，看到时笙毫发无损地站在面前，几乎是喜极而泣，

·499·

这要是出什么事，他可怎么向家主交代？

队伍里还有一些当时分散的凤家子弟，时笙一回来，这些人立即拥上来嘘寒问暖。

这些子弟基本都是旁支，原主虽是家主义女，可身份丝毫不比正经的嫡系小姐低。

在凤家，捧着原主的人不在少数。他们这些人，要是能得嫡系青睐，以后可就平步青云了。

时笙敷衍了这些人几句，视线在队伍中扫了一圈，没看到凤倾倾。

"三小姐，您看什么呢？"

"三小姐您饿不饿？要不要吃点东西？"

"三小姐……"

时笙："……"拜托你们别说话行不行？

"这里是魔焰岭，不是凤家的训练场，吵吵闹闹成何体统？都闭嘴。"队伍里的一个中年男人呵斥一声。

中年男人身形高大，左边脸毁容，皮肉粘在一起，看上去有些狰狞。他怒喝的时候，更是平添凶狠。

其他人顿时噤声，似乎有些害怕这个男人。这个男人叫万权，是凤家外姓导师。

队伍安静下来，万权回过头，继续往前走，其他人不敢说话，乖乖跟在后面。

"魔焰岭"三个字，让这些还不满二十岁的少年少女心底多了一层阴霾。

这里不是凤家，他们随时都有可能丧命。

天色渐渐暗淡下来，万权直接下令，让人原地休息。领队的旁系长辈对于万权这种逾矩的行为，大概有些不满，但又不好说什么。

吃过东西，万权让大家过来："还有三个人没找到，明天是最后一天，如果还找不到他们，我们就要离开魔焰岭。"

时笙捧着脸，无聊地听着这些人讨论。已经送过一批人出去，他们这是最后一批。

万权也不是要放弃那些没被找到的人，只是再过一段时间就是玄兽的发情期，等级一样的玄兽，发情期都差不多。而发情期的玄兽是很难对付的，人类不会选择在这个时候进入魔焰岭。

第二天，队伍只找到一个人，万权在下午就下令往回走。

一个小姑娘突然站出来，有些焦急地道："导师，七小姐还没找到，我们不能就这么走了。"

这一声让队伍瞬间安静下来，所有人的视线都落在小姑娘身上。

七小姐就是凤倾倾。

万权看小姑娘一眼："昨晚我已经说过了。"

"可是七小姐一个人在魔焰岭，她会死的。"小姑娘很焦急。

·500·

"她一个人的命是命，我们这么多人的就不是？"旁边有人不满，"更何况三小姐还在呢，三小姐要是出事，谁负责？"

时笙放开奉脸的手，没事扯她干什么？

那小姑娘却像被点醒了，突然朝时笙冲过来，眼泪说掉就掉："三小姐，您再找找七小姐吧。你们是姐妹，不能见死不救。"

"我……"

"三小姐您心地善良，一定会救七小姐的，对不对？"

"你……"

"三小姐，求求您了。"

"带队的又不是我，你求我有什么用？你求万导师去，万导师答应才顶用的。"时笙把锅甩给万权。

她和女主角八字不合，眼下这小姑娘竟然让她去找女主角，简直是疯了。

小姑娘眼泪汪汪地看着时笙："您是三小姐啊，您说话一定管用的。"

"哦，我不是了。"时笙耸耸肩，"谁爱当谁当。"

众人："……"

这话能乱说吗？你说不是就不是？

对方大概没料到时笙会这么说，难以置信地道："三小姐……您怎么可以这样，七小姐是您的妹妹，您怎么可以见死不救？"

"我和她可没血缘关系。"时笙瞪眼，"你别乱说。"

凤倾倾是不是凤家家主的女儿都难说，毕竟按照小说的套路，这种爹一般都不会是亲爹。

就算是，原主只是凤家的义女，和凤倾倾也是没有一毛钱的血缘关系。

"再说……"时笙顿了顿，声音突然提高几分，"你怎么知道她要死了？你亲眼看见了？"

小姑娘摇头道："我没有……"

时笙打断她："既然没有，那你用什么见死不救？见死不救的见字被你吃了？"

"噗……"有人没忍住，笑出了声。

"凤小莲，你想找死，我们还不想。我们找这么长时间，也没找到七小姐，说不定七小姐……你要想留下来找她，你自己留下吧。"

"就是，难不成我们还要为了她一个人，搭上我们这么多人的命？反正我不同意，我要出去。"

所有人都不同意继续找人，凤小莲愤怒地瞪着时笙，好像说不找人的是时笙一般。

时笙叹气，甩了甩不存在的刘海，人长得好看，就是要背锅。

习惯了，她真的习惯了。

"三小姐，麻烦你带他们出去，我留下找七小姐。"万权突然出声。

众人哗然。

时笙夸张地指着自己："你让我一个小姑娘，带他们出去？你脑子有病啊！"

开什么国际玩笑，她一个人带这么多人，肯定要出事，不干！

旁边还有旁系的长辈在，万权凭什么就点她的名字？这万权是不是和女主角一伙的？

万权面色严肃，无视时笙后面那句话："三小姐，您已经成年，要有独当一面的能力。"

独当你大爷，你就是想让我背锅，我不背！

时笙摇头道："我不，我还小，我还需要呵护。"

众人："……"三小姐，你怎么不对劲？

"万导师，三小姐重要。"旁系长辈提醒一声，家主根本就不在乎七小姐，比起七小姐，三小姐可重要太多了。

凤小莲一脸祈求地看着万权："万导师。"

时笙在旁边摊手，反正她就是不干，大不了大家一起死嘛！哦，不对，你们一起死！

时笙作为一个家族的三小姐，有责任带队，可她死活不乐意，万权权衡利弊后，还是交代那位旁系长辈，让他带队出魔焰岭。他自己则带着那个凤小莲，去找凤倾倾。

万权交代好事情，看了时笙一眼，时笙扯着嘴角，回给他一个微笑。

万权大约深呼吸了一口气，带着凤小莲离开。

后面的一群弟子眼巴巴瞅着万权，他一动，他们个个开始不解。

"万导师……"

"万导师，你真的要离开我们？"

"万导师……"

显然在这些人眼中，万权才是他们的安全保障。万权没有回头，很快消失在众弟子面前。

领队凤武咳嗽一声，道："好了，大家准备一下，我们出去。"

"万导师都走了，我们怎么办？要是遇见厉害的玄兽怎么办啊？"

"别胡说，我们会安全出去的。"

"要不，我们还是和万导师一起吧……"有人弱弱地提议，这个提议让许多人都动摇了。

"不行。"凤武拒绝，"我们必须尽快出去，放心，我们现在还在外围，这里的玄兽等级不会超过两级，我们可以应付。"

时笙接话:"之前不是遇见五级天狼猿了?"

凤武嘴角一抽,略带请求地看向时笙:三小姐,您不要捣乱好吗?

"就是就是,五级的都遇见了,接下来要是遇见更厉害的,我们的小命可得交待在这里。"

"我不想死,我们还是跟着万导师吧。"

"万导师那么厉害,肯定会保护好我们的。"

"够了!"凤武拿出长辈的架势,呵斥一声,"你们少说点话,就不会把玄兽引过来。"

凤武不同意,弟子们虽然抱怨,却也不敢私自跟上去,只能跟着凤武往魔焰岭外围走。

时笙悠闲地跟在后面,不管谁找她说话,她都摆出"我很冷漠,你别和我说话"的表情。

众弟子觉得有些奇怪,这三小姐怎么不对劲?

以前的三小姐性子比较温和,谁和她说话,她都会回答,就算不回答,也会很有礼貌地笑一下。

"怎么还没到,我们都走多久了?进来的时候,没感觉有这么远啊!"

"好累啊,我快走不动了,今天就在这里歇息吧?"

"休息吧,休息吧……"

一群人吵着要休息,凤武看看时间,天色不早了,只好同意:"大家再坚持几天,很快就要走出魔焰岭了。"

"啊,还要几天啊……"

抱怨声四起,时笙啃着不知从哪儿摘来的果子,慢悠悠地从众人身边晃过去。

"三小姐,您要去哪儿?"凤武叫住时笙,"您最好和我们待在一起,不要乱走,要是有什么事,让人陪着您一起去。"

凤武以为时笙要解决私人问题,好心地提议。

时笙将最后一点果肉塞进嘴里,嚼了两下,咽下去后才道:"这里不安全。"

"不安全?"凤武看看四周,没看出什么不对劲,"三小姐,您发现什么了?"

"没有。"时笙回答得理直气壮。

凤武:"……"没有你说什么不安全?哪里不安全?

时笙环顾四周,轻飘飘地道:"直觉,爱信不信。"

她转过身,继续往前走。凤武在前面叫她好几声,时笙都不理会,直到她的身影快被树木掩盖,凤武才急急地让刚坐下去休息的众人起来。

等他们追到时笙,后者已经把火堆都生好了。

"三小姐,"凤武有些气喘,"您怎么能生火,会引来玄兽的。"

这些玄兽除非属性相克，不然可不会怕什么火。

"哦。"时笙淡然应一声，"可是已经生了。"

"快灭掉啊！趁着附近的玄兽还没发现。"凤武说着就要去踹火堆。

时笙用手中的棍子拦住凤武。

"三小姐？"

"我没让你们跟着我。"时笙一脸平静地道，"你们可以去另外的地方。"

"那怎么行，我得保护好您。"出来的时候，家主再三警告，让他们保护好三小姐。

时笙无语地咬咬牙，收回棍子，烦躁地挥挥手："随便你。"

凤武赶紧将火堆灭掉。等他转头，哪里还有时笙的影子？

"三小姐呢？看到三小姐没有？"凤武抓着最近的一个弟子。

弟子指了指他们旁边的树。凤武跑到树底下仰头一看，见时笙正躺在树干上，手里拿着一个方方正正的奇怪东西，他这才松了一口气。

半夜，大部分弟子都睡熟了，守夜的弟子哈欠连连，眼皮子直打架。一整天都在赶路，他们怎么会不累？

时笙从树干上往下望，凤武就坐在树干下方，正打着哈欠，强撑着精神警戒四周。但是，他没坚持一会儿，困意不断袭来，眼皮子越来越沉重。

就在他快睡着的时候，头上有东西掉下来，砸在他肩膀上。凤武顿时惊醒，警惕地环顾四周。

四周很安静，什么都没有。

凤武奇怪地看向肩膀，那里也没什么东西，难道是错觉？

没好气的声音突然在他头顶响起："滚去睡。"

凤武抬头看去，他家三小姐依然以刚才的姿势躺在那里，她手中那奇怪的东西散发着微弱的光芒，映着她的脸。她一直看着手上的东西，并没有看他。

"三小姐？"刚才三小姐说话了吗？他怎么感觉自己听错了。

"我守夜。"时笙平静地道，也不管凤武去不去。

凤武盯着时笙一会儿，见她不理自己，又垂下头，看了看四周。虽然他很想睡，但还是得忍住。

不能让三小姐出什么意外，他不能睡。

一直到天快亮了，有休息好的弟子起来，凤武才安心地去眯一会儿。

然而他没想到，他这一眯就眯出了问题。

有弟子去解决生理问题的时候，被蛇咬了，那蛇有剧毒，普通的解毒丹根本没用。

凤武早就提醒过他们，魔焰岭随时随地都有危险，可他们放松警惕，现在快要闹出人命，凤武也很烦恼。

时笙看着他们一群人在那里急得团团转。

实在看不下去了,她才从树上跳下来,推开几个挡着的弟子,开始指手画脚:"先给他吸毒,每隔一个时辰喂一次解毒丹,如果你们能在三天之内出去,他说不定还能捡回一条命。"

就在众人以为她说完的时候,她又悠悠来一句:"不过就算捡回一条命,估计也得半身不遂,现在最好的办法……"

包括凤武在内,所有人的视线都集中在时笙身上。

时笙嘴角微微上翘,勾出一抹恶劣的笑,缓缓地吐出三个字:"弄死他。"

众人:"……"

三小姐,现在不是开玩笑的时候,麻烦你有点紧张感,有人要死了!

"长痛不如短痛,与其让他活得痛苦,还不如让他现在就死。你们带着他,还有可能会拖累你们……"

"三小姐,"凤武打断时笙,脸色有些沉,"万权将你们交给我,我答应他会把你们安全带出去。"

凤武长相普通,修为普通,性格也很普通,和许多路人差不多。

他说这句话,倒是让时笙多看了一眼。

"你不放弃他,这么多人,都有可能因为他死去,用这么多人换一条命,你不觉得很亏吗?"

其他人面色微变,从他们愿意放弃凤倾倾的行为来看,他们也没多团结。

带着一个行动不便的人,他们的速度会慢许多,真要是遇见什么事,说不定会因此丧命。

让他们拿命开玩笑,他们肯定是不愿意的。有几个弟子想开口说什么,话还没出口,就被被咬的那个弟子截走话头。

"凤武导师,三小姐说得对,我不能拖累你们,你们快走吧。"

"别说话。"凤武几下扯掉那个弟子腿上的绑带,被咬的地方已经发黑,凤武直接俯下身去,帮他吸毒。

毒血被吸出来,直到血色鲜红,凤武才帮他包扎好:"男弟子轮流抬着他。大家收拾东西,出发。"

时笙一言不发地看着那个脸色苍白的弟子。

"三小姐,"凤武不知什么时候走到时笙身边,声音低沉地唤她一声,"你不明白我们这些人想活着有多难。"

"谁活着容易?"时笙脸上满是讽刺,生活在金字塔顶端的人就活得容易吗?

你不努力,不付出,怎么配站在金字塔顶端,俯瞰世界?

"我不是想抱怨什么,我只是想告诉三小姐,我能出力的时候,会尽全力帮一把。"

时笙看向凤武："哦，那你怎么不去找凤倾倾？"

凤武脸色微变，嗫嚅着半天没出声。

时笙扯了下嘴角："私心不可怕，可怕的是，把私心冠上冠冕堂皇的理由。"

自私就是自私，在时笙这里没什么好遮掩的。因为她是人，所以她有私心。

每个人都有私心，只是看这个私心会膨胀到什么程度，会不会将你这个人撑爆。

凤武脑袋垂得更低："三小姐，您……什么时候知道的？"

"现在。"

凤武错愕地道："三小姐？"

"所以，他是你的什么人？"

时笙本来没想说什么的，偏偏凤武要来找她说话，还非得整个理由。

时笙摆摆手，道："算了，你不用说，我没兴趣知道。"

有秘密的人多了，她可没兴趣对谁都去挖掘一番。

时笙不追问凤武，也让凤武松了口气。他现在面对时笙，已不完全是为完成家主的交代，还带着一点他也说不清楚的畏惧。

他总觉得，三小姐好像把什么都看透了。她不像十六岁的少女，反而像经历过大起大落、见过血雨腥风的人。

旋即，凤武又将这个念头甩开，三小姐年纪轻轻，怎么会经历过这些？

因为带着伤员，队伍的速度明显慢了。眼看三天的时间就要过去，凤武越发焦急，催促大家赶路。时笙和几个弟子落在后面。

那几个弟子一边赶路，一边讨论，一会儿说凤家的事，一会儿说之前那只五级玄兽。

"奇怪，咱们这一路上也没见过几只玄兽啊。"不知是哪个弟子突然冒出一句，"我听说外围的玄兽等级不高，但还是很常见。"

"怎么，你还想看玄兽啊？"

"我现在巴不得看不到它们。"

"我就是觉得奇怪，这不太正常。"

"玄兽发情期要到了，约会去了呗。"时笙插话，"得为未来的生活做准备，不见了多正常。"

几个弟子往后面看一眼，都有些无语："三小姐……"

"看我干什么？说错了？"时笙瞪回去。

几个弟子立即摇头道："没没……"

其中一个弟子突然伸手拦住身边的人，奇怪地问："你们有没有听到什么声音？"

"什么声音？"

"有大部队朝着你们来了。"时笙凑过去，脸上带着几分笑，"快跑吧，不然就来不及了。"

远处传来阵阵扑棱声，地面的震感越来越强，似有千军万马朝着他们狂奔过来。几个弟子错愕地看着时笙。前面的队伍也听到动静，纷纷停了下来，一头雾水地道："什么声音？"

"怎么回事？"

"是从后面传来的……"

轰隆隆——

声音越来越近……越来越近……

他们面前的参天大树突然开始倒塌，从天际压下来。

"啊！"

"不好，快跑！"凤武突然呵斥一声，"保护三小姐。"

等这些人反应过来，看向刚才时笙站的地方，哪里还有人影？那抹熟悉的身影，早已经跑到最前面去了。

众人："……"

当然，众人也没时间抱怨，快速跟在时笙后面跑。那震耳欲聋的声音让这些人不敢回头去看。弄出这么大声音的，还能是什么东西？

无数的玄兽从远处奔腾过来，跑得慢的人直接被玄兽踩成肉饼，庞大的队伍跑着跑着，也不知怎么就分散了。

时笙一个人跑得最快，没人跟得上她，所以到最后，她身后没人了。

没人，时笙直接掏剑，飞到天上。

从天上看去，远处的树木不断倒塌，像是末日来临时的震撼场景。烟尘滚滚中，隐约可见各种玄兽的身影。

时笙坐在铁剑上，看着下方无数玄兽从她脚底奔腾过去，然而当她回头的时候，发现天边有一群黑压压的玩意儿正朝着她压过来。

她怎么把天上会飞的给忘了？

时笙赶紧让铁剑往前面飞。

铁剑没飞多远，前面突然蹿出几道人影，踩着树尖，快速朝前方掠去。

时笙嗖的一声从他们中间飞过去，不知道哪个人忽然条件反射般给时笙甩出一道玄气。

时笙避开玄气，将铁剑停下，看向后面的几个人。

一共四人，个个都是清秀俊俏的男子，身上穿着统一的服饰，纯白色，有点像祭祀服。

时笙根据玄气打来的方向，看向最左边的一个男子。

其中两个男子并没有停留，快速从时笙身边掠往前方，剩下的两人速度慢下来，踩着树冠和时笙对视。

"有毛病啊？"无缘无故打我干什么！

"不好意思啊，小姑娘，哈哈哈，我还以为是那些会飞的家伙。"动手的男子倒是很爽朗地道歉。

"呸！"见过她这么好看还会飞的家伙吗？

男子："……"她呸什么啊？

时笙没继续纠缠，控制铁剑往前飞，两个男子看着时笙坐的铁剑，有些奇怪。

后面轰隆隆的声音让他们没时间深究，他们身形微动，追着前面的人飞掠过去。

不知飞了多久，时笙已经看到魔焰岭的边缘，但后面的声音并没减少，那些玄兽朝着魔焰岭外跑来。

魔焰岭外是一片荒凉的山野，时笙老远就看到一群衣着雪白的人呈一字形排开，站在魔焰岭外围。

时笙："……"

他们这是干什么呢？

时笙的铁剑比那四个人的速度快许多，她冲出魔焰岭，停在那群人上方。

"姑娘，不要在此逗留，速速离开。"下方的人冲着她喊话。

时笙眸子转了转，从空中俯冲下去，快到地面的时候，直接跳下去，落在一个男人身边："你们干什么呢？"

就在此时，跟在时笙后面的四个男人也出来了，落到空地上，皆有些怪异地打量时笙。

她那把剑的速度好快。

有人上前和他们交谈，四个人才收回视线。

"里面情况如何？"

"不太好。"其中一人回答。

"得赶紧启动阵法。"

"里面还有人没出来，得等等。"

"做好准备。"

四个人立即走向队伍，在队伍中站好。

而时笙旁边的男子也开口道："姑娘，请不要妨碍我们。"

"你们在干吗？"

男子没有隐瞒地回答："不能让里面的玄兽出来。"

· 508 ·

时笙眨了下眼，他们刚才说阵法……又说不能让玄兽出来，这些人不会想用阵法抵挡住玄兽吧？

时笙打量几眼他们穿的衣服，扒拉了一下剧情，总算找到对应的内容。

这些人是国师府的人。

天炎大陆一分为三，她所处的这个国家叫苍蓝帝国，苍蓝帝国中，国师府的地位极其尊贵。不过与其说是尊贵，还不如说是苍蓝帝国的人畏惧国师府。

时笙识趣地退开，找个地方蹲下，嗑瓜子。

有人回头看她，这姑娘怎么一点紧张感都没有，还那么悠闲地嗑瓜子，怎么感觉他们是在演戏给她看？

时笙一把瓜子还没嗑完，森林边缘陆陆续续地出现了人类，他们慌乱地从森林里面跑出来。

有的是凤家人，有的时笙不认识。凤家人见时笙蹲在远处，纷纷围过去："三小姐。"

时笙看了这些狼狈的人一眼，默默递过去一把瓜子。

众人："……"

人都快吓死了，谁还有心情嗑瓜子？

虽然想是这么想，但被递瓜子的人还是将瓜子接下。笑话，这可是三小姐给的，自己敢不要？

越来越多的人从魔焰岭出来，凤家的人都围到了时笙身边。

时笙蹲着，他们也不敢太突兀，只能学着时笙蹲下。

于是，从魔焰岭出来的人，最先看到的不是站成一排的国师府弟子，而是蹲成一排的凤家人。

"没时间了。"

"启动阵法！"

国师府的弟子高喊一声，还在森林边缘的人也不顾疲惫，快速冲出来。

国师府的弟子背对时笙站着，时笙也不知道他们在做什么，只能看到他们的动作。

随着他们的动作，魔焰岭边缘突然开始散发强烈的白光，即便是白天，这些光芒也很刺眼。

白光迅速往上蔓延，绿茵茵的魔焰岭渐渐被白光覆盖。

砰！似乎有东西撞到白光上，白光微微晃动，又如潮水退去，露出绿茵茵的树冠。

噗！

两个国师府的弟子突然吐血，身子朝前踉跄一下，由于这两人出了问题，其他人也陆陆续续受到反噬，整个队伍瞬间就乱了。

白光快速消退。

"三小姐，三小姐……"凤家弟子不安地看着越来越少的白光，"我们快撤吧。"

"呸。"时笙吐掉嘴里的瓜子壳，继续嗑着瓜子，"撤什么？要死也会先死前面的，你们急什么。"

凤家弟子："……"您这话虽然说得很有道理，但他们怎么觉得哪里怪怪的？

四周的其他人已经开始往后撤，谁知道国师府的人能不能把玄兽拦住，先跑再说。

很快，整片场地只剩下还蹲着没动，却显得有些焦躁的凤家人。

噗——

又是一个国师府弟子吐血，前面的白光又减弱几分。

白光已经退到树干的位置，轰隆隆的奔腾声擂鼓般击打在众人心底。

"那是什么？"

凤家弟子突然指着魔焰岭上方，目中震撼无比。

时笙微微抬头看去，最先看到的是一只麒麟。麒麟浑身覆盖血红的鳞甲，脚踏火焰，正和一个人交战。和麒麟交战的不是别人，正是女主角凤倾倾。

凤倾倾会在魔焰岭收服一只麒麟，剧情里面写过，不过并不是血麒麟。

这只血麒麟哪里来的？就在时笙疑惑的时候，下方又有一道人影蹿上去，帮着凤倾倾对付那只血麒麟。

而此时，魔焰岭边缘的白光已经退到最下方，里面的几道人影快速冲破白光出来。领头的是万权，后面还跟着凤武等人。本来就有些明灭的白光，被他们这么一冲，显得更加微弱，像燃烧到尽头的烛光，随时都会灭掉。

眼看白光就要消失，下一秒，白光猛地一盛。

快速蹿高数米，强光刺得时笙有些睁不开眼。

国师府的弟子本来已经有些慌，见此场景，竟然又各自归位，统一重复之前的动作。

时笙适应光线片刻，白光已经重新蹿到第一次的位置，增长速度慢下来。

就在此时，天空传来刺耳的嘶吼声，像是愤怒到极致，漫天的火焰坠落，森林中瞬间燃起大火，将白光染上了颜色。

凤倾倾大概是想收服血麒麟，可这只血麒麟并没有剧情里的那只那么好收服，不愿意臣服人类。即便有个疑似男主角的人帮凤倾倾，她也没能拿下血麒麟。

时笙继续没有心理负担地嗑瓜子。前方火焰肆虐，愤怒的血麒麟咆哮着，却没在她眼底惊起半分波澜。

就在凤家弟子准备架着时笙跑路的时候，她突然站了起来，众人还没反应过来，她人已经没了。大家快速环顾四周，最后竟然在魔焰岭边缘看到了她的身影。

时笙拎着剑，直接冲着血麒麟过去。血麒麟以为时笙是在帮这两个人类，张嘴就吐出一片冰锥。

铛铛!

冰锥打在铁剑上,连痕迹都没留下,时笙身形却是往后退了退,差点从天上掉下来。

血麒麟和其他麒麟不同的地方在于,它是全系神兽。不但可以用火系技能,同样可以用冰、水、金……

普通的玄兽,一般都是单系,比如火系玄兽就使用火系技能,很少有双系技能。

人类的划分和玄兽差不多,以单系为佳,双系次之,三系以上,在他们看来就已经不会有什么成就了。

而凤倾倾是四系,她的那个空间里有修炼方法,可以平衡几个系别之间的关系,到后期,凤倾倾会成长为全系修炼者。

时笙甩了甩被震得有些麻的手,看向凤倾倾和她旁边的男人。男人戴着面具,时笙只能看到他的双眼,里面有几分打量和不屑。不用说,这应该就是男主角赫连煜。

凤倾倾看到时笙出现,也有些奇怪,但她还没来得及细想,血麒麟的下一波攻击已经开始了。凤倾倾身上到处都是血迹,看上去有些狼狈,可她一直没有落败。

时笙站在旁边,并没有动手。凤倾倾不知道时笙要干什么,有些分心,被血麒麟一爪子拍到下面。赫连煜帮凤倾倾挡住血麒麟,让她有了恢复的时间。

一直没动静的时笙突然动了,从中间插入赫连煜和血麒麟,帮着血麒麟将赫连煜给压制住。赫连煜被迫退开一段距离。

赫连煜怎么都没想到,她会帮着血麒麟。

"快走吧。"时笙看向血麒麟。

血麒麟不解地看着时笙,她不是想收服自己?

"没兴趣。"这家伙长这么大,一点也不乖,她完全看不上。

血麒麟:"……"没兴趣为什么要帮着它对付人类?

时笙咧嘴笑了一下,声音中掺杂着恶意:"我也可以帮着人类对付你,你要是不愿意走,改变立场对我来说,也没区别。"

血麒麟低吼一声,脚下的火焰消失,脚边隐隐萦绕着一缕风。它扭过头,朝着一个方向狂奔,眨眼就消失在天际。

赫连煜想追,却被一把寒光凛凛的铁剑拦住。那把铁剑上散发出来的气息,让赫连煜有些忌惮。真正的利器,会收敛光芒,返璞归真,可这把剑……

时笙见他停住,嘴角露出一缕嘲讽的笑意:"人家不愿意,你这么逼迫人家,这跟强暴有什么区别?"

赫连煜:"……"

凤倾倾重新从下面上来,看到的就是对峙的两个人。

"麒麟呢?"凤倾倾问的是赫连煜。

"跑了呗，难道还等着被人收啊？"回答的却是时笙。

凤倾倾对原主可是恨之入骨，她认为自己前辈子的悲剧，都是原主造成的，此时被时笙这么一怼，凤倾倾心底有些怒气，却迫使自己冷静。

轰隆隆！

远处的奔腾声越来越近，滚滚烟尘席卷而来。

赫连煜拉着凤倾倾，别有深意地看时笙一眼："先出去。"

凤倾倾看向已经升得很高的白光，有些不甘心，那只麒麟要是被她收服了，会给她增加很多助力。

不甘心也没办法，她跟着赫连煜往魔焰岭外面飞去。

快到边缘的时候，白光突然加快速度，赫连煜一甩衣袖，将白光打了几寸下去，他则拽着凤倾倾，快速飞掠出去。

时笙跟着他们出去，就在她出去的时候，本来已经攀爬得很高的白光，突然溃散，消失在空气中。

国师府的弟子集体被反噬，所有人的视线都集中在时笙身上。

时笙："……"看我干什么？又不是我干的，罪魁祸首是……

咦，人呢？刚才还在她前面的赫连煜和凤倾倾竟然不见了，而且这些人似乎也没看到他们。

轰隆隆——

大量玄兽从魔焰岭里冲出来，国师府的弟子各自搀扶着起来，朝远处跑去。

玄兽像脱缰的野马，立刻淹没了下方。

玄兽出征，寸土必践。

"三小姐……"凤家弟子里有些人已经跑了，有些人却站在原地，不断叫嚷。

"跑啊。"时笙落到凤家弟子所在的地方，没好气地翻白眼，"等着当肉馅？"

凤家弟子："……"我们这是在等您啊！

时笙跟着凤家弟子跑到最近的一座城池，因为他们落在最后，抵达城池的时候，城门已经关闭，各种防御阵法已经开启，城里的人此时不可能为他们开城门。

城墙上满是人，纷纷看着下方差不多只有二十多人的队伍。

"三小姐，怎么办？"

"他们不开城门，玄兽就要来了。"

"三小姐……"

时笙仰头看向城墙，人头攒动间，时笙看到凤武和凤倾倾等人。

"那边的阵法不是还没启动，让他们从那边进来。"城墙上不知是谁说了一句。

"就是她破坏了神卫队的阵法，要不是她，这些玄兽根本就不会跑出来，凭什么给她开门？"

　　人群中，有人激动地喊了一声，四周的杂音陡然消失。

　　"你哪只眼睛看到是我破坏的？"时笙那叫一个气，明明是赫连煜破坏的，这个锅凭什么往她身上甩？

　　对方大吼："有人亲眼看到的。"

　　"别开门，不许她进来。"

　　"都是她造成现在的局面，不许她进来，不许她进来。"

　　"不许她进来！"

　　城墙上的人竟然喊起了口号。

　　时笙磨磨牙，单手叉腰，铁剑杵在地面，仿佛下一秒她就要掏剑砍过去。

　　"三小姐，玄兽……玄兽来了！"凤家弟子围在时笙身边，声音颤抖。

　　他们已经看到跑在最前方的玄兽。

　　"来就来了，难不成还要我去迎接？"时笙此时满腔怒气，说话自然不好听。

　　凤家弟子："……"

　　玄兽来了，他们还没进城，会死的！

　　玄兽并没有停留，直接朝着城池冲过来。

　　时笙将铁剑插入地面，以铁剑为中心，扬起一层灰，朝着外面扩散，跑得最快的玄兽，被一股无形的力量掀翻，砸进玄兽大军中，在玄兽间引起一片混乱。

　　凤家弟子集体目瞪口呆："……"

　　三小姐什么时候这么厉害了？

　　玄兽察觉到危险，纷纷绕道，继续朝城墙奔去。

　　于是，城墙下方形成了一个很诡异的现象。

　　以人群为中心，方圆五米内都没有玄兽敢进去，纷纷从两侧跑过，那里便成为一个真空地带。

　　这下不但凤家弟子目瞪口呆，城墙上的人也目瞪口呆。

　　时笙抽出铁剑，对铁剑道："去把他们的阵法给我破了。"

　　还是那句话，要死大家一起死，他们不让她进去，那大家都别好过。

　　铁剑震动几声，不情不愿地飞上天空，朝远离城池的方向飞去。

　　众人蒙了，怎么了这是？

　　然而，就在几秒钟后，一道光从远处射来，划破空气，直直插进城门。

　　空间像是有一瞬间的静止，下一秒，城门裂开，似有咔嚓声传来，围着城墙的防御阵，一个接一个被破坏掉。

　　众人还没反应过来怎么回事，玄兽已经冲过城门，进入城内。

　　天空中的玄兽俯冲进城墙上的人群中，尖叫声顿起。

· 513 ·

时笙摸出瓜子，蹲到地上，继续嗑瓜子。

"来，嗑瓜子冷静一下。"她还将瓜子分给不解的凤家弟子。

凤家弟子："……"他们完全没办法冷静啊！

事情都这样了，他们也没什么说话的立场，只能接过时笙的瓜子，蹲到地上，集体嗑瓜子。

凤倾倾透过混乱的人群，看向站在下方的人。少女毫无形象地蹲在地上嗑瓜子，那场面别提有多诡异。

时笙大概察觉到凤倾倾的视线，微微仰头，目光准确地对上凤倾倾。两人的视线在空气中交会，似有火花产生。

"七小姐，快走。"

有人拉了凤倾倾一把，凤倾倾身子踉跄一下，旁边的人挡住她的视线，等她再看向下方，时笙已经垂下头，专注嗑瓜子。

玄兽过境，简直就是毁灭世界的。

等所有玄兽都从城池跑走，城墙已经不见，只剩下一堆废墟，黑烟袅袅而起，空气中有浓郁的血腥味飘散。

"三小姐……你怎么……"凤家弟子中，一个姑娘脸色发白地走过去，目光中满是惊惧，"这么多人……都死了。"

时笙拍了拍裙摆，从地上站起来，其他人也陆陆续续地站起来，各自搀扶着，大多数人都没办法接受。

这一城池的人，都是因为他们三小姐才死的。

"觉得他们无辜？"时笙偏头看着他们。

他们虽然也气愤这些人不给他们开城门，但是，城里的其他人是无辜的，他们有什么错？

"城里……城里有很多无辜的人，三小姐，您……您应该有能力保护好我们，为什么……为什么非要破了城门？"

"我不破，城门也迟早会破，他们依然会死，我不过是将时间提前，让他们早死早超生。"时笙一脸不在意，顿了顿，神情有些讥讽，"再说，我能不能保护你们，用什么办法保护你们，那是我的事。"

她又没义务保护他们，现在他们竟然对着她指手画脚，有毛病！

里面的人无辜，他们自己就不无辜？今天她要是没能力，死的就是他们。里面的人会为他们伤心难过吗？

"可是……"姑娘还是有些没办法接受。

这都是人命，为什么在三小姐眼里，好像都是蝼蚁，完全不值一提？

三小姐怎么会变得这么冷血？

"别说了。"旁边一个男弟子拉住那个女生，"如果不是三小姐，我们早死了，而里面那些人，是眼睁睁看着我们死的。"

时笙看那个男弟子一眼："别总想着这个世界的人有多善良，善良是有针对性的，我现在救了你们，对你们来说，难道不是善良？"

世间没有绝对的善与恶。

【宿主，你太过分了。】系统有些看不下去。

"玩游戏高兴就好，虚拟世界，你和我说什么过分？"不就是个游戏！

【……】为什么一到这种位面，宿主总是不受控制地要搞事情。

"再说，明明是他们先诬陷我的，有仇不报是智障，我没错！"

她也只是破了他们的阵法，又没动手，动手的是那些玄兽，这个锅她不背！

【……】如此油盐不进的宿主，真是够了！【这不是游戏，请不要把这些人当NPC对待！】

在时笙看来，这些人就是NPC，所以系统再怎么叫嚣也是没用的。

系统气得不想说话，它要找主人。

凤家弟子中，有几个人没办法接受时笙的做法，主动离开队伍，返回家族。

时笙对此只是平静地看着，没有恼怒也没有别的情绪。他们怎么选择，对她来说都不重要。

她救他们一命，是随手为之，不在乎他们是否感激，她高兴就好。

"喀喀喀……"

剩下的凤家子弟还有七人，无语地看着继续嗑瓜子的时笙，她到底在身上放了多少瓜子？

不对，这不是重点。

"三小姐，我们启程回家族吗？"年龄稍长的凤安小心地问嗑瓜子的时笙。

"回啊。"不回去，怎么看女主角笑话？

凤安只是旁系弟子，以前没机会接触上面的人，只听说三小姐是挺好相处的一位小姐。

经过这件事，凤安觉得，她哪里是好相处？根本就是一言不合，让你全城陪葬的主儿。

凤安在凤家底层讨生活，见过不少龌龊事。他明白，人想活着，就必须有强大的实力。

他内心深处虽然也觉得时笙做得有点过分，但更清楚如果不是时笙，他们这些人都死了。

那么大一群玄兽在大陆上肆虐,无数城池被毁,而罪魁祸首是风家三小姐的消息也不胫而走。

同时流传开的,还有她破人家防御阵、放玄兽进城的消息。

"风枝音"这三个字,成了无数人的怨恨对象。都是因为她,他们才家破人亡、颠沛流离。

时笙就算听到有人咒骂她,也能面不改色地走过去,倒是跟着她的风安等人有些不平。

他们家三小姐哪里有传言中那么可恶?

"像风枝音这样恶毒的女人,就应该被千刀万剐,她活在世界上也是祸害我们。"

"千刀万剐都便宜她了,要我说,就应该扒光了扔大街上,让大家都看看她的心到底是什么做的。"

"三小姐,他们说得太过分了。"风安实在听不下去,几步走到时笙身边。

城池被破的事,他不否认三小姐有责任,可玄兽又不是被三小姐驱赶到大陆上的,是国师府神卫队防御失败,导致玄兽来到大陆上,怎么这也要算到三小姐头上?

现在已经不单是这两件事,只要大陆上哪里被玄兽给糟蹋了,众人就会算到时笙头上。

"哦,那你把他们弄死好了。"时笙表情淡淡。

风安表情微变。

"既然没胆子把他们弄死,那就让他们说,你呢,左耳进右耳朵出就好,别想太多,少年,你的心没那么大。"时笙语重心长地拍拍风安的肩膀。

风安:"……"

本来打算在城里休整一晚的风安等人,听到这些人的咒骂后,果断选择继续赶路。

"三小姐,前面有人。"前面探路的弟子匆匆返回,"我看着感觉像是神卫队的人。"

"神卫队?"时笙微微挑眉,这个名词之前也有人提过。

她思索片刻,好像是称呼国师府的那些人的。

"嗯,他们就停在前面,好像出什么事了。"

神卫队的人从魔焰岭离开后,一直没出现。如今玄兽在大陆上肆虐,帝国的人都出来指挥抵抗,国师府却一点动静都没有。

时笙让那个弟子在前面带路。

他们此时在高处,神卫队的人停在山下的小道上,看上去很凝重。不少人神情紧张,频频观望停在中间的一辆马车。马车里很安静,只有山风吹拂着垂落在四周的半透明轻纱,轻纱四角坠着宫铃,铃声轻灵地在山间回响。

大概一个时辰后，铃声突然消失，晃动的轻纱维持着最后的弧度，静止在空气中。神卫队的人越发紧张地看着马车。

当铃声再次响起的时候，神卫队的人立即围拢上去，却不敢显露半分的紧张，恭敬地立在四周。垂在里面的厚重纱幔被一只手撩开，淡紫色的衣摆露了出来，然后是腰际、胸膛……

他负手站在马车外，坠着宫铃的轻纱猛然翻飞，将他的身影映得模糊起来。

轻纱缓慢落下。他从马车上跳下，站在地面，后面的轻纱归于平静，再无半点声音发出。

"国师。"神卫队的人齐齐跪下。

男子背着时笙。时笙看不到他长什么样，但从这身气质来看，肯定不会太丑。

"看够了没？"一道清越的声音在时笙耳边响起。她身子一僵，猛地回头，瞳孔中闯入一张略带侵略性的脸。

时笙关注的不是他的容貌，而是他给自己的感觉，那是一种让人在无数花红柳绿中，一眼看到他的感觉，扎眼异常。不是美，而是让人防备的侵略性。

这个男人……刚才还站在下方，一眨眼的时间竟然站在她后面。四周的空气有一种凝滞感，凤家弟子一动不动地站在不远处，他们像是被定住一般。

控制时间……

"不是时间，是空间。"男子声线清澈，却没多少起伏。

"你知道我在想什么？"时笙眸子眯了眯。

男子嘴角露出一丝若有若无的笑意，那种侵略性更加强烈。他张了张唇，声音从他口中传出："我知道所有人在想什么。"

时笙放松身体，道："是吗？那你猜猜我现在想什么？"

男子望进时笙眼底，似乎在她眼中看到了自己，又似乎没有。

半响，他道："你什么都没想。"

时笙眨巴下眼，脑袋偏了偏："再猜猜。"

男子这次不用看她的眼睛，也明白她的想法。他微微皱眉。

时笙笑眯眯地问："国师大人，我缺个暖床的人，你有兴趣吗？"真是得来全不费工夫——银微，国师府的主人。她的凤辞。

"凤枝音。"银微开口唤她，像是没听到她刚才说的话，"你为何破坏我的阵法？"

时笙："……"等等！我什么时候破坏你的阵法了？！

"我什么时候破坏你的阵法了，咱们这不是第一次见面吗？"别以为你是凤辞，就可以在我面前胡说八道！

"魔焰岭。"银微提醒时笙。

时笙道:"那明明是赫连煜破坏的,我不背这个锅。"别人说什么都没关系,但是他不行!

银微看着对面的女孩子,姿容艳丽,神情张扬,她无疑是美的,可她身上有股让人难以捉摸的幽暗,好像一不小心,就会让人踏入无尽深渊。

"你有什么证据?"银微移开视线。

时笙反问:"你又有什么证据,证明是我做的?"

银微没答。时笙感觉四周的空气静止了几秒。等她眨眼,对面已经没有银微的影子。

下方铃声阵阵,马车和队伍已经走出一段距离。

时笙:"……"厉害了我的凤辞,这次竟然这么厉害!空间和时间是完全不同的两个概念,银微能控制空间……

凤安等人莫名其妙地看着已经启程的队伍:"奇怪,他们什么时候动的?"

"不知道啊,一眨眼就已经到那里了……"

时笙直接从山上跳下去,追着马车而去。

"三小姐,等等啊……"

"三小姐……"

神卫队的队长看了看后面追来的人,小心退到马车旁:"国师大人,需要驱赶吗?"

"由她去。"

队长有些奇怪,却也不敢发问:"是。"

明明是晃晃悠悠的马车,可里面没有半点的晃动。

银微支着下巴,视线落在旁边的小桌上。桌子上放着几幅画,画上是姿态万千的美貌女子。他指尖从一幅画上划过,下一瞬,所有的画顷刻间化成齑粉。他的嘴角微微上翘。

时笙靠近神卫队,神卫队的人不会驱赶她,但凤家的那几个人靠近一步,就会被神卫队的人呵斥。

时笙快步走向马车,掀开车帘往里看。马车里的空间比外面看起来的大许多,布置得也相当舒适,有一股淡淡的清香。

马车中没人。

"凤三小姐,"神卫队的队长从旁边走过来,礼貌地弯弯腰,"国师大人需要休息,请您不要打扰。"

"他人呢?"

队长不答话,显然不想告诉时笙,也或许得了命令,不能告诉时笙。

时笙放下车帘，悻悻地往回走。

队长实在弄不明白自家国师大人在想什么，时笙离开后，他才冲着马车弯了弯腰："大人，凤三小姐走了。"

马车内并没有动静，队长维持这个姿势等了一会儿，正想说话，就见刚才离开的时笙又冲了回来，麻溜地掀开车帘。

里面依旧是空荡荡的。

"你对着空马车弯腰干什么？"时笙放下车帘，转头看队长。

队长："……"她竟然来个回马枪！

"凤三小姐，我锻炼腰力。"队长面不改色地道。

时笙往他腰间看了眼，幽幽地道："锻炼腰力可以去床上，多实践才行。"

队长好一会儿才反应过来时笙说的是什么玩意儿，嘴角抽搐两下。

"我知道你在，你不见我也没关系，我有的是时间。"时笙转身离开。能控制空间了不起啊！要不是怕把人给砍死了，我又得去下个位面，早就掏剑砍了。

最后这句话，她自然不是对队长说的。

队长一个劲儿摇头，国师大人的心思你别猜。

【隐藏任务：江山为聘】

时笙刚离开神卫队的范围，系统就跳出来发布任务，虽然这任务对宿主来说，并没什么用。

【任务目标：银微。以万里山河为聘，娶你过门。】

时笙："……"为什么不是老子以江山为聘，娶他过门？

【宿主请记住，你是个女孩子，你是个女孩子，你是个女孩子。】重要的事说三遍。

女孩子就应该娇娇弱弱，会哭会撒娇，像宿主这种喜欢打打杀杀、宠男人的，世间独一无二。

江山为聘。

那我把江山打下来，送给他，再让他转送给我不就好了吗？我真是天才！

【……】

时笙并没有继续跟着银微，既然她确定了银微就是凤辞，反正他又不会跑，她也不急于一时。

时笙离开，银微也没表现出任何异常，好像他就是让一个对自己有不轨想法的姑娘跟着他走了一段路。她离开与否，对他来说都没有任何影响。

时笙回到凤家的时候，玄兽已经被三大帝国的人合力驱赶入魔焰岭。只有少数玄兽还在大陆上作乱，这次玄兽暴动的原因，三大帝国的人还在查。

而玄兽是从苍蓝帝国这边出来的，其他两大帝国乘机发难，玄兽给他们造成的损失，苍蓝帝国必须赔偿。

苍蓝帝国的势力在三大帝国中最弱，被两大帝国同时发难，

关于时笙是罪魁祸首的消息，早已传得沸沸扬扬，因此她一回去，就被凤家家主叫去了书房。

凤家家主甚少出现在外人面前，就算出现，也尽量少说话，走走过场。

在外人眼中，凤家家主是个非常严肃的人，做事狡猾，所以那些人给家主取了个外号——冷面狐。

在原主的记忆中，凤家家主是个对她很关心的义父。

从她记事起，凤家所有人都唤她三小姐，她小时候也以为自己是凤家家主的亲生女儿，可是后来凤家家主告诉她，她是他的义女，并不是亲生的。

凤家家主一直在给她灌输这个理念，渐渐地，原主就知道自己不是凤家家主的亲生女儿。

"爹。"时笙乖巧地叫了一声。

首座上的男人冷着脸，岁月在他脸上留下痕迹，眼角已经有了皱纹。

虽说修炼之人寿命会延长，可也只是延长，并不会长生不死。

"有没有受伤？"凤家家主打量时笙几眼，似乎在判断她有没有受伤。

时笙摇头。

凤家家主这才沉下脸，道："怎么回事？"

凤家家主问的，自然是现在大陆上说她是罪魁祸首的事。

"赫连煜栽赃陷害我！"该告状的时候就要告状。

凤家家主脸色一沉，道："赫连煜？你确定吗？"

"嗯嗯，就是他。"

"为什么陷害你？你和他结仇了？他有没有对你做什么？"凤家家主一连蹦出三个问题，但是第一问题和第三个问题，明显重复了。

赫连煜都陷害她了，还不叫做什么？

"我是爹最宠的女儿。"时笙突然冒出一句，"如今两大帝国向苍蓝发难，爹，你以为他想干什么？"

时笙这么一提点，凤家家主立即明白过来。

大陆上的谣言起得突然，好像一夜间，整个大陆上的人都知道了。

赫连煜是赤炎帝国的帝君，赤炎帝国在三大帝国中最厉害。他要搞事情，就很说得过去。毕竟在和女主角同生共死、生死不弃之前，不想一统天下的男主角不是好男主角。

· 520 ·

等男主角确定自己爱上女主角，两人的结局一般都是归隐山林，江山什么的，都是浮云。现在，时笙要的就是这片浮云，所以不管赫连煜那个时候为何突然出手，在时笙看来，他就是要搞事情。

有事情大家一起搞嘛，一个人搞多没意思。

如果赫连煜真的要搞事情，相信要不了多久，就会有人要求苍蓝帝国交出她这个罪魁祸首。

凤家家主肯定不会答应，而不答应的结果是，两大帝国有借口开战。

凤家家主和皇室这边肯定会闹嫌隙，到时候赫连煜想要苍蓝帝国，还不是轻而易举？

【……】宿主想得真远。

时笙忍不住翻白眼。他明显是要搞事情，她当然得想远点，以免自己被算计。以为谁都像你一样，连自己中了病毒都不知道。

【……】它还是不说话比较好，宿主太不友好。

时笙怼完系统，凤家家主那边才想清楚。

凤家家主脸色微沉，语气轻柔地道："小音先回去休息，爹进宫一趟。"

时笙乖巧地点头，转身离开大厅。凤家家主行色匆匆地进宫。

时笙按照记忆，回到原主的闺阁。那是独立的小阁楼，环境非常幽静。

"三小姐，您怎么才回来？万导师他们都回来好几天了，家主都快急死了。"

"是啊，您有没有受伤？"原主的丫鬟将时笙围住。

时笙表示自己没事，这些丫鬟才放心地去做事。

"万权他们回来了？"时笙上了小楼，问一直跟在她身边的丫鬟。

丫鬟替时笙撩开门帘，道："可不，回来四天了，不过万导师好像受了重伤，听说是为了救七小姐。家主为此大发脾气，将七小姐关到西阁那边去了，现在还没放出来呢。"

凤家说大挺大，说小也挺小，一点消息，很快就在家里传遍。

万权是凤家家主很看重的导师，如今因为凤倾倾受了重伤，本来就对凤倾倾不好的凤家家主，当然要借题发挥。听说万权还求了情，才让凤倾倾免于被惩罚。

时笙回来的消息也很快传开，各路人马跑来看她，心思不一，各怀鬼胎。时笙将这些人请到会客厅。

凤家的男子都在皇家学院里学习，甚少回家，此时来的是一群姑娘。时笙一出现，一个粉衣小姑娘立即开口："三姐姐，你没事可真是太好了。"

姑娘稚嫩的脸蛋上带着笑，眸子里却带着几分恨意……这凤枝音怎么就不死在外面？之前没她的消息，好多人私底下猜她死了，她要是死了，高兴的可不止自己一个。

"让你失望，我没死。"时笙坐到会客厅的主位上。

粉衣小姑娘顿时尴尬地道:"三姐姐说什么呢?你没事才是最好的。"

时笙敲了敲桌面,一脸认真地问:"你不是巴不得我死了别回来吗?"

"三姐姐怎么可以这么想我?我是真的担心你。"粉衣小姑娘眼眶红了,委屈地看着时笙。

"真的担心我死没死?你就是这么想的,我不过是帮你把你不敢说的说出来,不用谢。"

粉衣小姑娘已经开始小声啜泣:"三姐姐,我是不是哪里得罪你了?你要这么说我,我要是做错了,你说出来,我改。"

"你没做错什么,你不过是想我别活着回来而已,没什么错,人之常情嘛!"时笙一脸淡然地道。

原主在凤家太受宠,被别人记恨也很正常。

粉衣小姑娘像是被羞辱一般,哭着跑了。

时笙无声地笑了一下,看向旁边的人。

凤家家主的兄弟有不少,此时在这里的,都是其他几房的。

因为凤家家主没有亲生子嗣,所以其他房的子女都拥有排名,有点让凤家家主从里面挑选继承人的意思。

如果凤家家主有子嗣,这些人就不会有排名。

这次试炼,只有她和凤倾倾参加,其他人集体称病,不愿意去。他们年纪不大,又有长辈做靠山,就算不去,也没人敢把他们怎么样。

粉衣小姑娘跑了,其他人面面相觑。片刻后,坐在最前方的女子调整了一下表情,关心地问:"三妹妹,你怎么比凤倾倾回来得要晚这么多?是不是路上遇到什么事了?"

"关你什么事?"时笙一句话怼回去。

女子表情僵硬地道:"三妹妹别误会……我只是关心你。"她暗中打量时笙几眼,人还是原来的人,怎么性情变了这么多?

"如果你们是来关心我死没死的,那很抱歉,我没死,真是让你们失望了。"时笙扬声道,让大厅里所有人都听得到,"我不过是个义女,再受宠,也不会和你们分家产,所以各回各家,各找各爹。"

众人:"……"

大厅寂静无声,所有人不可置信地看着时笙,好像她刚才说了什么不得了的话。

时笙淡然地摸出一把瓜子,清脆的咔嚓声打破了诡异的寂静。

这个凤枝音,不对劲啊!这是众人心中唯一的感觉。

众人上下打量时笙几眼,她的样子和原来的凤枝音没什么区别,怎么这性情……

"看够了就走吧,再看我要收钱了。"

众人面面相觑，交换了眼神，陆陆续续退出大厅。出了大厅，一些人先走。有几人见众人走得差不多了，立即将之前那个女子围起来。

"大姐姐，这凤枝音说话怎么这么冲？"

"不会是在外面把脑子给磕坏了吧？"

"她一个义女，和咱们凤家一点关系都没有，要不是家主宠着，她哪有资格让我们叫一声姐姐，一点自知之明都没有。"

"就是，这次她竟然回来了，还有凤倾倾那个……"

"行了。"女子呵斥一声，"也不看看这是什么地方，回去再说。"

几人立即噤声，不敢说话。

等几人离开后，时笙从里面慢慢地走出来，看着那几个人离开的方向。

【支线任务：背后真凶】

"呸！"谁许你发布任务的！

系统吓得立即补充一句，【默认接受，具体任务请参照字面意思。】

系统说完，立即关机下线，完全不想看到自己被宿主虐待。

时笙在心底问候系统制造商十八遍后，才冷静一点。

原剧情里并没有写在凤倾倾惨死那一世，原主是什么结局。而凤倾倾重生这一世，原主后期过得那么惨，就算有人要害她，估计也只是在暗中推波助澜。

好烦哦！

两大帝国果然提出了处置罪魁祸首的条件。

凤家家主提前给皇室打了预防针，所以这个条件并没有得到苍蓝帝国的支持，反而让皇室找到机会质疑他们的居心，认为他们想挑起战争，破坏三国盟约。

三国盟约缔结百年，维持着大陆的和平安稳，谁先违背，谁就是罪人。

苍蓝帝国一挑出这个话题，另外两大帝国的人便闹得没这么厉害了。

时笙是没机会见识三国交锋，但听到了这件事的后续。

在三国争持不下的时候，两大帝国守卫的魔焰岭边缘，同时出现暴动，玄兽逃窜大陆，肆意伤人。

众人还没弄明白怎么回事，国师便带着人出现，轻描淡写地将这个问题解决了。两大帝国的人就算知道是国师干的，却也没办法拿他怎么样。

苍蓝帝国的国师，那可是出了名的难对付，谁也不知道他在想什么。

这么简单粗暴的解决方法，绝对让众人猝不及防。

她家凤辞什么时候解决事情这么简单粗暴了？时笙一直没怎么注意每个位面凤辞的处世方法，他和她的生活密切相关，在对方安全的情况下，两人都默契地不踏入对方的圈子干涉对方。

她唯一印象深刻的，就是他在凤辞那一世，似乎……真的是这么简单粗暴。

国师府离凤府不远，时笙兴冲冲地跑去找人。

国师府修建得气势恢宏，门口立着两只黑色的麒麟，麒麟的眼珠子却是血红的，看上去栩栩如生，张牙舞爪，似乎要将来人一口吞下。

大晚上的，要是看到这么一个玩意儿，谁都害怕。

时笙凑近看了看，不知道这是用什么雕刻的，透着一股子浓郁的灵气。

"凤三小姐。"

时笙将视线从麒麟身上移开，看向叫她的人。是个长相清秀的少年，身上穿着神卫队的服装。他站在台阶上方，面含浅笑地道："大人说，凤三小姐要是喜欢，可以将它们带回去。"

时笙指着黑色的麒麟："这玩意儿？"

"是的。"

"拿来干什么？"这么大一坨，又不是能吃的，又不是能用的。

少年："……"不是你自己好奇在这里看吗？

"让你家大人把他自己送给我呗。"时笙知道银微那个智障肯定在里面。

少年面上的笑容隐去，道："凤三小姐，这话我可不敢给您传。"

觊觎大人的下场……那不是用惨字可以形容的。虽然这个凤三小姐似乎在大人那里有些不同，但他不认为自家大人看上了这位凤三小姐。

"那你让我进去，我自己和他说。"时笙几步走上台阶。

少年摇头，伸手挡住时笙的去路："凤三小姐，我不能让您进去。"

大人只让他传话，没说让她进去。

第二十章　国师明鉴（中）

时笙被拦在国师府外面，少年说什么也不许时笙进去。

"凤三小姐，大人不想见您。"少年语气委婉地道。

时笙和少年大眼瞪小眼："我想见他。"

少年："……"您想见他，那是您的事啊！反正不管时笙说什么，少年就是不许她进去。

"把这两只麒麟送到凤府。"时笙临走时指着两只石麒麟。凤辞送她的，不要白不要。

少年嘴角一抽。您刚才还说要来有什么用，为什么现在又要了？当然，少年不敢乱说，只微微弯腰道："是。"

时笙离开国师府，在街上溜达一圈，很不巧地遇见了凤倾倾。凤倾倾已经从小黑屋放了出来，和一个年轻男子走在大街上。时笙记得那个年轻男子，是在魔焰岭被蛇咬的那个。时笙没想到他还活着，不过他和女主角在一起，活下来似乎也不是什么奇怪的事。

两个人正好从一家药材店出来。时笙站在药材店的台阶下，微微偏头看着凤倾倾。凤倾倾眼底极快地闪过一缕憎恨，就是因为这个女人，她错失了一只神兽。那可是血麒麟，千年难得一见。更因为她，自己被凤家家主那么严厉地惩罚，明明她才是凤家家主的女儿。

重活一世，凤倾倾对亲情已经没什么奢望，现在只想变强、变强。凤倾倾压下眼底的情绪，带着男子从时笙身边过去。作为女主角，一般情况下，自然不会惹是生非。

时笙没拦凤倾倾，任由她过去。那个年轻男人路过的时候，有些古怪地看了时笙一眼。

当初在魔焰岭，她说的那些话，他记得很清楚。虽然她说得没错，可男子依然觉得时笙过于冷血。

"看什么？"时笙凶巴巴地瞪回去，"小心老子挖你眼珠子。"

时笙的声音并不大，走在前面的凤倾倾似乎没听到。

年轻男子眼底浮起厌恶。这么歹毒的女人，哪里能和七小姐比他收回视线，小跑几步追上凤倾倾。

时笙往凤倾倾出来的药材店里瞅了瞅。女主角来这里，肯定是买炼丹用的药材。和所有玄幻小说一样，这个大陆上，丹药同样紧缺。

女主角拥有大陆上许多早已失传的丹方，很快会大放光彩，受人追捧。而男主角也会因此有求于女主角，将两人的关系拉得更近。不过，让凤倾倾毒死赫连煜，肯定会很好玩儿。

【……】你当人家女主角是傻子？人家会给男主角下毒吗？再说你的任务中不包括男主角，不要祸害人家男主角。

不要祸害男主角？之前他陷害她的事，就想这么算了？

时笙磨磨牙，道："我当女主角是智障。"

【……】你说，谁在你眼里不是智障？

时笙目光变了变，转而轻笑道："都是智障。"

天下智障一般黑。

"这不是凤家三小姐吗？她竟然还有脸出来。"

"像她这种人，哪里懂什么普通人的疾苦，就知道自己任性。"

"惹出这么大的事，我要是她，早就以死谢罪了。"

街上的人突然对着时笙指指点点。

魔焰岭的事，虽然被银微解决了，但在苍蓝帝国这些人心中，罪魁祸首还是时笙。

时笙嗤笑一声，双手叉腰，神情张狂地道："有本事来为民除害啊！"

嚼舌根的几个人后背发寒，不约而同地往后退缩几步。

"你个姑娘家家的，怎么就这么心狠！"一个人大着胆子指责。

"谁规定姑娘不许心狠？"时笙瞪过去，语气要多凶就有多凶，"你规定的？还是天皇老子规定的？"

男人狠心，众人说他是能做大事的。女人狠心，众人说她是蛇蝎心肠。谁规定女人就得善良，就不能有野心，就得在家相夫教子？

时笙那气势，好像他们敢说一句不许，她就要立刻冲上去杀了他们。

几人对视几眼，赶紧转身跑了。凤家这三小姐，怎么跟个疯子似的。

时笙在街上溜达一圈，买了一堆稀奇古怪的玩意儿，至少在系统看来，那些就是稀奇古怪的玩意儿。

在回凤府的路上，时笙被看热闹的人群堵在了街上。人群里三层外三层地围着某处，时笙完全看不到里面是什么情况。

时笙扯着一个姑娘，道："里面怎么了？"好狗不挡道，这些人把大街给堵了，还让不让人过！

姑娘摇头道："不知道呢，我也刚来。"

时笙踮着脚看了看，她挤过去的可能性为零。

费了九牛二虎之力，时笙才挤到前面。

第一眼看到的就是立在中间的黑麒麟，神卫队的人站在麒麟四周，而对面站着的正是女主角凤倾倾。

凤倾倾脸色有些发白，被她身边的男子扶着，和神卫队的人对上。这倒不是凤倾倾搞事情，是她追着一个人过来，正好闯进护送麒麟的神卫队队伍中。

神卫队的人以为凤倾倾要干啥，双方争执之际打了起来。

凤倾倾不敢暴露太多实力，才被神卫队的重创。

"你们国师府的人，都这么蛮不讲理？"凤倾倾有些恼怒，要不是怕暴露实力，她哪里会被这些人压着打。

神卫队面不改色地道："七小姐，是你先闯进来的。"

凤倾倾冷哼道："我只是追一个人而已，你们拦下我就算了，还放跑了那个人，难不成那个人是你们国师府的？"

神卫队依然很镇定地道："七小姐在追谁，我们不清楚，也没看到，你闯进来是事实。"

神卫队态度坚决，认定凤倾倾闯进来是图谋不轨。

凤倾倾冷哼道："我没想到，国师府这么颠倒黑白、是非不分。"

剧情中，凤倾倾本就和国师府不和，在这里也肯定不会和神卫队善了。

国师府在普通人心中是很有水平的存在，神卫队更是一支堪比军队的强悍队伍。

只是，国师府的名声并不是很好，因为神卫队向来听命于银微，他说什么就是什么，天王老子来了也不管用。

而银微做事让人猜不透，有时候做的是好事，有时候做的又不是好事，甚至可以说行为恶劣。所以，这样一个存在，在普通人眼中，就像不定时炸弹，说不定什么时候就爆炸了。

凤倾倾也明白，自己此时不能和神卫队硬碰硬。她忍下这口气，让开了路。

能忍的女主角都是能成大事的。

然而，时笙觉得有些莫名其妙，这太牵强了。剧情君为了让女主角和反派对上，也是蛮拼的。

神卫队抬着麒麟离开，四周围观的百姓，大都认识那两尊标志性的麒麟。

整个苍蓝帝国，敢用麒麟石像守门的，只有国师府。

"那不是国师府门外的两尊麒麟吗？这是要送到哪里去？"

"跟上去看看。"

于是，神卫队在众人的簇拥下，将麒麟送进了凤府。

凤家家主一脸莫名其妙地道："敢问国师这是什么意思？"

"凤家家主，我们只是奉命行事。"

凤家家主聪明地没有追问，只道："这麒麟……"这可是国师府外面的两尊麒麟！刚摆在外面的时候，不少人觊觎，那时国师还没有这么大的威信，胆子大的人，便设法偷这两尊麒麟。至于后果……想想就惨，这玩意儿现在怎么被国师送到他家来了？

"是送给贵府三小姐的。"

三小姐？小音？小音和国师怎么了？国师为何把这两尊麒麟送给小音？

"告辞。"神卫队没有为凤家家主解惑，带着人快速离开凤府。

神卫队一走，凤家家主立即让人去叫时笙。时笙抄了近路，比神卫队先到府，凤家家主派人来叫她的时候，她已经在房里。

凤家家主围着麒麟走来走去，神情凝重，时笙进去，他都没发现。

"爹。"时笙叫了一声。

凤家家主抬头看过来，下一秒，指着麒麟道："这怎么回事？"

"国师送的啊！"时笙一脸理所当然。

凤家家主当然知道这是国师送的，还是指名点姓送的。

"国师为什么送你这个？"

时笙沉吟片刻，道："可能是作为冤枉我的赔礼？"也有可能是定情信物……那位的心思很难猜。

"冤枉你？你和国师怎么了？"凤家家主脸色焦急起来，国师对小音做了什么？！

"就是魔焰岭的事，他以为是我破坏他的阵法……"

时笙将魔焰岭的事对凤家家主详细说了一遍。最近凤家家主忙着正事，都快把这件事给忘了。

"外面有传言，说你破了人家城池的防御阵又是怎么回事？"现在那些流言蜚语比起之前，似乎传得更加厉害。

"他们想把我关在城门下，我破他们阵法怎么了？"时笙一脸认真地问。

这句话信息有点多，她这是承认，真的破了人家的阵法？还有人要将她关在城门外？谁这么大的胆子！

"小音，你怎么会破防御阵？"小音有几斤几两，他还不清楚吗？

临近魔焰岭的城池，防御阵比其他城池复杂得多，想要破阵，谈何容易？

"就是会啊。"天才就是这么聪明。

铁剑："……"你一根手指头都没动，不懂自家主人哪里来的优越感，脸呢！

不管凤家家主怎么问，时笙都是用天生的、聪明、自学成才这类字眼敷衍他。

凤家家主心底满是狐疑，将话题转回麒麟上："国师不是那么好相处的，你别和他走太近。"

不和他走太近怎么可能？他可是她要宠的人。

凤家家主虽让时笙别和国师走太近，但也没有禁止的意思。他还让人将麒麟送到她的院子里，直接摆在小阁楼外面。

时笙后来才知道，这麒麟自带防盗功能。

凤家家主让时笙离开后，一个人去了祠堂，这里供奉的是凤家列祖列宗。

凤家家主先拜了拜，随后上前，扭转牌位，摆放牌位的台子突然一分为二，露出一条黑漆漆的通道。

凤家家主进入通道，后面的台子自动合拢。他一路进去，走过昏暗的通道，进入一个较大的空间。这里有许多架子，每一个格子中都有一盏灯。有的光很强，有的却很弱，像是油尽灯枯。

凤家家主直接走向一盏灯，那盏灯虽然亮着，但很微弱。他整个人都僵在那里，不应该啊……他狐疑地从放灯的格子里拿出一块石头，带着石头出去，直奔时笙所在的小楼。

凤家家主站在外面，石头随着他的移动，开始慢慢发光，依然是很微弱的光。

凤家家主和时笙瞎扯了两句，出来的时候，表情更加奇怪。是小音没错，为什么小音的魂灯会那么弱？连魂石的感应都变弱了……

在这个世界，大家族的子弟出生时，家里会为他点亮魂灯，他便因此得到一枚魂石。魂灯可以让人知道那人是否活着，魂石可以确定那人的所在之地，也能确定那人是否为本人。

凤家家主发现时笙性格的变化，怀疑凤枝音被人调包，才去查看魂灯。结果却让他更加疑惑。魂石不会出错，此人就是小音。现在的问题是……为什么魂灯的光会这么微弱，像是即将消失？

时笙发现凤家家主给自己找了许多医师，全方位做体检。得到的结果却是她的身体很健康，没有什么问题。

凤家家主愁得不行，没有问题，魂灯怎么会那么微弱？而凤家家主的行为，让凤家人也嗅出点什么，怀疑时笙的身体是不是出问题了。

时笙很无辜，她没毛病。

"三妹妹。"

时笙刚把凤家家主送走，一道倩影出现在院门，对方有些惊奇地打量立在外面的麒麟。

国师将麒麟送给时笙的事，凤家人都知道。鉴于之前时笙的行为，这些人只是远远地看过，没敢来问。

时笙站在台阶上，正好立在两尊麒麟中间，双手环胸，平静地看着慢慢走过来的女子。

凤琪琪，凤家排行第一的大小姐。

凤琪琪带着两个丫鬟，丫鬟手里拿着东西。她走近后，微微一笑："我听说三妹妹身体不舒服，特意给三妹妹带来几样补品。"

两个丫鬟立即将东西捧上前打开。

盒子打开的瞬间，时笙就感觉到一股灵气，里面躺着的东西时笙不认识，但从这么浓郁的灵气可以判断，这东西不是凡品。

可是……黄鼠狼给鸡拜年，没安好心！

"我身体很好。"时笙没接那些东西，谁知道里面有没有毒。

要知道，这个凤琪琪很有可能是支线任务的关键人物。

凤琪琪不动声色地打量时笙几眼，温温柔柔地道："三妹妹身体没事就好，这些东西我既然拿来了，就没有拿回去的道理，三妹妹就收下吧，算是我这个当姐姐的一点心意。"

"不用了。"

"三妹妹是不是嫌弃姐姐送的东西太差？"凤琪琪有些难过，以退为进，"三妹妹平时吃的用的都是最好的，想来也是看不上姐姐送的这些。"

时笙咧嘴笑，恶意顿时在脸上流转："既然是好东西，当然要留给姐姐用。"

凤琪琪没注意到时笙的表情，赶紧道："我不用这些，还是给三妹妹吧。"

"不要。"

凤琪琪："……"

送个东西怎么都这么难？

时笙转身进了阁楼，根本不管凤琪琪。

凤琪琪面色极快地变换几下，目光从丫鬟手中的盒子上扫过，似有些无奈地叹气："走吧。"

凤琪琪的身影消失在小楼外，时笙身边的丫鬟开口："大小姐平白无故地怎么给小姐送这么贵重的东西？"

"不安好心呗。"时笙走到摇椅上躺下，"没有白吃的午餐。"

丫鬟惊讶地道："不会吧，大小姐人挺好的啊！"

凤琪琪在凤家的口碑确实不错，谁都知道她是一个知书达理、温婉可人的小姐。

时笙身子随着摇椅晃动，开口道："知人知面不知心，你怎么知道她在想什么？"也许人家表面上夸你，心底想的却是怎么把你大卸八块呢？

人心……

"呵……"时笙突然轻笑出声。

丫鬟奇怪地问:"小姐,您笑什么?"

时笙敛了脸上的笑,闭上眼,淡淡地道:"没什么。"

凤家家主开始让时笙每天去家族的演武场学习。

大家族的女孩子一般都在自己家族学习,只有嫡系或天赋极好的男孩才会被送进学院。普通男孩子只能在演武场里学习。

演武场是男女混合的,时笙由专门的导师指导。她到的时候,发现里面已经有人了。

一个穿着劲装的女人见时笙进来,赶紧起身。

这女人是家族旁支的,能做导师,还是给原主做导师,可见很有实力。

"三小姐。"

时笙看向在打坐的人。

导师立即解释道:"七小姐以后就和三小姐一起学习,三小姐没什么意见吧?"

谁要和女主角一起学习,谁安排的!我才不和女主角待一块儿,怕控制不住自己,弄死她。

"有意见。"

导师没想到时笙直接拒绝,便道:"可是……这是万导师安排的。"

"哦,那你就教她吧,再见。"时笙转身就走。

导师有些蒙。

时笙刚转身,就看到站在后面的万权。他顶着略显狰狞的脸,目光严肃地盯着时笙。万权沉声开口:"三小姐,七小姐和你算是一脉,由同一个导师教习更好。"

时笙一字一顿地道:"可是我不想和她待在一起。"

"为什么?"

时笙哼了一声,道:"不想就是不想,你还非得让我给个理由,有毛病?"

万权拿出导师的架势,道:"每个人做事都是有理由的,你为什么不想和七小姐一起学习?"

"为什么要有理由?不想就是不想,心情不好不行吗?"每个人做事都有理由,不过是为自己的行为找借口,想让人觉得自己做得没错。

"万导师,"凤倾倾不知什么时候结束打坐,从里面走了出来,一脸冷静,"三小姐不愿意和我一起学习,我和其他人一起学习也是一样的。"

凤倾倾觉得时笙就是想赶走自己,她不让自己学习又如何,自己也不需要人教。她凤倾倾来这里,也不过是为掩人耳目。

万权看时笙一眼，眼底大概有些失望。

"以后我亲自教你。"万权对着凤倾倾道。

"万导师，这不符合规矩。"女导师小声插了一句，被万权一瞪，顿时不敢说话。

万权微微摇头，声音里满是不认可："三小姐，你这样是成不了大事的。"

"哦。"时笙不咸不淡地应一声，抬脚往前走，"成不成得了大事，就不劳万导师操心了，这是我的事。"

万权被时笙这态度弄得有些窝火，他来凤家这么久，还没见过敢这么和他说话的。

女导师在后面急急唤一声："三小姐，您还要上课。"

"不想上，今天放假。"时笙摆摆手。

女导师："……"

时笙不去上课的消息，很快传到凤家家主那边。

凤家家主得知事情经过后，第一次对万权甩了脸子，以前万权在凤家绝对是享有特权一般的存在，这次却被凤家家主甩了脸子，万权心底难以理解。

"家主，七小姐才是您的女儿，三小姐不过是……"

"闭嘴！"凤家家主色厉内荏地呵斥，"你知道什么。"

"我是不知道。"万权神情凝重，顶着压力道，"七小姐和您血脉相连，是您最亲近的人，您为何要这般对她？三小姐您养在身边多年，有感情我们可以理解，可是为了一个外姓之人，那么对待自己的亲生女儿，我不能理解，我无法认可。"

凤家家主目光幽暗地道："万权，我当年收留你，不是让你此时来对我说教的。"他要做什么，还轮不到一个外人来指手画脚。

万权表情微变，似乎想到什么，垂下头，不再说话。

凤家家主沉默一会儿，道："既然你这么看好她，那她就交给你。"

凤家家主甩袖离开，剩下万权一个人站在大厅。

凤倾倾自此跟着万权习武，时笙上课三天打鱼两天晒网，导师整天都在放假。

凤家家主说过时笙几次，时笙保证自己不会在年考上丢脸，凤家家主才算放过她。

时笙虽然不去上课，修炼却没落下。女主角在进步，她总不能止步不前。

只是女主角会炼丹炼器，时笙没兴趣去学，也学不会。过于精细、需要耐心的活儿，对时笙这种喜欢拔剑的人来说，是很大的考验。

"三妹妹，好久没见你来演武场。"时笙刚走到演武场，凤琪琪就不知道从哪儿冒出来，带着几个小姑娘，笑吟吟地给她打招呼。

"三姐姐。"

"三小姐。"

几个小姑娘按照身份高低给时笙行礼。

"有事?"时笙微微挑眉,看向凤琪琪。

这个凤琪琪给她送过祭品、呸,补品后,就没再搞事,在演武场遇见她,也只是礼貌地打招呼,像今天这样围上来的情况还真没有过。

时笙的眼神让凤琪琪很不舒服,像是有种穿透感,能透过皮囊看到她的灵魂,让她脸上的笑容都快维持不下去。

凤琪琪避开时笙的视线,尽量让自己忽视她的目光:"一会儿有场小考,三妹妹也来吧。"

"不去。"

"三姐姐,你最近都没好好修炼,不会是怕打不过吧?"凤琪琪旁边的小姑娘立即接话,语气带着挑衅。

最近,时笙不来上课,各种偷懒,演武场里谁不知道?

时笙嘴角微勾,眉宇间瞬息染上嚣张狂妄:"我怕把你们打残了。"

"三姐姐真会说笑,大姐姐的实力和你不相上下,就算不能赢,也至少可以和你打成平手。再说……"那小姑娘吹捧完凤琪琪,话锋一转,"最近凤倾倾突飞猛进,放大话说她是咱们这一辈最厉害的人,三姐姐,你可得给这个凤倾倾一点教训。"说了半天,还是绕到女主角身上。这些人竟然是来挑拨离间的!

"你们想试试我能不能把你们打残?"时笙不接小姑娘的话,将话题绕回去。

小姑娘:"……"谁跟你说这个?这凤枝音怎么不按她们想的出牌?

"姐妹间说这些多伤感情。三妹妹,我们都知道你天赋最好,当然没人能赢你。"凤琪琪出来打圆场,"凤倾倾不算什么,她不过是个私生女,就算再厉害,也比不过三妹妹。"

听听人家这话说的,换成其他人,听到这话还不得炸锅,跑去和女主角决斗。

"凤倾倾怎么招惹你们了?你们非得把她往我跟前凑?这么想我去揍她?你们好渔翁得利?这一箭双雕的计谋使得还不错。"

时笙不按套路出牌,凤琪琪一时间愣在那里,不知道该怎么接话。

好一会儿,凤琪琪才道:"三妹妹,我们没有这个意思。"

时笙追问道:"那你们什么意思?"

"我……"凤琪琪就是那个意思,此时说不出更好的理由,本来也不需要说,只需要在适当的时候添油加醋,挑拨时笙去和凤倾倾打就可以了。谁知道时笙不接招,当面拆穿她。

"是凤倾倾太过分了,她说三姐姐根本就不算什么,她才是凤家第一天才,三姐姐,你听听她说的什么话,根本就不把你放在眼里。"凤琪琪身边的小姑娘赶紧帮腔。

时笙意味不明地笑了一下,道:"是吗?"

"可不，那凤倾倾现在有万导师亲自教导，万导师护着她，她就把自己当回事，真以为自己是凤家的小姐。"

"凤倾倾算什么东西，咱们凤家还是三姐姐最厉害。凤倾倾一个乡下丫头，怎么能和三姐姐比？三姐姐可一定要给她点教训，让她知道，谁才是主子。"

凤琪琪带来的人，七嘴八舌地说着凤倾倾的坏话。

时笙猛地一拍巴掌，道："说得对！"

众人面色一喜，凤琪琪也松了口气，就说凤枝音怎么可能会不在乎凤倾倾。

时笙又问："凤倾倾在哪儿？"

"那边，那边，我刚才看到了。"

"三姐姐，我带你去。"立即有人自告奋勇，往一个方向走。

时笙跟在后面，脸上挂着一丝浅笑。凤琪琪就走在时笙旁边，余光扫到时笙嘴角的笑意，不知怎么的，背脊一阵发寒。

凤琪琪还没来得及细想，已经到地方了。

凤倾倾正在和人对打，她对外宣称自己有四系技能，但平时用的是火系。

别人只能发出不成形的攻击，凤倾倾此时的火焰已经有了些形状。

凤倾倾一个猛冲，选择近身战，手中火焰嗖的一下冒出来，拍到对方的胸膛上。

"嗷！"

凤倾倾可没手下留情，和她对打的男子，哀号倒地，神情痛苦。

"不过是难受几天，死不了。"凤倾倾居高临下地看着男子，"下次再敢动我的人，下场就不是这么简单，滚！"

时笙："……"女主角抢我台词！

【……】宿主有病吃药，这是女主角的台词，不是你的。

"凤倾倾，你给我等着。哎哟，你们愣着干什么，还不快去叫医师。凤倾倾，我不会放过你……"

几个跟班上前抬着大放厥词的男子下去。

"七小姐……他会不会报复您？"一个小姑娘从远处跑过来。她正是在魔焰岭非要回去找凤倾倾的姑娘，好像叫凤小莲。

"他敢来，我就废了他。"凤倾倾脸色一狠。

时笙后面的一个小姑娘突然高喊一声："废了谁？凤倾倾，你还有没有点规矩，这是演武场，同族相残，是重罪。"

凤倾倾循着声音看过来，见被人簇拥着的时笙，脸色越发沉冷，眸子里似乎笼着冷意。

凤小莲被这个阵仗吓到，赶紧往凤倾倾后面缩。

凤倾倾冷声道："你们来干什么？"

平时这些人没少为难她，今天还带着凤枝音过来，不用想也知道没安好心。

凤倾倾的视线落在时笙身上。

时笙非常有眼力见儿，伸手指向旁边："她们要我来打残你。"

众小姑娘齐齐变色，不可置信地看向时笙。

这和说好的不一样啊！什么叫她们要她来打残凤倾倾？她们只是挑拨，没有说过这种话，你不要乱说。

"什么？"凤倾倾没太听明白。

"我说，她们要我来打残你。"时笙重复一遍，"可是我觉得你不值得我动手，所以还是让她们自己上比较好。"

"三姐姐……"

"三什么姐姐啊。"时笙一脸认真地道，"好了，不陪你们玩儿，少在老子背后搞事情，被老子抓到……"时笙阴森地笑了一下，"我送你们上天。"

扔下这句话，时笙慢悠悠地离开，留下一群茫然的人。

这和她们想的完全不一样啊！

凤倾倾冷笑一声，这是她们起内讧了？不过，这凤枝音……好像有点不对劲。

凤倾倾在演武场依然混得风生水起，有万权这个导师罩着，加上她渐渐展露出来的实力，没人敢再小觑她。

而凤倾倾也暗中开始收服凤家人，就从凤家那些纨绔子弟开始。于是，她很快有了一群拥护者。

时笙不出现，凤倾倾和她也闹不起来，还算相安无事。

这天晚上，时笙刚从修炼状态退出来，就察觉到外面有陌生气息。

她眨巴下眼，掏出铁剑跳下床，往窗户的方向走。窗户开着一条缝，从缝隙中，时笙看到下方正在快速交手的两道黑影。

两人的目标似乎都是她门前的两尊麒麟。

说起那麒麟……

大概是怕吵到人，两人都没有使用玄气，直接肉搏，一个人身形娇小，明显是女孩子。

时笙无声地将窗户推开一点，视线更加开阔。

而下面的两人，此时已经各自锁住对方的招式，贴得非常近。

"都是为黑炎玄晶而来，这里有两尊，我们一人一尊如何？"身形较为高大的男子，压低嗓音说话。

他声音有点古怪，像是变了音。

"我怎么知道你会不会食言？"女孩子的声音时笙很熟悉，可不就是凤倾倾。

535

"我们这么打下去也没结果。"

凤倾倾有些迟疑，沉默一会儿："我数一二三，同时松开。"

男人没有任何迟疑地答应："好。"

"一……二……三……"

两人同时松开对方，但并没有放松警惕，僵持了大概三十秒，两人才退开一些。

"你先拿。"男人继续往后退，表示自己并不会背后下黑手。

凤倾倾警惕地看了男人几眼。她也怕有人出现，但是这黑炎玄晶属于极品晶石，很难寻，她炼器需要这个。

凤倾倾环顾四周，快速走向麒麟。

时笙脸色一黑，凤辞给我的定情信物，你们也敢偷！时笙顿时拍开窗户，怒喝一声："你们就这么瓜分我的东西，问过我这个主人了没？"

这声大喝，让凤倾倾和男人都吓了一跳。男人的反应比凤倾倾快，在时笙话音还未落下的时候，身形一晃，快速朝着麒麟掠去。

时笙从窗户上跳下来，挥动铁剑，麒麟猩红的眼珠里闪过道道寒光。

眼看男人就要触到麒麟，一道剑气猛地从旁边席卷过来，带着凛冽的寒意，四周的空气似乎都被冻结。男人立刻往后退。凤倾倾也在此时反应过来，迅速朝另一尊麒麟掠去。她很幸运地接触到了麒麟，手心一阵诡异的灼热，好在她很快将麒麟收进空间。她低头一看，手心竟然已经红肿一片，火辣辣地疼。

唰！

铁剑从凤倾倾头顶劈下，凤倾倾想躲已经来不及，一股强劲的压迫感从四面八方挤压过来，寒气从皮肤渗透进骨血中，冷得她没办法动弹。

就在她以为自己被砍中的时候，手腕上突然多了一道力量，将她往旁边拉扯。带着寒气的铁剑擦着她的脸颊、手臂过去，砍在后面一丛花木中，花木顷刻化为粉末。

凤倾倾被人半抱着，极快地往后飞了一段距离，落在门口。

凤倾倾的心咚咚狂跳，一种劫后余生的后怕感蔓延上来。她差一点就死了。

时笙气得磨牙，拎着铁剑继续朝凤倾倾冲过去。这次有了防备，凤倾倾和男人分开，朝着两个方向逃走。时笙只能去追凤倾倾。

凤倾倾发现自己的路被时笙拦住，和时笙正面对上。凤倾倾有女主角光环，时笙就算再怎么劈，最后不是空气突然凝滞一下，导致阻力增大，就是凤倾倾赶巧避开。

不让我劈，我偏要劈！时笙狠劲上来，待再次遇上阻力的时候，直接将体内所有力量都灌注在铁剑上。

阻力陡然减少，时笙立即压下铁剑，锋利的剑刃砍在凤倾倾的肩头，这一下，若是普通人的胳膊早就断了，到凤倾倾这里，竟然只是砍下去。时笙甚至觉得自己连她的骨头都没砍到，再继续用力，却怎么都压不下去了。

"……"厉害了，我的女主角。

凤倾倾就地一滚，摆脱时笙的铁剑，捂着肩膀，踉踉跄跄地往外跑。她唯一没有料到的，就是时笙手上的那把剑，杀伤力竟然这么厉害。她已经拿到黑炎玄晶，没必要浪费时间。凤倾倾现在只想离开，不想和时笙纠缠。

可时笙会让凤倾倾安全地走出去吗？肯定是不可能的。凤倾倾刚跑到门口，就被时笙追上了。时笙从空中跃过，落到她前方。

时笙穿着暗色的中衣，夜色掩盖了她的表情，可她身上散发出的森寒，让凤倾倾心惊。

凤倾倾眼前的景色似乎极快地陷入一片黑暗中，幽幽的光闪烁着，身后摇晃的树木像是张牙舞爪的恶魔。

她突然有点分不清自己站在什么地方。

凤倾倾身上阵阵发疼，痛意让她思维迟缓。

就在凤倾倾以为时笙要继续动手的时候，时笙突然扯着嗓子喊起来："来人啊！来人，有刺客！"

凤倾倾一惊，眼前的黑暗迅速退去，远处有火光亮起，杂乱的脚步声响起来，凤倾倾赶紧往另一个方向跑。

谁知她还没跑两步，就被时笙给拦住。

焦急之下，她直接朝着时笙攻过去。时笙砍不死凤倾倾，拦下她却完全没有问题。

凤府的护卫很快就到，将还在纠缠的两人围起来。

时笙趁着凤倾倾去打量这些人的时候，一脚踹在她小腿上，手抓着她的胳膊，将她撂倒在地。

"啊！"凤倾倾肩上有伤，被时笙那么抓着撂在地上，伤口便撕裂般地痛，让她没忍住，直接惨叫出声。

然而下一秒，她手中寒光一闪，极快地刺向时笙。时笙腹部往后一缩，锋利的匕首划着她的衣料过去。

哎……她竟然把女主角有空间这茬给忘了。

凤倾倾没有刺到时笙，手立即往上一扬，朝着时笙的喉咙刺去。

她的目的不是杀时笙，而是让时笙放开她，当然，要是能杀了时笙，凤倾倾也很乐意。

都是这个女人，上辈子她才死那么惨。

这辈子，她绝对不让这个女人毁掉自己的一生。

然而她想错了，时笙并没有放开她，而是身子往旁边一扭，避开她的匕首。凤倾倾的手随着时笙的动作，从左边扭到后面，整个人都扑到地上。

时笙正想踹凤倾倾一脚，旁边突然多了道人影，整个空间的流速瞬间减慢。

男人挺拔的身影慢慢地显露出来。

他就是凭空出现的,这次时笙没有看错。等他的身影缓慢显露出来,那种空间流速立即恢复正常。

几道白影从四周落下,无声无息地站在男人背后。

时笙:"……"说好的英雄救美呢?

"抓起来。"银微声线微冷,被夜风一吹,更显得冰寒刺骨。

两个白影上前,将凤倾倾压住。时笙缓缓松开手,随意甩了甩有些酸的手:"你来晚了。"

银微微微偏头道:"凤枝音,你把我的东西弄丢了。"

时笙往远处的小楼看去,之前摆放麒麟的地方,此时空荡荡的,什么都没有。

有一尊在凤倾倾那里,还有一尊,肯定是她追凤倾倾的时候,被男主角给带走了。

"你都送我了,那便是我的东西,丢了也不关你的事。"他竟然只是来问那两尊麒麟的。

银微不紧不慢地反问:"我何时说过送你?"

"你让我……"时笙顿了顿,嘴角一抽。当初那个人只说她可以带回去,并没有说将麒麟送给她……凤辞这人怎么这么心机深沉!

时笙脖子一梗,气势汹汹地道:"反正丢都丢了,大不了肉偿!我会暖床,会打架,要吗?"

凤家护卫到的时候,正好听到时笙的这句话。众人先是一愣,随后看到站在时笙身边的人,皆是惊惶地行礼:"国师大人。"

银微意味不明地看了时笙一眼,轻抬了下手,示意护卫不用多礼。

银微突然脱下外袍,披在时笙身上。他的身子微微前倾,时笙能轻易看到他脸上的表情,很淡。很淡的一种宠溺。

长而密的睫毛在他脸上刷出一片阴影,正好挡住目光,他的呼吸绵长平缓。修长的手指从她衣领划过,轻轻扯了一下,随后放开,外袍带着一股淡香,和时笙在马车上闻到的一样。

这人搞什么?

时笙微微皱眉道:"我说……"

银微的身影突然开始变得模糊,时笙一眨眼,眼前只剩下黑暗,他人已经不见了。

时笙:"……"有本事你别跑!

银微一走,神卫队立即将凤倾倾交给护卫,几个纵身,消失在夜色中。

国师大人就是来给他们家三小姐披衣服的?

护卫全体不解,好一会儿才反应过来,看向被他们押着的人。

一个护卫扯下凤倾倾脸上的黑布。

"七小姐！"那个护卫惊呼一声。

怎么会是七小姐……

凤倾倾现在疼得说不出话，感觉伤口比普通的伤要疼许多，像是有人用盐水在往她伤口里灌。

凤倾倾艰难地抬头，望向站在护卫后面的时笙。摇曳的火光在她眼中跳动，可凤倾倾只觉自己看到的是一摊死水，一摊悄无声息就溺死人的死水。

因为被抓住的刺客是凤倾倾这个七小姐，而被刺杀的是凤家家主最宠的三小姐，凤家家主很快就起来了。

灯火通明的大厅，凤倾倾被五花大绑，狼狈地跪在中间，时笙披着银微的紫色外袍，坐在左边位子上，单手撑着脸，目光放空地盯着地面。

凤家家主一进来就看到时笙那扎眼的衣裳，他惊了惊，眼神极快变换，随后压下心底的疑惑，板着脸大步走向主位。

"怎么回事？"凤家家主眼底满是不耐，怒火难忍地拍桌子，"凤倾倾，你想干什么？"

凤倾倾不知道该怎么解释，她根本就没想过自己会被抓到。

她这个样子被抓到，怎么解释都显得牵强，所以最好的办法就是什么都别说。

凤倾倾咬紧牙关，不说话。

"你为何刺杀小音？"凤家家主看着跪在大厅中的凤倾倾，眼底有些不明的情绪，忽而大吼一声，"凤倾倾，说话！"

大厅寂静无声，所有人都把呼吸放到最轻，生怕自己触动爆炸点。

凤家家主气得胸口快速起伏："凤倾倾，你要反了是不是？你看看你什么样子，万权是怎么教你的！"

凤倾倾疼得快要失去理智，听到凤家家主提及万权，猛地抬起头，狠声道："万导师怎么教我的，不用你管，你自己都没做到一个父亲该做的，有什么资格管我？"

上辈子是这样，这个她名义上的父亲，将她亲手推进万丈深渊。从她回到凤家，就没感觉到父爱。

"我也是你的女儿，你为什么要这么对我？我哪里做错了？"

"你宁愿宠一个和你没有血缘关系的人，也不愿意多看我一眼，既然你这么不待见我，何必让人把我接回来？"

"当初我出生的时候，你怎么不掐死我！"

凤倾倾心底积压的怨气和委屈，突然一发不可收拾。

她到底有什么错，身为私生女，是她的错吗？

"这就是你刺杀小音的理由？"凤家家主竟然冷静下来，又恢复了一家之主的威严。

凤倾倾眸子一转，道："是。"

"你当我瞎？"时笙突然出声。她还在这里坐着，女主角大人就睁眼说瞎话，真是够可以的。

"小音？"

"她把国师的麒麟偷走了。"时笙依旧撑着脸，神情平静，好像在说一件无关紧要的事。

"什么？"凤家家主噌的一下站起来，脸色大变，咬牙切齿地道，"凤倾倾，你到底在干什么！"

国师的东西也敢偷。

"我没有。"凤倾倾不承认，"我没偷什么麒麟。"

她有空间的事，谁也不知道，他们在自己身上找不到麒麟，所以凤倾倾此时无所畏惧。

凤家家主赶紧让人去看，查看的人很快传回消息，两尊麒麟都不见了。

啪！凤家家主一拍桌子，大怒："凤倾倾，你胆子不小，把麒麟交出来！"

"我没见过什么麒麟。"凤倾倾嘴硬。

"那你是说小音冤枉你？"

凤倾倾已经将其他情绪收敛下去，只剩下冷笑："既然她说是我偷的，那你们搜啊，我还是那句话，没见过什么麒麟。"

时笙捂着衣襟，斜靠着椅背，嘴角勾着浅浅的弧度。

凤倾倾咬牙，挺直身体，她不能在这些人面前低头，她迟早会报仇，会让这些人也尝尝那生不如死的滋味。

凤家家主盯着凤倾倾几秒，沉声吩咐："去搜！"那么大的两尊麒麟，他还不信就钻地里去了。

结果，自然是什么也没搜到。

整个凤家都被她们找了一遍，没找到什么麒麟。凤倾倾早就知道是这个结果："不要把什么脏水都往我身上泼，好歹我也是你女儿，这样闹下去，丢的还是你的脸。"

凤家家主有些拿不准，凤倾倾是当场被抓住的，她肯定没有时间转移麒麟，难道真的不是她偷的？可是，小音应该不会说谎。

"国师到——"外面突然响起一声高喊。

时笙微微抬眼，偏着头，往大厅门口看去。

银微从大厅外进来，步履不急不缓。他一出现，整个大厅里似乎只有他一人，所有人的气势都被压制下去。

"国师大人。"凤家家主几步上前，弯腰行礼，余光一扫，见时笙坐在原地没动，表情不免有些僵硬，不断给时笙使眼色。

"她不用给我行礼。"银微绕过凤家家主,走到主位上坐下。

凤家家主:"……"

不用行礼是什么意思?国师还真看上小音了?

"你怎么回来了?"他莫名其妙地跑了,又莫名其妙地回来。

时笙语气过于自然,让凤家家主的心脏狠狠跳了几下。这个男人,连帝君都忌惮几分,他家小音怎么就这么随意?

"小音,不得无礼。"

时笙还没出声,银微先开口:"无妨。"

无妨……

无妨……

凤家家主脑中此时盘旋着这两个字。

银微看向时笙,眸子漆黑如墨,碎光在他瞳孔中汇聚,冰冷的光瞬间被染上柔色:"给你送东西。"

时笙:"……"

银微眸子里似乎有笑意漾开:"抬进来。"

神卫队抬着漆黑的麒麟从外面进来,凤家家主眼神微变,瞄向时笙,后者一脸平静地看着麒麟。

他家小音到底什么时候和国师走这么近的?

凤家家主不知道该说什么,索性站在一旁不吭声。

神卫队正好将麒麟放在凤倾倾旁边。

被人忽视的凤倾倾,此时再次成为焦点。

她脸上没有半点血色,苍白如纸,却倔强地挺直腰板,怎么也不让自己倒下。

她身上有许多丹药,可这里这么多人,她根本没办法服用。

"你抢回来了?"他刚才匆匆离开,竟然是去抢麒麟。

银微声音淡淡地纠正时笙:"是拿回来。"

时笙:"……"有什么区别!

"我给你的东西,谁也不能拿。"

银微目光从凤倾倾身上扫过,身子微微后靠,十指相交,放到身前:"凤倾倾,还有一尊麒麟,是你自己交出来,还是我让人帮你?"

凤倾倾脸色比刚才更白。

那种带有侵略性的目光,让她难以忍受。

凤倾倾呼吸紊乱,快速喘息两下,肩上的伤越发疼了。她咬牙否认:"我没见过什么麒麟。"

不能承认,绝对不能在这个男人面前承认,这是凤倾倾此时唯一的念头。

·541·

银微作为文中最大的反派，在前期的时候，根本不会出场，此时因为时笙的关系，银微提前出场，还没成长起来的女主角，只能被他压着。

凤家家主只觉身上冷汗涔涔，再看了看旁边坐着嗑瓜子的时笙，觉得这个世界有点疯狂。

他家小音竟然一点都不怕国师，还能这么悠闲地嗑瓜子！

"爹，过来坐。"时笙冲凤家家主招手。

凤家家主："……"国师没开口，他哪里敢坐。

银微余光扫向凤家家主，微微颔首，凤家家主暗自抹了抹冷汗，走到时笙旁边坐下。那僵硬的样子，还不如不坐。

时笙将瓜子堆到凤家家主面前。

凤家家主："……"谁有心情嗑瓜子啊！

银微似乎在等凤倾倾将东西拿出来，奈何凤倾倾咬牙沉默，一副我没拿东西的架势。

大概一盏茶的时间过去，银微突然站起来，朝凤倾倾走过去。他居高临下地看着凤倾倾，缓慢地抬手，凤倾倾看着那只手逐渐靠近，她的身子随着他的动作往后倾斜。时笙嗑瓜子的动作一顿，已经有起身的趋势。

银微的手并没有落在凤倾倾身上，而是落在她旁边的麒麟上。他的手刚接触到麒麟，麒麟身上的色泽就更加好看，像是被人打了一层光，猩红的眼睛里隐隐有光掠过，像是要活过来。大厅里有风拂过，银微的衣摆向后飞扬，整个大厅透着一股凉意。

风很快停了，银微撤回手，目光落在凤倾倾脖子上，缓慢地吐出两个字："搜身。"

神卫队的人按住凤倾倾，直接搜身。凤倾倾身上本就有伤，根本反抗不了，她的吊坠被搜了出来。那人将吊坠恭敬地递到银微手上。那是一枚银白的吊坠，形状是含苞待放的花骨朵。

"这是……"凤家家主脸色微变。

"凤家家主认识？"银微抬头看向凤家家主。

凤家家主微微摇头，脸色沉冷地看着凤倾倾，眼底的厌恶更加明显。

凤倾倾此时满脑子都是一个念头：她的空间要暴露了，因此哪有时间去注意凤家家主的脸色。

银微闭上眼。

"啊……"凤倾倾突然捂着头大叫一声。她和这个空间有契约，银微强行进入，肯定会让凤倾倾受伤。

银微能操控空间，进入一个有主的空间，对他来说，也只是比进入无主的空间困难一些罢了。但是……这个空间,并没有那么好进。

就在银微准备放弃的时候,手上突然多了一股温暖的力量,将他的力量填补上,刚才还坚不可摧的空间屏障,随着这股力量的注入,很快被打破。

银微找到麒麟,用意念将它带了出来。突然出现的麒麟,安静地和另一尊并排而放,好像一开始就在这里。他睁眼就对上一双平静的眸子,下一秒,隐隐有笑意在那双眸子里蔓延开,如春池里的池水,渐渐回暖,从四面八方朝着他包围过来。

时笙眉眼弯弯地笑了一下,道:"欢迎以身相许。"她松开手,退到旁边,好像刚才她什么都没做。

两人的互动着实有点诡异,外人根本看不懂,也听不懂他们在说什么。

银微将吊坠扔到已经晕过去的凤倾倾身上,看向旁边的时笙:"保管好它们。"银微说的自然是这两只麒麟。

"你可以把你交给我保管。"她保管两只麒麟有什么意思?

银微定定瞧着时笙,唇瓣翕动,并没有发出声音。时笙读不出他说了什么。就在时笙准备问的时候,银微身影微晃,眨眼就不见了。

神卫队退出大厅,好像来时一般悄无声息。

时笙:"……"

大厅里只剩下凤家的人。凤家家主沉着脸上前,弯腰将凤倾倾身上的吊坠捡了起来。他捏着吊坠许久,手指不断缩紧,直到泛起不正常的青白,他才猛地松开吊坠。吊坠落在地上,发出一声轻响。

"将凤倾倾关起来。"凤家家主沉声吩咐。

时笙瞄了一眼地上的吊坠。这玩意儿……凤家家主绝对认识,但他似乎并不怎么喜欢。为什么呢?

凤倾倾连同吊坠被人带了下去,大厅里只剩下时笙和凤家家主。

"小音,你和国师是什么关系?"该来的还是来了,凤家家主不可能不问这个问题。

"就是爹看到的这样。"时笙微微耸肩,"情投意合?一见钟情?"

凤家家主难得对时笙严肃了语气:"小音,你说实话。"

时笙实话实说:"好吧,我看上他了。"

凤家家主眉头一皱,有些不可置信,但心底深处似乎又有些明了。

"真看上了?"

"对啊。"

凤家家主沉默许久,微微叹口气:"他是什么人,你应当清楚的。"

之前,国师送麒麟过来,他就觉得不对劲,真要是赔礼,何须送这两尊麒麟过来。而且,国师什么时候给人赔礼过?

· 543 ·

时笙看着凤家家主，一字一顿地道："我不在乎他是什么人，我只知道，他就是我要找的人。"

"小音，他很危险，对帝国，对你，对凤家，都很危险。"

银微的身世谁也不知道，他也是从底层一步步爬到如今的地位的。

这个男人有手段，有恒心，也有耐心。

时笙格外自信，有点嚣张，又有点温和地道："可是他不会伤害我。"

凤家家主不明白时笙这种自信是哪里来的，但他一想到刚才的场景，似乎又觉得她说得有道理。

他还从没见国师对谁这么纵容过。

"如果有一天，国师要对苍蓝不利，你会选择站在哪一边？"凤家家主突然抛出一个问题。

时笙古怪地看了凤家家主一眼，语气随意自然地道："还用选吗？他要这个天下，我送他便是。"

凤家家主："……"你以为是大白菜，你说送就送。

不对，他养了这么多年的女儿，竟然就这么选择一个男人？他虽然只是打个比方，可还是很难接受，就像面对自己精心呵护的花，眼看就要开花，结果一阵狂风刮过，什么都没了。凤家家主那叫一个闹心，挥手让时笙下去。

凤倾倾醒过来，发现自己被关在一间屋子里，第一时间便去摸脖子。脖子上空落落的，什么都没有。

没了……她的空间没了。

不——

凤倾倾慌张地在四周寻找，艰难地挪动身体，最后在脚边的枯草里找到了吊坠。

看到吊坠，凤倾倾立即将它握住，宝贝似的放到胸前。幸好，幸好还在。

凤倾倾将吊坠重新挂到脖子上，那种失而复得的心情，让她忘记了身上的疼痛，忘记了此时所在的地方。

只要有空间，她就还有机会。

凤枝音！银微！

这个仇，她不会忘。她绝对不会放过他们。

时笙是在第三天听说凤倾倾跑掉的，和她一起跑的还有万权这个导师。准确来说，是万权去救了凤倾倾。凤家家主还没来得及处置凤倾倾，凤倾倾就这么跑了。

时笙不懂凤家家主为什么拖了这么多天，还没处置凤倾倾。换成她，早把人弄死了。

"凤枝音，凤枝音……"叫嚷声从小楼下方传来，时笙往下觑了一眼。

一个男子站在下面叫嚷，四周的下人正匆匆跑过来，架着他往外拖。

"凤枝音，你出来，凤枝音，你怎么这么歹毒，凤枝音，你个贱人……"

时笙趴在窗台上，看着男子被人拖走，叫骂声越来越弱，最后消失不见。

凤倾倾失踪，最焦急的是这个跟着凤倾倾的男子，他好像叫凤宇。

时笙撇撇嘴，转身。眼前突然多出一个人，她下意识地掏剑。银微看着她手中的剑，夸赞一声："你的剑很不错。"

时笙将铁剑往旁边的桌子上一拍，大吼道："你什么时候来的，人吓人会吓死人的！"

"你的警惕性太低了。"

明明是你能操控空间，只要收敛气息，不被人发现，简直是易如反掌。

时笙盯着他几秒，拿着剑往里面走："我只是对你警惕性低而已。"

"我很荣幸。"

时笙哼哼一声，道："知道就好，所以，国师大人是准备让我睡了吗？"

"你不怕我伤害你？"银微总能自动忽略时笙这种不正经的话，语气有些探究。

时笙扭头反问："你会吗？"

银微摇头，不会。

"为什么？"时笙转过身，几步靠近银微，凑到他跟前，"为什么不会伤害我？"

两人挨得非常近，时笙再往前一点，就可以亲到他。

他身上总有一股淡淡的香气，不难闻，但也不撩人，反而有安神凝气的作用，让人靠近他的时候，能很轻易地平静下来。

银微微微垂头看着她，不如以前时笙靠近时那般慌张羞涩。

"因为，你是……"银微的声音戛然而止，猛地从时笙面前消失。

时笙："……"说话说一半几个意思？你这样会被打的，我跟你说！

就在此时，外面突然响起急促的脚步声。

"小姐，小姐……"丫鬟匆匆从外面跑进来，气喘吁吁地道，"小姐，不好了。"

是不好了，我"媳妇儿"又跑了。

时笙语气恶劣地道："谁死了？"

丫鬟一愣，道："没……没谁死了啊。"

"没谁死了，你叫什么不好了。"只要没死，都不叫不好了。

丫鬟："……"

小姐怎么跟吃了炸药似的？好凶。

"是……是东方公子来了。"

"什么东方南方？"

"您……"丫鬟咽了咽口水,"您的未婚夫啊。"

时笙一愣,转而拍桌子:"我有未婚夫?"哪儿来的未婚夫!

"算……算是吧。"丫鬟点头,"不过您和东方公子没有婚书,只是口头上的约定。"

小姐这是怎么了?这件事小姐不是知道的吗?

"口头上的约定,你说什么未婚夫,别败坏我的名声。"时笙松口气,又没婚书,这关系不算数。

这个东方公子,应该就是整死重生之前的凤倾倾的渣男。

在凤倾倾重生的这一世,他又整死了原主。

"之前大家都是这么说的。"丫鬟无辜,之前小姐也没反对,家主也默许,大家不就默认了嘛!

"他来干什么?"渣男来访,不是为女主角就是为她。

就是不知道,这一世女主角没来得及陷害她,渣男到底为谁而来。

丫鬟摇头,这个她就不知道了。

时笙拎着剑往外走。她要去看看这个渣男是来做什么的。

凤家家主在会客厅接待东方亥。

时笙大大咧咧地冲进去,一眼看到坐在凤家家主下首的男子,芝兰玉树,气质如画,眉目温和,言谈间透着一股贵气优雅。

时笙:"……"这就是渣男?

转念一想,也对,要是没有一副好看的样貌,怎么迷惑别人?

"小音!"凤家家主见时笙闯进来,顿时变了脸色,"快回去!"

"他来干什么。"时笙非但没回去,反而走近,直接坐到东方亥对面。

东方亥似乎也惊了一下,很快恢复正常,温和地笑笑:"几年不见,小音妹妹出落得越发好看了。"

时笙不客气地堵回去:"那也不是给你看的。"

东方亥:"……"

"小音,不要没大没小。"凤家家主呵斥一声。

时笙撇撇嘴,没吭声。

"不碍事,小音妹妹比以前活泼多了。"东方亥似乎有些感慨,"时间过得真快,几年不见,小音妹妹变得我都快不认识了。"

凤家家主眼神沉了沉,扫向时笙。时笙正撑着下巴打量东方亥,表情过于平静,凤家家主也看不出个所以然来。

凤家家主收回视线,和东方亥瞎扯了好一阵,东方亥才进入正题。

"凤伯伯,今天我来,是为了和小音妹妹的婚事。我和小音妹妹也不小了,家里长

· 546 ·

辈的意思,是先让我和小音妹妹定亲……"

凤家家主心底叹气,还是来了。

如果是之前,他可能不会反对,但是现在……国师在那里摆着,他哪里敢答应?

"东方世侄,这事……还得看小音的意愿。"凤家家主委婉地道,"感情这种事不好勉强,小音答应了,我就没意见。"

东方亥皱了皱眉,很快舒展开,温和地道:"我相信小音妹妹不会反对的,我们……"

"我不同意。"时笙打断东方亥。

东方亥像是不敢相信自己听到了什么:"小音妹妹?"

"我、不、同、意。"时笙一字一顿地道,"听明白了吗?哪儿来的回哪儿去,好走不送。"

"小音!"凤家家主拿出一家之主的气势,她怎么能这么赶人家走。

"小音妹妹,你是不是生气,因为我这么多年没有来看你?"东方亥焦急地站起来,"我在外面历练,不能赶回来,但是每年都给你准备了生辰礼物。"

时笙:"……"你回不回,关我屁事!

"以后我不出去了,都会陪着小音妹妹,你别生气了。"

"你走不走。"时笙表情凶狠,恶声恶气地道,"你不走,老子让人揍你。"

东方亥似乎被吓到,身子往后退了一步,又有点不可置信,似乎不敢相信,他记忆中那个说话温温柔柔的小姑娘,此时竟然变得这么粗鲁。

"小音,怎么说话的?"凤家家主起身,走到东方亥跟前,正好将两人隔开,"东方世侄,小音现在有自己的想法,这感情的事,不好勉强,你也别着急……"

凤家家主一劝,东方亥冷静下来:"是我太急了。"

凤家家主拍拍东方亥的肩,这孩子他其实还挺看好,家世相当,天赋好,为人处世也挺好。

如果不是杀出国师这尊大佛,他还真想把小音嫁给东方亥。

"小音妹妹,你别生气,我们可以试着相处一段时间,等你喜欢上我,我们再定亲也不迟。"东方亥像是怕时笙拒绝,又道,"凤伯伯,我就先回去了,改日再来拜访。"

"我送送你。"

"不敢劳烦凤伯伯。"东方亥礼貌地拒绝。

凤家家主有话和东方亥说,非得送他出去。

时笙若有所思地看着两人的背影,这次,东方亥竟然冲她而来。

自从那天之后,东方亥就频繁往凤家跑。凤家家主拦也不是,不拦也不是。好歹人家是东方家的继承人，他要是拦了，不是不给东方家面子吗？

时笙有点烦这个东方亥，准备找机会揍他一顿。

这天，时笙听说东方亥又来了，特意让人将他带到人少的地方。她慢悠悠地过去，还没走近，就听到一道委屈的声：“东方哥哥，你回来怎么都不来看琪琪？”

"最近有些忙，给大小姐赔个不是，改天给大小姐赔礼。"东方亥依然那么有礼貌。

"不用不用，我没有这个意思，只是很久没看到东方哥哥……"凤琪琪的声音越到后面越小。

时笙站在远处，听两人你一言我一语地交谈，凤琪琪明显喜欢东方亥，难怪要针对她。

凤琪琪和东方亥说了好一阵才离开。

时笙看了看四周，没人！她立即冲出去——

东方亥看到时笙过来，温和地笑了笑，笑容还没彻底漾开，忽而发现时笙的气势不太对。她那样子，哪里像是来见他的，分明是来揍他的。

"小音妹妹……"

"小音妹妹你大爷！"时笙几步冲过去，一脚踹到东方亥身上，在东方亥还来不及动用玄气的时候，上去就是一顿揍。

东方亥也想反抗，可每次时笙都打断他的玄气，他根本就没办法使用。

揍完东方亥，时笙揪着他的领子，将他摁在旁边的柱子上："还想和我定亲吗？"

"小音……妹妹……"东方亥喘着粗气，说话都不利索，"我……我是真心喜欢你的。"

"我这么揍你，你也喜欢我？"

东方亥内心崩溃，谁喜欢一个暴力狂啊！

"小音妹妹……你能不能先……放开我，好痛。"

"我警告你，我不管你想从我身上得到什么，两个字，没有。"时笙阴森森的声音砸在东方亥耳边，他的身子有一瞬间的僵硬。

"小音妹妹，你误会了，我是真的喜欢你。"

"喜欢我？那你愿意为我去死吗？你死一个给我看看。"

东方亥惊恐地道："小音妹妹……"

时笙放开东方亥，嫌弃地用手帕擦了擦手："都不愿意为我死，说什么喜欢？"

东方亥咳嗽几声，靠着后面的柱子喘气，目光里残留着一些惊恐，哪有喜欢就要为你死的，这是什么逻辑。

他缓了缓，道："小音妹妹，我要是就这么死了，还怎么和你在一起？我可以为你死，但不是这样死得毫无意义。"好听的话东方亥很会说。

时笙磨牙齿，脖子左右偏了偏，捏着拳头，朝东方亥靠近。

"小音妹妹……"东方亥身子往后退。

时笙朝着他逼近，他咽了咽口水，转身往凤家大门的方向跑。

时笙没追他，只是在后面竖中指。

【……】宿主，你怎么不想弄死他？

"你想我弄死他？"

【……】并不想。

但是，按照你以前的作风，一上去就应该掏剑的，现在怎么只是揍他一顿？

"你在和谁说话？"

时笙后面突然冒出一道声音。

时笙："……"老子的剑呢！这个智障怎么总喜欢出现在她后面！

"和鬼说话。"时笙转身，看向站在后面的人，"你能不能不要突然出现在我后面，你想吓死我，然后找新欢？"

会操控空间了不起啊！

银微特别认真地回答："没有新欢。"

时笙胸口的气突然就下去了："你来干什么？不是不愿意见我吗？"

时笙的目光暗了暗，惹得系统不断拉警报，提示她别冲动。这是你家凤辞，不是你家宠物，别总想着抢回来养着。

"来看看你。"银微嘴角微微勾着，身上的侵略性退去，只剩一身平静，像微风荡漾的湖面。

时笙压下心底的躁动。

"把我娶回去摆着看啊！"这样看有什么意思？

"你就这么想嫁给我？"女孩子的矜持都被她给吃了吗？

时笙哼哼一声，道："你也可以嫁给我，我不介意。"

银微的嘴角似乎抽搐一下。四周似有风吹过来，时笙一把抓住他的手，咬牙切齿地道："又想跑？"

"我时间不多，不能多待。"银微挣开她的手，声音浅浅，似有宠溺流转，"改天再来看你。"银微身形极快地消失在时笙面前。

时笙手中似乎还残留着他的温度。冷！像千年寒冰一般的冷，仅仅接触那么一下，她就感觉自己的手都冻僵了，明明上次不是这种感觉。

【支线……】

"闭嘴！"我不接支线任务。

【和凤辞有关的你也不接？】系统疑惑。

时笙冷哼道："只不过是和他用的身体有关，和凤辞有一毛钱关系啊！你少

·549·

绕我。"

反正凤辞不是精神有毛病，就是身体有毛病，她已经习惯了。

她真的习惯了。

冷静，冷静，冷静。

【……】主人，你快回来啊！这个宿主都成精了！

东方亥被时笙揍了一顿，很长时间没再出现。

而凤家的年考也临近了，时笙这个旷课许久的小姐，不少人都等着看她的笑话。

年考上时笙要是被人压着打，那丢的可就是凤家家主的脸。

这么大一个家族，明里暗里，攀比的人不在少数。

年考当天，凤家家主抽出时间，坐镇考场。时笙坐在后面角落的位子上，看着场地中对打的弟子。

"三小姐……"时笙旁边不知何时溜过来几个人。

时笙瞄了他们几眼。她对这几个人有点印象，这些人是上次在魔焰岭的那几个。

时笙很少出现在演武场，就算出现，也不一定会和这些人遇上。所以，时笙回来后，还是第一次见这几个人。

"三小姐，我是凤安，你还记得吗？"

"嗯。"时笙嗯了一声，道，"干什么？"

"没……"凤安摇头道，"就是跟三小姐打个招呼。"

闻言，时笙又将视线投向前方，并没有和他们多谈的意思。

这几个人有些尴尬，各自找地方坐下。他们以为经历过上次的事，三小姐至少会将他们视为自己人，就算不视为自己人，也会让他们帮忙办事。可是，三小姐回到凤家后，似乎就把这件事忘了。

参与考核的人很多，时笙坐着无聊，摸出瓜子又开始嗑。

【……】宿主在每个位面都换习惯，这样真的好吗？你的瓜子哪里来的！

凤安等人听着嗑瓜子的声音，也是分外无语。这么紧张的时候，她竟然嗑瓜子！

"下一个，凤安。"

凤安被点名，立即起身上场。

凤安的实力在年青一辈里算是比较强的，轻易就赢了。赢了的人明年的待遇会提高，但是被淘汰的人，就没那么好过了。在这样的大家族里，没有像原主、凤琪琪这样的后台，资源都得靠自己争取。

凤安通过考核，轻松地退场。其他人给凤安道喜，同时担心自己接下来的考核成绩。

"紧张什么，反正就两个结果，要么赢，要么输。"时笙嗑着瓜子，加入他们的讨论。

时笙一说话,讨论的人就停了下来,睁大眼睛看着她。

"三小姐,你怎么一点都不紧张?"

"紧张什么?"时笙眉宇间似有些嚣张,"我输了,又不会被克扣资源。"

众人:"……"说得好有道理,他们竟然无言以对。

"三小姐,缺跟班吗?"他们也想被人罩着。

时笙一脸嫌弃地道:"不缺。"

被嫌弃的众人就知道会是这样的结果,人家三小姐怎么会缺跟班?

"想赢吗?"时笙突然出声。

众人一致点头,当然想。哪个弟子在年考上不想赢?这代表着他们未来一年的待遇和脸面都将得到保障。

时笙转了个身,道:"教你们个办法。"

几人顿时齐刷刷地看向时笙:"什么办法?"

"装。"

众人:"……"这是什么办法?

"人都是欺软怕硬的,你表现得越怕他,他就越得寸进尺。当你表现得不怕他,做出一副你有底牌的样子,他就会忌惮你,不敢出手。你们要做的……就是在对方猜忌的时候出手,一击毙命。"

【……】宿主又在胡说八道,你以为谁都跟你一样变态。

那几个人也是听得有点不解,不知哪个脑子转不过弯的,弱弱地说了一声:"不允许同族相残。"

这个规矩在很多位面都有,可以竞争,但不允许同族相残,因为这样做会削弱一个家族的整体实力。

"反正我告诉你们办法了,能不能运用好,看个人。"时笙转回去,继续嗑瓜子。

"三小姐,能给我来点瓜子吗?"那人想冷静一下。

于是后面这一圈人,又发展为嗑瓜子小团体。四周的人听着角落不断传出咔嚓咔嚓的声音,那叫一个汗颜。这么严肃的场合,你们竟然集体嗑瓜子!

很快,嗑瓜子的队伍里就有人被点名。那人深吸一口气,噌的一下站起来,绷着脸,气势汹汹地走下去。

这种考核,双方肯定是实力相差不大的。平时大家根知底,此时一方见另一方那胸有成竹的模样,心里立即就有些打鼓和猜疑。

双方只要一站到赛场上,考核就算开始。

按照时笙说的,先下场的那个男子,果然唬住了对方,速战速决,解决掉了对方。实力相差不大,谁赢都有可能,比的都是先机和战术。显然,时笙教的战术,在这里很管用。

接下来的比赛,这几人基本都有惊无险地通过,但也有两人被淘汰。众人安慰他俩一番。反正他们自己通过了,以后罩着他俩就是。

"下一场,凤琪琪、凤枝音。"

凤琪琪对时笙,这可是重头戏。看年考看得有些疲软的人,听到这两个名字,也都打起精神。

凤琪琪已经上台,然而时笙迟迟没有上去。时笙在后面坐得跟老爷似的,完全没有上台的意思。

"三小姐怎么不上去?"

"她敢上去?大小姐最近可是非常用功,三小姐连课都不来上,上去不是丢脸吗?"

"也是……"

前面的讨论声不断传到后面,难听的话也不少。反正看时笙不顺眼的人多了去了。

越来越多的人往时笙所在的角落看。

"三小姐,该您了。"凤安提醒时笙。

"不打,没意思。"

本来还吵吵闹闹的空间,在时笙说话的时候,不知怎么就安静下来。她那句话,在场的人几乎都听见了。

"三小姐,这是年考,您必须参加。"场上,作为裁判的长辈发话。

"小音。"凤家家主也叫了一声。

"不想动手。"动手那是要见血的,这种你来我往又不能戳死的比赛,她没兴趣。

凤家家主:"……"她跟自己说好的不在年考上丢脸呢?这都直接弃权了!

"三妹妹,你别担心,我会让着你的。"凤琪琪站在场上,贴心地说。

"让着我,我也不打。"

"三姐姐,你不会是怕大姐姐吧?"

"怕?我怕什么?"

对方以为有戏,道:"那你怎么不上去?"

"懒得上去。"

众人:"……"

不管这些人说什么,时笙就是不上去。

凤琪琪有些不甘心地道:"三妹妹,这是家族的规矩,你不能坏了规矩。"

眼看下一波劝说就要来袭,时笙噌的一下站起来,转身离开会场。

"快去把三小姐追回来!"凤家家主呵斥一声。好累!为什么他家小音越来越任性?

凤家家主挥挥手,道:"先进行下一组。"

时笙离开会场,直接翻墙,跳过几个院子,很快将追她的人给甩开。

时笙踩着墙头,快速往前掠。风声从耳畔刮过,带起一缕清香。时笙嘴角一抽,刹车不及,直接撞到突然出现的人怀中。

银微伸手扶住时笙的腰,带着她,几个纵身,落到无人的小道上。银微瞧着怀里的人脸色不好,赶紧解释道:"我没出现在你后面。"

时笙:"……"他这样突然出现,不管是在她前面还是后面,有区别吗?

时笙感觉放在她腰间的手并不冷。她伸手摸了摸,很正常的温度,和上次那种感觉完全不一样。

"你怎么出来了?"银微的视线落在她摸自己的手上,"今天考核。"

"关我什么事?"

银微:"……"每个家族的考核都很重要,她竟然问关她什么事!

时笙已经将他的手整个拿在手中翻看:"上次你没说完的那句话是什么?"

"什么话?"银微不解地问。

"我问你为什么不会伤害我,你还没回答我。"

阳光正好,星星点点的碎光透过茂密的树枝洒下来,落在他发间、肩头,衬得他的皮肤犹如凝脂白玉。

"因为……"银微声音清越地道,"不想伤害你。"

"放屁。"时笙抬头道,"你之前要回答我的,不是这个。"

"就你聪明。"银微不着痕迹地抽回手,"因为你是我见过的最让人舒服的女孩子。"

这是什么鬼形容词?

"我睡着更舒服。"

"你整天在想什么?"银微略显无奈地道。

"我想的,不是第一次见面就告诉你了?"

银微不想和时笙讨论这么不正经的话题,轻轻地道:"你给我的感觉很舒服,就像我们在一起生活过很久。"无须多少相处和了解,他就能接受她的一切,是那种刻入骨髓、嵌入灵魂的熟悉感。

时笙一脸古怪地道:"那你躲着我干什么?"

"我没躲着你。"银微摇头道,"我得走了。"

"等一下。"

银微身子微顿。

时笙将手表从空间里拿出来:"手伸过来。"

银微看着时笙手上的东西，还是伸出了手。时笙撩开他的袖子，将手表给他戴上，指尖触碰到他的手腕，又是刺骨的寒意。

　　银微垂头盯着手腕上他从没见过的东西，贴着他皮肤的地方竟然开始散发暖意。

　　"不要取下来。"时笙面色不变地收回手。

　　"好。"银微点点头，"我走了。"

　　银微身形一闪，空间恍如扭曲了一下。清风带过，树叶沙沙地响，地面有阴影晃动。

　　时笙站在那里良久，转身往自己的小楼走。

　　时间限制、空间操控……这是规则吗？还是惩罚？抑或反噬？剧情里只提到银微和女主角作对的事，并没有详细交代银微本身的信息。按照正常的设定，除了女主角，其他人一旦拥有操控空间、时间的能力，就会付出相应的代价。

　　国师府。

　　银微的身影从虚空出现，身子晃了一下，直接跌坐在旁边的椅子上。他脸色苍白，候在一旁的少年立即上前。

　　"大人。"

　　"不碍事。"银微的声音很轻。

　　"您最近使用能力的次数太频繁了。"少年担忧地道，"您想见凤三小姐，直接请她过来就可，何必……"

　　"她不能进来这里。"

　　"大人……"少年不解。国师府是有些不好的东西，可不至于进来一个人都不行。他们这么多人，难道还保护不好一个女孩子？

　　银微看向少年，道："不要擅作主张。"

　　少年眉头皱了皱，道："是。"

　　"下去吧。"

　　少年垂着头出门，外面却是一片黑暗，伸手不见五指的黑。少年一出去，就有黑影掠过来，张牙舞爪地往少年身上扑。少年瞪过去，那黑影顿时停在半空。

　　狂风大作，吹得少年纤薄的身子似要腾空而起。

　　"他要死了，哈哈哈，他要死了是不是？哈哈哈哈，报应，报应！！"

　　"闭嘴！"少年呵斥一声。

　　黑影反而越发嚣张，尖锐的笑声在黑暗中传开，鬼哭狼嚎声顿起。

　　"哈哈哈，他要死了，他要死了……"

　　时笙在年考上半路离开的事，被凤家家主念叨了一通，但她并没有遭受其他惩罚。

凤家家主对时笙的宠溺，自然引起许多人的不满。她在魔焰岭的行为，不知又被谁提起，传她心狠手辣，简直不是人。不过，让时笙格外在意的不是这个，而是有人念叨她的剑。

当时，城墙上的人估计都没看清是什么东西破了防御阵，只有站在下面的凤家子弟知道，那么关于剑的消息，肯定是当初和她在一起的人传出去的。

时笙按住乱抖的铁剑。她不怕有人觊觎她的东西，更别说这把剑……

时笙以为这个消息只在凤家流传，没想到已经传到了外面。都说凤家三小姐有把神器，轻轻松松就能破掉一个城。凤府外面平白多了不少打量的人，当初魔焰岭的事，这些人可没忘记，时笙在他们眼中，还是罪人。之前事情有凤家家主压着，这些人不敢找碴儿，但平时要是看到时笙，那还不是指指点点？现在有了利益诱惑，这些人可就没那么多顾虑了。罪人怎么能拥有神器呢？

这件事，在短短时间内就闹得一发不可收。

凤府每天都有人光顾，凤家的安全防御已经提高几倍，而现在有的凤家弟子出门，甚至会被人袭击。

人被欲望支配时，什么都干得出来。

凤家家主怎么都没想到，已经过去那么久的事，现在又被翻出来。

"这绝对是有人故意传的。"凤家家主气愤地道。

"这只是开端，接下来……"

"咱们凤家历经这么多年，什么样的磨难没经受过，还怕他们？"

一个家族，若势力过于庞大，就会遭人算计。凤家在金字塔顶端矗立的时间太长，仇人肯定数不胜数。

"但这件事，你们不觉得过于诡异吗？"有人提出疑问。

"三小姐呢？三小姐是不是真的有神器？"他们没见三小姐有什么神器啊！

"没看到，这几天都没见到三小姐。"

众人面面相觑，有点发蒙，所以现在到底是什么情况？

凤家家主沉着脸坐在主位上，冷静地吩咐："去查府中的谣言是谁传的。"

"家主……家主不好了……"一个人跌跌撞撞地跑过来，"三小姐在锦绣楼设了擂台，说是……说是谁赢了就把神器送给谁。"

"什么？"凤家家主大惊，捏得椅子咔嚓一声响。

"三小姐真的有神器？"

"还设了擂台，三小姐想干什么？"其他人也跟着小声讨论。

锦绣楼。

锦绣楼很大，四面都是小阁楼，中间有一块空地，红色的灯笼一个接一个从阁楼顶端垂落。一到晚上，整个锦绣楼看上去都是红艳艳的。中间的空地是为比武准备的，四周的阁楼则是观看席。

时笙此时坐在下方的擂台上，大家陆陆续续赶来，将时笙围在擂台上。

"还真打擂台？"

"她真的有神器？"

"有神器她会拿出来？不会是要着我们玩吧？"

时笙坐在擂台上悠闲地喝茶，对下面的讨论充耳不闻。

"凤枝音，你要干什么？"有人忍不住大喊一声，整个场地都安静下来。

时笙放下茶杯，一脸无辜地道："给你们送神器啊！不是你们要的吗？"

众人："……"这和他们想的不一样！

时笙将铁剑抽出来，往台子上一插，一股寒意遍布擂台。

"是神器吗？"

"看不出来……也没听说过这种神器。"

铁剑过于普通，完全像是批量生产、人手一把的那种兵器。如果不是它散发出来的气息，估计这把剑被扔大街上都没人捡。

"不要质疑。"时笙扬声道，"来，看我这里，有什么事，一会儿再讨论。"

众人："……"你以为拍卖呢？

"这把剑绝对是神器，说是神器都委屈它了，所以不用质疑，它绝对很厉害。你们没见过，那是你们见识短，回去多看看书，别出来丢人。"

铁剑："……"为什么有种要被卖掉的感觉？

众人也是一脸不解，搞不懂时笙要干什么。

"你说它这么厉害，你展示给我们看看？"台下有人提出质疑。

时笙嗤笑一声，道："你有病啊？又不是卖给你们，凭什么给你们展示？"

"那我们怎么知道你是不是在诓我们，有什么阴谋？"

时笙叉着腰道："是我求你们来的吗？是我让你们来抢东西的吗？想要东西，还想万无一失，你们干脆躺土里算了，还活着做什么！"

那些人顿时说不出话，其他人也不敢再提什么疑问。这个神器的主人，和他们遇见的那些正常人不一样。这抢不抢……

时笙继续道："擂台规则很简单，谁守擂成功，它就归谁。"

她和铁剑的契约比她和空间的契约还要高级，空间契约只是灵魂契约，她的灵魂灭掉之后，空间依然可以被别人使用。但是这把剑不行，除了她，谁也用不了。她死，剑毁。就算被人拿走，也不过就是把破剑，没什么作用，当然，作为普通的凶器它还是可以的，好歹也还锋利。

既然这些人这么想要它，那就来拿好了，反正拿到了也没用，她怕什么？

"等一下！"一个汉子从人群中挤出来，"敢问凤三小姐，这把神器叫什么名字？"

名字……叫什么好呢？

铁剑："……"主人，你不要乱给我改名字，我的本名很好听的，真的！

时笙想了想，嘴里蹦出三个字："绝世剑！"

众人："……"为什么想那么久？当着他们的面随便取名字吗？

"补充一点，谁被打死了，我概不负责。谁要是敢来找我负责，我就负责送你们全家团聚。"时笙阴森地笑着，说完这句话，就从擂台上跳下来，"开始吧。"

她并没有将铁剑拿走，众人不约而同地看向擂台上寒光凛冽的铁剑。空气似乎有一瞬间的凝滞，谁都没动。

时笙上楼，坐到楼上的最佳观看席。楼下总算有人忍不住，跳上擂台，也不打，直接去抢铁剑。他这一动作，刺激到其他人，大家纷纷往擂台上跳。

凤家家主带着人赶到，看到的就是所有人往擂台上跳，然后下一秒同时被弹飞、砸落四周的诡异场面。

他家女儿趴在阁楼的窗台上，笑眯眯地看着下方，恶意满满地出声："不按我的规矩办事，是要付出代价的，真以为这东西有那么好拿？"

被弹飞的这些人根本不知道怎么回事，他们跳上去，还没站稳，下一秒就被弹飞了。弹飞他们的那股力量，迅猛磅礴，他们根本就没办法反抗。众人这才有些心惊地看向楼上。她敢把东西就那么放在那里，怎么可能没有一点准备？

凤家家主趁着这些人不注意，带人上楼。

"小音，你在干什么？"凤家家主将时笙从窗台边扯过来，"你知道你这样做的后果？"

"爹，他们想要，我就给他们，有什么不对吗？"

凤家家主气得直喘气，骂道："你这是胡闹！"

时笙双手一摊，道："现在也不可能收回规则，所以，只能继续胡闹。"

凤家家主看向下面不死心地继续去抢铁剑却依然被弹飞的人。

时笙的话已经说了，擂台也设了，听到消息的人正不断朝着这边赶来。现在想要中断，确实已经不可能。

凤家家主觉得自己有必要和时笙好好谈谈："你们先出去。"

其他人对视几眼，依次退出房间。

房门关上，房间里剩下时笙和凤家家主。

凤家家主从袖子里摸出一块石头，放到桌上。石头一闪一闪地发着微弱的光，像萤火虫的光，随时都会熄灭。

"小音，你老实告诉我，在魔焰岭，你经历了什么？"

时笙扫了那块石头一眼,道:"没经历什么啊。"

"没经历什么,那把剑哪儿来的?你……你的性子为何变化这般大?"凤家家主看向石头,微光在他眸子里闪烁,"你的魂灯快要熄灭了。"

确实,她的魂灯一日比一日弱。

"小音,你知道魂灯熄灭代表什么吗?"

"死亡。"时笙轻轻应了一声。

"你得告诉我,你在魔焰岭遇到了什么,我才能救你。"

他最近一直在思考这个问题,是什么原因让她性情大变。魂灯即将熄灭,他唯一能想到的,就是她在魔焰岭遇到了意外。魔焰岭神秘莫测,人在里面遇到什么都有可能。他问过从魔焰岭出来的弟子,他们说在魔焰岭遇见过一只五级玄兽。他们走散后,再次相遇,她就变得有点不一样。

时笙坐下去,双手撑着下巴,道:"可是我很好啊。"

死的是凤枝音。大概因为她的到来,使用了原主的身体,原主的魂灯才没有立即熄灭。

凤家家主被噎了一下。这就是更加奇怪的地方,她的身体没有任何问题,比谁都正常。而魂灯越弱,那个人的生命体征就越弱,可他现在看到的女孩子,不像即将死亡的人。

"那你的性格为何发生这么大的变化?"凤家家主在魂灯和魂石的佐证下,已经打消了自家女儿被人调包的怀疑,但他还是不明白,她怎么会发生这么大的变化。

时笙扯着嘴角,轻声道:"爹,人都是要长大的,人性更是千变万化。谁知道上一秒还在行善积德的大善人,下一秒是否会变成恶贯满盈的大恶人?"时笙顿了顿,继续瞎扯,"人都会掩饰自己认为不好的性格,也许以前,我觉得那个样子更好,但是经历过一些事,我觉得人活着开心就好,管那么多干什么?"

【……】呵呵!本系统并不是很想和宿主说话。你以为每个人都跟你一样有这么强的实力,想干什么就干什么,任性起来,全天下都是你的敌人?

凤家家主听得一愣一愣的,有点不明白时笙的意思。

关于自己的性格变化,时笙暂时把凤家家主忽悠住了,但打擂台的事,却没那么好忽悠。

"那把剑真是神器?"

"如假包换。"

"你为什么要让他们打擂台?"

"你不觉得他们很烦吗?"天天在凤家外面转悠找碴儿,她就给他们一个机会。

凤家家主:"……"所以,为了不让他们烦你,你就让他们来打擂台?

"万一真有人把神器带走呢?"

"带走就带走呗，再抢回来不就好了。"这把剑是凤辞都抢不走的东西，这群人能抢走？

凤家家主被噎住，说得轻松，你喊一声，它就能回来吗？

时笙如果知道凤家家主这么想，肯定会一本正经地回答："还真能。"

不管凤家家主怎么说，时笙都有法子堵得他一句话说不出来。

擂台已经设下，真要强行取消，估计这些人得直接冲到凤家去，把凤家给屠了。

凤家家主只能默许。如果因为一把神器，给凤家造成不可挽回的损失，那才是得不偿失。

凤家家主肩负的是整个家族的重任，他必须为家族做出正确的利益抉择。只有依靠正确的抉择，家族才能走得更长远。

第二十一章　国师明鉴（下）

神器打擂的消息很快席卷大陆，不少人都冲着神器而来，锦绣楼每天人满为患。

时笙第三天就在门口设了牌子，付费后方可入内观看。要打擂的人，进去也需要缴费，而且还是一次性缴清，第二天进去时，需要重新缴费。不缴？那就在外面待着吧！

想要强行进去的人，后果一般都很惨，闹过几次后，没人敢再闹事，乖乖地付钱进场。

除去锦绣楼的分成，凤家每天可谓日进斗金。这赚钱方式绝了。系统都怀疑，时笙把她那把破铁剑拿出来，是不是就是为了赚钱？

时笙并不是每天都来，只是偶尔会到锦绣楼看看。

"来来来，下注了！"锦绣楼下方一阵吆喝。

时笙过去，那些人自动给她让出一条路。她看了一眼台子上的人，刚下注，其他人立即押另外一个人。这三小姐下注就没赢过，押谁谁输。

时笙不理会这些人的视线，上楼去了她常用的房间。她推开房门，映入眼帘的是一抹紫色的身影。男子负手立在窗前。

自从上次时笙送他手表之后，这还是两人第一次见面。

时笙关上门，道："你怎么来了？"

银微并没有转身，依旧看着下方，开口道："它对你来说应该很重要，为什么要拿出来？"

"是很重要。"

铁剑：呵呵，说到底我就是用来给你装门面的？

"我不拿出来，这些人会没完没了的。"时笙走到他身边，"你觉得有人能从我手里抢东西吗？"

"你想做的，不止如此吧？"银微虽然用的是疑问句，但语气是肯定的。

时笙平静的目光里漾开一层涟漪："这么了解我？"

银微回过身，和时笙面对面站着："你想做什么？"

"干一件大事。"我要去征服星辰大海，迎娶白富美，呸，迎娶你啊！

【……】宿主要去搞事情了。

它之前猜她用这个方法来赚钱，真是太狭隘了。宿主怎么会这么无聊，搞这么大的阵仗，就是为赚钱。

银微的指尖有些泛凉，他将手往袖子里缩了缩："每个城池都有神卫队，我会传令下去，他们会听你的。"他没问她要去做什么，只是给了她他所有的势力。

"你不留我？"说好的真爱呢？

"你会回来的。"他知道，她一定会回来。

"那……"时笙往银微跟前凑了凑，"你确定不给我一个临行吻？我们也许很久都见不到。"

时笙的爪子已经摸到银微手臂上，隔着衣料，时笙都能感觉到他身上一点一点散发出来的冷意。

时笙微微皱眉道："你……"

下一刻，她的唇被他堵住。银微的吻带着淡淡的清香，横扫时笙的所有感官。

一吻结束，他松开时笙，后退一步，指尖上的凉意越来越多："我……我得走了。"

"等一下。"

银微有点无措地看着时笙，目光特别认真："是不是我……吻得不够好？"

"你是不是亲过别人？"以前的凤辞，吻技简直没法看，这次怎么就无师自通了？

银微立即摇头道："只有你。"他曾梦见一个姑娘无数次，但看不清梦中她的脸，只记得她给自己带来的感觉。所以，第一眼看到她的时候，他就知道，是她了。

时笙从空间里取出一块玉："可以压制你身上的……"她顿了顿，道，"封印。"

银微愣愣地看着时笙手中的玉。那块玉通体漆黑，却散发着一股温和的力量，隔着一段距离，他都能感觉自己身体比之前好受许多。

"你……什么时候知道的？"

时笙将玉放进他手里："我进过国师府，你不知道罢了。"

上次他离开后，她就去国师府查探过。她本以为，他的身体是因为使用空间之力付出了代价，可在看到国师府的东西后，她知道自己想错了，那是封印。

他以自身为封印点，因此不能离开国师府太久，否则国师府的东西，就会冲破封印。而他送给她的那两尊麒麟，是维持他生命的东西，如果麒麟被破坏，他就会死。那个时候，他说了一句话。

——我早就将自己交给你了。

时笙伸手环过他的腰，脸贴着他的胸膛："等我回来。"

银微任由她抱着。

"你是为我去的？"银微突然抓着时笙的胳膊，像是想通了什么一般，"我不许你去。"

"我一定要去，也不全是为你，我还有我的目的。"时笙表情淡然地道。

"没你想的那么简单。"银微摇摇头，"不要去，只要我不离开国师府，就没事。"

银微的身体越来越冷，他的时间快到了。

银微见时笙不说话，一咬牙，将她抱进怀中。两人的身影同时消失。

等时笙再次有知觉，人已经在国师府中。房间不是很暗，外面却是一片漆黑。

银微脸色苍白地放开时笙："对不起，我不能让你去。"

时笙好奇地打量房间："国师府拦不住我的，我想去，就一定能去。"

银微扶着旁边的桌子，气息有些不稳。时笙收回视线，上前扶住他："很难受？"

银微摇摇头道："还好。"

时笙让他坐下，给他倒了杯水，道："你是不是有毛病？那些东西愿意祸害外面，就让它们去祸害好了。你把它们封印住干什么？还把自己整成这个样子。"

这哪里有点反派的样子？好吧，其实银微在外面也挺厉害的。

"我没你想的那么好。"银微看着荡漾的水，声音有些低。

"我想也是。"时笙坐到他旁边，"所以你最初的目的是什么？利用它们？还是要收服它们为自己所用？"

魔，玄幻世界必有的东西。若人类将其利用得好，称霸大陆都不是事。若没利用好，被它们反噬，那也有的受的，看看她面前这个智障就知道了。

"你说我了解你，你不也了解我？"

"因为我们是天作之合啊！"

银微看着对面的女孩。他不想带她来这里，可最后还是带她进来了。

"大人，您回来了吗？"门外突然响起一道声音。

紧接着，房门被人推开。

少年从外面进来，目光接触到时笙，微愣，随后微微弯腰："凤三小姐。"

大人不是说不让凤三小姐进来吗？怎么这会儿凤三小姐会在这里？

"准备一间干净的房间。"银微吩咐少年，"启动所有阵法。另外，派人看着她，不许她出国师府。"

时笙瞪眼道："你还真不让我出去啊？"

"不许。"

"可是……"

"我难受。"银微脸色更加苍白，"我很难受。"

时笙："……"

少年："……"

少年觉得自己此时应该赶紧离开，于是一溜烟儿跑出去，顺便把门关上。

银微伸手拉住时笙："看不到你，我会很难受，不要去行不行？"

时笙沉默片刻，道："不去也行，你给我睡。"

银微皱眉道："不睡行不行？"

"那我去好了。"时笙起身要离开。

银微手中用力，道："好。"

第二天，时笙起来的时候，发现银微已经不见了。她下床穿衣，准备出去找人。走到门口，她一拉门，整个人都蒙了——完全拉不开。时笙有不好的预感，再次试了试，确实拉不开。他以为一个破房间就能关住她吗？老子的剑呢？剑……

时笙沉默，转身去找窗，然而这个房间没有窗户。

砰砰砰——

时笙抬手敲门，喊道："银微，你给我滚出来。"

空间微微扭曲，银微的身影凭空出现在时笙面前。他身上只穿着一件单衣，头发还是湿的。时笙一把揪着银微的衣领，恶声恶气地道："你想把我关在这里？"

银微垂头，握住她的手，唇角上扬，开口道："你不是想和我在一起？我现在满足你。"

银微眸子里闪过一缕暗光，将她往自己的方向拉了拉，宽大温暖的手掌握住她的腰肢，暧昧的气息喷在她脸上："还是说，你后悔了？"

"后悔你个头。"时笙推开他，怒气冲冲地道，"你把门给我打开。"

银微转过身，轻哼一声，道："不开。"

"银微！"时笙几步追上去，"你信不信我弄死你？"

银微坐到床边，扯开衣襟，露出结实的胸膛。他微微垂着头，道："能和你一起死，我觉得很好。"他脱下衣服，整具身体都呈现在时笙面前，又随手拿过放在床上的干衣裳开始穿。

时笙磨了磨牙，一把扯过他手上的衣服："穿什么穿，有本事别穿。"

银微："……"

他抬起头，道："和你在一起，可以不穿，但是……"他看向外面，敲门声适时响起。

时笙将衣服扔到他身上。这个智障竟然不害羞了！

然而，时笙不知道的是，银微此时心跳完全没办法平稳。他深呼吸好几下，慢慢地将衣服穿好。

"你别想着出去，要是敢出去，我就去找你。"

"你威胁我！"时笙瞪眼道。

银微伸手摸了摸她的脸："我只是不想让你为我涉险，在我心里，你很重要，即便我用生命去换，也在所不惜，所以，我不能让你去。"

时笙："……"

"我不去，你让我出去。"时笙投降。

银微轻笑一声，身影消失在时笙面前。

时笙："……"

时笙一脚踹在旁边的桌子上，桌子翻倒在地，发出一声闷响。她看着倒地的桌子半晌，从空间摸出一把剑，拎着就往门口走，抬手朝大门劈下去。剑刃砍在大门上，竟然只留下一道浅浅的印子。

时笙："……"这是什么材料做的？她手上这把剑，虽然不是什么神器，可也是赫赫有名的，现在竟然连门都劈不开？

时笙再试了一次，这次用上了灵力，房门应声而碎，一股带着腥臭味的狂风从外面刮进来，刚才还明亮的房间，瞬间陷入黑暗。

四周是伸手不见五指的黑。时笙只能感觉门边凉飕飕的风，似乎有东西绕着她飞。时笙甩了甩手，长剑朝着一个方向刺去，那边的东西迅速后退，黑暗如潮水退去。门口涌动着一股黑气，正不断地上下涌动。尖锐的叫声从黑气中传出："你为何没有心魔！"

"心魔？低级！"时笙不屑地冷哼一声，"你连人体都没有，也敢到我面前来搞事！"

"你才低级！"黑气狂叫。

"你不低级？你化形给我看看！"

黑气在门口上蹿下跳，大吼："要不是银微，我怎么会没有形体？都是他，我要杀了他。他这么在乎你，我就先杀了你！"

"杀了你！"

"杀了你！"

黑气的声音不断在房间中徘徊。

时笙面色微冷，把手中的剑直接朝黑气扔去。黑气迎着剑上来，然而长剑适时转了道弯。时笙好笑地看着黑气："杀敌一千，自损八百，胆识不错。"

黑气气得快要冒烟了，这个女人怎么这么不好对付！

它和银微的关系有点复杂，它受伤，银微也一定会受伤。它本想借她的手，让银微受伤，如此一来，说不定它就有机会跑出去。

就在黑影准备继续攻击的时候，银微突然出现，伸手将时笙搂进怀中。隔得近，时笙能听到他剧烈的心跳声。似乎确定时笙完好，他的心跳才慢慢地平复下去。他扭头看向还在门口徘徊的黑气，突然抬手，黑气顿时犹如被人扼住喉咙。

银微眼中狠光闪现："再敢动她，我让你生不如死，滚！"

银微手一甩，黑气就像被人甩飞出去，直接融入外面的黑暗。

气急败坏的尖叫声从黑暗中传过来："银微，我不会放过你。"

银微伸手紧紧抱住时笙，那力道，像是要将她融入骨血。

外面的神卫队各自退开，不敢上前打扰。

"不要再做这种事。"银微的声音有些干涩。

时笙能感受到他身上传来的战栗，他像是害怕极了，在微微发抖。

"我没你想的那么弱……"时笙叹了口气。要不是顾着他的身体，她就弄死外面那玩意儿。对付这种东西，别人没办法，她有的是办法。

"我知道。"他知道她很厉害，可是她厉害和他会不会担心，没有关系。

"我不想你受伤。"银微吻了吻时笙的额头，一路向下……

等时笙睡到另一间房间的床上，才反应过来，她竟然又被骗了。说好的放她出去呢？这个智障竟然学会色诱了！不行！

时笙推开银微，准备下去。银微一把将她拎回来，长腿压着她的身子。他把脸埋在她脖子里，声音有些嘶哑："你想去哪儿？"

"我……我去杀个人冷静下，你先放开我。"

"你想离开我？"

"没有。"

"你就是。"

"我没有。"

银微不说话。时笙等了片刻，没听到声音，又准备起来，下一秒肩膀就是一痛。他牙齿咬着她肩膀上的肉，有些疼，时笙甚至闻到了血腥味。又咬她！他属狗的吗？！

银微的舌尖在他咬过的地方舔了舔，时笙身子跟着轻颤。

"别想着离开，我不许。"

时笙："……"

接下来的一段日子，只要时笙有离开的意向，银微立即用身体挽留。实在不行，他就硬来。被时笙揍了，他就装病。说实话，这是时笙第一次觉得自家"媳妇儿"难缠。

"你讲点道理！"时笙看着床上装病的某人，"我是要去办正事。"

"我就是正事。"银微一脸认真地道。

时笙胸口上下起伏，叉着腰在床边踱步，咬着牙道："你是正事是吧？行，我今天就办正事。"

时笙翻身上床，一边扯银微的衣服，一边道："不把你睡得下不了床，我就跟你姓。"

时笙绝对是说到做到的，两人都有灵力，完全适合双修。然而，时笙不许银微使用灵力，没有灵力，一个人的体力和精力便是有限的。

银微很快有些撑不住。到底顾着他的身体，时笙没有往死里折腾他。趁着银微休息的时候，时笙偷溜出房间。

国师府很大，而且一片黑暗，只有走廊上有光。

整个国师府，只有经过特殊训练的神卫队才能进入。普通人进来，会被心魔困住，所以国师府的人其实不多。

时笙顺着走廊一路走着，很快发现之前那团黑气正飘浮在一片池塘上。

"你来干什么？"时笙一靠近，尖锐的叫声就响了起来。

"你想把其他人引过来就叫好了。"时笙站在池塘边，平静地看着那团上下跳动的黑气。

黑气忽左忽右地飞了一会儿，猛地靠近时笙："你是个什么东西？"她为什么会没有心魔？就连银微那个男人都有，为什么她没有？

"你才是个什么东西！"时笙瞪过去。

黑气在她眼中扭曲，形成各种各样的模样："你和他在一起没好结果，离开他我可以不杀你。"

"是吗？"时笙的唇角缓缓勾起。

远处走廊的光映着她的身影，丝丝缕缕的黑气在她四周飞腾，却没有一缕敢靠近她。

"你要和他在一起，我就杀了你！"黑气尖声威胁。

"来啊！"我会怕你个连人体都没有的家伙？

黑气大概被气到了，加上之前的事，在时笙面前忽上忽下地飘了几下，突然朝着她冲过来。它要杀了这个女人，让银微后悔一辈子，哈哈哈哈。

时笙身子一侧，避开黑气的攻击。黑气就是一团气体，根本抓不住，但灵气也是气体。时笙和黑气在池塘边缠斗，利用灵气一点一点地将黑气逼到角落。等黑气发现，已经来不及。迎面而来的是灵气化成的长绳，将它捆绑得结结实实。

"你到底是谁？！"

时笙白了黑气一眼，道："我是你祖宗！"

她抬起手，手中似有亮光闪过。黑气本能地察觉到危险，下一秒，它感觉有东西在吸自己，它不受控制地往那个方向而去。

黑气被彻底吸收，四周的黑暗减弱许多，雾蒙蒙的，能隐约看见周围的建筑。

"这是什么地方！放我出去……放我出去……"黑气此时被困在狭窄的空间中，不管它怎么撞，都没有人给它回应。

时笙看着手中的黑玉："老实待着吧！你越使用力量，就会越虚弱。"

"你想干什么？"黑气似乎冷静下来。

"归顺他。"

"不可能！"黑气继续尖叫，归顺那个男人，它就会消失，"你别做梦，我就是消失也要拉着他一起消失，我不会放过他。"

"那你就在里面待着吧！"时笙冷哼一声。

时笙摸回房间，银微还在睡。她爬上床，躺进他怀中，将黑玉放回他身上。

银微从梦中惊醒，猛地睁开眸子，一眼就看到躺在他身边的人。他微微松口气，她没有走。

"大人……出事了。"银微耳边突然响起一道声音。他看了看时笙，轻手轻脚地将她放下，挪着身子下床。

站到地上的时候，他差点没站稳，将体内的灵力运行了几圈，才恢复过来。

银微打开房门出去，少年和几个神卫队的人候在外面，皆是神情紧张。见他出来，似乎都松了口气。

银微抬眼望去，以前黑漆漆的国师府，此时竟像笼罩着一层雾气，不再是伸手不见五指的黑暗，倒像是天色刚亮的清晨，薄雾笼罩，周遭建筑若隐若现。

"它不见了。"少年垂着头，"大人，您身体有没有……"

银微眉头一皱，道："我身体没事。"

少年上下打量银微几眼。他脸色正常，似乎真的没什么事，可是那个东西消失了。

"大人……"

这是怎么回事？那东西怎么会突然不见了……

银微重新进入房间，时笙躺在床上看着他。他脚步顿了顿，缓慢地走到床边。

"它在哪儿？"它不会无缘无故不见了。他唯一能想到的，就是她。

昨晚……银微压下心底的旖旎，努力让自己别去想那些不正经的事。

时笙眨巴着眼，道："你猜。"

银微将她从被子里捞出来："你有没有事？"

时笙顺势趴进他怀里："活蹦乱跳，很好。"

"它在哪里？"银微确定时笙没事，又问了一遍。

时笙撇撇嘴，伸手从他衣服里拿出之前那块黑玉："喏，随身携带，你可以离开国师府了。"时笙抱住银微的胳膊，"现在可以让我走了吗？我带你走！"

黑玉入手，不再是那种暖意，有点凉，但不冰人。

"你怎么把它……"

"重要吗？"时笙粗鲁地将黑玉塞回他衣服中，"现在你得跟我走。"

"我……"

"你不能拒绝。"时笙跳下床，"我忍你很久了，今天你不走也得走！"

银微无奈地道："我得安排一下。"他身为国师，也是有正经事要做的。

他伸手摸了摸黑玉，不清楚自己能不能长时间离开国师府，但他相信她，她不会害自己。

时笙撇撇嘴，让银微去安排。

他不带神卫队去，神卫队的人都很担心，这要是出了什么事，谁负责？但银微坚持，神卫队的人没办法。

时笙还得回凤家去和凤家家主说一声，幸好银微在掳走她的时候，给凤家递了消息，否则现在估计全城的人都在找她。

时笙回去的时候，正好撞见几个人带着凤宇从凤家家主的房间出来。

凤宇一见时笙就激动起来："是你陷害七小姐，是你……"

银微周身的气势突然一变，四周空气涌动，继而凝滞，凤宇的脸色瞬间涨得通红。

"国师大人，手下留情。"凤家家主几步上前。

银微并不想收手，时笙拽了他一下，凤宇顿时就能喘息了。他刚才还有力气叫嚣，此时却是整个人都瘫软下去，只能被人架着。

"带下去。"凤家家主赶紧吩咐一声。

关于时笙有神器的谣言，就是凤宇放出去的。而这个消息，他是从被时笙救下的那些人口里听来的，因为不满时笙对凤倾倾的态度，所以他将消息放了出去。

时笙只是来跟凤家家主告别的。虽然凤家家主担心时笙，但根本就拦不住，更别说还有国师在一旁。

时笙将铁剑留在这里，现在锦绣楼里依然打得火热，大陆上不少人都被吸引到那里去了。

魔焰岭。

距离上次玄兽狂奔已经过去许久，但这里依然留着当时的痕迹。

银微以为她是为自己而来，然而很快发现，自己真的想多了，她是来找玄兽的。

时笙把魔焰岭的几只领头的玄兽炸了一遍，收拾服帖。之后，双方坐下谈话，达成一致意见：它们带领大军帮她拿下整块大陆，她帮魔焰岭设下人类不能进入的阵法。

玄兽讨厌人类，但人类总想猎杀它们。

时笙开出的条件，它们怎么不心动？若人类不能进入魔焰岭，它们就不用害怕被人猎杀。

但它们也担心，就是时笙能不能完成阵法的设置。

魔焰岭太大，她需要玄兽帮忙。因此，时笙很大方地先帮它们设下阵法，告诉它们怎么摆放晶石，但刻画阵法必须由她亲自去。

玄兽要是会画阵法，也不用她来了。

于是，时笙和银微在里面浪费了将近大半年的时间。

"我答应你们的事已经做到了，等交易完成后，我才会帮你们打开另一层阵法。"时笙看着面前的几只人形玄兽。

其中一只头顶着豹纹耳朵的汉子开口："最短三个月，最长半年。"

整个魔焰岭的玄兽有多庞大呢？上次出去的那些，连总数的十分之一都不到。它们龟缩在魔焰岭，被人类欺压猎杀，最大的原因还是种族不和，不愿意向其他种族低头，导致它们常年处于劣势。

可是这次，时笙开出的条件，以及她之前教训它们的手段，让那几只领头的玄兽先低了头，其他玄兽就算不愿意，也只能听从命令。

它们之所以需要这么长的时间，是因为整个大陆的面积很大。

"静候佳音。"

时笙牵着银微离开魔焰岭。

她离开后，几只人形玄兽皆松了口气："这个小姑娘很厉害，她以后要是反悔怎么办？"

"不会，她如果想统领魔焰岭，当初强行契约我们就可以了。"她契约了它们，同样可以号令整个魔焰岭的玄兽。

"有道理……"

"各自回去准备，时间定在五天后，同时出发。"

"哈哈哈，这下可以好好发泄一番了，以前是人类追着我们打，这次行动就叫复仇之战好了。"

再次回到人类世界，时笙有种恍如隔世的感觉。

在魔焰岭待久了，她都有点不习惯了。她往银微的身边靠了靠，银微习惯性地将她搂进怀中，不让四周的人接触她。

"今天总算可以睡床了。"时笙感叹。在魔焰岭，他们只能睡山洞，有时候连山洞都没的睡。

"嗯，是可以睡了。"银微认真地点头。

时笙有些古怪地看着他："我发现你最近怎么越来越不正经了？"

银微微微垂眸，让时笙可以看到他眼中的柔色和宠溺："只对你不正经。"

时笙："……"

玄兽大军同时向三大帝国发起攻击，以魔焰岭为起点，整个大陆很快陷入混乱。没人知道玄兽为什么突然发疯地攻占城池，而且它们只是攻占，并不胡乱杀人。当然，如果人类反抗过激，肯定是要被它们干掉的。

时笙和银微的速度比玄兽快，一般都是他们走在前面，玄兽就打到后面。所以，等玄兽打到苍蓝帝国主城的时候，时笙和银微更像是带着玄兽大军打回来。

守城的人都蒙了，玄兽大军有人指挥？这可从来没人说过。之前那些玄兽队伍中，除了人形玄兽，没有出现过任何人类。最诡异的是，他们没看错，最显眼的那个男人应该是他们的国师吧？

天啊，国师造反啦！

因为铁剑的关系，大陆上许多强者都被吸引到了这里，所以这里才是最后的主战场。

神卫队接到消息，不顾城里人的阻拦，迅速从城内出来，恭恭敬敬地站在银微身后。白色的服装在一群玄兽中无比扎眼。

城墙上，此时人满为患，众人纷纷对着下方讨论。

他们在这里争夺神器，神器的主人却已经带着玄兽横扫大陆。所以，他们争这个神器有什么用？这事情的发展怎么这么诡异？

【……】宿主，女主角还没被你虐，你的仇还没报，咋就先把大陆给征服了？明明应该最后征服大陆！而且，这征服的手段也是本系统完全没有料到的。宿主行事越来越诡异……

就在众人讨论得火热的时候，一群人登上城墙，其他人立即给这群人让位。

领头的人穿着一身明黄的龙袍，这应该就是苍蓝帝国的帝君。

凤家家主跟在帝君旁边，朝下方的时笙看去。凤家家主此时是崩溃的，他家小音竟然带着玄兽大军回来。

帝君沉着脸呵斥："国师，你这是什么意思？"

"就是帝君所见的意思。"银微声音不大，城墙上的人却都听见了。

国师真的造反了！

帝君一直防着国师造反，可是没想到，千防万防，他竟然直接带着玄兽大军回来造反。这让人怎么防啊！那可是玄兽大军，不是一只两只，也不是一群，是一片！

从城墙上看，下面黑压压的全是玄兽，根本看不到尽头。这还怎么打……

帝君气得心脏病都要犯了。之前怎么就没人说，玄兽大军是国师带领的？探子都干什么去了？

其实，不怪没人看到，而是时笙和银微根本不和玄兽走，到这里才和玄兽大军会合。

"清风大师。"

帝君后面突然响起此起彼伏的声音,一个长相白净的年轻公子从容地走上来。他身边还跟着一个男人,那男人戴着面具,浑身散发着生人勿近的冷硬气质。

在场的人基本都认识这个男人——赫连煜。

同为帝君,他不在赤炎那边主持大局,却在这里陪着这么一个年轻公子。

"见过帝君,凤家家主。"

"清风大师。"帝君的面色缓和了几分。这个年轻公子最近可是很抢手的,不但实力惊人,还炼得一手好丹。不少大家族都抢着拉拢他,皇室自然也不例外。可还没争出结果,玄兽就开始攻占人类城池。

这个清风大师,正是女扮男装的凤倾倾。凤倾倾看向站在下方的时笙,眼底迸发出一股强烈的恨意。

"嘀!都到齐了!"时笙眯着眼笑了一下。

男、女主角都在,正好拆散他们。

【……】请问宿主怎么拆?手撕吗?

凤倾倾不知道和帝君说了什么,帝君点头答应,城墙上的人立即行动。

凤家家主有些焦急,不断和帝君说着什么,帝君一开始有些动摇,可后面凤倾倾又说了什么,帝君立即坚定了态度。

时笙舔了舔嘴角,手指微动,立在锦绣楼的铁剑,突然腾空而起,嗖的一声冲上云霄。

还在锦绣楼内的人齐刷刷地抬头看着天空。

铁剑划破天际,气势恢宏地落下,一股蛮横的气流横扫城墙。城墙上的人皆后退了好几步。铁剑他们自然认识,这把剑在锦绣楼立了那么久,都没落进谁的手里。不是说没人打赢擂台,而是没人拿得起它。

众人稳住身体,看着悬浮在空中的铁剑,面色各异。时笙将铁剑留在锦绣楼,所有人都以为她在害怕,怕守不住神器,谁知道人家根本就不怕。

时笙拿过铁剑,朝着空气挥了挥。

"不用你动手。"银微突然上前,按住时笙的手,"会脏了你的手。"

他给后面的神卫队打了个手势,神卫队的人立即消失在原地。紧接着,城墙上混乱顿起。白影在人群中闪现,个个犹如鬼魅。这边动手速度太快,城墙上的人还没反应过来,已经倒地。

银微按住时笙,不许她上去。时笙无奈,她只是想上去砍女主角,拆散女主角和男主角的姻缘啊!

"乖。"银微将时笙牢牢固定在怀中,瞬间就把时笙的毛给捋顺了。

· 571 ·

玄兽大军也开始攻城。

凤倾倾需要的东西还没准备好，就被神卫队和玄兽搅和了。

所有人开始后撤。

街上的普通人，只要不攻击那些玄兽，玄兽就不会主动挑衅他们。

此时的皇宫一团乱，所有强者都聚到一起，负责保护皇室成员的安全。

帝后带着人风风火火地赶到大殿，快速走到帝君身边，已经有些皱纹的脸上满是担忧："帝君，您没事吧？"

"没事。"帝君不着痕迹地拉开自己和帝后的距离，"你不在宫中待着，跑到这里干什么？"

"臣妾担心帝君。"帝后像是没看出帝君对自己的不喜，"臣妾听说是国师带人造反？"

"是人造反就好了！"帝君冷哼一声。

国师的神卫队本来就难对付，这些人的势力几乎已经渗透整个苍蓝帝国。

如今，帝国面对的不仅是神卫队，还有数不尽的玄兽大军。

帝后眸子转了转："臣妾听说，国师和凤家的三小姐关系匪浅，这次凤三小姐和国师一起造反，凤家……"

帝君猛地看向帝后："都什么时候了，把你那点小心思收起来！"

帝后被帝君这么一吼，表情凝固片刻，好一会儿才福身道："臣妾虽然说得不好听，但是帝君，咱们现在还有别的选择吗？他们已经打到宫外……"

"滚！"帝君满脸不耐烦。

帝后冲着帝君大吼："你到现在都还顾忌着，你想让整个皇室都给你陪葬？她的女儿是人，我的女儿就不是人？"

帝后这句话像是刺激到帝君，他目光骤然冰冷，四周的温度似乎跟着下降。帝后脸色难看地往后退。

她唇瓣动了动，眼底满是愤恨："臣妾告退。"

帝后出去时，凤家家主带着一群人从外面进来。帝后大概有些迁怒于凤家家主，狠狠地瞪了他一眼。

凤家家主莫名其妙，此时也顾不得多想，快速进入大殿。

"帝君。"

帝君收敛脸上的情绪，沉声道："怎么样？"

"玄兽大军停在皇宫外，我们没看到国师和神卫队。"凤家家主顿了顿，想说什么，最后又咽下去。

凤倾倾和赫连煜也在人群中，帝君看向赫连煜："赫连帝君，你可有什么破解之法？"

· 572 ·

现在大家都被逼到这个份上，也顾不得什么帝国之间的恩怨，所有人的注意力都集中到赫连煜身上。

"玄兽大军已经拿下大陆十分之九的城池，现在唯一的办法就是……"赫连煜顿了顿，在众人期盼的视线中，吐出两个字，"认输。"

玄兽大军攻占大陆的时候，他正好和凤倾倾在一起，等他想回去的时候，已经来不及了。玄兽大军继续横扫而过，那么庞大的队伍，一个人再厉害，也是拦不住的。

"什么？认输？"赫连煜这话一出，众人就惊叫起来，"怎么可以认输？赫连帝君，外面都说你英勇无敌，是最有可能一统大陆的人，怎么现在你要认输？"

"还没到穷途末路的时候，赫连帝君这话是不是说得过早？"

"我也支持赫连帝君。"凤倾倾插话，"现在的局势对我们很不利，只有认输才能保住更多力量。"

"家族里的强者还没出手，你怎么就知道我们一定会输？我不认输！"

"我也不认输！"

大殿上吵吵闹闹，帝君头疼地呵斥一声："去请老祖宗和诸位老前辈。"

众人这才安静下来。每个大家族都有一个或两个活得特别久、实力远超他人的老祖宗，他们只会在家族危难的时候出来相助。现在这个情形，明显已经到了紧要关头。

然而，准备出去请老祖宗的人，刚出去就被踹了回来，砰的一声砸在大殿的柱子上。

白影悄无声息地从外面鱼贯而入，大殿里的人立即往后退。

所有人都盯着大门。

光影晃动，有衣角出现在转角处，下一秒，熟悉的身影出现在众人视野中。

银微站在门外，并没进去。他看向众人的视线似有穿透性，让他们不敢和他对视。空气中似乎有一股压迫力，迫使他们垂下头。

场中唯一还能直视银微的，只有凤倾倾、赫连煜和帝君三人。

"国师。"帝君脸色难看、咬牙切齿地叫一声。

这个男人当初也是这样，出现得莫名其妙，却让人有种臣服他的冲动。

"银微，你让玄兽大军横扫大陆，多少无辜百姓惨死？就算你登上帝位，也会遗臭万年。"凤倾倾冷声呵斥。

"笑话，哪个一统天下的帝王不是让世间血流成河、浮尸百万？"清越的声音从银微后面传出。

时笙从暗处走出来，眉眼弯弯地补充一句，"还有，让玄兽大军横扫大陆的，是我。"

"凤枝音！"凤倾倾眼神骤变，有愤怒、憎恨，以及各种各样的情绪。为什么每次在她以为自己过得稍好一点的时候，凤枝音就要蹦出来破坏她的一切？难道这就是命运，真的不能改变？不！她不相信，老天既然给她重活一世的机会，她就一定可以改变。

"哎。"叫我干什么？

众人："……"

"行了，别说废话了。"时笙摆摆手，"动手吧。"

拖延时间这种事，在时笙这里是行不通的，和剧情君抢时间，是一件很累的活儿。

"小音……"凤家家主站在帝君身边，神情复杂地看着她。她走的时候，他觉得她离开也好，免得被人盯上，谁知道她再回来，就是这样一幅光景。

时笙看他一眼，并没说话。

动手的只有神卫队，各色玄气在大殿上闪现。神卫队的人并没有攻击凤家家主，也许有人看出猫腻，竟然趁凤家家主不注意，摸到他身后，挟持了凤家家主。

"住手！都住手！"那人朝着混乱的人群大吼。

神卫队进来之前就被下令不得伤害凤家家主。眼下凤家家主被劫持，他们被迫停下，迅速退回门口。

"凤家家主，对不起了。"挟持凤家家主的人开口道。

"威胁对我是没用的。"时笙看着那个人，表情平静，好像被挟持的不是她爹，而是一个无关紧要的路人。

"哼，没用你为何让人停下？"那人冷笑道，"把路让开，让我们出去。别搞小动作，不然我就杀了你爹。"

"你怎么就不信呢？"时笙摇头。

那人还没回味过来这句话，瞬间感觉自己的身体僵硬下来。四周的空气似乎变得凝滞。等他回过神，手中的凤家家主已经不见了，他不可置信地看向对面，凤家家主可不就好好地站在时笙身边。

"你……"怎么可能？

凤家家主也是一脸不解。刚才他还在那边站着，怎么眨眼的工夫，就到这边了？

"小音……"凤家家主喃喃一声。

时笙扭头，微微一笑，道："凤家很好。"

"凤家家主，你是不是早就和她勾结好了？"有人反应过来，顿时指着凤家家主呵斥。

"你们凤家早就想造反了是不是？"

"凤家家主……"

指责的声音越来越多，大家猜测到最后，都说这件事其实是凤家家主策划的。

凤家家主真的没想造反，他家女儿造反的事，他完全不知道。况且，他也没那么大的本事，指挥得动国师这尊大神啊！

· 574 ·

"凤枝音，"帝君突然上前两步，表情肃穆地道，"你可知道你在干什么？"

时笙将视线从凤家家主身上移开，上下打量帝君几眼，幽幽地道："造反啊！"不然我是来找你们切磋的吗？

"小音，你不能这么做。"凤家家主面色焦急地道。

"为什么不能这么做？"时笙不在意地反问。

凤家家主看向帝君。帝君表情复杂，沉默几秒，道："因为你是我女儿。"

时笙："……"原主和帝君长得不像，一点都不像！她造反还造出一个亲生父亲来了？

凤家家主在旁边点头："小音，是真的，你不能这么做，帝君是你的亲生父亲。"

众人："……"这情况怎么不对劲？

"你说是就是？"时笙看向帝君，"证据呢？"怎么又是这种剧情，下次再也不做这种支线任务了，默认接受也不做，坑死她了！肯定是系统那个智障加的这种狗血设定。

【……】怎么又是它的锅，这个锅它是不背的！

"凤家家主就是最好的证据，你连他的话也不信吗？"帝君似有些无奈地叹了口气，"当年事出有因，没有办法才将你送出宫。"

时笙开口道："说实话，除了银微，我谁也不信的，即便是……我爹。"更别说，他只是原主的爹。

凤家家主大概被打击到了，一脸受伤。他养了这么多年的女儿，竟然不信任他。

银微却是很开心，嘴角微微上扬几分。

帝君也没想到时笙会这么说，一时半会儿竟然找不到证据。当时她生下来就被带出宫，他都没来得及看上一眼。

时笙不想浪费时间，决定先把这些人绑起来。

于是，神卫队再次出动。

时笙准备上去砍男女主角，银微这次没拦她，只是跟在她后面。

赫连煜和凤倾倾在人群后方，时笙横冲直撞地过去，四周的人不知怎么就给他们让出位置。

"凤枝音！"仇人见面，分外眼红，凤倾倾几乎是从牙缝里挤出这么几个字，"你找死！"

"我一直在找死，可惜，没人干得掉我。"

她这嚣张的语气，就连赫连煜都看不下去。

凤倾倾手中蹿出一股炽热的火焰，直奔时笙而来。她要杀了凤枝音，为她的上辈子报仇！

时笙往旁边闪开，顺手用铁剑将火焰打了回去，虽然成功地将火焰逼回，但时笙手臂也感觉到一股反弹力，那股力道震得她手臂发酸发麻。时笙稳了稳气息，再次拎着剑，朝凤倾倾砍过去。凤倾倾此时已经调整好状态，有女主角光环加持，时笙根本就不能把凤倾倾怎么样。

两人的身影不断交会，分开，再交会……竟然有棋逢对手的感觉。

系统快来根金手指，让我干掉女主。

【……】打架还有心情和它说金手指，看来宿主也不是很需要金手指，宿主，本系统相信你是可以徒手干掉女主角的。

等等……它刚才在说什么？不能杀女主角啊！

赫连煜和银微这一对，看起来就有点没意思了，两人一人站一边，无声对望，什么都没做。如果有强者在这里，就会知道，这两人是在比拼精神力。他们四周的空气充满杀机，旁人靠近一步就得死。

银微如果还是以前的银微，或许会比不过赫连煜，可他不是以前的银微，他是和时笙一样，经历过无数位面的凤辞。和他比精神力，赫连煜只有落败的份儿。

如果不是赫连煜有男主角光环加持，估计早就撑不住了。

赫连煜表情越来越难看，额头有冷汗渗出。

砰！爆炸声携带着气流，横扫整个大殿。

银微被气流影响，已经来不及防御，就在他准备硬扛的时候，手腕上突然一热，一股热流瞬间从手腕流向四肢，冲击过来的气流瞬间被分散，从他身体四周流过。

赫连煜就没他这么幸运，被迫退好几步。银微借机绞杀，赫连煜迅速撤走精神力。赫连煜快速退到被气流掀翻的凤倾倾身边，抱着她，破窗跳出。

时笙从烟尘中冲出去，直奔窗户而去。然而，外面空荡荡的，什么都没有。

银微几步冲到时笙身边，将她拉进自己怀中，带着她迅速离开大殿。就在他冲出去后，大殿轰的一声倒塌，一些来不及跑出的人直接被埋在下面。

时笙被突然扬起的灰尘呛到。

"咳咳……"她抓住银微的衣襟，难受地咳嗽。

银微捧着她的脸，帮她擦了擦脸上的灰："别急，慢慢呼吸。"

"咳咳咳咳……"灰尘进入肺部，那叫一个酸爽。时笙赶紧用灵力在体内循环几圈，这才好受一些。

银微抱着她落到地面，神卫队已经将所有跑出来的人都抓起绑好，偌大的皇宫，此时静谧得像是在异时空，什么声音都听不到。

东方府。

东方亥听着下面人的汇报，有些惆怅地看着外面略显阴沉的天空，那里不时有一两只飞禽掠过。

"大公子，咱们现在是归顺还是……"

"归顺？"他怎么会归顺？

那人迟疑地道："现在整个大陆几乎都被他们掌控，我们……"也只剩下两条路可走。

要么反抗到底，死无全尸；要么臣服归顺，保全实力。

东方亥若有所思地撑着下巴，良久，眸子里迸射出一股浓浓的兴趣："真有意思。"

"大公子？"什么真有意思？

东方亥挥挥手，让那人下去。那人一走，东方亥的表情就扭曲起来……好气。

这个女人一直不按常理出牌，不管他做什么，她总是下一秒就能让他措手不及。

他是绅士，不能生气，要冷静，冷静。

好想去杀了她，怎么会有这么喜欢搞崩剧情的女人，按照剧情走她要死吗？！

东方亥眯了眯眸子。不过，越难对付的人，他越感兴趣。

东方亥，不对……应该说是慕白，没错，他就是慕白。慕白捏住桌上的茶杯，指尖慢慢收紧："时笙，我们就看看谁能笑到最后。"

时笙让人将所有人都绑起来，包括帝君在内，一个没少。当然，如果男女主角也在，那就更加完美了……可惜啊！

宫里比较有地位的，比如帝后、公主、皇子都被神卫队带到了正殿，其他人则全部被关在一起。帝后和几个公主一边，表情扭曲地瞪着坐在上方的女子。

这么强烈的恨意，时笙想不注意到她都难。

"凤枝音，你真的要弑父？"帝君虽然狼狈，但还是不失一国之君的气度。

时笙一脸认真地反问："有何不可？"

有何不可……当然不可！

帝君冷静下来，道："我知道你肯定怨我，但当时事出有因，你就不想听听缘由？"

时笙平静地摇头，不听，不听，我不听。

帝君："……"

"哈哈哈！"帝后突然大笑起来，面容狰狞，"这就是你要护着的人，你看看她现在不但覆你的国，篡你的位，连你也不认，哈哈哈，报应啊！"

帝君的脸色更加难看，似有愤怒的火焰在燃烧。

"当初就应该掐死她。"帝后不顾帝君难看的脸色，继续道，"我的一念之仁，没想到给自己留了这么一个祸害。"

"闭嘴！"帝君呵斥。

大概觉得大势已去，帝后非但没有收敛，反而将当年的事抖了出来。

时笙撑着下巴，嗑着瓜子，听帝后声情并茂地演说。

她的母亲是凤家一位庶出小姐，因为一直被凤家家主的母亲养大，所以和凤家家主感情很好。

凤家家主当时和帝君亲如兄弟，帝君常来凤家，自然会遇见这位庶出的小姐。帝君对这位有些古灵精怪，却知书达理的小姐很是喜爱，待他登基后，立即将其接进宫中。

做皇帝的，哪有那么多自由？这位小姐是庶出，不能被封后，而帝君也不得不娶别人为后，而他娶的女子就是如今的帝后。

帝后对帝君一往情深，帝君却只对那位庶出小姐好，帝后哪里会不嫉妒？嫉妒之下，帝后就干了不少事，离间两人的关系。离间效果还是很不错的，当这位庶出小姐怀孕的时候，两人的关系已经降至冰点，误会重重。而此时帝后也怀了孕，帝君言明，谁先生下孩子，谁的孩子就是未来的储君，不论男女。

帝后比凤家那位小姐晚怀孕两个月，帝君这是摆明不让她的孩子继位。帝后肯定不乐意，自然要出手。所以，在那位庶出小姐生产的时候，帝后买通产婆，将孩子送出宫，并没有弄死孩子。她让人告诉帝君，对方生下来的是个死婴。

苍蓝帝国的皇室有个传统，如果出生的是死婴，必须立即将婴儿封存，任何人都不得看见。听说这是为了防止孩子的怨气四逸。在皇宫那种地方，被害死的孩子最多，宫里的人都忌讳这一点。

产婆带着孩子出宫，却被接到消息的凤家家主拦截。家主秘密将产婆处理掉，把孩子带回了凤家。帝后并不知道这件事，以为产婆已经将孩子处理了。

因为孩子没了，那位庶出小姐本就身体不好，没多久就过世了。

"当初我就不应该心软，让你活这么久！"帝后愤怒地瞪着时笙。如果换成现在的她，会将婴儿立即掐死。可惜，这个世界上没有后悔药。

"说完了？"时笙放下瓜子，"是你指使凤琪琪害我的？"

帝后此时已经无所畏惧："是我，你该死！"

本来帝后打算让她死在魔焰岭，谁知道她命大，竟然回来了。后来帝后又准备了东西，让凤琪琪送给她，谁知她竟然不要，之后的发展也完全不受帝后控制。

【……】宿主，这任务完成得也太轻松了。

没有曲折，没有百转千回，没有扣人心弦……

"小音，我真的是你亲生父亲。"帝君满脸忏悔，"当年这个毒妇家族势力太强，我不能和她正面对上，所以知道你还活着，也不敢将你接回来，我是有苦衷的。"

"连自己心爱的女子都保护不了，现在说苦衷有什么用，她能活过来吗？还不如一起死了算了。"时笙眸中一片平静，看向旁边的银微。

在她看来，不能同生共死的爱情，都是扯淡。

【宿主，请不要这么偏激。】系统习惯性地提醒，宿主的思想真的好危险。

时笙的思想是危险，可她和其他偏激的人又不同，她不会无缘无故地猜疑，她冷静而理智，也很信任凤辞。

她会因为凤辞改变自己的一些策略，但最终目的，她从来不会忘。

就算在其他位面，她没遇见凤辞，也不会表现得焦躁不安。她只是很冷静地在确认，确认对方不是凤辞后，她就再也不会想他，好像他对她来说，其实是无关紧要的。

系统实在弄不明白，宿主到底是个什么怪物。

"我也想随她去，可我身为帝君，整个苍蓝帝国……"

"说白了，你还是放不下权势和荣华富贵罢了。"时笙打断帝君，"不过这也是人之常情，谁都一样。"

帝君大概想解释，但话还没出口，对上时笙平静的眸子，便什么也说不出口。

她的眼神过于平静，平静得让人感受不到一丁点儿的温度，让人心生骇意。

帝君将目光投向凤家家主，希望凤家家主帮忙说几句话。凤家家主现在是骑虎难下，一边是自己的多年好友和效忠的主君，一边是自己养了多年的外甥女，他现在除了为难还是为难，帮谁好像都不对。

他斟酌一番，道："小音，不管怎么说，帝君也是你的亲生父亲。你这么做，以后大陆上的人会怎么看你？"弑父的名声可不好。

"我又不在乎。"时笙一脸无所谓地道。名声又不能当饭吃，她名声再不好又如何？拳头面前，这些人还不是一句话都不敢说。

时笙把这些人都关了起来，不管帝君和凤家家主怎么劝说，她都不为所动。

凤家家主最后甩袖离开。他大概觉得时笙过于狠心，不近人情。

时笙没有在皇宫久留，而是和银微回了国师府。国师府和他们离开的时候差不多，雾蒙蒙的，远处都看得不太真切。

一进国师府，银微就感觉自己身上的玉越发寒冷，寒意一点一点渗透进他的肌肤，夺走他身上的温度。

"小枝。"银微拽住时笙。

"嗯？"时笙回头，雾气在两人间流转，比起他们进来的时候，竟然又浓郁了许多。

"我感觉不太对。"银微将黑玉拿出来，并没有隐瞒时笙的意思。

时笙扫了黑玉一眼，皱了皱眉头，忽而道："双修一下就好了。"

这种时候，你不要开玩笑，一点也不好笑。

"小枝。"银微无奈地道。

时笙认真地道："我没开玩笑，我说真的，双修一下就好了。"

银微摇头，放开她，往书房的方向走。

"哎，别走啊！你都不试试，怎么知道我说的是不是真的。"时笙追上去，"试试嘛！"

银微走得很快，眼看就要到书房，身体突然一僵。四周雾气涌动，瞬间昏暗下来，眨眼工夫，已经是伸手不见五指的黑。

时笙快速走到银微跟前，摸索着他吻过去。被时笙触碰，银微感觉自己僵硬的身体慢慢地回暖。四周的黑暗慢慢退去，丝丝缕缕的黑气回到黑玉中。

空气中似有咆哮声响起，尖锐刺耳，但很快消失不见，只剩下微风拂动树枝发出的沙沙声。

时笙舔了一下银微的唇角："都跟你说了双修就好了，你咋就不信呢？"

银微拿回身体的控制权，一把搂住时笙，也不说话，就那么死死抱着她，如同上次在国师府那般。

时笙撑着下巴，看着外面越来越暗的天色。她俯过身，隔着银微，将桌上的黑玉勾了过来。她看了一会儿，拿着黑玉起身，下床出门。

站在外面，她摸出一把小刀，面不改色地划破手指，往黑玉上滴血。第一滴血落在黑玉上时，黑玉瞬间将其吸收，时笙脸色却白了几分。她准备滴第二滴时，旁边突然伸过来一只手，鲜红的血液正好滴在他白皙的手心。

银微从后面绕过来，衣裳松松垮垮的，遮掩不住诱人的风光。他的脸色却极其难看，好像时笙做了什么对不起他的事。

"你以精血喂它。"什么双修，都是骗他的。

"浪费了。"时笙看着他手心的血，叹了口气。

"凤枝音！"银微有些气急败坏。他不需要她这么为他付出。

"别那么凶嘛。"时笙把手指放到银微面前，"帮我吹吹，好疼。"

"你现在知道疼了！"银微瞪她一眼，将她的手指直接含进嘴里。

确定不流血后，银微才放开她，细心地将她的手指缠好，搂着她进房。

将她摁到床边坐下，银微站在她面前，神色严肃地看着她："你到底在做什么？"

时笙伸手去扒银微半敞的衣裳，小手滑进里面，在他腰间摸了两把。银微没好气地将她的手拿出来："回答我的问题。"

时笙讪讪地收回手："就……喂点精血啊。"

银微目光灼灼地看着她。时笙被看得不自在，往床上一滚，将自己裹成蚕宝宝。银微嘴角一抽。他还是第一次见她这么逃避一个问题。以前遇见什么事，她要么直言不讳，要么直接反驳，哪里会像现在这样逃避？

银微上床，扯了扯被子，将她的脑袋扳过来，声音温柔地问："小枝，告诉我，你在做什么？"

"我刚才不是说了吗？"她也没说谎，本来就是喂点精血。

银微俯视她。两人无声对视。

银微先放弃，转头下床："分房睡。"

时笙："……"他竟这么玩？

时笙掀开被子，一把将银微扯回来，翻身压在他身上："要我告诉你也可以，你别激动，也不许凶我。我很清楚自己在做什么，以及我有没有能力做到，没有把握的事，我从来不做。"

银微沉默三秒，微微点头。

时笙俯身，在银微唇角轻碰一下，下床把黑玉拿过来。

"魔以邪恶的力量壮大自己，这块玉出自神界，拥有最温和纯正的力量，可以消耗掉它的力量，但它和你有关，我不能让它死了，所以必须用精血喂它，才能保证你的安全。"

待时机成熟，她就可以让这破玩意儿自动臣服于她，到时候，封印也就没有必要了。

半晌，银微才蹦出一句话："这个世界上真的有神界？"

时笙："……"所以，你的关注点在神界吗？有没有认真听我说话啊！

银微在时笙快要发怒的时候，将她搂进怀中："为我做这些，值得吗？"

银微此时只觉得心疼，一阵一阵地疼，像是有无数人在戳他的心窝。

"不值得。"

这一点，从时笙自身的利益得失来看，是不值得的。因为这是虚拟位面，不管她做什么，到最后都会归档存零，一切都是白费。

银微表情一愣，想松开时笙，结果被时笙反身压倒。她粗鲁地扯开他的衣裳，咬牙切齿地道："可是……我就是愿意。"

时笙一边扯他的衣服，一边恨恨地道："有时候，真的恨不得杀了你。"

银微躺着，任她脱自己的衣服，眼底有笑意漾开："你舍不得。"

"是啊，我舍不得。"时笙将被子往两人身上一盖，"所以这笔账，必须在床上讨回来。"

"我们上辈子是不是在一起？"

"没有，你别乱动，躺好。"

"那为什么我见到你会这么熟悉？我们上辈子真的没有在一起？"

"没有！"

"你相信缘分吗？"

"不相信。"

"你……"

"你闭嘴,能不能专心点?啊……银微,你个智障,老子要在上面。"

"你让我专心一点的……"

第二天,时笙明显精神不济,不断地打哈欠。

"这大陆怎么办?"银微一边给她穿衣服,一边问。

"送给你。"时笙抬胳膊,"然后你娶我。"

银微看她一眼,道:"以大陆为嫁妆?"

"不。"时笙扯了扯衣襟,霸道地挑着银微的下巴,"以大陆为聘。"

"然后呢?"

时笙眨巴下眼睛,道:"还有什么然后?"

"谁当家做主?"银微将自己的下巴挪开,捏了下时笙的脸蛋。她怎么一点女孩子的矜持都没有。

时笙揉揉眉心,道:"你当吗?"

银微凑近时笙,温热的呼吸打在她耳畔:"我现在只想为你一个人当家做主。"

他从来就没有造反的意思,也没有一统大陆的意思。他发展势力,只不过是为了找她,找到这个不断出现在他梦里、让他日思夜想都想得到的人。这下好了,天下是打下来了,可是没人管!

时笙只好把帝君又放出来,让他继续当帝君。

"既然你不想当这大陆之主,何必费尽心思这么去折腾。"银微实在想不明白。

时笙翻了个白眼,道:"为了送给你啊!"

银微迷茫地道:"可是,我并不想要。"他一直以为她这般费尽心思地攻占大陆,是想自己称王。

时笙不想解释,恋爱中的女孩子都是智障。

"我有你就够了。"银微继续暴击。

"停停停,别没事就撩我!"时笙打断银微,"撩我是要负责的。"

银微握住她的手,笑容浅浅地道:"我会负责生生世世。"

时笙:"……"不行,她受不了会撩人的凤辞。

时笙冷漠地起身,极快地走出房间。

玄兽已经退出大陆,回到魔焰岭,时笙拒绝认帝君为爹,和银微成婚后,离开了帝国。他们去了魔焰岭,完成交易的最后一个任务,整个魔焰岭,人类将再也不能进出。当然,这也不是永久性的,时笙自认还没厉害到这个程度。至于阵法能撑多久,她就不知道了。反正当初她讲清楚了,对方也都同意……现在只剩下女主角和男主角要解决了。

时笙让系统定位女主角的位置，系统虽然不情愿，却不得不给出位置。

女主角在离魔焰岭不远的一座城池中。

银微的神卫队神出鬼没，时笙和银微刚上官道，就有人送来马车。马车是时笙第一次见银微时他搭乘的那款。微风拂过，轻纱晃动，宫铃声传开。

时笙拎着一只宫铃，奇怪地问："你弄这玩意儿干什么？"

好听吗？他又不是小姑娘，怎么喜欢这个？

"夫人，这可是神器。"神卫队的人代替银微回答。

时笙："……"神器你给吊在马车上，真有钱。

银微扶着时笙上车，上去后才发现，这里面的空间比看到的更大，她在里面打滚都行。

"那天你在里面是不是？"时笙坐到银微脚边，脑袋搁在他腿上，仰头看着他。

银微垂头道："嗯。"

"为什么不见我？"

银微以指尖撩起时笙一缕发丝，别到她耳后："我离开国师府已经很长时间，我不想以那个样子见你。"

"我又不嫌弃你。"时笙嘀咕一句。

银微嘴角上扬，勾出漂亮的弧度："可是我在乎啊。"他撑着最后的一点力量，以那样的方式出现在她面前，已经是极限。

他现在可以将最狼狈的一面展现在她面前，可是那个时候，他不能。第一次见面，她那么张扬自信，他怕自己以狼狈的姿态出现，会让她感到他配不上她。

少女趴在他腿上，表情安静温顺。银微指尖摩挲着她细腻的肌肤，马车外的宫铃声声悠扬，犹如来自古老遗迹的召唤。

赤炎帝国已经不复存在，现在整个大陆就只剩下苍蓝帝国。

赫连煜自己都觉得最近发生的事，像天方夜谭。他部署的一切，在那样的情况下，根本没有任何作用。

面前突然坐下一道人影，赫连煜顿时警惕地看着他。

"想拿回属于你的东西吗？"对面的男子，声音温和，却带着几分诱惑，"我可以帮你。"

赫连煜眸子一眯，道："东方亥。"

慕白笑容得体，乍一看就是个优雅贵气的世家公子。

赫连煜满心戒备地道："你为何要帮我？"

慕白轻笑道："因为我们有共同的敌人。"

"凤枝音？"

慕白颔首，就是那个女人！

赫连煜目光流转，开口道："我记得你是她的未婚夫，怎么，被戴绿帽了？"

慕白："……"你才被戴绿帽了！

马车进入城池。城池的热闹繁华，吵醒了时笙。她伸着懒腰从银微怀里爬起来，掀开车帘，往外瞧了瞧。人影幢幢，热闹繁华。

时笙不急着找凤倾倾，和银微在城池里晃荡半天，最后带着他去了一间类似拍卖行的铺子。

拍卖行很大，大厅内有不少展品。时笙目光从那些展品上一一掠过，转身抱住银微的胳膊："大人，给钱花吗？"

银微嘴角弯了弯，道："那得看你用什么来换。"

时笙瞪眼道："说好的你的就是我的呢？"

"什么时候说过？"银微一脸迷茫，他不记得说过这句话。

时笙严肃地道："现在。"

银微嘴角一抽，道："听我的话，我就给你花。"

"凭什么？"时笙不服。

"因为……"银微微微俯身，贴着她的耳朵，暧昧地吐气，"我是你相公，你难道不该听我的话？"

时笙一把推开银微。银微顿时一脸受伤的表情："娘子……"

时笙："……"

时笙和管事的交谈了几句，管事很快就将他们请上二楼。

时笙似笑非笑地看着他："乖乖听我的话，你要什么我都可以给你。"

"我想要你。"银微脱口而出，漆黑深邃的眸子里满是认真。她的身影映在其中，四周的人群似乎被他自动过滤，一丝一毫都没能入眼。

他的世界，只有她一人。

时笙扯着嘴角笑，目光温和，犹如一池春水："走，带你下馆子。"

银微："……"为什么话题一下子就跳到下馆子上了？不对，下馆子是什么意思？

时笙是来找凤倾倾的，她和银微逛了一圈，自然得办正事。然而，她还没去找凤倾倾，就和凤倾倾来了个浪漫邂逅，呸——狭路相逢。

凤倾倾身边跟着许久不见的万权，没有赫连煜。她依然是男装打扮，往人群里一站，不少小姑娘都会给她抛媚眼。

万权的表情有些复杂。

"凤枝音，"凤倾倾一见时笙就生气，"你怎么在这里？"

"我为什么不能在这里？"当然是特意来找你的啊，女主角大人！

凤倾倾从牙缝里挤出几个字："你怎么就这么阴魂不散？"不管她到哪儿都能遇见凤枝音，每次遇见凤枝音还都没好事。

"讲道理，这城是你的吗？你还不让我来？"大路朝天，各走各的，我在哪儿关你什么事？

凤倾倾目光扫向旁边的银微，神情有几分忌惮："你这次又想干什么？"

"我又不干你，你紧张什么？"

银微掐了一下时笙的手心。这种话是她能对外人说的吗？在家说给他听就好了，哼！

时笙掐回去，还不忘瞪银微一眼。

见他俩当着自己的面眉目传情，凤倾倾只觉得肺都要气炸了："凤枝音，我要和你决斗。"

时笙转过头，道："决斗？就凭你？"她似乎有点不屑，又似乎只是平静地确认。

"就凭我！"凤倾倾一定要时笙死。

凤倾倾现在的实力，不能说是大陆上最厉害的，但绝对是同龄人中最厉害的。况且，她还有那么多丹药，就不信打不赢凤枝音。

【……】女主角一遇宿主就崩坏，本系统不想说话。

女主角要和我打架，哎呀，我好激动。这可是女主角先动手的，我只能算正当防卫啊。

"走走走。"时笙激动地挥手。

凤倾倾："去哪儿？"

时笙见凤倾倾不动，不满地催促："不是说打架吗？走啊！磨蹭什么。"早点干掉女主角，她也好早点回家睡觉。

凤倾倾嘴角一抽。打架你还这么兴奋？

凤倾倾深吸一口气，道："时间定在三天后。"

时笙翻着白眼道："打个架还约时间，又不是相亲，就今天！"

"三天后。"凤倾倾坚持地道。

"不打了。"没意思，打架竟然还要预约，女主角了不起哦！

凤倾倾："……"这话她怎么接？

时笙拽着银微要走。凤倾倾咬咬牙，在后面喊："今天就今天。"

"不打了。"时笙摆摆手，"我要去吃饭。"

凤倾倾差点气得内伤，她说不打就不打？

时笙带着银微去吃饭，凤倾倾和万权跟在后面，银微往他们坐的位子看了一眼。

· 585 ·

"看什么？"时笙挡住银微的视线，"看我，看我就够了。"

银微失笑道："嗯，看你。"

小二很快就将饭菜送上来，时笙把银微爱吃的放过去："你这挑食的毛病能不能改改？"

银微无辜地道："为什么要改？像我只对你好一样，我这不是叫专一吗？"

"放在末世，挑食立刻饿死你！"

"什么末世？"银微更加无辜地问。

"就是世界末日，大陆覆灭、人类消亡。"

银微突然伸手，抓住时笙的手："我会一直陪着你，就算大陆覆灭，人类消亡。"

时笙："……"说好的不撩我呢？

吃完饭，凤倾倾在他们离开的时候，拦住他们。

"凤枝音，现在可以了？"

时笙嚣张地笑了："你就这么想找死？不是我吹，我弄死的女主角没有一堆，也有一打，你非要找死，我也可以成全你。"

【……】宿主，这话还不是你在吹？牛都吹天上了！

凤倾倾没太听明白什么女主角，但这不妨碍她听明白自己被时笙鄙夷了。她咬牙恨声、怒火中烧地道："就现在！"她要杀了凤枝音，给自己报仇！

"七小姐。"万权似乎想拦凤倾倾，凤倾倾却置之不理。

"凤枝音，你敢吗？"

"有何不敢？"时笙眉宇间满是自信，看来我又要征服一个女主角了！

打架的地点在城外的一处空地，时笙环顾四周，突然出声："换个地方。"

凤倾倾："……"还能不能好好打架了？

时笙要换地方，凤倾倾不同意。她不同意，时笙就不打，拉着银微要走。

说时迟那时快，凤倾倾直接动手。银微抱着时笙往前一跃，直接蹿出好几十米，凤倾倾的攻击落了空。

"凤枝音，你要当缩头乌龟？还是说，你怕自己打不过我？"

"好怕哦。"时笙阴阳怪气地接话。你可是女主角大人，我怎么能不怕？

凤倾倾被噎住。她怎么完全不按常理出牌！

眼看时笙和银微的距离越来越远，暗处的人也顾不得，开始念咒。

刚才还光秃秃的地面，瞬间出现黑色的纹路，一条一条连接在一起，聚成一个大型阵法。

时笙和银微就站在阵法边缘，他们只需要往外跨一步，就可以离开阵法。

可时笙没有，她安静地站在那里，等着阵法成形。

阵法几乎在眨眼间成形。

凤倾倾也被困在阵法中,想往外跑,已经来不及。黑色的雾气从阵法边缘逸出,形成一道屏障,阵法外,几道人影从暗处走出来。

"东方亥。"外面的人就算化成灰她都认识。

赫连煜站在慕白后面,面具将他的情绪掩藏得非常好,没有泄露半分。

慕白依然面含浅笑,绅士十足地颔首:"凤七小姐。"

"东方亥,你想干什么!"凤倾倾不去看赫连煜,只是满脸恨意地瞪着慕白,她很多时候都能看到自己的孩子满脸铁青地死在自己怀里。

"凤七小姐,别误会,我不是针对你。"慕白语气温和,看向另一边的时笙:"好久不见。"

"好久不见,慕白。"

这个智障竟然又来了!所以,她在系统空间打的补丁都喂狗了吗?

时笙的表情过于平静,好像并不意外他会出现在这里。

慕白心底一点都不敢松懈,他可不想再次自杀,自杀也是很痛的。最重要的是,那样的死法,并不符合他绅士的身份。

慕白定了定神。这个女人最会装,她也许只是装作什么都知道的样子。

"看来这次是我赢了。"慕白微微一笑。

时笙咧着嘴笑,并不答话。那笑容看得慕白不舒服,怎么感觉自己又像智障?他仔细地回想了一下,他的做法没有什么漏洞。

慕白也不再说话,伸手触碰边缘的黑气。

"东方亥!"赫连煜突然出声,指着凤倾倾,"她还在里面。"

慕白回头,一脸温和地劝道:"赫连帝君,想成大事,必须有所牺牲。一个女人而已,你想想这大陆都是你的,你要什么样的女人没有?"

时笙:"……"这人是来和她抢着拆散男女主角的吗?

赫连煜不知和慕白达成什么协议,被慕白这么一劝,只是有点可惜地看了凤倾倾一眼,不再阻拦。

时笙连连摇头,突然扭头问银微:"有一天,让你选天下和我,你会选什么?"

银微睫毛轻颤,笃定地道:"你会把天下送给我,不会出现这个选择题。"而且他也不想要什么天下。

时笙:"……"

凤倾倾不知道慕白要做什么,但她本能地察觉到危险。

"东方亥……东方亥,你放我出去……"凤倾倾冲到慕白面前,想冲出去,奈何她一接触到那萦绕的黑气,黑气就跟遇见美味的食物一般,疯狂地往凤倾倾身体里涌。

"啊……"

凤倾倾身子猛地后退，捂住手腕，满脸痛楚，有黑气在白皙的皮肤下诡异流窜。

慕白脸上笑意不减，万权不知从哪儿飞奔出来，想要对慕白动手。

他还没靠近慕白，慕白一抬手，万权直接飞了出去，砸在远处的石头上，没了动静。

慕白将手放在黑气上，遥遥地看向时笙，目光隐隐含着兴奋和激动……他终于能翻身做主了。

阵法再次运转，越来越多的黑气出现，刚才还只是在边缘，现在蔓延至整个阵法。

黑气速度非常快，几乎眨眼的工夫，就将凤倾倾的身影淹没其中。

时笙任由黑气蔓延，感到比较奇怪的是，为什么慕白对女主角动手却没有受到限制？凭什么她对女主角动手，就有限制？这不公平，她不服！

【……】宿主，你关注的重点在哪里？！他想抹杀你啊！

时笙冷哼一声，我是他想抹杀就能抹杀的吗？

在黑气即将淹没她身形的时候，时笙抓着银微，猛地往后一退，轻轻松松退出阵法。

黑雾将最后一点空隙填满，挡住慕白的视线。慕白屏息盯着面前的黑色半圆，里面太安静，安静到他心底发慌。按照她的性子，不可能这么安静，不对劲！

唰！就在慕白心生警觉的时候，头顶有破空声响起，剑气蛮横地压下来。

铁剑的寒光从慕白眼底晃过，他连时笙怎么出现的都没看清，脖子上已经多了把寒光凛凛的铁剑。慕白艰难地咽了咽口水，明明已经很努力修炼，为什么还是敌不过她？！

冷静，要绅士，要优雅，他是有身份的人。

时笙从他后面转出来："慕白？"

慕白脸上没有任何慌乱，面色绷得非常严肃。

"想算计老子？"

"这话说得不对，我们只能算较量。"慕白冷静地辩驳。

"躲在背后叫较量？"

慕白依然镇定地道："boss都是最后出场的。"

时笙："……"说得好有道理。

所以，她这么早出场是为什么？就因为她是炮灰？

慕白见时笙有一瞬间的走神，突然拿铁剑往脖子上一抹。

时笙迅速撤开，没让慕白自杀成功。

慕白："……"她不让他自了了？

慕白一咬牙，直接朝着旁边的黑气撞去，大半个身子陷入黑气中。

慕白脸上的表情有些诡异，声音幽幽地响起："我会回来的。"

时笙对于慕白的自杀行为已经习以为常，这个慕白算计不到她，立刻就玩自杀，生怕被她抓住。她长得有那么可怕吗？

慕白死得太快，赫连煜还没反应过来。那个之前胸有成竹的人，怎么转眼就自杀了？

赫连煜准备带着人离开，他对上一个人也许还有点胜算，但眼下除了那个女人，还有银微，他不是这两个人的对手。

赫连煜看了眼旁边的黑气，给后边的人打个手势，几个人立即撤走。

时笙想追上去，却被银微拉住："跑不了。"

神卫队早就在前面等着了，赫连煜刚跑出去，就被神卫队给围住。和神卫队交手的时候，赫连煜受了重伤，却依旧逃掉了。

时笙绕着慕白留下的阵法转悠一圈，这玩意儿怎么那么像……

【像什么？宿主，你是不是知道那个慕白是谁？】系统的声音立即蹦出来。

不知道。

系统竟然问这种问题，也不想想到底谁才是系统？我要你有什么用？

【……】这一切还不是因为她，要不是她，它现在会沦落成这样吗？她竟然还好意思怪它？！

时笙看着涌动的黑气，在心底问："为什么慕白对女主角下手什么事都没有？"

系统沉默一会儿，一本正经地回答，【……不是什么事都没有，只是作用力减小，他应该是硬扛下来的。】

作用力减小是什么意思？

【主角光环是可以减弱的，宿主改变的剧情，已经足以减弱主角光环，所以越到后面，主角光环越弱，外力受到的压制就越小。】

也就是说，我只要把主角光环减弱，就可以杀掉男女主角？

【理论上说是这样。】

男女主角为什么会有那么高的幸运值？就因为他们有主角光环，当他们没有主角光环，和普通人是一样的。

时笙的目光再次落到阵法上，女主角还在里面……

"走走走。"时笙突然拉着银微离开。

"怎么了？"银微一脸莫名其妙的表情。

"要爆炸了。"

银微："……"什么东西要爆炸了？

银微被时笙拽着走出好远，身后突然黑气冲天，一股煞气瞬间将那方天地浸染，明朗的天空变得黑云压城。

"智障挺能干的。"时笙看着远处的场景,磨了磨牙,又有些幸灾乐祸地笑,"可惜倒霉的是这个大陆上的人。"

"魔。"银微对这个场景不算陌生。

人类堕落成魔。

"把那块玉给我。"时笙朝着银微伸手,这就是她等的契机。

只要有煞气,她就能让黑玉里面的那只奇怪玩意儿臣服,被银微吸收。

银微下意识地皱眉。

时笙不耐烦地瞪他:"拿来啊!"

银微摇头。她此时要这块玉,肯定和这件事有关,他不给。

嘿!

时笙直接拽着银微,强行将黑玉摸了出来。

"在这儿等我!"时笙扔下这句话,往煞气冲天的地方掠去。

眨眼的工夫,银微已经看不到她的人影。银微脸色极其难看,想要追上去。

他身形刚动,面前便多出一把铁剑。铁剑竖在他面前,镜面般的剑身清晰呈现出他此时的样子。银微想绕开铁剑,铁剑却将剑身一横,那架势,摆明不许他过去。不管银微怎么动,铁剑都能准确地封住他的去路。

"她会有危险。"银微知道这把剑不是普通的剑,见自己过不去,准备说服它。

铁剑嗡嗡两声。它家主人不做没把握的事。她虽然不怕死,但也惜命,不会拿自己的命开玩笑。她既然敢冲上去,就一定有办法保全自己。

银微肯定不明白铁剑要表达的意思,软的不行,他准备用强。铁剑上可入天,下可破地,银微哪里干得过铁剑?

银微之前就觉得这把剑很古怪,此时更是觉得古怪。没人驾驭它,它都能发挥出这样的实力,若是有人发挥出它十成的力量,那该是什么样的场景?

轰隆隆——

震耳欲聋的声音从天际传来,闪电从天际斜劈下来,似要将天空劈成两半。

"你让我过去!"银微有些急了。

"嗡嗡……"不行,主人不让你过去。

就在银微和铁剑纠缠的时候,时笙已经收集到需要的煞气,准备退出去。她转身的时候,一股黑气从她背后席卷而来,气势猛烈,似要将她吞没。

"小心!"

时笙看着朝自己飞奔而来的人,嘴角一抽,快速朝他掠去。

身后的黑气越来越近,狂风大作,杀机四伏。时笙一个跳跃,落在银微面前,抱住他的腰。银微立即利用空间操控技能,将两人带到安全的地方。

"你是不是傻啊!"时笙气得直骂。

银微委屈地道:"我担心你。"

时笙一口气堵在胸口,上不上,下不下。半晌,她嗫嚅一声,道:"真是上辈子欠你的。"

银微斟酌一下,慢慢地道:"我知道你有办法保护自己,可我不想你什么都冲在前面,我也想给你一个遮风挡雨的地方。"

"呵……"时笙将黑玉摔进银微怀里,"就你这破身体,过去立刻就死,逞什么能?"

煞气是魔最喜欢的,可以用来壮大实力。银微要是带着黑玉过去,黑玉里面的东西立即就可以夺取他的身体。

银微半晌没说话,时笙难得反省了一次,是否自己把话说得太重:"你生气了?"

银微摇头,紧紧攥着黑玉:"我是不是很没用?"需要自己的女人冲在前面。

"你很幸运。"

银微掀了掀眼帘,目光毫无预兆地对上时笙的视线。他似乎从她眸子里看到了一片浩瀚的星空,繁星闪烁,而他是那片星空中唯一接近她的星。

她的声音透过重重星辉,模糊地传来,落在他耳边,却无比清晰:"没有人能让我为他做什么,你很幸运。"

凤倾倾跑了。趁着时笙和银微说话的时候,她一声不吭地跑了,这刷新了时笙对女主角的认知。

因为凤倾倾离开,阵法的黑气开始四逸,朝着周边蔓延。

黑气渐渐变得稀薄,时笙能看清阵法里面的情形。慕白的尸体以奇怪的姿势匍匐在地,像是虔诚的献祭。他的身体早已失去生机,此时就像干枯的树干,给人一种诡异的感觉。

阵法里最后发生过什么,谁也不知道,除了慕白。

时笙看着漫天飞舞的黑气,嘴角微微上翘。这下可好玩儿了。

凤倾倾成魔,如果她克制不住体内的欲望,很快就会杀人,到时候大陆就是一片血雨腥风。

银微捏着黑玉站在时笙旁边,目光轻柔地看着她,如同要将她的身影刻进心底。时笙扭头就对上银微略带柔色的眸子。

"找个地方,把它解决了。"时笙并没有生出任何旖旎的念头,只是指着他手中的黑玉,平静地出声。这玩意儿不解决,她老觉得不安全。

银微:"……"

黑玉里此时全是煞气,里面的那只魔,此时想试试吸收所有煞气。

也许就成功了呢?只要成功,它就可以为自己报仇,杀了那个可恶的女人和银微。

眼下，它吸收煞气到了紧要关头，突然感觉自己的力量在快速流失。它想反抗，然而并没有什么用。它不想这么消失，它还有好多事没做，它还没有称霸大陆，它不想死……要死也要拉个垫背的。

时笙紧盯着银微，见他神情越来越难看，眸子一沉，就知道那玩意儿不会这么老实。

她双手快速掐诀，伸手覆在银微的背脊上。有时笙帮忙，黑玉里的魔还没来得及聚集自爆的力量，就被银微解决了。

几乎是在同时，相隔万里的国师府轰然倒塌，里面的黑气迅速散开。银微缓慢地睁开眼，低头看着自己的手，好半晌都没回过神。良久，他才慢慢地抬起头，看向靠在一旁的女子："谢谢。"

时笙眉微挑道："拿什么谢？"

银微拉住时笙的手，轻轻用力，将她扯进怀中："以身相许如何？"

"这个可以。"时笙认真地点头。

银微失笑，亲昵地蹭了蹭她的脸："你就不能矜持一点？"

"对你要什么矜持？"时笙差点没忍住翻白眼，对这人要是矜持，她这辈子都别想碰他。

"以后你只需要站在我身后。"他也可以为她撑起一片天，她想要什么，他都可以给她。

"好。"时笙答应得快，做不做得到，那就不得而知了。

"你想从魔焰岭里面得到什么？"时笙想起一件正事，这人之前一直觉得她想去为他做什么，她也确实想过，但当时她根本就不知道他想做什么。

魔焰岭的玄兽暴动，肯定和他有关，还有那只莫名其妙出现的血麒麟。

银微有些奇怪地看时笙一眼："你……你不知道？"

"我是百事通吗？什么都知道？"

银微沉默片刻，道："一件神物。"

他说的不是神器，是神物。神物和神器有很大区别，许多神器不是出自神之手，但神物，必定出自神之手。这个位面在远古时期，大概真的有神存在。

"那只血麒麟，是守护者？"每一件宝物都有守护者，这种设定在这个位面肯定不会少。

剧情里原本没有血麒麟，是因为银微改变了剧情，它才随之出现。

"嗯。"银微摸着时笙的锁骨，轻声道，"不重要了，我有你。"

没什么比她重要。这是银微在遇见她时就明白的一句话。

很久以后，银微仍旧有种"媳妇儿在手，天下我有"的错觉。

凤倾倾堕落成魔，由于对时笙的恨意太强，她根本就没办法控制住体内的魔气。她需要杀人，需要鲜血的味道。

凤倾倾蜷缩在房里，裹着一件黑色的袍子，将身体遮掩得严严实实。她紧紧抱着自己的身体，心底有个声音在不断催促她。

杀人。

杀人。

杀了人，你就不会这么难受了。

人有什么好？虚伪，贪婪，自私，他们都该死。杀了这些该死的人，你就可以变得强大。你不想报仇吗？凤枝音在看你的笑话，她在笑话你，你看……她来了……你就是个废物！废物！什么都比不过她，上辈子如此，这辈子依然如此，活该她过得比你好。

"不！"凤倾倾嘶哑地吼一声。她凭什么过得比自己好，明明自己的天赋那么好，该是那个指点江山的人。不甘心……不甘心……

那个声音又来了——

不甘心就对了，杀人吧，只要你强大了，想杀她还不是轻而易举的事？只有当你变得强大，那些侮辱过你的人，才会被你踩在脚下。

叩叩——

"姑娘，你要的热水。"门外突兀地响起敲门声。

凤倾倾埋在臂弯里的脸猛地抬起，眸子一片猩红，让她看起来犹如来自无间地狱的索命恶鬼。她的表情有一瞬间狰狞，但很快被她压制下去。

"进来。"

房门被推开，店小二端着热水进来，将热水放到架子上。他低头的时候，猛地看到水盆里倒映出来的脸。

"啊……"尖叫声还没出口，他就已经断了气。

店小二慢慢地往下倒，打翻了热水，铜盆砸在店小二的尸体旁，发出沉闷的响声。他睁着眼，眼睛里似乎还残存着最后的惊愕。

当凤倾倾杀掉第一个人时，那种快感让她再也克制不住，她要杀更多的人。

她要变强。

她要让凤枝音死。

凤倾倾杀的人越多，就越控制不住自己，想要杀更多的人。杀戮带给她的好处是，她觉得自己越来越强。

一开始，她杀人还会遮掩一下，但随着实力的增长，她不再遮掩，开始肆无忌惮地杀人，走到哪儿都能引起恐慌。

凤倾倾找不到时笙，但遇见了一个意想不到的人——赫连煜。这个当初抛下她的男人。在她被困阵法的时候，他竟然听信东方亥的话……不可原谅！

　　杀了他！

　　杀了……

　　杀……

　　凤倾倾一路尾随赫连煜，到荒无人烟的地方，不再掩饰自己，直接攻过去。赫连煜不知道有人跟着自己，被打得措手不及。

　　比起人类，成魔是修炼的捷径。此时，凤倾倾的实力已经完全高于赫连煜，解决完他身边的人，她便将他一脚踩在地上。

　　赫连煜这才看清藏在黑色兜帽下的脸。

　　"凤倾倾，是你！"赫连煜有些错愕，大概没想到自己会再次见到这个女人。

　　再看她的装扮，赫连煜立即明白，最近大陆上传得沸沸扬扬的魔是谁。

　　凤倾倾垂下头，从黑色斗篷下伸出略显苍白枯瘦的手，捏着赫连煜的下巴，似打量物品一般看了看他，声音尖细，有些刺耳："赫连煜……没想到我没死吧？"

　　赫连煜镇定地道："你想要什么？"

　　"要什么？"凤倾倾似乎在思考，下一秒，她的表情猛地变得狰狞，"赫连煜，你说我要什么？我要你死！"

　　"凤倾倾，那天的事，我也无能为力……"赫连煜冷静地为自己辩解，"你要什么，我现在都可以补偿你。"

　　凤倾倾冷笑道："好一个无能为力。"

　　她伸出另一只手，挑开赫连煜脸上的面具。她倒要看看这个男人到底长什么样，成天戴着面具，搞得神神秘秘的。

　　赫连煜似乎发现凤倾倾的意图，低声呵斥："凤倾倾，住手！"

　　凤倾倾用力压住他，手指快速挑开面具。

　　挑开面具后，凤倾倾愣了一下，随后大笑起来："我还以为赤炎帝国的帝君是什么英俊神武的人，原来是个丑八怪，难怪要戴面具。"

　　凤倾倾的话像是一根刺，扎入赫连煜的心底。他的左脸有许多青色的图腾，也不知道怎么回事，从他生下来就有。小时候就是因为这个，他被父母嫌弃，被兄弟捉弄。现在，连凤倾倾也嘲笑他……那些不堪入目的记忆，似乎瞬间被激活，不断在他面前回放，和面前这个女人嘲讽的嘴脸重叠在一起。

　　他心底的怒火开始熊熊燃烧。

　　"这次真的能杀了她吗？"

　　"应该可以吧，这么多前辈要是都杀不了她，那大陆岂不是完了？"

　　"杀谁啊？"

"凤倾倾啊！"前面说话的人回过头，上下打量了问话的人几眼，"你不知道吗？"

"在哪儿？"

"就在前面。"那人指了指前方，"不过劝你别过去，免得被误伤。"

时笙微微颔首，几步走到等待的银微身边，抱住他的胳膊："走，看打架去。"

银微无奈地摇头，他根本就没拒绝的权利。

这些人打架的地方选得好，是一座低谷，上面是山坡，此时站着不少人。

下面已经开打了，各色光芒乱窜，震得地面不断颤抖。

时笙找了个好位置，见旁边几个人蹲着，她也跟着蹲下。这么没形象的事，银微是拒绝的，所以他站在她身后，确保后面没人可以算计她。

"凤倾倾好厉害，这样都还不死。"

"我看这次悬乎了，咱们还是撤吧，一会儿她要是把下面的人给解决了，倒霉的还是咱们。"

"别危言耸听，那么多人，还对付不了她一个？"

说话的几个人沉默片刻，到底没人敢动，继续盯着下方。

就在大家看得万分紧张的时候，旁边突然响起咔嚓咔嚓的声音。

一两声就算了，声音竟然没断过，就跟耗子在耳边啃东西似的。

有人忍不住回头去看。

一个妙龄女子蹲在他们几步远的地方，地上一堆瓜子壳。

众人："……"

"看我干什么？"时笙看向那几个人，"看下面。"

你在这里嗑瓜子，我们怎么看得下去？

见那几个人还看着自己，时笙好心地将瓜子分出去。

捧着一堆瓜子的众人："……"

谁要你的瓜子啊！咦……还挺好吃的，比以前吃过的好吃。

于是，时笙附近的人开始集体嗑瓜子，刚才的紧张感荡然无存。

"哎哟，张老要不行了，凤倾倾的速度太快了……咔嚓咔嚓……那几个前辈老是在外围，张老一个人顶着怎么行……"

"这个时候还不齐心，张老凶多吉少啊。"咔嚓咔嚓……

"凤倾倾也太凶残了，上次那个赫连煜，就是赤炎帝国那个帝君，就是死在她手上的，这次若我们不能杀了她，以后大家可得小心。"咔嚓咔嚓……

"赫连煜死了？"时笙插话。

"小姑娘不知道？"对方眼前一亮，让旁边的人给自己让位，"我跟你说……"

其他人都是一脸不想听的表情，明显这人已经说过很多遍，就只有时笙不知道！

· 595 ·

赫连煜死了，是被凤倾倾杀的，手法特别残忍，还是在大庭广众之下，没一个人敢上去帮忙，只能眼睁睁看着赫连煜被折磨死。他死了，凤倾倾还不放过他的尸体，将尸体挂在城墙上曝晒。

"也不知道这位帝君怎么惹到凤倾倾了。"说话的人摇头，"说起来，这位帝君也挺倒霉的，凤家三小姐带玄兽横扫大陆，如今苍蓝帝国一统大陆，他这个帝君就没用了，最后又死在凤倾倾手上。"

"是挺倒霉的，都是栽在凤家人手上了。"旁边的人总结。

"说起那个凤三小姐，也是个牛人，那么多玄兽，也不知道她是怎么驱使的。"

"牛什么，凤家没一个好东西，冷血无情。"

"也没有吧，玄兽横扫大陆的时候，并没有伤多少人，我听说只有主动反抗的才会被玄兽攻击。想要一统大业，哪会没有牺牲？"

"说起来，凤三小姐最后怎么就不见了？"

时笙默默嗑瓜子。

这些人嗑瓜子聊天的时候，下方的打斗已经接近尾声，凤倾倾干掉了好几个人，场上只剩下最后两个。

此时，两人明显有些撑不下去，有退缩的意思。

山坡上围观的人，大概怕那两人输了殃及自己，都开始撤退。

若凤倾倾狂性大发，他们都得陪葬。

嗑瓜子的几个人也觉得不能再待，准备撤走，大概看在时笙给他们提供瓜子的分上，提醒了她一声。

时笙跟着他们站起来，在他们以为她要离开的时候，她迅速掏出剑，直接跳了下去。

众人目瞪口呆："……"

小姑娘，我们是让你离开，不是让你去送死啊！

就在他们目瞪口呆的时候，耳畔有风扫过，又是一道人影跳了下去。

"我们走还是不走？"

"走什么，人家小姑娘都不怕，咱们几个大老爷们还怕？"

"不走不走。"

于是，几个人又蹲下去——嗑瓜子！

两位前辈已经准备撤退，谁知这时冲下来两个人，他们还没看清楚，耳边就响起剧烈的爆炸声。

令人心惊的气流从爆炸处横扫而来。

这力量……他们活到这么大岁数，见识的东西自然不少，这是天道的力量。

两人同时朝爆炸处看去，刚才凤倾倾站的地方，此时只剩下一个大坑，凤倾倾站在距离大坑稍远的地方，而她对面站着两个人。

这两位前辈，一位来自苍蓝帝国的帝都，一眼便认出那两人，不免失声："国师……"

"老家伙，你认识他们？"

那人点头，表情凝重地道："是国师银微与凤家三小姐凤枝音，就是上次带着玄兽大军横扫大陆的两个人。"

另外一位前辈惊讶地道："他们怎么来了？"

"看看再说。"

远处的大坑对面，凤倾倾十分畏惧坑里闪烁不断的闪电，看到时笙后，心里那点惧意变成了恨意。

"凤枝音！"她竟然还敢出现在自己面前。

时笙扬声打招呼："凤倾倾，好久不见，看来你混得挺不错的嘛。"

凤倾倾大怒道："闭嘴！"

她混得不错？她现在正被全大陆的人唾骂、追杀，这不是她要的生活。

时笙耸耸肩，转头对着银微道："别靠近这个坑。"

银微也很排斥这个大坑，这个坑给他的感觉很压抑，像是相生相克之物。

他此时算是魔物，之前他和那只魔签订同生契约后，已经是半魔，后来吞噬了那只魔，同生契约消失，他便被同化为魔。

能量球爆炸，引发的天雷对魔具有压制作用。

时笙甩了甩铁剑，看向远处的两个老头："你们两个别跑，最后动手还得靠你们。"

两个老头："……"什么叫最后动手还得靠他们？

他们确实想跑，这个凤倾倾根本就不那么容易对付。她身上有不少丹药，因此就算受伤，她也能很快恢复。

就在两个老头不解的时候，时笙已经绕开大坑，朝着凤倾倾掠了过去。

时笙直接动手，似乎正合凤倾倾的意。

时笙的速度不比凤倾倾慢，而且招式毫无章法。她手上那把剑所散发出来的气息，让凤倾倾心惊胆战。上次，凤倾倾就被这把剑伤过，此时再次看到，越发觉得碍眼，想要毁掉它。

两个老头子站在一边："那把剑……就是当初那些人争得死去活来的绝世剑？"

"应该是。"

当初，大陆上所有人都觉得自己能得到这件神器，结果根本就没人能拿走它。

而且这名字……古里古怪的,听说当初有人问她剑的名字,她想了好一会儿才说出口,明显是瞎扯的,他们可没听说世上有什么绝世剑,看来所有人都被这个凤三小姐耍得团团转。

"凤枝音!"高昂尖细的女声冲破云霄,带着满腔的怨毒。

时笙掏掏耳朵,道:"我听得到,你叫这么大声干什么!"

"我要杀了你,杀了你!"凤倾倾有些癫狂地大叫。

时笙继续挑衅凤倾倾:"来杀啊。"

凤倾倾四周快速涌起黑气,眼里全是疯狂,她现在只想杀了时笙。

黑气在凤倾倾背后凝聚成一把长剑,剑身和时笙那把竟然没多少差异。

时笙眉头一皱。

凤倾倾一挥袖,黑色的长剑直冲时笙而来,时笙下意识用铁剑挡住。当黑色长剑接触到铁剑的剑身,时笙身体猛地被弹飞。时笙在空中稳住身体,银微从侧面冲过来,紧张地检查时笙有没有受伤。

时笙目光微凉地看着浮在凤倾倾面前的黑剑。这是复制技能……女主角竟然复制了她的铁剑。

但复制的终究是复制的,假的就是假的,永远成不了真。她的东西,岂是那么好复制的!

银微满脸寒霜,将时笙抱着,落到地上,身子一闪,消失在原地。等他再出现,已经在凤倾倾面前。

银微吞噬的那只魔大概挺厉害,此时他的实力在凤倾倾之上。只不过,凤倾倾有把复制了时笙铁剑能力的黑剑,银微应付起来有点棘手。

时笙再次迎上去,凤倾倾以为她是来攻击自己的,却见时笙拉着银微快速退到安全区。

"让我来,你对付不了她。"那东西威力有多大,没人比时笙更清楚。

"小枝,"银微皱眉道,"我说过……"

时笙打断银微:"这次让我来,以后都听你的。"

银微皱眉道:"几成把握?"

时笙嘴角一勾,嚣张又狂妄地道:"十成。"

"我不会让你有危险的。"银微慢慢地松开手。这句话的意思是,只要她有一丁点儿危险,他就不会袖手旁观。

"不会的。"

时笙再次飞身而起,凤倾倾同时升空,和时笙一道浮在半空,遥遥相望。

"凤枝音,你的死期到了!"

时笙嘴角勾起一抹诡异的弧度,一言不发地挥剑。天地陡然变色,光线黯淡,刚才

· 598 ·

还晴朗的天空，顷刻间便黑云压顶。

凤倾倾不懂时笙要做什么，手上的黑剑也没有半点动静。

轰隆隆……

天雷滚滚而来，似千军万马奔腾，大地为之颤抖，手臂般粗细的紫色雷电在乌云中翻滚。

就在凤倾倾看向天空的时候，雷电毫无征兆地落下，朝她劈过来。雷电的速度比她想象中的更快，明明看着还在天际，眨眼就到了跟前。她没时间躲避，只能用黑剑硬挡。紫雷打在黑剑上，以黑气凝聚起来的剑身被击穿，虽然迅速合拢，但那里明显薄弱许多。

紫雷并不只劈凤倾倾，而是无差别攻击，只不过这些紫雷能够被铁剑吸收，所以并没有劈到时笙。

凤倾倾手上的黑气越来越薄弱，似乎下一秒就会消散，突然，她不要命一般冲向时笙。要死也要拉这个女人一起死！

几道紫色的雷电从乌云中落下，正好挡住凤倾倾的去路。等她冲过去，面前已经没有时笙的踪影，而她此时整个人都被雷电包围。

时笙站在下方，仰头看着空中。

从下方看这个场景，绝对非常震撼。

黑剑被削弱了力量，但并没有消失，它突然脱离凤倾倾的掌控，像是有了自主意识，穿过雷电区，携带着毁天灭地的力量，从天上射下来。

"拼死一搏？"时笙嗤笑一声。她扬起铁剑，看似随意地一挥，实际上却灌注进所有的力量，无形的剑气和黑剑顷刻撞上。

那个瞬间，黑剑没有发出震耳欲聋的声音，却以肉眼可见的速度消失，如同没有出现过。

时笙用铁剑撑着地面，深吸一口气，压下体内翻腾的血腥气。她之前就觉得慕白死的那个姿势有点奇怪，没想到他在这里等着她。可以啊！

凤倾倾没了黑剑，更显单薄，连一道雷电都扛不住，直接从空中砸落。

天上乌云依旧，只是雷电没有刚才粗，颜色也浅淡许多。不对，这是这个世界的天罚。

时笙见那雷电有朝自己劈来的趋势，赶紧往银微那边跑。

"离开这里。"时笙扑进银微怀中，"你们要是这样都弄不死凤倾倾，死了算了。"

最后这句话，时笙是对着远处的两个老头吼的。

就在她话音落下的时候，一道雷电正好劈在她刚才站的地方。等雷电消失，那里已经没有人影。

天上的雷电闪烁片刻，大概没找到目标，渐渐散去。

两个老头："……"这就完了？这架打得他们看不懂啊！不过，凤倾倾……

两个老头快速朝着凤倾倾走去。凤倾倾躺在地上，奄奄一息。两人对视一眼，同时拿出武器……

凤倾倾没死，但被人带回去囚禁起来，原因时笙不知道，也不想知道。

凤倾倾杀了那么多人，主角光环估计早就没了，这辈子恐怕都得被囚禁。

时笙回过凤家一趟。和凤家家主提及凤倾倾，时笙问凤家家主为何那么讨厌凤倾倾，凤家家主只说凤倾倾的母亲害死了他的妻子，其他的并没有多说。

时笙没心思深究。在凤家待了一段时间，准备离开，带着她家"媳妇儿"去流浪。

"真不去看看帝君？"凤家家主送时笙出门，试探性地问。

时笙摇头道："我和他只是陌生人，有什么好看的。"她没义务去帮原主完成不在她遗愿中的事。

"唉……"凤家家主无奈地叹气，"国师……小音就交给你了，希望你好好待她。"

银微握住时笙的手，微微偏头道："我会的。"这是他寻了许多年、如今视若珍宝的人，他当然会好好待她。

"凤家永远是你的家，你可以随时回来。"凤家家主点点头，挥挥手，"走吧。"

大概是不想让时笙看到他不舍的一面，凤家家主率先转身。

时笙牵着银微出门，一边道："我们先去泽雾深渊。"

"你说去哪儿就去哪儿。"

"找死啊！会不会干活，把东西拿到那边去……"一声呵斥打断两人的谈话。

时笙微微偏头，看到一个佝偻的背影正被人拉扯着。那个背影……好像是凤武。

凤武大概看到了时笙，有些愣怔，之后又被人踢打了好几下。

凤宇传出时笙的流言一事，被凤家家主知道了。凤家家主直接将凤宇处死，后来不知怎么，事情牵扯到凤武，凤武虽然没死，但在凤家的日子也很不好过。

时笙平静地收回视线，亦如当初在魔焰岭，她并没有任何情绪，就好像他只是无关紧要的路人。

银微的寿命并不长，大概是他曾和那只魔订过同生契约的原因。

银微余生做得最多的事，就是搂着她，一起看星星看月亮，然后沉沉睡去，第二天醒来时发现自己躺在床上。

银微有时候是害怕的，可每当看到时笙，那些情绪就会烟消云散，变成一片宁静。

她不会离开他。

时笙知道他死期将近，也没有什么疯狂举动，只是平静地陪着他，直到他彻底离开。

时笙取下他手腕上的表，帮他重新换上一套衣裳，抱着他进入早就准备好的墓室。墓门在她身后无声地合上。

外面的场景陡然转换，变成一片湖泊。湖面碧波荡漾，映着蓝天白云，一切安然静好。

【银微番外】

许多人都说我来历不明，其实我自己都不知道自己的来历。

从我有意识起，我就在一个满是戾气与煞气的地方，那里叫作魔渊。但我和那里的东西不同，我有血有肉，是个人。

人类……它们是这么叫我的。

我住的地方是个山洞，很狭小，里面只有一个可以作为床的石台，其余的什么东西都没有。最初的时候，我不敢离开我住的地方，外面全是那些东西，它们在等我出去，然后吃掉我。可我觉得很饿，我必须出去，不然就会饿死在那里。

我第一次出去，没有走到五米，就被逼了回来。为了活下去，我只能一次次尝试，在可以保护好自己的情况下，又能找吃的。

我不知道浪费了多少时间，值得一提的是，我即便很饿，也一直没有死亡。

那种饥饿，很难忍受。

终于有一天，我成功走出了它们的包围圈，但是魔渊的情况和我想象的完全不一样，那里只有荒凉、衰败和随处可见的煞气。没有食物，没有人类，什么都没有。我只能回去，回到那个可以保护我、让我免受伤害的小天地。

我除了感觉饥饿，并不会死亡，找不到食物，我只能忍受饥饿。

整天待在一个地方，只有枯燥、烦闷，可我还是在那里一天天长大。没人教我该怎么增强自己的实力，我只能摸索着去和外面的那些东西交手。虽然每次都把自己弄得遍体鳞伤，但是我也不再那么惧怕它们。

渐渐地，外面的东西越来越少，它们开始怕我。也就是从那个时候起，我开始重复做一个梦。梦很真实，就像真的发生过。

梦里有个女孩子，我看不清她的脸，但她会让我感觉亲昵，会让我在一片黑暗的世界里感受到光亮、温暖。我开始期待每天的休息，因为只有那个时候，我才可以看到和我置身的这个世界不同的东西。

我偶然从它们的交谈中得知，魔渊只是一方小天地，外面有更广阔的天地。我想出去，我想去找她，找到梦中的女孩，得到她、占有她。那个时候，我满脑子都是这个念头。

　　为了出去，我开始打听怎么才能出去，一开始它们都不告诉我。后来被我教训得怕了，它们才抖出一个秘密，让我去找永生。永生是一个魔，整个魔渊的存在都是因为它。

　　我第一次见永生，它就没有形体，但我感觉得到，它比外面那些有形体的魔更加强大。

　　"人类？"它的音调很古怪，像是诧异，又像是兴奋。

　　"你能带我离开这里？"

　　"呵……谁告诉你的？"永生裹着一团黑气朝我飞过来，"你竟然敢一个人过来？"

　　"为什么不敢？"我反问。

　　它绕着我飞，声音忽高忽低："你知道这是什么地方吗？"

　　"不知道。"魔渊的很多地方我都不知道。

　　"不知道你也敢过来？"

　　"我想出去。"

　　永生忽地飘到我面前，明明没有眼睛，我却觉得它在看我，看得我有些毛骨悚然。

　　"想出去……"永生在我面前停留许久，才古怪地出声，"可以，和我签订同生契约。"

　　"什么同生契约？"

　　"同生不同死。"

　　同生不同死，即是说谁的力量强，谁就有机会吞噬对方。

　　当然，也可以共享能力。

　　我那操控空间的能力，就是与它共享得来。

　　我答应和它签订同生契约，我必须出去。

　　"银微"这个名字，是它给我取的，它告诉我这个名字的时候，似乎有股恨意，那种恨不得将其挫骨扬灰的恨意。

　　我处于弱势，理智告诉我，不能反驳它。

　　出魔渊比我想的顺利，永生似乎早就知道会这样，并没有什么意外。

　　"你是人，我是魔，魔域只对魔有作用，对你无用。"这是永生当时告诉我的。

　　"你算计我？"

"算计？算计又如何？没有我指路，你一样出不来。"

它说得对，没有它指路，我就算不被魔渊限制，也出不来。

永生野心勃勃，自负狂妄，它出去后的第一件事就是一统大陆。而我的目的，并不是什么一统大陆。

我当时还没有能力和它对抗，只能一步一步地走，从一无所有，到权倾苍蓝。

"时机成熟了，银微，你该动手了。"

永生不止一次和我说过这句话，可我都敷衍过去了。但是那一次，大概它察觉到了什么，知道我想对付它，便先对我动手。虽然最后我赢了，可我也被困在国师府这个地方，不能离开太久。

它奈何不了我，我也奈何不了它。我用很长时间去找梦中的女孩子，然而一无所获。她们都不是我要找的人，每一次希望都代表失望。失望的次数多了，会让人陷入绝望。

我去魔焰岭，是想取得那件神物，借神物之力，毁掉永生。虽然极有可能我也会因此死亡，但我不能让永生一日一日重新壮大，让它有机会夺走我的身体，胡作非为。可是，我没想到，那件神物并不好得，不但有血麒麟守护，还有那么多玄兽。

血麒麟可以号令魔焰岭的所有玄兽，这一点我从没告诉过她，当初她和那几只神兽谈判，我很怀疑是血麒麟在背后示意，不过我没有证据。

第一次见她，我就知道，我要找的人，找到了。可我当时狼狈不堪，她那般耀眼张扬，我不敢露面。我忍着离开国师府后身体遭受的反噬，跟了她一路，最后实在撑不住，启程返回。

让我意外的是，她跟着我来了。更让我意外的是，她似乎并不排斥我，甚至是……喜欢我。我一直记得，她当时传递给我的想法，简单的三个字，却让我有拥抱她的冲动，这是我找了许多年的姑娘。可是我不能，我落荒而逃了。

当她再次出现在国师府外，看到两尊麒麟的时候，我下意识地就将它们送给了她。

我早已将我交给你。

——银微

第二十二章　神棍不乖（上）

姓名：时笙

人品值：-289000

生命值：35

积分：52000

任务等级：A

任务评分：78

隐藏任务：完成

隐藏任务奖励：积分3000

支线任务：完成

支线任务奖励：积分4000

道具栏："女王的皇冠""鬼王之心""暗夜""麒麟血"

【提醒宿主……】系统弱弱地出声，【人品值突破-300000，宿主将会获得大礼包一份，请宿主注意人品值。】

时笙："……"

大礼包！它还好意思说大礼包！上次那是什么？运气值下降百分之三十！

【宿主冷静点。】

时笙完全冷静不下来，把系统骂了足足半个小时才算了事。

现在系统又不敢随便传送，只能忍着气挨骂。反正她骂的都是它主人，它听着也就闹心一下，没事的，没事的。

时笙骂完系统兼系统主人，又开始在空间鼓捣她那块表，拆了装，装了拆。

系统不懂宿主在搞什么，拆来拆去有意思吗？

时笙看着重新组装好的手表，一脸满意，这个位面帮了她不少忙。

【宿主，我想提醒你，这是虚拟世界，一旦回到现实世界，这些东西都会消失。】

你做再多也是白做啊！

"我一时半会儿回得去吗？"

【……】好吧，不能，它连主人在干什么都不知道。主人怎么还不来，它要死了！

"下个位面。"

【传送开始……】

"啊！"

尖锐的叫声让时笙噌的一下坐起来，下一秒，她又软绵绵地倒下去，脑袋一抽一抽地疼。

"嗯……啊……"

旁边急促的喘息声混合着尖叫，让时笙脑袋更疼。她微微扭头，被旁边的场景吓了一跳，两个男人……一个女人。

时笙赶紧移开眼，打量自己的身体。很好，衣服齐整，还没有被怎么的。

她此时躺在角落的小床上，这床上有股很难闻的味道，弄得她呼吸困难。

那边的人就在地上，大概是太过投入，并没有发现她醒了过来。

房间狭隘，没有窗户，门在那两个男人的背后，她想偷溜出去肯定是不可能的。好在这身体没被下药，估计就是被打晕了。时笙缓了缓，感觉好了许多。她刚准备起来，那边的人突然朝着她走过来。

时笙："……"

男人伸手抓住时笙的胳膊，将她往床下拽，对着那边的男人道："别玩儿了，先把这个解决了。"

"怕什么，她还能跑了？"

"时间要到了。"男人指了指破旧墙上的时钟。

此时已经凌晨四点多。

那边的男人有点不情愿地松开女人，走过来道："来吧，来吧，真不知道这么个小丫头得罪谁了，看着就没意思。她还未成年吧？你看这身材……"

"行了，少抱怨，拿人钱财替人消灾。"

时笙抬脚就朝对面男人的下身踹去，力道非常巧妙。男人嗷了一声，痛苦地捂住某处。时笙掏出铁剑，直接往拉着她的那个人身上打。灯光照在铁剑上，反射进男人眼底，下一秒，他脖子上就是一凉，紧接着下身一阵剧痛。他表情扭曲地看着站在面前的女孩子。

她长着一张人畜无害的娃娃脸，个子才到他胸口，可她此时的样子，令人怎么看都觉得骇人。那横在自己脖子上的利器,似乎只需要她稍稍用力,就能夺走他的命。

时笙用铁剑拍了拍男人的脸颊,问道:"刚才哪只手抓了我?"

男人不吭声。时笙咧嘴一笑,道:"那就两只手都砍了!"

男人的脸色猛地一变,道:"不要,不要。"

"去把衣服穿上。"

两人被那么锋利的剑指着,交换一个眼神,忍着痛去穿衣服。

那女人趴在地上,也不知是死是活。时笙随手拽了条脏兮兮的毯子扔到女人身上,盖住她遍体鳞伤的身子。

就在她转头的时候,一个男人迅速扑向床边的柜子,拉开抽屉,从里面拿出一支枪,对准时笙,道:"我呸,小丫头片子,还敢和我们哥俩横。把剑放下,不然,哥哥我可就开枪了。"

时笙打量他手中的枪几眼,嘴里毫不留情地吐出两个字:"智障。"

"你说什么?"

"还耳聋。"

拿枪的男人一直没开枪,大概是不想弄出人命。

"你少跟我贫嘴,把剑给我放下!"

"你算老几,让我放就放?"时笙轻哼一声,铁剑从她手中飞出,直接打在拿枪男人的手腕上。

他听到一声清脆的骨头碎裂声,手里的枪拿不住,直接掉在地上。另外一个男人惊骇万分,想去捡枪,但那把剑竟然又飞了回来。是的,他没看错,剑是自己飞回来的。

男人吓得一个踉跄,直接摔在地上,身子不断往后退:"你、你……你是人是鬼?"

"总有人喜欢自己吓自己。"虽然时笙目前还不知道自己长什么鬼样子,但是作为女配角,她总不能丑到不能见人吧?

时笙上前拿住铁剑,指着那个男人:"亏心事做多了吧。"

"我……我什么都不知道,我……我……我不知道。"男人拼命地摇头,"我们只是拿人钱财,替人办事而已。冤有头债有主,别找我,别找我……"男人有点语无伦次。

"谁要害我?"

"不知道,我不知道……"男人继续摇头。

原主叫步萌,偏偏这孩子长得特别可爱,取个名字叫步萌,这反差着实诡异。

步萌是孤儿,从小在道观长大。现在这个社会,学习玄学的人本来就少,但是步萌所在的道观,还是有真材实料的高人。

· 606 ·

步萌的师父就是其一，步萌从小跟着师父学习。她估计跟玄学八字不合，一直是个半吊子，她师父最终也放弃了。

步萌有张乌鸦嘴，这一点整个道观的人都知道，她说的事，好的不灵，坏的准灵。

道观里其他孩子都不愿意和步萌玩儿，怕她说的坏事发生在他们身上。

所以，本来挺开朗的一个孩子，后来变得越来越不爱说话，到最后变成写字与别人交流。

步萌的师父于心不忍，恰巧步萌又快上初中，就将她带到市里，拜托他的朋友帮忙照顾。

这个朋友是位经纪人，经常早出晚归。某次偶然的机会，经纪人看到步萌写的歌词，觉得她很有天赋，问她愿不愿学音乐。

步萌不爱说话，但不代表她不爱和人交流，歌词可以让她将自己的想法表达出来，她很愿意学。

经纪人取得步萌师父的同意后，将步萌送入了音乐学院。

步萌在这方面天赋确实好。她私底下给一些人写过歌，她的歌词不是谁都可以唱的，能唱的，必定会一炮而红。

歌坛上不少人都听过她的大名，却从没有人见过她。她和别人的所有交流都是在网上进行的。

本来她不会有什么麻烦，谁知还是遇上了麻烦。不过带来麻烦的不是女主角，而是女配角尹宝宝。

尹宝宝是步萌的学姐，长得好，身世好，后台硬，在这本小说中，扮演着恶毒女配角的角色，为男主角和女主角的感情添砖加瓦。

可是，尹宝宝本人被穿越而来的角色代替了，那位角色是看过原文的一位读者。

新的尹宝宝看过全文，知道步萌的身份，开始设计接近她。

知道步萌不会说话，她就以知心姐姐的身份陪在步萌身边，步萌渐渐对尹宝宝依赖起来。

尹宝宝接近步萌当然是有原因的，哄骗步萌帮自己写了不少歌，然后借这些歌曲接近男主角安宸。当安宸将这些唱出来后，步萌知道自己被骗了，就去找尹宝宝。

然而，当时尹宝宝已经和安宸在一起，两人出双入对，在圈子里羡杀旁人。

一位是新晋美女作词人，一位是出名已久的情歌小王子，身世背景也非常相配，怎么看都是天造地设的一对。

尹宝宝为了维护自己在安宸面前的形象，私底下找步萌，让她别乱说，还哭诉自己真的是迫不得已。步萌心软，答应尹宝宝不说出去，但表示尹宝宝不能继续用她的作品。尹宝宝表面答应，但是当安宸需要新歌的时候，尹宝宝还是将之前她从步萌那里偷拿的歌词给了安宸。这首歌对步萌有特殊的意义，她从来就没想过要找人唱。当她听说安宸唱了后，愤怒了。

步萌去找尹宝宝，说要告她，尹宝宝大概真的怕步萌告自己，更怕安宸知道真相，便暗地里找人抓了步萌，并拍下不雅视频，还威胁步萌，她若敢将事情说出去，就把视频发到网上。

步萌不敢将这件事告诉任何人，尹宝宝却继续以此要挟步萌帮她写歌。

尹宝宝的名气越来越大，在圈子里混得风生水起。

尹宝宝手上捏着步萌的把柄，步萌什么都不敢说。

尹宝宝需要的歌也越来越多，写歌也是需要灵感的，步萌哪里能短期内写出那么多。最后，步萌是被逼疯的，在网上说那些歌是她写的，可是没人相信她。就连经纪人都不相信，觉得她精神有问题，需要治疗。

所有人都不相信她的时候，步萌选择自我了结生命。

步萌死了，尹宝宝还将视频放出去，黑了步萌一把。

尹宝宝在这篇文里依然是女配角，最后她的所作所为被人爆出来，男主角还是会和女主角在一起。当然，这一点步萌是不知道的。

步萌的遗愿是揭开尹宝宝的真面目，让她受到应有的惩罚。

时笙现在过来的时间点，正是尹宝宝绑架步萌。

时笙看向房间里的摄像机，摄像机是开着的，但对着的是地上那个女人。

时笙只看了一眼就收回了视线。

原主是乌鸦嘴，时笙看着被绑在一起的两个男人，冷不丁冒出一句："你们会被警察抓。"

两个男人："……"

仅仅三分钟后，他们就听到警笛声。

厉害了，这下她连剑都不用掏了。

警察来得很快。看到屋子里的场景，警察有点傻眼，这什么情况？

时笙坐在屋子里的唯一一张凳子上，跷着二郎腿，悠闲地撑着下巴，看着他们破门进来。

这两个人也确实不知道是谁雇的他们，他们只有照片，连时笙的名字都不知道。

时笙是受害者，就算是有点诡异的受害者，也不能抹除她是受害者的事实。

所以去警察局录过口供后，她很快就被放了出来。

"洪队，那个摄像机被人动过。"时笙刚走，就有人匆匆跑来找给时笙录口供的洪队。

"被人动过？"洪队无声地询问这是什么意思。

"有一段视频被人删掉了。"

"能恢复吗？"

那人摇头道："不能。"

"被删掉的部分是什么？"

"应该是那个小姑娘制伏歹徒的画面，不过看机位的放置，拍到的东西不多。"

之前他们审问那两人是怎么被一个小姑娘制伏的，两人死也不说，还一副害怕的表情。

他瞧着那小姑娘挺可爱的，就算会点跆拳道什么的，也不至于让两人怕成这样吧？

洪队微微皱眉，道："知道了，其余证据已经够定他们的罪了。"

时笙从警察局出来，若有所思地往她住的地方走。

步萌的能力应该属于言灵术一类，就是不知道对哪些人有作用。时笙决定去试试。此时已经早上九点多，她找了一处广场，蹲在一旁，看谁不顺眼，就诅咒两句。比如诅咒对方会摔跤、会丢钱包、会被人打……结果是有的灵，有的不灵。

时笙又找那种看上去不像好人的人试，几乎百试百灵，但那种看上去非常善良的人或者小孩子，就不怎么灵。

时笙测试半天，得出结论——这玩意儿只对坏人有用，对好人没用，简直像是好坏分辨机。

时笙又对之前诅咒不灵验的人做了祝福测试，事实证明是可行的。

这么好的技能原主竟然不懂得利用，太蠢了！

时笙实验完，准备离开，刚站起来就是一阵眩晕，她往旁边的水池中倒去。哗啦一声，她直接栽了进去，溅起一地的水花。

听到动静，广场上的人纷纷朝着这边看过来，也有人过来帮忙把时笙拉出来。

时笙只觉脑袋好痛，眼皮好重，好困，想睡觉。大概是见她状态不太好，有人提议将她送去医院，但大多数人都是冷眼旁观。

时笙最后还是被送去医院，送她去医院的人，正是她之前测试过可以被祝福的一个中年妇女，她还特意等着时笙醒过来。

"已经给你的叔叔打了电话，他很快就过来。"中年妇女见时笙打量四周，轻言细语地道，"你年纪轻轻，怎么会疲劳过度？好好注意身体，别觉得年轻，就消耗自己。"

疲劳过度？时笙揉了揉眉心。应该是她过度使用言灵术的原因，看来这技能还是有限制的。

中年妇女口中的叔叔叫于声，正是照顾原主的那个经纪人。

于声来得很快。他长相普通，但有一副长命相，应该没做过什么坏事。时笙自然是不会看相的，只是原主的记忆中有这信息。

于声向那位中年妇女道谢，又结清了她帮忙垫付的医药费，亲自将她送出去。

"你这孩子，怎么不在学校？"于声眉宇间还有些疲倦，但还是关心地询问，"是不是最近学习太累了？"

时笙摇头。她自己作的。

于声习惯原主不说话，也没再说什么，只是仔细叮嘱她几句，问过医生没什么大碍后，开始拿着电话忙他的工作。

于声一连接了好几个电话，大概那边出了什么事。之后，他转身对着时笙道："你好好休息，叔叔给你叫了护工，有什么事和护工说，叔叔晚点再来看你。"

时笙依旧点头。于声有点不放心，可电话不断响，他还是离开了。

时笙的身体没什么事，但是过度透支，足足在医院躺了三天，精神才慢慢地变好。出院的时候，于声给她发短信说要来接她，时笙直接拒绝了。

于声大概真的忙，确定时笙不要自己接，叮嘱她到家报平安后就没了音信。

于声手下有好几个艺人，有时候忙起来，一个月都见不到他的人影。

时笙离开医院，准备打车回家，一摸兜才发现自己竟然只能坐公交车。原主被抓走时什么都没带，只有不知什么时候揣在裤兜里的五块钱。

坐公交车就坐公交车吧！时笙看了站牌，上了一辆公交车。此时不是高峰期，没多少人，时笙找到一个位子坐下。

车子走走停停，空荡荡的公交车此时竟然人满为患，一个挨着一个。

就在时笙快到站的时候，前方突然传来争吵声。随后有人尖叫"杀人了"，公交车紧急刹车，刺耳的刹车声响彻整个车道，车里的人往前面倾倒，一片混乱。

时笙撑着身子稳住，前面人太多，看不到怎么回事。

隐约有尖叫声和小孩子的哭闹声传来，还有不满的抱怨声，混杂在一起，非常吵。

时笙站到座位上往前面看，一个戴着口罩的男人正挟持着一个七八岁的孩子，而他脚边已经倒着一个女人，腹部有鲜血渗出来。

时笙："……"这是什么发展？

车厢里的人都不敢靠近男人，纷纷退后，七嘴八舌地安抚着男人的情绪，然而效果不佳。

"退后，都退后，不然我杀了她！"男人死死掐住孩子的脖子，那孩子脸色已经发青。

男人另一只手握着匕首，正指着四周的人。众人不敢刺激男人，只能往后退。

"孩子……"地上的女人还没死，气若游丝地伸手去拉那个小孩子，无助地看着四周的人，"救救我的孩子，救救我的孩子……"

"开车门，让他们下去！"男人不理会女人的哀求，冲着司机大吼。

司机也被吓到，哆嗦地去按开门键，按了好几下才按开。车门一开，车厢里的人争先恐后地跑出车外。谁想和杀人犯待在一辆车里？

时笙本来就坐在后面,等那些人下得差不多了,她才慢吞吞起身。

"快点!"男人催促,声音粗哑,带着一点颤音,也不知是害怕还是急的。

时笙走到车门口的时候,看清地上的女人,是几天前送她去医院的那位。

时笙本来打算跨出去的脚步一顿,就那么停在门口。

"你想干什么,滚下去!"男人的手指越发用力,小孩子的脸已经憋得通红。

"她怎么还不下来?"

"现在的小姑娘胆子都这么大?快下来吧,那可是杀人犯……"

"快报警,报警了吗?"

"哎呀,那孩子快不行了……"

车下的人站得远远的,议论纷纷,场面很是混乱。

时笙微微一笑,淡粉色的唇瓣轻启:"去死。"

男人额头上青筋暴起,问道:"你说什么?"

时笙一字一顿地重复道:"我让你去死。"

男人正要说什么,突然远处有阴影朝着这边撞过来,他眼底的盛怒变成惊恐,下意识地放开小孩,往车下跑。

砰!

四周一片诡异的寂静,整个空间好像静止了一般。

不知从哪儿冒出来的货车撞到公交车上,公交车被撞得滑行一段距离,整个车身严重变形。

诡异的寂静过后,四周又恢复吵闹,不少胆子大的人朝着公交车跑过来。

公交车的车门不知怎么关上了,怎么都打不开,众人只能从窗户爬进去救人。

车厢里,时笙放开了那个小孩子,扒拉自己的手臂看了看,一块碎玻璃正扎在里面,鲜血不断往外渗,很快染红了她的衣裳。

那个歹徒匍匐在座位上,没有动静,也不知是死是活。

时笙还没来得及上前查看,就被进来的人给弄了出去。

警察和救护车总是姗姗来迟,女人和歹徒都被送进医院抢救。时笙不想去医院,让医生当场给她包扎。她的伤口不深,医生也没什么意见。

"你好……是你?"洪队本来是找当事人问话的,结果看见时笙,嘴角顿时一抽,这小姑娘不是刚从警察局出去吗?

时笙垂眸看着自己包成粽子的手臂,并没有看洪队。

气氛有些尴尬,洪队用手抵住唇,清了清嗓子,道:"步小姐,我要问你几个问题,希望你配合。"

"不认识、见义勇为、心情好。"时笙头也没抬地吐出几个词。

洪队听得一脸不解。这是什么玩意儿?好一会儿他才反应过来,她这是在回答他要问的问题。

洪队象征性地问了几句，时笙都回答得特别简单，但是没什么错处。

"你留个联系方式，有什么事，警方好联系你。"最后，洪队道。

时笙将原主的手机号留下，走了几步，又返回来，认真地看着洪队："能送我回去吗？"她没钱了！

洪队："……"

洪队找了人送时笙回家。

"洪队，洪队，你看这个。"一个警员匆匆地跑过来，将手中的笔记本递给洪队。

电脑上播放的正是公交车的监控录像，公交车上的人都下得差不多了，那个长相可爱的女孩子慢吞吞地走到门口。她本来是准备下车的，即将抬脚的时候，看到地上的女人，不知怎么又改变了主意。然后，他就听到一声"你去死"。接着，有货车朝着公交车撞过来。

"洪队，这小姑娘够邪门的。"她那句话刚说完，货车就撞上了。

洪队反反复复查看那条视频："货车怎么回事？"

警员快速回答："疲劳驾驶，拐弯的时候把刹车当油门，直接冲了过来，没有疑点。"

要不是视频里有歹徒受到撞击，手上的刀因此而插入他腹部的录像，现在这个小姑娘就是嫌疑人了。

"巧合罢了，别乱猜。"洪队说这话的时候，自己都皱了皱眉。真的是巧合吗？

这件事很快结案，歹徒是近日传得沸沸扬扬的连环命案通缉犯，那个女人认出了他，所以才有了公交车上的一幕。

女人没死，伤挺严重的，好好休养还是能好。那个歹徒也没死，刀子没有插到要害处，让他捡回一条命，不过他身上的命案也足以让他被判无期徒刑。

时笙关掉电视，摸着下巴思索。看来，言灵术是不能直接要人命的，就是穷凶极恶的人都不能。这也对，真要是开口就能让人死，那她岂不是无敌了？

时笙觉得这个技能还得好好摸索，说不定她就能成为一代"神棍"呢？

时笙进原主房间翻了翻，找到她用的电脑，打开网页，搜索安宸。

各种各样的信息立即跳出来，安宸确实长得好看，阳光帅气，带着一点傲气，是时下最受欢迎的形象。

安宸的新歌——《时光与你》

时笙点开播放键。安宸的嗓音有点低沉，带着磁性，唱情歌非常好听。可是这首歌……有点偏古风，需要更加清澈空灵的嗓音来唱，被安宸这么一唱，倒是有点毁了。

安宸本身就有名气，这首歌虽然挺火，但绝对没有火到家喻户晓的程度。

时笙撑着下巴，指尖有一下没一下地敲着键盘。

尹宝宝拿走的就是原稿，原主即便想告尹宝宝都不行。难不成要去偷回来？

时笙努力扒拉原主创作这首歌的灵感，却发现没有，又是这样。

时光与你……从歌名来看，像是与爱情有关，但歌词内容并不是，这首歌无关爱情。

丁零零……

客厅的座机铃声打断时笙的思路，她往客厅瞅了眼，这个时候，谁打电话？

时笙起身走到客厅，拿起电话，还没说话，那边的人就叽里哇啦说了起来。

"于哥不好了，夏哥和人打起来了，在今夜俱乐部，你快来。"那边很嘈杂，说话的人也语速飞快。

半响没听到回应，他又急急叫了一声："于哥？"

"我叔叔不在。"时笙淡淡地道。

叔叔？对方有点反应不过来，好一会儿才道："小萌？"

以前原主从不说话，更别说接电话，对方自然惊讶。

小萌是什么啊？时笙好一会儿才想起，于声身边的人都喜欢这么叫她。

"嗯。"

"啊……"电话那端突然惊呼一声，不过显然不是因为时笙说话，而是那边打架的人波及他了。

电话里传来一阵杂音，是各种骂声和噼里啪啦的声响。

时笙听了好一会儿，那边都没说话，于是把电话挂掉。她想了想，给于声拨了个电话，奈何于声的手机关机，难怪对方把电话打到家里来了。

时笙又给于声的公司打，公司前台表示于声没在公司，去处理一个艺人的突发情况，此时正在飞机上。

时笙刚挂掉电话，刚才那个人又打电话过来。

"小萌，小萌，你知道于哥去哪儿了吗？他在家吗？在家的话，你让于哥快过来，不然就要出人命了。你们别打了……小萌，听到我说话了吗？"

时笙平静地道："叔叔出差了，在飞机上。"

对方惊叫一声，道："什么？出差？这个时候……完了完了……"

他念叨几句，时笙只听到砰的一声，然后就成了忙音。时笙无辜地耸耸肩。

时笙挂了电话，继续回房听歌，她可没有多管闲事的习惯。时笙听着听着不知什么时候睡着了，门铃突兀地响起，将她惊醒。她茫然地看着依旧单曲循环的电脑，揉了揉头发，起身去玄关开门。

一个戴眼镜的男人扶着一个看上去喝醉了的男人见门开了，立即松了一口气。

"小萌，你在家太好了。"

时笙："……"这声音她记得，就是刚才打电话说出事的那个。

好像是于声的助理，姓冯，叫什么原主不知道，时笙只听于声叫过他冯助理。

"于哥让我先把夏哥送来这边避避，等他回来再处理。小萌，你先让我进去……"冯助理有些气喘，他此时看上去也很狼狈，身上还有血迹，也不知道是谁的。

时笙皱了皱眉，摸出手机给于声打电话。

于声很快就接了："小萌，冯助理到了吗？你让他们先进去，你要是不习惯，就让冯助理送你回学校住。"

"知道了。"时笙轻轻应一声。

于声还没回应，时笙已经挂掉电话，让那两个人进来。

被冯助理扶着的男人身上有一股很浓郁的酒气，但又夹着一点让她熟悉的气息。时笙皱了皱眉，主动伸手扶住男人，将他扶到沙发上。

一接触到男人，刚才有点单薄的气息立即变得浓郁起来。时笙眯了眯眼子，道："谁打的他？"

"夏哥和人起了冲突，那几个小子已经跑了，不过我怕有狗仔拍到，明天……"冯助理摇头，完了完了，这下是真完了。

冯助理话锋一转，道："小萌，我还要去处理一下那边的事，你回房间吧，别管他。"

时笙微微点头。

冯助理心急火燎地离开，时笙盯着沙发上不省人事的男人，有点头疼。你又混得这么惨，说好的大boss呢？你其实是女主角吧？

时笙叹口气，去卫生间拿了干净的毛巾。他身上不但有酒气，还有血腥气。

时笙将他翻个身，让他躺得更舒服些。他的头发有些长，挡住了眉眼，时笙将头发拨开，看到一张好看的脸。这张脸……原主并不陌生。

夏零。

两年前当红组合"闪耀"的颜值担当，不过现在这个组合已经不复存在。

自从组合解散后，夏零的黑粉几乎能绕地球几圈，网上每天都有人骂他。

而那个闪耀组合的成员，就有男主角安宸。

组合解散，夏零被黑得一无是处，安宸却红透半边天，这下有更多的人骂夏零，觉得是夏零拖累了安宸。

时笙本想给夏零换身衣裳，结果手刚伸出去，就被人抓住，刚才还闭着眼的夏零，不知何时睁开了眼。他的眸子有点冷，像是结冰的湖面，然而又带着一点桀骜不驯的倔强。他盯着时笙片刻，突然甩开手："滚！"

时笙："……"凤辞都敢吼老子了，以为我愿意伺候你吗？

时笙扔了毛巾，起身往房间走。她的脚刚迈出去，手腕就被人抓住。他一下子将她

· 614 ·

扯到沙发上，身上的酒气和血腥味扑面而来。

"别离开我。"夏零埋首在时笙的脖子上，声音很轻，带着几分倦意，"别离开我。"

时笙："……"不是你让我滚的吗？

抱了片刻，夏零有些迷茫地抬头，捧着时笙的脸："你是谁？"他眸子里有明显的醉意。

"我？我是你对象，你忘了？"时笙将自己的脸解救出来，"怎么，吃干抹净就不想负责了？"

夏零摇头道："不对，我没对象，女人太麻烦了。"转而他又问，"你真的是我对象？"他眸子里的醉意越发明显。

不等时笙回答，他继续自问自答："我没对象，你不是。"他突然将时笙给掀下去。时笙差点撞到旁边的茶几，她坐在地上，大概是气笑了。

夏零撑着身子坐起来，摇摇晃晃地下地，环顾四周："洗手间在哪儿？我要嘘嘘。"

时笙现在想掐死他。她冷静片刻，从地上爬起来，指了指旁边："那边。"

夏零顺着时笙指的方向走去，路过时笙的时候，他突然勾住时笙的脖子，一口酒气喷在时笙脸上："一起去，我喜欢你身上的味道。"

谁要和你一起上洗手间！

夏零根本不给时笙机会，力气非常大地将时笙拖进洗手间。时笙现在更想掐死他了。

夏零靠着门，使劲地扒拉自己的裤子，然而他扒拉半天都没扒拉开。他脸色微红，无助地看向时笙："帮帮我。"

时笙："……"要不是看在你是风辞的面子上，我早打得你爹娘都不认识你了！

时笙上前，替他解开裤子。

"谢谢。"夏零走向小便池。

看他那摇摇晃晃的样子，时笙还真怕他给摔了。好在并没有，夏零解决完人生大事，看都不看时笙一眼，梦游似的出了洗手间。

等时笙出去，夏零已经倒在沙发上睡着了。

夏零使劲睁开眼，盯着白色的天花板，许久都没动。好一会儿，他才伸手揉了揉眉心，宿醉让他头疼，身上更疼，像是被人揍过。

夏零觉得被子下面不太对，掀开被子瞧了瞧，又放下被子。三秒钟后，他再次往被子底下看。他本来还有些潮红的脸，顿时黑了。他竟然没穿衣服！昨晚，他喝醉后干了什么？不对，昨晚有人趁他喝醉，对他干了什么？

· 615 ·

夏零环顾四周。这房间他不认识，也不是酒店的摆设，这是什么地方？

咔嗒……

夏零听到开门声，猛地将被子往自己身上一裹，然后看向门口，一个长着娃娃脸的女生从门外进来。

"你是谁？"

"哟，失忆了？"时笙大力关上门，嘴角挂着一丝玩味的笑，"昨天晚上你还叫人家小宝贝，怎么睡一觉起来，就把人家给忘了。"

夏零犹如被雷劈，好一会儿才抖着声音道："我怎么会看上你这样的女人？"

"我这样？"时笙眸子微眯，语气陡然阴森起来，"那你看得上什么样的女人？"

"反正不是你这样的。"夏零微微皱眉，"你对我干了什么？"

"该干的都干了。"时笙冷哼一声。

夏零表情更加难看："你……我要告你。"

"告我？"时笙几步走到床边，居高临下地看着他，"告我什么？告我有个男人大半夜闯进我房间，想对我意图不轨，我被你睡了，你不满意？"这个智障睡到半夜，突然摸进她房间，抢她的床就算了，还把她赶出房间。

"你胡说。"他不是那种人。

"哦？我胡说？那你说说，你怎么在我床上？"

"我怎么知道，说不定是你把我……"夏零越说脸色越难看。

时笙指着自己的小身板，道："你觉得我这样，能把你这么大个男人弄到床上来？"

夏零打量时笙几眼，对面的女孩子完全像个小孩。

"怎么不能？"

"你就这么想被我睡？"时笙突然诡异地笑了笑，"你是不是喜欢我啊？"

夏零快速反驳道："谁喜欢你！"不要脸！

"你不喜欢我，干吗非要赖着我？"

"你这是违法的。"夏零紧紧拽着被子，生怕时笙对他干什么似的。

时笙眉宇间都是张扬的笑意："为了你，我乐意。"

夏零觉得自己可能遇见疯狂粉丝了，他观察四周，评估自己逃跑的概率有多大。他的手机呢？他要报警。

就在夏零想着该怎么办的时候，一套崭新的衣服被扔了过来，连标签都没拆。

那个女孩子并没有在房间里继续待着，而是转身出了房间。夏零迟疑片刻，拿着衣服快速穿上，下床。他掀开被子瞧了瞧，没什么奇怪的痕迹，也没奇怪的味道。他打开房间门，外面客厅里一片狼藉，那个女生坐在沙发上玩手机。

夏零打量四周,这里看着怎么有点眼熟?当他看到客厅的几个摆件,哪里还不知道这是什么地方?这是他的经纪人于声的家。他又回头看了看房门,这个房间他从来没进过,所以觉得陌生。

"你骗我?"夏零几步走到时笙跟前,撑着沙发,带着怒气质问她。

时笙淡然地放下手机,道:"第一,确实是你自己上了我的床。第二,你的衣服也是你自己脱的。第三,是你自己意淫我对你做了什么。"

"你是小萌?"夏零绕过沙发,一屁股坐下,脚往茶几上一搁,十足的纨绔子弟。他虽然没见过她,但听于声和冯助理说过。

时笙瞄了他放荡不羁的姿势一眼,冷不丁地冒出一句:"昨晚你还让我给你脱裤子。"

夏零对于他昨晚喝醉的事,一点印象都没有。

"你说,要是让我叔叔知道,他会不会……"时笙做了个抹脖子的动作。

纨绔子弟夏零突然把脚放了下去,身子也坐正了。他清了清嗓子,道:"小萌。"

时笙斜睨着他。夏零不知怎么觉得对面的女孩子有点勾人,好像她的一个眼神都能让他记住。夏零移开眼,道:"这件事别告诉于哥。"他喝醉会发酒疯,他自己也知道。

"行啊,不过你得答应我一个条件。"

夏零突然捂胸,道:"那种交易我不接受。"

"放心,我要想对你做什么,昨晚就做了。"时笙翻白眼。

夏零慢慢地放下手。看来昨晚确实什么都没发生。

"什么条件?不太过分,我能答应你。"

"做我男朋友。"

夏零愣了一下,随后嗤笑道:"现在的小姑娘都是这么直白的?才第一次见面,你就要我做你男朋友?"

"不直白怎么追人?"

"我不喜欢你。"夏零拒绝道。

"那我就告诉叔叔,说你昨晚对我这样那样……"时笙一脸无所谓地道。

"你……"他恨恨地瞪时笙一眼,"你喜欢我什么?这张脸吗?"

时笙不怀好意地笑了笑,目光微微下移,道:"我喜欢你……脱光的时候。"

夏零突然起身,将时笙摁在沙发上,将她整个人圈在自己的臂弯里:"既然小萌喜欢,那我就满足你……你可不要后悔。"他就不信这个女人真的有这么大胆。

显然,夏零小看了时笙。她伸手去解他的扣子:"我对你从来不会后悔的。"话音落下,时笙已经解开他的两颗扣子。

夏零俯身,作势要吻她,然而时笙只是笑眯眯地看着他,甚至还主动往他的方向凑

· 617 ·

了凑。夏零突然有些慌乱地放开她："我答应你。"刚才他的心脏突然不受控制，像是要跳出来，那种感觉，他还是第一次有。

等心跳平复，夏零才想一巴掌抽死自己。刚才他答应了她什么？才第一次见面，他竟然就答应做她男朋友。夏零，你喝酒喝疯了吧？

就在夏零准备反悔的时候，大门口传来开门的声音，于声和冯助理从门外进来。看到一地的狼藉，两人都有些不解。于声反应更快，几步从玄关冲进客厅："小萌，你没事吧？"

时笙耸肩，微微摇头。

"那这是怎么回事？"于声指着满地的狼藉问她。

时笙用手指向夏零。

夏零："……"说好的男朋友呢？你这立刻出卖我是什么意思？

于声看了夏零一眼，大概也明白是他昨晚发酒疯干的。

"冯助理，我不是让你将小萌送回学校吗？"于声转头对着冯助理吼。

"我……我忘了……"昨晚情况那么紧急，他有一堆事要处理。

"忘了，你把这么重要的事给忘了，要是……"于声止住话头。这孤男寡女的，要是夏零对小萌做了什么，怎么办？夏零发酒疯时，简直跟疯子似的。

于声再三确定时笙没事，这才开始教训夏零。夏零对于声的教训左耳朵进，右耳朵出，一点悔改的意思都没有。

"你自己看看！"于声突然拿出手机，点开娱乐新闻，扔到夏零身上，"你看看你干的好事。"

夏零拿着手机看了看，丝毫不在意地道："反正又不是第一次，多一次不多，少一次不少。"

"夏零！"于声吼道，"你还想不想在这个圈子混了？你看看你现在成了什么样子？！"

夏零火的时候于声就是他的经纪人，也算是看着他从曾经的辉煌走到如今的落败。

夏零沉默片刻，忽而冷笑道："不然像安宸那样吗？"他起身朝着门外走，"我不是他。"

"夏零，你站住！你的住处全是狗仔，你想去哪里？"

夏零无视于声的怒吼，直接出门。

关上门，夏零看到刚才说去上学的女孩子正靠着墙壁，偏头看着他。她脸上的笑意冲散了夏零心底的烦闷，但他还是凶巴巴道："你不是去上课？"

"上课哪有你重要。"

夏零冷哼一声。刚才她还出卖自己。

618

夏零抬脚往楼梯间走。时笙看了看电梯，这里可是十五楼，为什么不坐电梯？

夏零的身影就快消失在楼梯口，时笙只能追着过去："等等我。"

楼梯间里很安静，夏零单手插着口袋，走得非常慢。时笙几步追上他，伸手拉住他的另一只垂在身侧的手。夏零看她一眼，想要甩开她，可是瞧着她脸上的笑容，他突然有点不忍心。是的，不忍心，以及一点说不清道不明的舍不得。

"你不开心？"时笙偏头问他。

"没有。"

时笙嗤笑道："你那张脸跟谁欠你八百万似的，还说没有？"

夏零瞪她，道："要说话就别跟着我。"

"不说不说。"

夏零带着她到地下室，从裤兜里摸出一把车钥匙。时笙嘴角一抽。她没记错的话，这是于声回来的时候放到桌子上的，他什么时候摸走的？

夏零开着车，直接去了一家酒吧。大概他是常客，就算此时不是营业时间，对方还是将他放了进去。

昏暗的角落里，夏零一杯接一杯地喝酒。时笙撑着下巴看他，也没阻止的意思。

"喝吗？"夏零突然将酒杯递给时笙。

时笙接过喝了一口，不太好喝，于是把酒还给夏零。

"没用。"

夏零嗤笑一声，就着时笙用过的酒杯，将酒一口饮尽。他不讨厌她。夏零被这个念头吓得又喝了好几杯。他竟然不讨厌这个女孩子！

夏零一直在酒吧待到营业时间，都没有离开的意思。酒吧里的人渐渐多起来。时笙被夏零这凶残的喝酒方式吓到了。

时笙坐过去，道："夏先生，你再这么喝下去，信不信晚上我把你给睡了？"

夏零拿着杯子的手一顿。他微微垂眼，长长的睫毛挡住眼底的情绪："你就这么喜欢我？"

"是啊，喜欢得不得了。"

夏零指尖紧了紧，再次将酒杯里的酒一口饮尽，然后嘲讽地开口："你不知道我是什么人，你怎么会喜欢我？"

"你也不知道我是什么人……"时笙的声音被淹没在震耳欲聋的音乐中。

她撑着下巴，继续看着夏零喝酒。她决定了，今晚就把他睡了。反正他都是她的，迟早得睡。

"宋沫，你在这里干什么？"

"不要你管。"

"宋沫，跟我走。"

"放开我……"

争吵声从时笙旁边传来,她扭头看向拉扯的两人,其中一个男人戴着口罩,被拉扯的女孩子拼命想挣开男人。

"宋沫,你别胡闹!"男人连拖带拽地将女孩子带出酒吧。

就在时笙收回视线的时候,夏零突然起身,跟着那两人出了酒吧。

酒吧外,女孩子抱着一根柱子不撒手,进出的人有些奇怪地观望着。

"你凭什么管我,我不跟你走。"

"宋沫!"男人似乎有些气急败坏,伸手去掰女孩子的手,"有什么事我们回去说,你别在这里闹。"

夏零并没有上前,就站在门口看着那边。

宋沫是女主角的名字,那个戴口罩的男人肯定就是男主角,这两人在这里拉拉扯扯干什么?

这个时候,男主角不是和尹宝宝在一起吗?

时笙刚想到尹宝宝,就见一个打扮招摇的女人踩着高跟鞋,噔噔地跑过来。

"安宸,你怎么在这里……宋沫?"尹宝宝很是诧异看着抱着柱子的女人。

宋沫赶紧挣脱安宸,往后退开几步。

啪!宋沫被这一巴掌打得有点蒙,好一会儿才反应过来,眼眶红红地看了安宸一眼。安宸正拉着尹宝宝:"宝宝,你干什么?"

"她是不是还纠缠你?"尹宝宝指着宋沫:"宋沫,你怎么这么不要脸?我这个女朋友还在,你就来勾引宸哥哥。"

"我没有。"宋沫咬着牙道。她没有纠缠安宸,是他自己来找她的。

"你还狡辩!"尹宝宝扬手又要打宋沫。

眼看巴掌就要落到宋沫脸上,旁边突然多出一只手,捏住她的手腕。尹宝宝看清拦住自己的人,表情有一瞬间慌乱,她怎么会在这里?

自从她让人绑架步萌后,就一直没有步萌的音信,她这几天都提心吊胆的,谁知道会在这里看到步萌。

"小萌,你怎么会在这里?"尹宝宝扬起知心姐姐般的笑容,"最近都没来上课,是不是身体不舒服?"尹宝宝观察着时笙的表情,她应该不知道那件事……

"我身体很好,学姐是不是很失望?"时笙放开尹宝宝的手,似笑非笑地勾着嘴角。

"小萌,你这是说的什么话?我当然……"尹宝宝一脸受伤的表情,下一秒又惊讶地道,"你……你说话了?"

"我说话有什么奇怪的吗?还是学姐不希望我说话?"

"你不是……"不说话的吗?

尹宝宝心底七上八下，她要是把那件事说出来怎么办？以前她不说话时，尹宝宝还不怎么怕，毕竟写字可没说话这么好解释。

尹宝宝心虚地看了安宸一眼，道："小萌，我和宸哥哥还有事，就先走了，改天再和你说。"

时笙咧着嘴，阴森森地笑道："回去的路上小心点，学姐，说不定就遇见什么不幸的事。"

尹宝宝越发觉得古怪，拉着安宸离开。安宸有些歉意地看宋沫一眼。宋沫垂着头，只当没看到。

"世界上好男人多的是，何必在一棵树上吊死？"时笙拍了拍宋沫的肩膀。

"谢谢。"宋沫是不认识原主的，但是刚才如果不是她，自己指不定还得被尹宝宝羞辱。

时笙对女主角没什么好感，说完这句话她就回到夏零身边。夏零冷哼道："何必在我这棵树上吊死？"

"我乐意。"这男人又在高傲什么？

夏零看她一眼，转身回到酒吧继续喝酒。

时笙不解，所以刚才这人是出来干什么的，中场休息？

直到凌晨散场，夏零才放弃和酒战斗。离开酒吧的时候，时笙看到宋沫一个人坐在角落里。时笙回想一下剧情，突然拉住夏零："等我一下。"

"麻烦。"夏零嘴上嫌弃，身体却停了下来。

时笙跑到酒吧吧台，摸出几张人民币，让那个小姐姐帮忙把宋沫送回去。小姐姐准备下班，送个人能多赚钱，她也没什么意见就答应了。

当安宸返回的时候，宋沫早就离开了。

夏零喝了酒，只能靠时笙开车，车里放着舒缓的音乐。夏零非常清醒，并没有发酒疯的意思。不知道他在想什么，整个人蜷缩在副驾驶座上，看着外面的霓虹。

良久，夏零转头，幽幽地问一声："你有驾驶证吗？"

"没有啊。"原主哪里会开车，怎么可能会有驾驶证？

"呵……你这是想拉着我一起死？"

"不好吗？"

半晌，夏零才吐出几个字："我不想死。"

时笙扭头去看夏零，夏零却看着窗外。她看不到他脸上的表情。

夏零住的地方，就算凌晨也有狗仔蹲守，时笙不敢就这么把他送回去，让他在车里将就一晚。时笙下车，靠着车门站立，眼底是远处明明灭灭的灯光。

"喂！"后面的车门突然被人拍了几下。

时笙眨了一下眼，回身，拉开车门。

"你进来。"夏零皱眉看着她。

"干什么？对我意图不轨？"时笙扶着车门，车内的灯光打在她脸上，异常柔和。

"你进来。"夏零重复道。

时笙上车。夏零也不说话，就那么坐着。许久之后，他才出声："作为女朋友，让我抱一下吧。"

时笙往夏零的方向挪了挪，夏零伸手将她搂进怀中，如同那天晚上，他抱着她，脑袋埋在她颈间。她身上的味道，他很喜欢。好像抱着她，他就没那么孤独了。

夏零的嘴角翘了翘，但很快就收敛下去。夏零维持这个姿势许久，直到时笙的手机响了。时笙摸出手机，看到屏幕上的名字，挣开夏零，靠着他的肩膀按下接听键。

"学姐。"

这个尹宝宝竟然没出事，言灵术失效了？

"小萌，你现在有空吗？"尹宝宝语气温柔地道，"我有点事和你说。"

"抱歉学姐，这么晚，我怕你谋财害命。"大晚上的约见面，不是想谋财害命是想干什么？

尹宝宝那边气得神情扭曲，却不得不用温柔的语调说话："小萌，你是不是对我有什么误会？我们见一面吧，有什么误会我可以当面解释。小萌，我不想因为这些影响我们之间的关系。"

"你说的关系，是指利用我的事？"

"小萌，你怎么了？"尹宝宝在那边惊呼，"我什么时候利用你了？你不要听其他人胡说八道。"

"拿了别人的东西，始终要还的，学姐。"最后两个字时笙咬得特别重。

尹宝宝还没出声，电话就被挂断了。她拨回去，却只有冰冷的提示音。尹宝宝气得差点摔手机。步萌是不是知道什么了？哼，就算她知道又怎样，无权无势，还斗得过自己？尹宝宝又镇定下来，起身时，脚下突然趔趄一下。

"该死！"尹宝宝痛得直抽气，垂头往脚下看，脚踝处已经红肿一片。刚才回来的时候，不知谁在楼道里倒了水，害得她崴了脚。

时笙将手机关掉，揣回口袋里。

夏零的下巴搁在她肩膀上，刚才车厢里很安静，尹宝宝的话他肯定全听到了。

"她利用你做什么了？"

时笙期待地道："你要给我报仇吗？"

"别想太多。"夏零放开她，顿了顿，道，"尹家势力很大。"

"那又如何？"时笙反问。

夏零伸手挑起时笙的下巴，嘴角带着一丝痞气："你玩不过尹家。"

时笙迎上夏零的眸子，嚣张地道："我要是玩过了呢？"

夏零收回手，道："你厉害，你说了算。"

"我说什么都行？"时笙攀着夏零的胳膊，凑到他耳边，"就算睡你也行？"

夏零微微向后靠，道："感情要水到渠成，你这样威胁我，不觉得很恶劣吗？"

"你觉得我在威胁你？"

"不是吗？"她之前让他做她男朋友，不就是在威胁他？

时笙坐回去，冷笑一声，道："那真是不好意思，以后我还会威胁你很多次，你得习惯。"他既然上了她的船，就别想下去，横着竖着都不行！

夏零："……"她的反应怎么有点诡异？

两人都没再说话，一直安静地坐到天亮，时笙开车将夏零扔到酒店，她自己则直接打车去学校。

夏零在酒店的大床上躺了许久，却怎么都睡不着。他打开酒店的电脑，习惯性地登录微博，主页底下依旧一片骂声。和他相关的最热新闻就是他打人的事。因为这件事，他又圈了一批黑粉。

夏零打开搜索界面，输入"步萌"两个字，搜索出来的结果有一大片，他挑了半天也没挑出来。夏零支着下巴想了想，删掉"步萌"两个字，输入"沉烟"，页面立即跳转。第一个就是加V的微博。夏零点进去，微博很干净，只转发过几首歌，粉丝倒是不少。

步萌……沉烟……

夏零怎么也没想到，这两个看似毫无关系的人，竟会是同一个人。

夏零点了关注此人。他自己的微博关注列表中有一百多人，好多都是以前的公司加的。在他主动关注沉烟这个账号后，黑粉立即就炸锅了，里里外外地将沉烟这个博主扒拉了好几遍。

时笙在学校见到尹宝宝，她走路时一瘸一拐，奈何人美就算这么走路，也是极好看的。

"小萌。"尹宝宝冲时笙招手，满脸笑意。

时笙白了尹宝宝一眼，往另一个方向走。这个女人肯定没安好心。

尹宝宝见时笙不理自己，心底不爽，脸上却不能表现出来。她一瘸一拐地追上时笙，关切地问："小萌，你怎么了？"

时笙的速度有些快，尹宝宝跟着有点吃力："小萌，你等等我。"

"小萌，你怎么突然会说话了？"这件事，昨天晚上她才反应过来。

时笙冷漠地道："我本来就会说话。"

尹宝宝当然知道步萌本来就会说话，她问的是，步萌怎么突然就肯说话了。

在尹宝宝知道的剧情里，没有提及原主不说话的具体原因，只说她会说话，但是因为一些事情，她不愿意开口。

"小萌，有什么事你可以和我说，你这样弄得我很不好受。"尹宝宝拦住时笙。

时笙步子一顿，表情恶劣地道："不用我再提醒你，你做过什么吧？学姐！"

"小萌，你在说什么？"尹宝宝一脸无辜地问。

"你找人绑架我，还想拍我裸照？嗯？玩儿得挺溜的嘛！当我是那么好欺负的吗？"

尹宝宝的表情陡变。她知道，她真的知道了。别慌，就算她知道，手上也没证据，也不能把自己怎么样。

尹宝宝眸子转了转，余光扫向旁边的学生。就在她准备伸手去拉时笙的时候，对面的女孩子突然出声："学姐，我觉得这湖水和你很配哦。"

"什么？"尹宝宝一脸不解地问。

"还给我，快还给我……哎，小心！"

哗啦！

这一切发生得太快，尹宝宝还没反应过来，就被人撞进人工湖里。

时笙站在岸边，看着不断扑腾的尹宝宝，笑得有些恶劣。

撞尹宝宝下湖的学生，赶紧丢开自行车，跳下人工湖救人。

"咯咯……"尹宝宝喝了好几口水，此时正难受地咳嗽。她身上的衣物紧紧贴着肌肤，将她完美的身材勾勒出来。

四周围观的男生皆是一脸兴奋，更有人拿着手机拍照。尹宝宝拿手挡住，气急败坏地冲着围观的男生吼："看什么看！还有你！看什么？滚开！"

四周的人都知道尹宝宝有后台，不敢招惹她，各自散开。

尹宝宝这才看向时笙，大声质问道："步萌！是不是你搞的鬼？"

"学姐，讲道理，是这位学长翻车撞了你，你怎么把锅往我身上甩？利用我的时候，叫我小萌，被我揭穿了就叫我步萌，学姐，你这样要不得。"

翻车学长："……"他哪儿知道自己会撞到人，还把人给撞人工湖里去了。

"不是，你刚才那句话什么意思？"尹宝宝记得被撞下去的时候，步萌说的那句话。

时笙耸肩道："就是字面意思，学姐都读大学了，怎么还跟小学没毕业似的。"

尹宝宝咬咬牙，道："步萌，我们没完！"步萌，这都是你逼我的。她撞开挡路的学长，快速离开。

时笙在后面喊："学姐，天气凉，千万不要感冒。"

那学长一脸茫然，这是什么情况？

时笙上完课，摸出手机准备玩游戏。她刚点开屏幕，手机就被一连串叮叮叮的声音弄得卡住。好一会儿，她才反应过来，滑下菜单栏，竟然是微博消息。

原主的微博她还没看，此时点开微博，发现竟是认证账号。也是，以原主现在的名气，认证账号也不算什么。

之前她的微博都没什么动静，今天怎么跟疯了似的？时笙点开消息，基本都是@她的，时笙看了好一会儿，才从各种各样的骂声中搞清楚来龙去脉。因为黑粉最多的夏零关注了她，所以她被连累了，黑粉们把她扒拉出来，然后她的粉丝看不过去，双方开始抬杠。

时笙在关注列表里找到夏零。

沉烟：关注我干什么？暗恋我？

夏零在线，迅速回她。

夏零：小萌，我发现你的秘密了。

沉烟：什么秘密？我是沉烟吗？这算什么秘密？

夏零：你瞒着于哥，不算秘密？

沉烟：好吧，算。为了封口，夏先生，你想我以身封口呢，还是想被我灭口呢？

夏零：有第三吗？

沉烟：你睡我！

夏零：……

除了这件事，她就不能有点远大的抱负？

时笙翻了翻微博，发现骂夏零的人真的好多。

沉烟：你是把全世界的黑粉都承包了？

夏零：哼。

夏零回复完，没过几秒，时笙就看到他发了新微博。

夏零V：劝你们别太过分，我做什么是我的事，你们真以为自己是什么东西？

时笙翻了翻夏零的微博，发现他的每条微博都看得人想掐死他。

夏零一发微博，评论区立刻涌入各色人等，对他进行人身攻击。

时笙也是被骂过的人，但像夏零这种一路被骂的，她绝对没见过。

沉烟：打架斗殴，迟到耍大牌，攻击粉丝，厉害了我的夏先生，你咋不上天呢？

夏零：关注我。

沉烟：……

时笙点开主页的关注，0的关注列表立即跳成1。

这下原主的粉丝炸锅了。

时笙无视那些跳出来的评论。

沉烟：来接我啊！

625

夏零：不来。

沉烟：不来我弄死你。

夏零：……

夏零问了她学校的位置，打车过来。他要是真开车过来，估计得被人打死。

夏零也不知自己怎么了，总觉得和她待在一起，心情异常平和。他沉着脸思考许久，觉得自己可能恋爱了。他的理智告诉他，这很诡异，很突兀，毕竟没谁会喜欢上一个刚见面不久的女孩子。可是，他内心深处有个声音告诉他，没错的，就是她！

"你在想什么？"时笙拿手在夏零眼前晃了晃。

夏零抓住她的手，语气不自觉中带上几分纵容："别闹，我在思考人生大事。"

【隐藏任务：歌坛天王】

【任务人物：夏零。任务目标：让夏零成为歌坛天王。】

呵呵！

时笙冷漠地回给系统两个字，不想做什么任务，再见！

【……】宿主，你这么任性会被打的！

系统很想再发布一个支线任务，但是想想现在宿主连隐藏任务都不做了，这支线任务就更别说了，找机会再看看，不行就扣她积分好了！

她想买宇宙战舰，不赚积分怎么可能！哼！

夏零带时笙去的是一家很私密的餐厅，大概他是常客，进去后直接被带去包间。

夏零落座后摸出手机，扔给时笙。

"干什么？"

夏零把脚往旁边的椅子上一搁，道："里面有尹家的资料。"

"你就不能出手帮我收拾他们？"

夏零嗤笑一声，道："你把我当富二代还是富一代？"

"你不是吗？"剧情里似乎没提过夏零的身世，只是他后期会和男主角作对，最后的下场不怎么好。

夏零拖着椅子坐到时笙身边，手搭在她肩膀上："让你失望了，我不是，所以现在你还要做我女朋友吗？"

"没关系，我养你。"

夏零嘴角一抽，咬牙道："谁要你养！"

时笙认真地道："那你养我吧。"

夏零沉默片刻，从兜里摸出一张卡："别把我的卡刷爆了，我还不起的。"他现在几乎没什么收入，这卡里的钱还是他以前存的。

时笙毫不客气地收了卡。夏零揉了一把时笙的脑袋，拿着菜单开始点菜。

时笙用夏零的手机看了看他说的资料，和她得到的消息差不多，但是有几条是时笙不知道的。

"尹世杰在外有两个孩子，尹宝宝虽然是明面上的继承人，但是尹世杰更倾向于将财产给外室生的孩子。"夏零的声音响起。

"从根源上斩断？"尹宝宝没了继承人的身份，那她可就什么都不是了。

夏零给了时笙一个你真聪明的眼神。

时笙很想拆台。这是她的一贯作风好吗？这人肯定是跟她在一起久了，潜意识学会的。以前的凤辞可不会这个技能。

时笙要想办法拿回安宸的那首歌，但她没原稿，不能直接告他，所以决定让安宸自己说出来。

时笙又暗暗准备绑架男主角，没什么办法比这个简单了。谁知道她去的时候，正好遇见另一伙人在绑架安宸。

时笙："……"她现在过去说一句，嗨，组个队绑架这个人，他们会不会弄死自己？肯定会的，时笙决定先跟着他们。

她跟着绑匪的车子一路出城，到了郊区的一处农家院。他们将安宸关进一间屋子，然后去了另外的房间。房门外有人守着。

时笙绕到后面看了看，后面没有窗户，进不去。时笙仰头看着上面，摸出铁剑飞上去，揭开瓦片往下面看，安宸人事不省地躺在地上。时笙揭开一些瓦，从屋顶跳下去。她确定房间里没有监控器，这才去扒拉男主角。

安宸大概被注射了迷药，时笙费了好大的劲才将他弄醒。他先看到一张娃娃脸，眼前有些重影，好一会儿才聚焦。安宸动了动，发现自己被绑着，立即愤怒地瞪着蹲在自己面前的女人："唔唔唔……"这是什么地方？这人不是他上次在酒吧外见过的女孩子吗？

"叫什么？"时笙打了一下安宸的脑袋，"想让外面的人听到？"

安宸眉头一皱，快速冷静下来，示意时笙把自己嘴上的胶带撕开。

时笙撕下他嘴上的胶带。

"你也被绑架了？"安宸很识趣地没有大叫。这种时候，叫也没用。

"没有啊！"

"你和绑匪是一伙的？"安宸的眉头皱得更紧。

"想太多，我没事绑你……不对，我本来是想绑你来着，但有人捷足先登了，所以我现在是来救你的。"

安宸："……"

时笙摸出手机，点开微博，道："你微博账号是什么？"

安宸："……"干什么，直播他被绑架？

安宸冷着脸不说话。接着，他就看到对面的女孩子不知从哪儿摸出一把匕首，直接架在他脖子上："微博账号是什么？"

这女人是个疯子吗？安宸的呼吸有点不稳。三秒钟后，他报出自己的账号。

"密码。"

安宸瞪他，道："你到底想干什么？"

时笙一脸认真地道："帮你发个微博。"

安宸："……"她想绑架他，就是为了发微博？

时笙似乎明白安宸在想什么，立即为自己辩解："不是我绑架你，你别乱甩锅，我只是顺手牵羊。"

顺手牵羊是这么用的吗？

安宸快速环顾四周，也不知道这是什么地方，更不知道这个在自己面前要微博账号和密码的女人想干什么。

"去看看他醒了没。"外面突然响起声音。

安宸朝着门口看去。门被人推开，外面的人朝里面看了一眼："醒了。"

"奇怪，胶带怎么弄掉了，我去给他重新贴上。"说话的人从外面进来，重新给安宸贴上胶带。

来人谨慎地环顾四周，没看到什么东西，又是一脸古怪。

安宸诡异地看着站在那人后面的女孩子。她低头看着手机，那人竟然跟没看到她似的。安宸的脸色顿时煞白，这是人是鬼啊？

"唔唔唔……"安宸突然挣扎起来，示意那个人看后面。

时笙抬起头，咧着嘴，诡异地冲安宸笑了一下。

"别吵，等我们拿到钱，自然放了你。"

"唔唔唔……"你后面有个人。

那个人不理安宸，直接打开门出去。等人出去了，安宸的脸色一片惨白。他这是遇见脏东西了？

时笙确定外面的人走远了，继续蹲到安宸面前，将手机举到他面前："照着这个念，不然……"时笙伸手，作势要掐他的脖子，表情阴森。

安宸快速看完上面的话。

"唔唔唔……"

时笙再次撕开他的胶带。

"你到底是什么东西？为什么刚才那个人看不到你？"

时笙凶巴巴地瞪眼，道："你才是东西！照着念，赶紧的。"

"你这是诽谤！"她竟然让他念，他的歌是从别人那里偷来的！这让他以后在圈子里怎么混？

"这歌词是你从哪儿弄来的?"

"宝宝给我的。"

"哼,是她从我那里偷的。"

安宸目光微变,道:"你有什么证据?"

第二十三章　神棍不乖（中）

安宸不愿意，时笙直接把他揍了一顿。最后，安宸还是老老实实按照时笙说的念了一遍，并深刻忏悔，一旦表情不到位，他就要挨揍。

时笙拍完视频，用安宸的账号发送出去。视频一发，立即引起粉丝的注意。看到安宸说的话，粉丝们都很不解。

原主的粉丝却怒了。他竟然盗用他们家女神的歌，怎么这么无耻？

"别想着回去翻供，你敢翻供，我就敢弄死你。"

安宸阴沉着脸道："你以为这样他们就会相信？"

"怎么不会？因为你粉丝团体庞大？有人为你洗白吗？"

安宸突然深吸一口气，道："这件事我不知道，我的歌都是宝宝给我写的……"

时笙收起手机，打断安宸："我会帮你报警的，你放心。"

时笙离开房间，将房顶还原，到远处去报警。警方顺着时笙提供的路线，很快来到农家院。很不巧，领队的又是洪队。他看着坐在一堆杂草上的小姑娘，嘴角狠抽了好几下，怎么又是她？！

洪队让人把时笙弄下来，一脸严肃地看着她："步小姐！"

"洪队长。"

"请你告诉我，你怎么知道有人被绑架了？"私自跟踪绑匪，她也不怕出事，胆子够大的。想想她在公交车上的行为，他又觉得，似乎没什么好奇怪的。

时笙一脸诚实地道："哦，我打算绑架他来着，结果发现有人捷足先登，所以我就报警了。"

这话让在场的警察一阵沉默。这小姑娘肯定是在开玩笑！

"步小姐，话不要乱说。"

时笙耸耸肩，一副你爱信不信的模样。

"队长，已经摸清了，对方有八个人，疑似持有武器。"

洪队长让人看着时笙，防止她搞事情，才转身和队员商量对策。时笙坐在警车上，等了大概一个小时，农家院那边响起枪响，枪声大概持续了两分钟就停歇了。

安宸被安全地救了出来，绑匪死了三个，被活捉五个。

安宸出来，看到时笙，表情沉了沉，对着洪队道："她和绑匪是一伙的。"

洪队看向依旧没什么紧张感的时笙。这小姑娘出现得确实够诡异，但报警的是她啊！哪有自己报警抓自己的？

所以，时笙又被洪队长带回警察局。

警察局那边刚接到安家的报警，说安宸被绑架了，结果没多久，洪队就把安宸给带回来了。众人都是一脸不解，这办案速度什么时候这么高效了？而且，刚才出警的也不是洪队……

洪队也很无语，有人提前报警，能不高效吗？

警方连夜审问完那几个绑匪，很容易就知道时笙和他们不是一伙的，但安宸坚持说她和他们就是一伙儿的。安宸口说无凭，警方肯定是没办法相信他的。

"为什么安宸控告你和绑匪是一伙儿的？步小姐，请你老实告诉我们，你为何会出现在农家院？"

"谁知道他是不是有病，他说我是，拿出证据啊！"

警员："……"有证据还用问你？

安宸没说时笙发微博的事，但是警察排查的时候还是看到了，这发布的时间对不上。安宸当时还被绑着，怎么有时间发微博？

此时，安宸盗用沉烟歌词一事已经上了微博热搜。每个人都有自己的风格，行内的人对比一下，就可以看出那首歌到底是不是沉烟所写。

时笙早就联系了业内专家，视频一发，有人立刻贴出对比文，做了详细解说。

而时笙也用沉烟这个账号发了微博，表示那确实是自己的歌，还贴出安宸那首歌里没有的几段歌词，说这才是完整版的《时光与你》。原稿是时笙在原主书架上找到的，如果不是有这部分原稿，她还真不敢这么干。

事情已经发展到这个地步，安宸否认也没用，所以他现在要把时笙和绑匪是一伙儿的这件事坐实。这个视频就是最好的证明。

然而，时笙并不否认，她就是在安宸被绑架的时候拍的。

"有法律规定别人被绑架的时候，我不能进去录视频吗？"

警员："……"还真没有！谁敢在别人被绑架的时候，溜进去威胁人质拍视频？

"我承认我打他了，大不了拘留几天赔点钱，你们想说我绑架那是不可能的。"

警方不知道这事该怎么办，请了好几个专家来，都没能从现有法律里找到合适的罪名为时笙定罪。洪队愁得不行，有人突然告诉他一个更加不幸的消息："洪队，上面来消息，让放人。"

"放人？"

"嗯，洪队，这事那小姑娘确实没参与，她就算溜进去威胁拍视频，也顶多是被拘留几天而已……"

洪队头疼，挥挥手道："放吧放吧。"真是邪门了，这个小丫头片子。

时笙从警察局出来，一眼就看到停在警察局外的车子。夏零滑下车窗，按了下喇叭。时笙小跑着上车："你把我弄出来的？"

"才多大会儿，你就把自己玩儿进警局了？"夏零冷哼一声。

"警局不够我玩儿。"

夏零瞪过去，道："什么够你玩儿？"

"你啊！"

夏零没好气地捏她的脸蛋："下次再把自己玩儿进去，我可不管你了。"

时笙不在意地道："反正他们又不能把我怎么样。"

夏零："……"

"你怎么把我弄出来的？"时笙凑近夏零。

夏零看了时笙一眼，道："以后不要瞎胡闹，我不是每次都能把你安然弄出来，有什么事，你告诉我，我帮你想办法。"

"好啊，我想弄死尹宝宝。"

夏零："……"

尹宝宝……尹家可不好对付。

时笙回家，难得地看到于声。她过来这么长时间，除了在医院和在家那次，这是第三次见到于声。

"小萌回来了？"于声从一堆资料中抬起头。

"叔叔。"时笙小声唤道。

于声愣住。他看着时笙，好一会儿才反应过来："小萌过来。"

于声知道原主只是不说话，并不是不会说，所以上次他听到时笙突然开口，也只是觉得奇怪。

时笙走到于声对面坐下，道："叔叔？"

于声推开面前杂乱的资料，关心地问："小萌，怎么突然想说话了？"

时笙微微一笑，道："人长大了，总得学会改变，我这辈子总不能都不说话吧。"

于声点头，有些感慨地道："是长大了。"当初来的时候，她还是半大的孩子，他这几年也没怎么好好照顾她。于声这么一想，突然有点愧疚。

"小萌，你长大了有想法是好的，但是有什么事，你还是得和我说。叔叔是你的长辈，可以帮你拿拿主意。"

"谢谢叔叔。"

于声笑了笑，道："回房去吧。"

时笙微微点头，回到房间，在床上坐了会儿，摸出手机登上微博。

密码错误。

时笙看着这个提示语，表情茫然。她没改密码啊！之前还登过……

有人盗号！哪个智障敢盗她的号？！

时笙走到书桌前，打开电脑，用网页看了看自己的账号。第一条已经变成一条澄清微博，说她的微博被人盗号了，对方竟然还配了图，图是尹宝宝的自拍。她说自己一直没告诉安宸，其实她就是沉烟，让安宸误会了。

时笙："……"厉害了我的尹宝宝！你都敢盗号了！

就在时笙准备把号盗回来的时候，尹宝宝给她发来短信。

——步萌，不想让于声身败名裂，就乖乖地听话。

时笙反反复复地将那句话看了几遍，确定尹宝宝是在威胁她。真是好极了！

时笙的手指快速在屏幕上敲着。

——有本事你放马过来，你敢让他身败名裂，我就敢让你家破人亡。

尹宝宝竟敢威胁她，当她是那么好威胁的吗？！

——说大话是没用的，你斗不过我，认命吧！

——我是不是说大话，你试试就知道了。

时笙放下手机，打开电脑，把键盘敲得噼里啪啦地响，整个房间里都是敲键盘的声音。

手机短信提示音不时响起。

账号她没有拿回来，而是上后台注销了。

你要用是吧？我让你用！

所以，当尹宝宝发现这个情况的时候，整个人都蒙了。她刚拿到号没多久，怎么就被注销了？

粉丝们也是一脸蒙，纷纷在网上问怎么回事。

尹宝宝有自己的微博，这些以为尹宝宝就是沉烟的粉丝，跑到她的微博下求她解释。尹宝宝怎么解释，说自己又被盗号了？

时笙刚搞定最后几个步骤，门外突然响起于声震怒的声音。

"夏零，你闹够了没？！"

夏零？他什么时候过来的？

时笙打开房门往外看，夏零坐在沙发上，姿态随意。于声站在他对面，看上去很生气。夏零大概察觉到时笙的视线，偏头往她这边看了一眼。顿了几秒，他回过头，道："我去。"

"你不去也得去……"于声大吼一声,"等一下,你说什么?"

"我去。"

见夏零答应,于声松了口气,道:"我是为你好,你本身条件很好,这两年你自己把自己弄成这个样子,何必呢?"

夏零似乎不愿意再听,起身往门外走。于声在后面摇头叹气,眼底又是惋惜又是无奈。

时笙趁着于声进房间,打开门,然后看到站在外面的夏零。他冲时笙扬了扬眉,眼底有些笑意。他似乎料定她会出来。

"叔叔和你说什么?"

"一个活动。"夏零牵着她往楼下走。他已经很久不参加活动了,可他现在得赚钱啊!

"你不想去就不去呗。"

夏零停住身子,看着楼道转弯的地方:"可是我得养你啊。"

他回过头,看着比他高一台阶的时笙,眸子里满是晦涩:"我一无所有,你会离开我吗?"

"你还有我。"

楼道里寂静无声,两人就这么对望,声控灯不知何时熄灭。

黑暗中,夏零感觉到唇瓣上的柔软。他伸手搂住贴上来的人,叹气般地道:"我肯定是疯了。"

缠绵的吻让两人都有些意乱情迷,夏零身子没站稳,往后面退了一步,发出的声音让声控灯亮了起来。光明驱散黑暗,也驱散了夏零的冲动,他搂着时笙的腰,微微偏头,缓了缓有些粗重的呼吸。

"感觉是不是很好?"

夏零按住时笙的脑袋:"别闹。"

时笙的声音似乎带着蛊惑:"要不要再来一次?"

"不来。"谁要她主动啊,哼!

等夏零平静下来,才放开时笙,牵着她继续往楼下走。

时笙挽住他的胳膊,问道:"我们去哪儿?"

"喝酒。"他需要静静。

时笙:"……"

夏零喝酒几乎是日常行为,她和他在一起的时间,很多时候他都在喝酒。但是,她再也没见过他像第一次那么发酒疯。

在时笙和夏零培养感情的时候,尹家却是一片狼藉。

尹世杰准备竞拍一个项目，到最后发现对方知道了他们的底价。尹世杰从对方口中得知，竟然是自己的女儿泄的密。他怒火冲冲地回家，不由分说把尹宝宝打了一顿，还从她电脑里发现不少公司资料。

尹世杰气得不行，吼道："我拿钱养着你，你就是这么回报我的？啊？白眼狼！"

尹宝宝仗着自己知道剧情，其实也有野心，而且她知道尹世杰外面有孩子，她要是不为自己打算，以后说不定什么都得不到，但是泄密的事，她没做过。

"爸，这件事不是我做的，有人陷害我。"尹宝宝忍着心底的怨气，一脸委屈地为自己辩解。

尹世杰更加生气地道："不是你？你电脑里的资料是怎么回事？"

"我不知道。"尹宝宝的眼泪说掉就掉，"爸，你相信我，我真的不知道怎么回事，我电脑都是放在家里的，我又不常回来，谁都有可能进来。"

尹宝宝的辩解并没有让尹世杰怒火消退，他反而更加生气。

"看看你教出来的好女儿！"尹世杰冲着门口的一个妇人呵斥，"做错事还不承认，以后怎么当这个家？"尹世杰说完这句话，大步离开房间。

尹宝宝站在原地，紧紧地抓着衣摆。尹世杰不就是想把公司给外面小三生的那对儿子吗？他连她的解释都不听，直接认定是她泄密的。

"宝宝，"尹母在尹世杰走后，才敢进来，心疼地摸着尹宝宝的脸，"疼不疼？"

尹母性子软，在尹世杰面前更是卑微得不行，尹宝宝早就看不惯尹母的行为。刚才被尹世杰那么呵斥，尹宝宝心底也有怒火，装不下去平时的乖女儿形象。

"还不都是因为你！"尹宝宝推开尹母，一脸嫌恶地道，"自己的老公都抓不住。"

"宝宝？"尹母不知道尹世杰在外面有人，当然也许是她心底有数，不愿承认罢了。

"出去！"尹宝宝烦躁地冲着尹母吼。

"宝宝，你别怪你爸爸……"

"出去！"

尹母张了张嘴，却没说出一个字来。

尹宝宝看到她这个样子就来气，粗鲁地将尹母推出去，砰的一声关上门。

尹宝宝在房间里砸了不少东西发泄，到底是谁陷害她？外面的那两个小杂种？肯定是他们！尹家是她的……凭什么给那两个小杂种！

她在穿越到这个角色身上之前，就曾有过被小三登堂入室、害死母亲的经历，因此对小三特别憎恨。尹宝宝从一堆杂乱的东西中翻出手机，屏幕光映着她有些扭曲的脸，眸子里的恶毒似乎都要溢出来。

"喂，是我，把那两个小杂种给我绑过来，老规矩……步萌那边，你们进行得怎么样?你们不是说很快就能搞定?都这么久了……你别跟我说这些,我只要结果,再给你们几天时间。"

尹宝宝挂掉电话,目光恶毒地盯着虚空的某处。一切挡她路的人,都得付出代价!

学校。

时笙翻着最新的新闻,看到关于尹家的报道,顿了顿,退回主页,给夏零发短信。

——你干的?

夏零不知在干什么,好一会儿才回。

——什么?

——尹家。

——嗯。

时笙很想告诉他,其实不用这么麻烦,想想还是算了,不能太打击自家"媳妇儿"。

时笙继续看新闻,然后点进娱乐板块,就看到夏零的名字被加红加粗标识。

这人又干了什么?

《天籁》节目上,夏零发怒,殴打主持人。

时笙在网上搜出夏零打人的那段视频,因为是直播的,没被剪辑。一开始,夏零还很配合,主持人问什么他就答什么,虽然回答时态度有点冲,但还能让节目好好录制下去。到了后面的环节,主持人问他两年前"闪耀"组合的事,夏零当场就发飙了。

夏零低着头坐在休息椅上,于声正和几个工作人员争吵。于声满脸气愤地道:"我之前就提醒过你们,不能提'闪耀'的事,你们答应得好好的,为什么要提?"

"于哥,你别生气,主持人是新来的,不懂规矩,这事咱就不追究了。"工作人员安抚于声。于声手底下的夏零虽然黑粉无数,但他手上还有许多知名的艺人。

于声听到工作人员的话,更加气愤地道:"不追究?这件事本来就是你们节目组的责任,你们还想追究责任?"

"是是是,是我们的错。"

那个主持人确实是新来的,上节目的时候,被告知过不要问关于闪耀组合的事,主持人为了收视率,没有听节目组的话。

闪耀组合的事,对夏零来说几乎是禁忌,谁敢提,谁就得挨揍。

时笙到的时候,于声还在和工作人员交流。于声突然瞄到时笙,满脸诧异,连工作人员都顾不上:"小萌,你怎么来了?"

时笙指了指夏零:"我找他。"

于声看向坐在后面的夏零,又看看时笙,一脸不解地道:"你们……"

"他是我男朋友。"时笙并没有隐瞒的意思。

· 636 ·

于声却是犹如晴天霹雳，半响才找回自己的声音。他拉着时笙往角落走："你和夏零什么时候开始的？"

"有一段时间了。"

于声觉得自己太失职了，他竟然完全没察觉小萌谈恋爱了，还是和夏零……

无数语言在心底百转千回，他却什么都说不出来。他深深地看时笙一眼，道："你先带他回去，在家等我。"

夏零一直垂着头，手上拿着一杯早已凉掉的水，时笙伸手想从他手中取走水杯，他却猛地握紧，纸质的杯子瞬间被他捏得变形，里面的水洒了出来。

夏零抬头的时候，眸子里似有冰霜覆盖，冷得冻人。大概看清了面前的人，他眨了一下眼，冰霜犹如春雪消融，转瞬即逝。

"你怎么来了？吓到没？"

时笙看他一眼，抽走他手里已经变形的纸杯："回家。"

夏零嘴角微微一勾，道："好。"

两人离开的时候，一路上，都有人对着夏零指指点点。

"就是他，现在都混成这样了，竟然还敢公然殴打主持人。"

"怎么会有这么恶劣的人，我还听说他对粉丝很恶劣，现在网上全是他的黑粉。"

"今天录制节目的时候，他还要耍大牌迟到，真以为自己是大明星，让我们这么多人等着他？"

"他除了那张脸，也没什么可取之处！当初我宸就是被他给拖累的，不然早就红遍大江南北。"

"也不知道是走了谁的后门，才上了咱们节目，他那张脸怕是有不少人喜欢吧？"

时笙顿住，看向说夏零走后门的那个女生。那女生不满地皱眉，以为时笙是夏零的助理，丝毫不客气地开口："看什么？"

时笙顶着一张娃娃脸，一本正经地道："你长得真好看，出门的时候小心点，被人看上就惨了。"

对方听到时笙前面的夸赞，还很开心，可是听到后面的话，立即变了脸色："你胡说什么！"

时笙继续正经地道："我看你印堂发黑，最近有血光之灾啊！"

夏零无奈地催促："走了。"

时笙摊摊手，无辜地耸肩，追上夏零，和他一起往楼下走去。

于声解决完事情，回家就看到乖乖坐在沙发上的两人。他扫了两人好几眼，沉着脸走过去。

"你们怎么回事？"在他眼皮子底下，两人竟然交往了！

"情投意合，一见钟情？"时笙嘴里蹦出两个词。

"我喜欢她。"夏零的回答很简单，却也很笃定。

"你觉得我会让她和你在一起？"于声看向夏零，忽视了时笙的回答。

"你的意见不重要。"

于声瞪眼道："我是她的监护人，我的意见怎么不重要？"

"她不在意。"

于声不服气地看向时笙。时笙无辜地笑道："我只想和他在一起。"

"你们两个小兔崽子！"于声气得骂人，胸口快速地起伏几下，冷静一下继续道，"我不反对你们谈恋爱，但是你，夏零，你想和小萌在一起，就得拿出男人的一面。你这个样子，以后怎么让小萌幸福？"

夏零沉默几秒，道："我知道了。"

"跟我来书房。"于声转身往书房走。

不知道于声和夏零在里面谈了什么，夏零出来的时候，脸色不是很好，但是于声说什么，他都应下。

把夏零赶出去后，于声又拉着时笙一番教训。

于声知道两人的关系后，夏零就开始光明正大地上门。于声一开始是反对的，但瞧着夏零和时笙在一起比较听话，于是将监督的工作都交给时笙。

于声要重新把夏零捧起来。

时笙不想听于声唠叨，学校的课还是乖乖去上。所以，不知夏零用了什么办法，在学校霸占了一间练习室。时笙问他，他就回答靠人情。

时笙总感觉在这个世界上，所有人都欠夏零人情。

时笙上课的时候，夏零有时候和她一起旁听，有时候就在练习室待着等她。关于时笙和他的流言蜚语，自然也开始在学校疯传。时笙走哪儿都能听到议论声。

"快看快看，就是她，竟然和夏零那种人在一起，也不知道怎么想的。"

"这女生长得好可爱的，就是不说话，可惜被夏零给糟蹋了。"

"哎，她在看我们……过来了。"

时笙站定，看着说话的那几个人，似笑非笑地道："我看几位印堂发黑，小心血光之灾。"

众人："……"这台词怎么那么像那些神棍的话？

时笙说完就走，一路上她听见谁说夏零时用词过分，就过去说一句。反正没干过坏事的，她的"诅咒"都不会灵验，灵验了只能证明他们自己干了坏事，所以时笙说起话来丝毫不心软。谁让他们说她家"媳妇儿"坏话，她就是这么护短！

结果，整个学校被时笙断言有血光之灾的人，都开始倒霉了。虽然不是什么大问题，可是这种集体倒霉的事，也太诡异了。

时笙晃到夏零的练习室,练习室里有乐声传出来。曲子很好听,但时笙总觉得这曲调有点诡异,换成晚上,她绝对会以为自己进了恐怖片现场。

　　时笙推门进去。夏零坐在一架钢琴前,声音是从他指尖传出来的。时笙站了一会儿,越听越不对劲,这曲子……她几步走过去,按住琴键,打乱了那诡异的曲子。

　　"夏零,你在干什么?"

　　夏零有些僵硬地抬头:"你来了。"

　　"刚才那首曲子你从哪儿学的?"

　　夏零像是才回神,迷茫地看着时笙:"什么曲子?"

　　"你刚才弹的。"

　　"小时候听过……"夏零皱皱眉,道,"刚才不知怎么就弹出来了。"那段记忆他已经很模糊,可是刚才不知怎么就想起来了,特别清晰。

　　时笙坐到他旁边,指尖放在琴键上,按住一个琴键,接着,有流畅的音乐从她指尖不断淌出。和他刚才弹的曲子几乎一模一样。但是,她只弹了一段就停下。

　　时笙看着夏零,软软的声音在练习室中传开:"音乐是有灵性的,可以让人心情舒畅,重获新生,也可以让人压抑悲伤,你刚才弹的那首曲子,听多了让人觉得压抑悲哀,失去活下去的信念,想要自杀。"

　　夏零脸色微变,喃喃一声:"原来是这样。"

　　"什么?"

　　夏零环住时笙的腰,脑袋埋在她颈间:"知道一个许久的真相。"

　　时笙皱眉道:"你……"

　　"没关系,想问什么就问吧。"

　　"这首曲子,害死过你的亲人?"

　　"嗯,很久以前,我母亲。"夏零的声音有点低,"我一直觉得她自杀得很突兀,那段时间她重复听这首曲子,不过我那时太小,能记住的东西不多。刚才很奇怪,突然就像回到了小时候,耳边清晰地听到了这首曲子。"

　　时笙的脸色更沉了。是慕白!绝对是那个智障在搞鬼!干不过她,就开始对凤辞下手吗?

　　夏零说了很久,大概觉得找到了一个可以倾诉的人。他的身世确实不怎么好,他母亲给别人做了情人,他的出身是他没办法选择的。因为他是男孩子,夏家将他和母亲接了回去。但是在夏家,他母亲的日子并不好过。在他五岁的时候,他母亲就自杀死了。那段时间,让他记忆深刻的就是那首总在他母亲房间里听到的曲子。他母亲一死,他父亲的元配就有了儿子,他被从夏家赶出来。

　　幸好有个伺候他母亲的用人不忍心,将他送进福利院。他是在福利院长大的,直到某一天被星探发掘,走上明星这条路。

"不知道为什么，对你，我总不想隐瞒什么。"夏零微微叹气，"你是不是给我下药了？"

时笙甩了甩头发，道："证明我魅力无边。"她顿了顿，表情严肃下来，"以后别离我太远，别和陌生人说话，也别跟着陌生人走。"

"你怎么把我当小孩子。"夏零嘴角一抽。

时笙正经地道："因为我觉得有个智障想算计我。"

夏零："……"

时笙抽空查看练习室附近的监控，然而并没有看到什么奇怪的人。

慕白能破解她的补丁，证明在技术上，他和自己不相上下。他要是真干了这种事，肯定不会留下痕迹，让她去追查。

安宸盗歌一事愈演愈烈，牵扯的已经不只是安宸，还有沉烟和尹宝宝。

就在众人一头雾水的时候，夏零发布单曲——《时光与你》这首单曲一经发布，惊艳了不少人，歌词是他们熟悉的，旋律却和他们听过的完全不一样。那是更加空灵通透、像来自天界的梵音。最重要的是，歌词里有几段是安宸没有唱过的，只要懂音乐的人都知道，夏零唱的才是完整版。

不少歌迷开始重新喜欢上夏零，至于那些黑粉，依旧不留余地地抹黑夏零，但这不妨碍他们喜欢这首歌。用一个词来形容就是，又爱又恨。有黑粉的鼎力相助，夏零连新歌宣传都省了。

时笙重新注册了一个账号，认证之后，第一时间转发了夏零的微博。夏零的关注列表已经清空，所以当他的关注列表上突然出现一个叫第一神棍的大V账号后，这群人立即就炸锅了。

而学校里那群被时笙坑过的人，看到这条微博，第一时间想到的就是那个长得可爱、和夏零关系暧昧的女生。她说的话简直太准了，学校里现在可没谁敢惹她，不少人还想找她算命来着。

时笙之前注销的那个账号被她留了截图。这个新账号注册好后，时笙将注册那个账号时用到的身份证信息和这个账号的身份证信息直接甩到微博上。加上原主曾经和人交流的一些截图，真相不言而喻。

和原主签过合同的艺人，也开始发微博表示，当初和他们签约的，就是一个叫步萌的姑娘。当然，尹宝宝也可以说时笙用了别人的身份证，但此时的尹宝宝根本没时间来解释这些。

在尹宝宝毫无动静的情况下，这件事自然以安宸和尹宝宝落败告终。

安宸消失了好长一段时间，听说是去国外避风头了。

夏零再次走红，但那首单曲没有收录在新专辑中，就连他曾经发布过的网页也删除了。现在网上基本已经找不到那首歌，就算有人上传，也很快就被删掉。

那么好听的歌，竟然听不到了？有粉丝表示不服气，希望夏零把那首歌放出来。就在粉丝快要暴动的时候，时笙发了一条微博。

第一神棍V：《时光与你》并非商业歌曲，它属于一个人的纪念，夏零将这首歌唱出来，只是为了将它的署名权拿回来。

安宸就算发了那个视频，可他的粉丝依然不信，觉得安宸是被陷害的。只有让这首歌更加完美地呈现在他们面前，他们才会相信，谁才是原创。

夏零很快就转发了时笙的微博，对粉丝的态度一如既往地不好，让人恨不得立即骂他。

虽然还是有不理智的粉丝表示无法接受，但也有人支持时笙的说法，既然人家都不是作为商业歌曲，放不放出来，那就是人家的事。

夏零本身条件就不错，在于声的策划下，很快出了新歌。歌词是请专门的人量身定制的，也有夏零自己写的。

而时笙在忙什么呢？她除了打架比较厉害，这种活，她完全是不会干的。

【……】不是说自己全能吗？宿主打脸了吧！

我有钱有实力，还不是全能？

【……】我竟然无言以对。

最近夏零忙新歌的事，时笙一个人无聊，准备出去招摇撞骗。结果，她刚出门就有人想绑架她。

地下室的光线特别暗，绑匪隐在暗处，时笙准备上车的时候，几个人迅速上前，迅速将她抬上旁边的车。

然而，他们刚一跑近，那女生突然从车里抽出一把寒光闪闪的剑，指着围过来的人。她下巴一仰，鼓着包子脸，恶声恶气地问："干什么？"

绑匪："……"绑架啊！

时笙晃了晃铁剑，道："看到老子这把剑了吗？这可是开过光的，不想死就赶紧滚！"

开过光……就算它看上去挺逼真，可他们不信这么可爱的小姑娘，敢带着一把真剑到处蹦跶。

几个绑匪对视几眼，互相使了个眼色，由两个人吸引时笙的注意力，另外的人准备从旁边抓住时笙。

时笙骂了一声智障。总有人想找死，她不满足他们，都对不起她的剑。

地下室传出阵阵诡异的叫声，时笙将这几个人打得堆叠起来，一个压着一个。

【宿主，你把他们叠起来干什么？】系统老早就想问这个问题了。

防止这群智障爬起来算计我啊！

【……】很好，本系统又学到一招。

"谁让你们来的？"时笙问最上面的那个绑匪。

绑匪口风挺严，不管时笙怎么问都不说。

"喂，110吗？我要报警，这里有几个人要绑架我……为什么还能打电话？我把他们干翻了，当然能打电话，不然还等你们来救我的尸体吗？赶紧派人过来！"

绑匪："……"身为被绑架对象，你能不能有点正常人的反应？

时笙挂掉电话，看着那些人，语气嚣张地道："就算你们不说，我也知道是谁。尹宝宝对不对？绑架未遂不算什么大罪，不会死的，顶多在牢里待个几十年。"

警笛声由远及近，几个绑匪的内心是崩溃的。

警车上的人迅速下来，将绑匪和时笙围起来，看到一个身体娇小的姑娘和几个被叠成一堆的汉子，这群警察汗颜。这么多大男人，竟然打不过一个小姑娘？

洪队看到站在绑匪旁边的姑娘，整个人都不好了。上次的心理阴影他都还没抚平，这又来了？

"洪队，好久不见。"时笙笑眯眯地跟洪队长打招呼。

"呵呵……"洪队冷笑，并不是很想见你。

之后，他看了一眼绑匪，深吸一口气，努力给自己做好心理建设："步小姐，你说他们要绑架你？"

"可不，你这不是看到了？"

他看到什么了啊？他就看到几个叠成山的汉子。

"警察叔叔，我举报，我举报……"最上面的绑匪突然出声，"她有凶器，她有一把剑，就在她的车里。"

时笙幽幽地瞥了那个绑匪一眼，眉眼蓦地一弯，道："我看你印堂发黑，有血光之灾啊！"

绑匪一脸不解："……"

"步小姐，不得恐吓嫌疑犯。"洪队呵斥一声。

"讲道理，我哪里恐吓他了？"

洪队让人将那几个绑匪铐起来，指着刚才绑匪指的车："搜。"

时笙无所谓地站着。几个警察将车子里里外外搜了一遍，也没见着什么凶器。这下绑匪更加蒙了，他们明明看见她将那把剑放进车里的，怎么会没有？

"肯定有，她刚才还威胁说要杀我们，警察叔叔，你再搜搜，说不定车里有暗格。"

最后，洪队亲自上车，也没搜出什么来。他瞪了那几个绑匪一眼："带走。"

洪队看看时笙的车，又上下打量时笙几眼："步小姐，你有驾驶证吗？"

"没有啊。"

洪队突然诡异地笑了一下，道："步小姐，看来你得请你的监护人来一趟了。"

"为什么？"

"无证驾驶。"他总算能抓着这死丫头的小辫子了！

时笙无辜地眨眼，道："可是……我没开车。"

洪队被噎了一下，道："步小姐请吧！"作为报案人，当然要去警局录口供。

时笙已经三进宫，进去见人就是"我看你印堂发黑，最近有血光之灾"的表情。

众警察："……"这迷信的小姑娘是哪里来的？敢在他们面前招摇撞骗！

警局里多数人都比较正直，就算有点小瑕疵，言灵术对他们也没多大影响。

"啊！"一个女警惊呼一声，使劲地吹着手指。

嗯，顶多像现在这样，被门夹下手。

警察给时笙录完口供，将她一个人扔在审讯室。时笙揉着有点疼的脑袋。言灵术使用多了，很消耗她的精力，不过她发现越是使用，之后能用的次数就越多。所以，她没事就得多练。说不定等她练到最高等级，就能让世界毁灭了呢？

【……】宿主又在做梦，这种bug怎么可能会存在。

审讯室外。

洪队看着监控里的小姑娘，一脸凝重。

"洪队，这小姑娘邪门得很，刚才她说了那句话，外面那些家伙都开始倒霉，最倒霉的是侦查科的小王，刚才出去被路过的摩托车给撞了。"

从她进来，整个警察局就没安生过。

"那几个人出来了吗？"

"还在审，不过结果应该和她说的差不多，他们是准备绑架她，谁知道这小姑娘厉害，他们反把自己给搭进去了。"

绑匪们的审讯结果大大出乎警察的预料，这几个人之前就帮人绑架过不少人，从中获利，甚至还杀过人。这下可就不是绑架未遂，这是命案了。

时笙之前说他们会坐牢几十年，现在看来是肯定跑不了的。

时笙被放出去已经快半夜十一点，洪队虽然不太喜欢这个走到哪儿哪儿就出事的小姑娘，但还是让人送时笙回家。

时笙到家，房子里一片黑暗。她也没开灯，直接往卧室的方向走。她现在很困，想睡一觉，补充一下精力。

卧室的门虚掩着，她一推就开了。奇怪，她走的时候关了门的。进贼了？想了想，她又觉得不可能。时笙推门进去，打开灯，黑暗的房间顿时亮起来。大床上躺着一个人，灯光照着他有些倦意的脸。

夏零大概累狠了，刺眼的灯光只是让他有一瞬间的不适，随后他就将脑袋埋进被子里，继续睡。时笙摇头，洗漱之后爬上床，将夏零从被子上塞进被子里。

第二天，时笙还在睡，感觉旁边有窸窸窣窣的声音。她偏了偏头，半眯着眼看去。夏零做贼似的下床，时笙伸手拽住他的衣服。夏零后背一僵，顿了几秒转过头，表情有点不自然地道："你醒了。"

"几点了？"

"九点多了。"夏零视线飘忽地道，"你再睡会儿，我一会儿得去公司。"昨天晚上他怎么和她睡到一起？被于声知道非得打死他。

时笙松开他。夏零松了口气，快速出门。结果，他一开门就看到坐在客厅的于声和冯助理。冯助理表情诡异地看了看他后面的门，识趣地道："于哥，那我先去了。"难怪刚才于哥进小萌房间又出来，表情还那么难看。

于声神色不太好地点点头，等冯助理离开，他才看向夏零。

"我没对她做什么。"夏零神情镇定地解释。

于声扫了一眼他的衣服，还是昨天穿的那套。

"没有最好，这是你接下来的行程。"

因为夏零违背了和于声的约定，接下来一段时间，夏零几乎都没什么休息时间，被于声抓到他和时笙打电话聊视频什么的，行程上又得多加两笔。当初闪耀组合红遍大江南北的时候，他都没觉得这么累过。

而时笙依然在学校里招摇撞骗，看不顺眼就送对方一句"你印堂发黑，有血光之灾"，现在学校的人几乎都绕着她走。

谁敢和这样的小姑娘走太近？就算她很可爱，也改变不了她乌鸦嘴的事实。

"步萌学妹，步萌学妹……"

时笙停下步子，扭头去看叫自己的人，是个长相还算可以的男生。他跑得太急，脸色有些红。

"步萌学妹……"学长喘了口气，认真地发出邀请，"有没有兴趣加入玄学社？"

时笙想都没想便拒绝道："没有。"正宗的大师都教不会原主这个半吊子，你一个玄学社的还能鼓捣出什么鬼玩意儿吗？她才不去。

学长倒也没气馁，礼貌地道："学妹，你可以考虑考虑，如果改变主意，可以来玄学社找我。"

"不去。"

"……"做人要有礼貌，你懂不懂？

"再见。"时笙微微点头，绕开学长，继续往校门走去。

学长："……"

时笙以为学长会放弃,谁知道那个学长跟她杠上了,非得把她拉进那个什么玄学社。最后,时笙索性不去上课,耳边才清净下来。

上次尹宝宝绑架她不成,最近也不知道尹宝宝在干什么,一点消息都没有。

时笙打开网页,翻了翻最近的新闻。尹家几乎保持着一周出一件事的频率,周周上榜,但都不是什么大事,动摇不了尹家的根基。

叮——

华娱年度盛典V：你好,请问是沉烟本人吗？

时笙看着微博上跳出来的消息,有点蒙,点开主页看了一眼,是个官方账号。

第一神棍V：？？

华娱年度盛典V：我们邀请您参加今年的华娱年度盛典,因为没有地址,能方便您提供一下地址吗？

华娱年度盛典……这是上流人士的活动,她这个一问三不知的小姑娘去干什么？不去不去！时笙直接拒绝。官方很尊重时笙,对她的拒绝表示遗憾。

时笙不去,夏零却要去。出席这样的场合,自然要带女伴。敢和夏零这个一言不合就翻脸的人搭伴,圈子里绝对是找不出来的。

夏零脾气坏,从他还在闪耀组合的时候就是如此。他几乎不和女人同路,出席活动,百分之九十八都是孤身一人。剩下的百分之一是官方给他安排的女伴,但和他说不上三句话,他就能翻脸给对方看。他完全不懂什么是怜香惜玉,也不懂什么是看场合说话。这种脾气被别人骂,绝对是他自找的。还有百分之一,就是女伴拒绝和他同路,谁愿意和一个时刻准备在聚光灯下翻脸的男伴在一起？

两年过去,这应该是夏零第一次如此正式地出席这种场合。

当看到夏零带着一个可爱得像未成年人的女孩进场的时候,所有人都有一种看好戏的心态。然而从始至终,夏零都没翻脸,甚至特别照顾那个女孩。

"那是谁啊？夏零竟然从进场到现在都没翻脸,好神奇。"

"网上不是传夏零有个女朋友吗？就是之前闹得沸沸扬扬的沉烟。"

"沉烟啊……我知道她,《南行》的歌词就是她写的,很有灵气,没想到本人这么年轻。"

"说来奇怪,她怎么不帮夏零写歌？"

夏零现在的歌没有一首是她写的,倒是夏零自己的几首原创歌曲特别受欢迎。当然,受欢迎的只是他的歌,和他这个人完全没关系。

所有人都期待夏零翻脸,结果从开始到结束,夏零都安静得不像话,一点事都没搞。不搞事情的夏零,让人好不适应。

· 645 ·

颁奖礼结束，还有酒会。

"夏零，欢迎回来。"一个年轻男人带着女伴过来，脸上带着几分笑意。

夏零看他一眼，露出招牌式的冷笑："不需要。"

"夏零，当初的事都过去那么久了，你还记着？男人不要这么小气，好歹咱们当初也一起共事那么久，都是一个圈子的，何必这么斤斤计较？"

夏零的目光一寸一寸冷下去。

男人顿住，笑了笑，看向旁边的时笙："小姑娘就是沉烟？"

夏零将时笙往自己身后拉："崔良野，别把我当两年前的夏零，你敢动我的人试试！"

崔良野哈哈一笑，道："我就是打个招呼，夏零，你不要这么紧张。"

"不需要。"

崔良野似有些无奈地耸肩："那好吧，小姑娘，下次有机会见。"

时笙从夏零后面冒出脑袋，道："我看你印堂发黑，有血光之灾啊！"

夏零："……"她怎么见谁都说这句话？

"小姑娘真会开玩笑。"崔良野脾气很好地笑了一声，又转头对着夏零道："夏零，可得好好管管她，在这个圈子得罪人，可不好过啊。"

"她说什么话有我负责，不需要你提醒。"

"好吧，算我多管闲事。"崔良野带着女伴离开。

崔良野是闪耀组合的第三个成员。

夏零虽然不受欢迎，可他长得好，黑粉多，关注度妥妥的。崔良野就不同，长得没有夏零好，唱功没有安宸好，在组合中有点像背景板。组合解散后，这个人也没怎么出现在公众视野。

时笙瞅了瞅夏零的神情，很不好看，有点翻脸的趋势。夏零介意的，看来还是当初闪耀组合解散的原因。可这件事网上根本没报道，组合也莫名其妙就解散了。到后来，安宸火得一塌糊涂，就没人再去关注闪耀组合解散的原因。粉丝们只知道是夏零拖累了他，安宸才那么长时间都没发展起来。

夏零握住时笙的手，将心底的烦躁一点一点平复下去："我们走吧。"

"叔叔还没来。"于声之前说要过来，让他们等着他。

"不等了。"

夏零牵着时笙往外走，快要走到门口的时候，后面突然响起一声声的惊呼。

时笙从大门玻璃上看到模糊的画面，下一秒，她的眼睛就被一双大手捂住。夏零将她的脑袋摁在自己怀中："别看，脏。"

虽然只看了一眼，但时笙还是知道那是什么。

夏零带着时笙离开，直到出了大厅，才放开她。他们刚在外面站定，于声便心急火燎地赶来。看到他们站在外面,他匆匆地说了一句回家去,便带着冯助理,快速进了酒会现场。

夏零带着时笙回家,时笙已经从微博上看到刚才的照片当事人是谁。那是于声手底下的艺人,刚刚拿了奖,结果被人爆出和一位有夫之妇的不雅照片。这件事迅速蹿上热搜。

时笙正看得起劲,旁边一只手伸过来,拿走她手里的手机:"有什么好看的,别看这种没用的消息。"

时笙问:"什么才是有用的消息?"

夏零高傲地哼了一声,道:"下车。"

时笙往外面看了一眼,道:"不是回家……"

砰——车门被摔上。

夏零在车外等着时笙,见她半天不下来,直接拉开车门,不由分说地抱她下车。

"想让我抱就明说,我又不会拒绝。"

时笙:"……"

夏零带她来的地方,毫无疑问是酒吧。他不许时笙喝,自己一个人干掉一大堆酒之后,成功地醉了。时笙费了好大的劲,才把他弄回家。

"给我抱抱。"夏零拽着时笙不撒手,一个用力,将她抱进怀中,在她脸颊上蹭了蹭。

夏零抱了几分钟,大概是难受,松开时笙:"热。"

他胡乱扯着自己的衣服,扯了半天没扯开。夏零更加觉得热,语带委屈地叫时笙:"小萌……我热……"

"你热,关我屁事!"时笙将他扔到沙发上,直接回房洗澡。

妈的,把他弄回来后,她感觉自己就像刚从水里捞出来的。

等她洗完澡出来,发现客厅又是一片狼藉,夏零正躺在地上,身上的衣服不知怎么扯开了,露出结实的胸膛。

"真是欠你的。"时笙骂了一声,上前拖着夏零进房间。

时笙去厕所拿毛巾的工夫,夏零已经从床上滚到床下,被子蒙着脑袋。时笙懒得理他,就让他在地上躺着,反正这天气也不会感冒。

谁知道半夜时,夏零又从床下爬起来,身上的衣服不知被他脱到哪儿去了。他先是嗅了嗅,大概确定这个人形抱枕可以抱,才将时笙搂进怀中。

"小萌……"他声音轻轻的,丝丝缕缕的热气从时笙耳畔掠过,激起一阵细微的酥麻感。

他一声一声地叫着她的名字,也不知道是清醒的还是不清醒的,唇瓣在她后背上轻蹭。

翌日，夏零腰酸背痛地起来。他坐在床上，看着满室的狼藉，闻着房里似有若无的味道，脑子有点反应不过来。好一会儿，他才掀开被子看了看。他长长的睫毛微颤，脑子里轰隆隆砸下两个字——完了。

夏零一脸懊恼，他什么都不记得！

"小萌？"夏零试探性地叫了一声，没听到动静。

他刚下床，房门就开了。时笙穿着一条连衣裙，站在门口。时笙沉默片刻，道："大清早的你就裸奔？"

夏零赶紧缩回床上，用被子挡住身体："昨晚……"

时笙双手一摊，笑得有点幸灾乐祸："你强迫我的，我拒绝没效果，只能满足你了。"

夏零："……"他心底有点不服气，他怎么就什么都不记得了？

"你过来。"夏零冲时笙勾手指。

时笙扶着门，笑得春风得意地道："想得美。"

"哼！"你不过来算了，我过去！

夏零拖着被子直接过去。时笙往门外一退，拉住门把，只留下一条缝："洗澡，赶紧出来。"

夏零不解地看着已经关上的房门，纠结地挠了挠门，最后还是乖乖地去洗澡。下次！下次他一定要让她知道他的厉害！

之前酒会上不雅照的事，给于声带去很大的影响，时笙虽然没插手，但一直关注着。偏偏这个时候，又有媒体爆出夏零和陌生女人出入酒吧的照片。那篇文章写得比较隐晦，明里暗里就是指夏零和别的女人有染。

于声还没来得及解决，就见一个叫第一神棍的微博被顶了起来。

热门微博是这么写的——

第一神棍V：我和自己男朋友去酒吧怎么了？谈恋爱你们都要全程报道？这么关心我，怎么不买套房送我？

下面不知是夏零的黑粉，还是原主的粉丝，发表了许多评论。

芳草萋萋：现在的狗仔就知道胡编乱造，我们家女神和夏零交往，在一起不是很正常？不知道就瞎写，简直是行业的败类！

一丝残照：怎么不买套房送我！

万点鸦栖：夏零也配得上我女神？女神，你不要被夏零骗了，他好恶劣的！伤我一遍又一遍！

无情明月：狗仔好烦，就知道扒人家的隐私。

有情归梦：怎么不买套房送我！

疏柳：沉烟真的和夏零在一起了？

重绿：之前不是有人发了两人出席活动的照片吗？女神好可爱。

同到幽闺：夏零还我女神！

夏零的粉丝不留余地地继续抹黑他，时笙的粉丝几乎都反对夏零和他们的女神在一起。

后来，粉丝的评论演变成集体求分手。

"小萌，你看看他们，竟然让我们分手！"夏零冷笑道，"除非我死了。"

"谁让你那么多黑粉？"时笙抬头，正好看到夏零冷笑着打字。她立即生出不好的预感，等她过去，夏零已经点了发送。

时笙刷新主页，夏零刚才发的那条微博立即弹了出来。

夏零V：全世界的人都死光了，我也不可能分手。

时笙："……"

时笙眼睁睁看着夏零的黑粉以可怕的速度增长。这人是承包了全世界的黑粉吗？

夏零挑衅粉丝也不是一天两天了，于声已经习惯。

因夏零这一闹，之前的床照事件，热度竟然退了下去，热搜全是被夏零黑粉闹上来的。

#夏零沉烟分手#

#夏零滚出歌坛#

夏零V：你们让我滚，我就滚？你们还没那个脸！

下面有人评论，长成什么样才行？

夏零直接甩了时笙的照片上去，众黑粉越发坚定地要拆散两人。时笙一点也不在乎，能被拆散的情侣算不上真爱。她更不相信，有谁能把她和夏零给拆了。

自从网上叫嚣着拆散两人起，夏零的挑衅粉丝日常就多了一个"秀恩爱"。

万点鸦栖：我女神好可怜，被夏零奴役，不行！我要去解救我女神！

同到幽闺：你们没发现夏零的粉丝涨幅好大？

重绿：女神，你到底看上夏零哪里了？他除了长得好看，还有什么地方可取的？

第一神棍V：长得好看足够了。

夏零V：幸亏我长了这么好看的一张脸。//@第一神棍V：长得好看足够了。

以前都是时笙发微博秀恩爱，这次夏零满大街秀恩爱，时笙还有点不适应，习惯之后也就没什么了。

夏零最近有几个访谈，于声天天盯着他，生怕他闹出什么事来。不过，最近夏零挺安分的，几乎没闹什么事，这简直让于声对他刮目相看。

"今天过了就给你放几天假。"于声拍拍夏零的肩膀，"别闹事。"

夏零倨傲地仰着下巴，没回答于声。于声摇摇头，转身去和别的工作人员说话。

访谈很快开始，主持人也算是业界的金牌人物，先是态度温和地问了夏零几个无关痛痒的问题。

"请问夏先生是否真的有女朋友了？"主持人话题突然一转，有点八卦的意味。

夏零点头道："有了。"

"夏先生和您女朋友似乎很恩爱，不知道你们秘密交往多久了，您女朋友会因为您而感到困扰吗？"

夏零不咸不淡地看主持人一眼，问道："为什么要感到困扰？"

主持人："……"因为你黑粉满天飞啊！当然这话主持人是不敢说出来的。

主持人只委婉地道："做明星这一行，难免会遇见各种各样的烦恼。"

夏零冷哼一声，道："我不会让她有烦恼，有什么冲着我来，欺负一个小姑娘算什么本事。"

主持人："……"他又是在挑衅粉丝吧？绝对是！

圈里对他的评价就是，无时无刻不在挑衅粉丝，活该讨厌他的人那么多。

主持人咳嗽一声，道："夏先生对女朋友可真不错，我听说您的女朋友是沉烟？不知是真是假。"

"关你什么事！"

主持人："……"我在主持节目，你说关我什么事？

"这是比较私密的问题，既然夏先生不愿意说，我们也尊重您。那么我们进入下一个问题……"主持人顿了顿，又道，"……我听说闪耀组合解散，是因为你，不知道是不是真的？"

这个问题一出，不但现场诡异地安静下来，就连后台的人都安静下来。

于声有点不可置信地瞪眼。为什么又是这个问题？为什么又是这个问题？

夏零本来随意地坐着，主持人的问题出来后，他慢慢地坐直身体，视线落在主持人身上。如果说，刚才的夏零像是桀骜不驯的小狮子，带着点散漫，那么此时的夏零，就是被激怒的雄狮。他目光幽深，寒意一点一点从空气中渗进主持人的皮肤。她心底竟然有些害怕，最后还是咬咬牙，快速地问："当初你出卖闪耀组合，失去前往H国的进修机会，不知是什么原因让您这么做？夏先生可以说一说吗？"

夏零噌的一下站起来，要打主持人。主持人没想到夏零真的敢打人，吓得花容失色，尖叫着往后台的方向跑。

于声带着人，将夏零拦住，冷声呵斥："夏零！"

夏零目光阴鸷地盯着被人护在后面的主持人，拳头捏得咔咔响。于声赶紧让人把夏

· 650 ·

零架去休息室。主持人后怕地拍拍胸口。这个夏零真像疯子!

"你怎么回事?"导演匆匆从另一头跑过来,"闪耀组合的事,谁让你提的?"

主持人不解地道:"不是你们给我的台稿吗?"

导演也不解地道:"我们准备的台稿没有这个问题。"

导演转念一想就明白了,台稿被人调包了。

导演说了主持人几句,匆匆离开。主持人嘴角勾起一丝得意的笑,就在她转身的时候,突然看到一张娃娃脸。长着娃娃脸的女生正笑眯眯地看着她,主持人觉得这张脸有点眼熟,但一时又想不起来。

在她还在想的时候,对面的娃娃脸女生开口了:"我看你印堂发黑,有血光之灾啊!"

"神经病。"主持人哼了一声,扭着小蛮腰,往电梯方向走去。

时笙撇撇嘴,往夏零的休息间走去。

休息间里人蛮多的,大概是怕夏零闹起来。时笙一进去,夏零身上的冷意就收敛起来,沉默地看着她。

"小萌,你什么时候过来的?"于声诧异地问了一声,转而看看夏零,压低声音对时笙道,"你和他说说,别让他闹事。"

夏零听时笙的话,这一点于声深有体会。

于声带着其他人出去,将门关上。

"怎么发这么大的火?"时笙走过去,伸手撩了撩他额前的碎发,看着他好看的眉眼。

夏零一言不发地将时笙拥入怀中。

时间一分一秒过去,夏零不知道维持这个姿势多久,张了张嘴,却没发出声音,最后又闭上嘴不说话。

"不想说就算了。"时笙拍拍他的背。

夏零松开她,垂着头问:"你不介意我有事瞒着你吗?"

"又不是什么重要的事。"夏零表情微变,然后就听到她的下一句,"在我心里,你现在好就行。"

夏零忽然就笑了,在时笙脸上亲了一口:"嗯,你最重要。"她总是能让他一点脾气都发不出来。

他抱着时笙坐到旁边的沙发上,道:"两年前,组合有机会去H国的著名音乐学院进修,当时争夺这个机会的还有另外两个组合,最后一次面试的时候,我们发现对方准备的歌曲和我们的一模一样。"夏零顿了顿,又道,"因此我们失去了进修的机会,回去后,不知为什么,组合就把泄密的事推到我头上。"

因为这件事,那段时间组合里各种矛盾不断,安宸找到更好的发展机会后,支付了违约金，直接单飞。组合中，安宸是主唱，主唱都走了，这个组合还有存在的必要吗？所以组合就解散了。

时笙捏着夏零的手指，道："你怀疑是谁泄密的？"

夏零沉默几秒，道："崔良野。"

那段时间，崔良野精神不太好，夏零以为他是被组合的事闹的，后来才听崔良野和人打电话，似乎谈崩了，急怒之下，崔良野提了他们当时那首歌的名字。那个时候安宸已经走了，他也没证据，崔良野平时的口风非常紧，夏零从他那里根本套不出话。

之后，两人僵持了一段时间，实在维持不下去，崔良野也走了。夏零不知道他去了哪里，后来见过他几次，似乎过得一般。

夏零扯了一下嘴角，道："安宸一直觉得是我背叛了组合。"

在组合出事的时候，安宸第一时间找了后路，这些年还有意无意地打压他。

以前在组合的时候，夏零和安宸的关系不错，算得上是兄弟，出了这件事，安宸二话不说便单飞了，连真相都不愿查。

时笙沉默，这是典型的兄弟反目成仇啊！

"男人要来有什么用，有我就够了。"时笙霸气地拍拍胸脯。

夏零失笑道："嗯，有你就够了。"

访谈不是直播，但是在场的观众和工作人员那么多，离开现场后，这些人哪里会不散播流言？夏零节目中打人一事又上了热搜。同时上热搜的还有，闪耀组合解散真相，以及夏零与沉烟分手。

时笙很无语，为什么拆情侣这种事也会被顶上热搜？

短短时间内，时笙就发现好几个大V发布了关于闪耀组合解散真相的长微博，对闪耀组合解散的原因，进行三百六十度无死角的分析。总结出来，原因就是一句话——闪耀组合解散，是夏零的错。

当初这件事并没有多少人报道，知道的媒体都被压了下来，所以没人报道关于闪耀组合解散的原因。

现在网上已经爆了，当初那些知道"真相"的媒体，哪里还忍得住，纷纷跳出来爆料。

"恭喜，黑粉又涨了。"时笙看着噌噌上涨的粉丝数量，那叫一个无语。这绝对是圈子里涨粉最快的偶像——虽然是黑粉。

夏零在旁边练习新歌，听到时笙的话，从一堆乐器中抬起头："这些人吃饱了没事干，别理。"

时笙将手机收起来，道："说起来，你不觉得这件事有点不寻常吗？"那个主持人已经问得非常直白，她怎么就知道当初的事，还在这个时候爆出来？还有那些营销号，那么短的时间就能写出那些长微博，这绝对是阴谋。

"于哥最近不太好过，"夏零并没回答时笙的话，反而将话题转到于声身上，"他手下的艺人接二连三爆出丑闻。"

于声整天忙得焦头烂额，夏零已经被全权交给时笙负责，结果现在爆出两年前闪耀组合的事，于声更是头疼。安宸的粉丝就算了，还有夏零那群黑粉掺和，简直是要把这件事闹上天。夏零难得没有任何回应，让于声心底稍觉安慰。夏零要是再跑出来和粉丝对骂，于声还是自杀得了。

于声被人算计，时笙一猜就是尹宝宝那个智障干的。她躲得倒是快，不敢冒头，专在暗处指挥人给她办事。

可哪有时笙找不到的人？她开着车，一路出城到了郊区，这里有一片私密性很好的别墅区，尹宝宝就藏在里面。时笙避开监控，翻墙进去，找到尹宝宝的别墅，大摇大摆地在门口按门铃。

来开门的大概是保镖，看到门外的人他有些诧异，快速对着耳机说了一句什么。很快，有保镖陆续从别墅出来，尹宝宝就站在那群保镖后面。

"步萌！"尹宝宝看清人，表情有点诡异，"你怎么进来的？"

时笙伸手推开紧闭的铁门，在众人诧异的视线中，慢悠悠地走进院子，目光平静地看着尹宝宝："就这么进来的。"

那是密码锁……保镖们有点蒙，纷纷用眼神询问，你们谁进来的时候没关门？

关了啊！谁知为什么她一推门，门就开了。

不对，你都把门推开了，刚才按门铃干什么？有毛病？

"自己送上门，那就别怪我不客气，把她抓起来。"尹宝宝娇喝一声。

保镖很有职业操守，迅速将时笙围住。时笙依然一脸平静，语气却有些张扬："想抓我，得排队。"

众保镖："……"这小姑娘是不是傻？看看她那小身板，他们一只手就能搞定，她竟然还让排队？

但是很快，这群保镖就知道这小姑娘不是在说大话。她说的是真的。他们从来没想到，一个小姑娘竟然能这么厉害。

时笙抓住了保镖头头。她个子比保镖头头矮上不少，所以只能拽着他，往台阶的方向走。保镖头头很不乐意，奈何自己脖子上架着把看上去非常锋利的剑，他只好跟着时笙一起行动。

时笙踩在台阶上，立即比保镖头头高出一截。身高问题解决了，时笙居高临下，扯着嘴角，笑得有点阴森："让你的人，把她抓起来。"

保镖头头："……"

时笙继续威胁道:"你不抓她……我就弄死你,你的命值钱,还是她的命值钱?"

保镖头头还是挣扎一下:"杀人犯法。"

时笙嗤笑一声,嚣张地甩了甩刘海:"我不让警察知道是我杀的不就行了,你是不是傻?"

保镖头头:"……"

"别磨蹭,赶紧的,不然我可就下手了。这一下下去,你的脑袋就得和脖子分手了。"时笙微微用力,铁剑压着保镖头头的大动脉,保镖头头已经感觉到脖子上冰冷的物件正割着自己的血管。

保镖头头立即挥手:"按……按她说的做。"

"你敢!我给了钱的!"尹宝宝有些惊慌地大吼,"我给你加钱!"

保镖头头内心崩溃,再多的钱,他也得有命来花才行啊!

"对不起,尹小姐。"保镖头头有些歉意地道。

随后,他又感觉自己脖子上的力道重了些,便立即催促其他保镖:"快点!"

尹宝宝脸色一变,转身就往别墅里面跑,但她的速度哪有那些保镖快,很快就被抓住。

尹宝宝被绑在一张椅子上,那几个保镖被时笙扔进别墅的一间屋子里。她还贴了张符在外面,防止他们跑出来搞事情。

"尹宝宝……"时笙拖把椅子坐到尹宝宝对面,"好玩儿吗?"

尹宝宝本来梳得端庄的发型,因为挣扎变得乱糟糟的。她气急败坏地瞪着时笙:"步萌,你想干什么?"

"不要这么凶。"时笙往后仰了仰,靠着椅背,跷着腿,流里流气地道,"当初你绑架我的时候,可不是这么凶的。"

尹宝宝暗恨,她实在想不明白,当初步萌是怎么逃出来的。那群废物!尹宝宝突然想到了什么,瞳孔缩了缩,带着点颤音问:"你到底是谁?"

时笙诡异地笑了一下,张口开始胡说:"我是作者啊,你跑到我书里来胡作非为,当我眼瞎?"

作者?怎么可能……

"你……"尹宝宝突然有点恐慌。她到底在什么地方?这里为什么会出现作者?还是说这其实只是她做的一场梦?尹宝宝使劲咬了下舌尖,疼痛让她明白,这不是在做梦,是真的。

"到底怎么回事?"尹宝宝激动起来,"这一切是不是你操控的?"

时笙白了尹宝宝一眼,道:"你是不是傻?"

尹宝宝:"……"

"我要是能操控，立刻就把你给抹杀了，还用得着费劲地来绑架你？"

此时，尹宝宝脑中一片混乱。她以为自己是幸运的，能够穿越到故事里做豪门千金，像那些小说里写的一样，顶替原来的女主角。可是最近发生的事，和她想的完全不一样，现在还蹦出一个作者？

时笙不顾尹宝宝极难看的脸色，抬了抬下巴，道："你是自己死，还是我帮你？"

尹宝宝扭动身体，想要摆脱束缚。她才不要死，她好不容易活了下来。

时笙也不想和她多说，摸出铁剑准备把人给解决了，反正女配角没了位面也不会崩。

尹宝宝开始慌张，挣扎得越发厉害："步萌，你不能杀我……你凭什么杀我……别过来，你别过来。"

凭什么？就凭原主要报仇。等一下，原主好像是要曝光尹宝宝做的一切。哎呀，她把这茬忘了。

【……】看来宿主还记得人家原主的遗愿，别成天就知道杀杀杀，这游戏都要被你玩坏了。呸！这才不是游戏！

时笙顿住身形，摸着下巴，眸子转了转。那就先曝光再杀好了。

尹宝宝见时笙顿住，劫后余生一般喘着气。然而这并不是结束。她对面的女孩不知从哪儿摸出一台摄像机，几下摆好，道："尹宝宝，我给你一次机会，把你之前做过的事说出来，我就让你死得痛快点。"

尹宝宝："……"还是要死？那她说不说有什么区别？

尹宝宝既然干得出绑架这种事，就证明还是有胆子的。她迫使自己冷静下来，道："你要怎样才放过我？我给你钱，我有钱。"

"说得跟谁没钱似的。"时笙嗤笑一声，"怎么样我都不会放过你，当初你找人绑架我的时候，有想过放过我吗？"

突然，时笙表情一凶，道："得，我不跟你浪费时间，赶紧说。"

尹宝宝被时笙吓得一个哆嗦，看看时笙手中的铁剑。那把剑泛着冷光，光芒折射进尹宝宝的眸子，她整颗心都跟着凉透了。尹宝宝很不想说，但时笙凶神恶煞要杀人的架势，让尹宝宝几乎哭着将自己做过的事说了出来，从她绑架时笙，到她对付尹世杰的两个私生子，以及现在如何对付尹声。

她不想说的事，时笙还能给她点出来。尹宝宝整个人都快崩溃了。当初还不如直接死了算了，她为什么要跑到这本书里？尹宝宝最后悔的事，就是当初应该直接让人杀了步萌，如果杀了步萌，根本就不会有后面这些事。她现在依然是风光无限的尹家大小姐。

时笙录完视频，准备动手。尹宝宝吓得脸色煞白，哭着道："求求你不要杀我，我知道错了……我知道错了，呜呜呜呜，不要杀我……"

"谁说我要杀你？"

尹宝宝："……"你刚才还说要杀我。

"杀人犯法。"时笙眉眼弯弯地笑道。

【……】宿主，你这么善变，凤辞知道吗？

时笙将视频发给警察局，匿名报警之后，抹掉了她来这里的痕迹。

尹宝宝看着她的作为，心底只觉说不出地诡异。她在毁灭证据，是不是要杀自己灭口？然而，时笙并没有杀尹宝宝，确定警察就算知道是她干的，也没证据抓她后，才去房间和保镖进行了深入交流。

尹宝宝等了半天没见到人出来。她试着挣脱身上的绳子，就在她快成功的时候，别墅门突然被人破开，穿着警服的警察鱼贯而入。警察最先看到的，就是贴在尹宝宝后面柱子上的大字——惩奸除恶，扬名立万。

众警察："……"这是什么跟什么啊？

警察搜查现场，找到那群保镖。保镖们被绑在屋子里，也不知道被灌了什么迷魂汤，没一个人说时笙来过这里。

尹宝宝坚称自己是被时笙逼迫的，奈何拿不出证据，而她在视频里说的那些，却是有迹可循的，她长着十张嘴都说不清。

"洪队，尹宝宝坚持说是步萌逼她的。从现场留下的那几个字，以及尹宝宝被绑的事实可以推断，确实有人绑了她。"

"又是她？"洪队拍桌子，怒喝，"她怎么阴魂不散！"

警员："……"

洪队大概察觉自己失态，咳嗽一声，道："在现场查到有用信息没？"

警员摇头道："没有。"

这就是奇怪的一点，现场不但没有指纹，外面的监控也没有拍到人，就连那群保镖都表示自己不知道是被谁给绑起来的，一口咬定他们醒过来的时候，就被人给绑住了。

"这还遇上替天行道的了？"警员嘀咕道。

"给我查，别墅区所有的监控，一个都不许漏掉！"洪队觉得这件事肯定跟时笙有关，他非得查个一二三出来不可。

第二十四章　神棍不乖（下）

警察上门的时候，时笙正和夏零说他新歌的事。

"步小姐，又见面了。"洪队冷笑着进来，快速环视一圈，"耽搁步小姐一点时间，我们需要问点事情。"

时笙看夏零一眼。洪队眼尖地挡在两人中间，隔开他们的视线交流。

时笙扯了一下嘴角，道："洪队长，请吧。"

洪队做了个请的手势，将时笙带到旁边的房间。另外的人给夏零录口供。然而，两人的口供就没什么差异。时笙有夏零做不在场证明，洪队能有什么办法？他觉得时笙有问题，也只是出于直觉，并没有什么实质的证据。

从公司出来，有警员小声地劝他："洪队，我看这事还是算了吧。那个人也没对尹宝宝做什么，还帮我们警局破案。"

洪队板着脸呵斥警员："她这次没做什么，下次呢？你能保证她下次也不做什么吗？我们的职责是保护所有人的安全。她这么私自绑人，那是犯法的，你们在警校学的东西都喂了狗？要是谁都像她这样行事，还要我们警察来干什么？"

警员被呵斥得一阵羞愧："对不起，洪队。"

洪队怒气冲冲地离开。

练习室。

夏零从后面抱住站在落地窗前的时笙，声音有点低："又瞒着我。"

"我给你发信息了。"

夏零嘴角一抽。她发的那信息，乍一看还以为是撩他的暧昧短信，好长时间没见她过来，他才反应过来。

"下次不要再这样。"夏零紧了紧手臂，"我不能失去你。"

"这么快就离不开我了？"时笙打趣道，"没想到我魅力这么大。"

夏零:"……"

夏零松开时笙,突然不想和她说话。这种时候,她竟然开始自恋,一点情趣都不懂。

时笙转过身,拉住准备继续去练习的夏零:"送你件东西。"

"什么东西?"夏零有点狐疑地打量时笙,"你还会送我东西?"

"小看我!"时笙哼哼两声,从兜里摸出一个盒子,"喏,记得以身相许。"

"我不是早就以身相许了?"

"再许几次也没关系。"

夏零拿过盒子,高傲地哼了一声,道:"之前你不是不要吗?现在又想让我以身相许,你想得美。"

时笙:"……"

"真的不以身相许?"时笙靠近夏零,嘴角挂着一丝笑意。

夏零坚决地道:"不。"

时笙惋惜地摊手,道:"那好吧,今晚你就在练习室好好练习,我先回家了。"

时笙拎着包就走。

夏零不解地站在原地。你就不知道多说两句?多说两句我就答应了啊!哼!

夏零垂头看着手里的盒子,小心地打开,里面是一块手表,款式有点复古。整块表看上去非常精致,表中似乎有水在流动,晃动间可以折射出奢华的光芒。

"没创意。"夏零似乎很嫌弃地嘀咕一声,却还是小心地戴上,嘴角微微勾了勾。

时笙离开公司后,遇见于声,这几天,他整个人都瘦了一圈,看上去非常憔悴。看到时笙,他勉强露出笑容:"小萌。"

时笙一脸乖巧地道:"叔叔。"

系统看到时笙这个样子,总有种诡异的感觉。她对关心她的长辈总是一脸乖巧,这和她的风格完全不符。

"夏零呢?"

时笙指了指练习室。

"最近辛苦你了。"他忙着别的艺人的事,夏零这边几乎都是让她在照顾,最重要的是,夏零也只听她的话。

"对了,过几天你师父要来,你和夏零的事,我已经和他说过了。你师父这人你知道的,有点固执,到时候你和他好好说,别起冲突。"

原主的师父进城的时候都会来看原主,这次他来,肯定有事要办,看原主只是顺便。

时笙点头道:"我知道了。"

"我去看看夏零,你先回去吧。"

·658·

于声往练习室的方向走去,时笙站了一会儿,才往电梯的方向走。她刚走到电梯口,电梯就开了,不过里面的气氛有点诡异。一个年轻貌美的女人站在稍微前面点的地方,后面站着一个戴鸭舌帽的男人。男人低着头,看不到脸。女人的脸色有些苍白,似乎很害怕,一个劲儿地冲时笙使眼色。

时笙往后退一步,自顾道:"这电梯好像有点问题。"

男人飞快地抬头看她一眼,立即按下关门键。电梯合上,数字一点一点地往下跳,到二楼的时候,电梯突然停住不动了。

时笙走楼梯,遇见去而复返的洪队,刚才有人报警,说电梯里有人劫持。他们正好在这条线上,就赶过来了,谁知这么巧地又和时笙遇上。

时笙笑眯眯地冲他们点点头。等时笙过去,洪队才带着人步行上了二楼。

那个劫持犯似乎是女人的粉丝,比较疯狂的那种。他本来打算将女人劫走,谁知道电梯突然出故障,被困在电梯里。更加诡异的是,这个男人有幽闭空间恐惧症,此时已经完全失去攻击力。

警方快速将女人和男人弄出来。录口供的时候,女人无意间提到时笙。时笙是夏零女朋友的事,全公司的人都知道,她自然认识时笙。

"她说电梯有问题,就没有上去?"洪队目光灼灼地盯着女人。

女人苍白着脸点头:"她是这么说的。"

洪队那叫一个无语。那个女人说啥啥灵啊!

时笙又被洪队记了一笔,而时笙自己完全不知道。系统正在"教育"她,说她总是走捷径,这和他们的设定不符合。

"我完成任务就行,你还管我怎么完成,有本事你来?"时笙被说得不耐烦了。

系统恨不得一巴掌抽死时笙。它要是能做任务,要她干什么!呸,它能做也没有用!

时笙摇头晃脑地道:"成大事者,要不拘小节。"

【……】呵呵!你那是不拘小节吗?你都要上天了。

尹宝宝的新闻,时笙让人给曝光了,包括她之前帮安宸写的歌都是盗用别人的歌词的事实。加上尹宝宝自述的那段视频,尹宝宝的粉丝再也盖不住蜂拥而至的漫骂。

洪队看到那段视频,几乎百分百确定,这件事绝对和时笙有关。那个视频他们可没公开过,除了局里的人,谁都拿不到。不过,知道归知道,他也没办法对时笙做什么,猜测是不能作为证据的。

时笙把尹宝宝这个女配角搞定,现在只剩下拆情侣。

【……宿主,不需要你拆情侣!不需要!不需要!不需要!】重要的事说三遍。

时笙似乎听到系统那冰冷的电子音变得刺耳起来。

"能被拆的男女主角算什么真爱？"时笙冷哼一声。

系统气哭。

【那你觉得你和凤辞是真爱吗？】

"你能让人拆开我们吗？"

【……】好像，真不能。

虽然宿主有时对凤辞挺恶劣的，可更多时候是为他着想，宠得他都要上天了，更不会怀疑他什么。她想知道什么，要么直接问，要么直接查。凤辞就更别说了，十足的妻管严，宿主让他去死，他都乐意。当然，前提是宿主和他一起死。

宋沫身为女主角，之前一直在给安宸当助理。安宸出国走得急，并没有带宋沫，所以宋沫现在给另一个歌手当助理。

时笙见到她，是在一场颁奖礼活动上。作为夏零的正牌女朋友，时笙当然可以名正言顺地出席颁奖礼。

宋沫穿着小礼服，站在那位歌手后面，脸上带着得体的笑容。

时笙发现自己根本就不用动手，宋沫和那个歌手间的气氛暧昧得非常明显。

"冷不冷？"夏零微微垂下头问时笙。

时笙收回视线，摇头道："不冷。"

夏零拢了拢她肩头的披肩，手腕上的表折射出璀璨的亮光。男人表情认真，温柔地替一个女孩子整理披肩，这画面怎么看怎么充满柔情蜜意。

"夏零……是夏零……"

"那就是夏零的女朋友步萌？长得这么可爱，怎么取个名字叫步萌？"

"原来夏零喜欢这样的。"

夏零带着时笙往座位的方向走，到了官方安排的座位前，夏零的脸色陡然变得阴沉。时笙顺着他的视线看过去，竟然看到安宸和崔良野。两人正低声交谈，看上去气氛挺和谐的。

安宸竟然从国外回来了？也是，都过去这么长时间了，安宸再不回来，他的位子就会被后起之秀侵占。

崔良野先看到夏零，和安宸说了一句，安宸也跟着看过来。安宸微微颔首，算是打招呼，情绪有些复杂。

"夏零，"崔良野直接站了起来，"我们又可以坐在一起了。"

时笙打量崔良野几眼，这个男人会是慕白那个智障吗？尹宝宝做过的那些事，并不包括之前被曝光的闪耀组合解散事件。时笙有点摸不准，要不摸剑砍过去试试？反正慕白那家伙干不过她就会自杀。

在时笙考虑这件事的可行度时，崔良野已经走了过来："夏零每次出席活动都带着小女朋友，可真让我们羡慕。以前我们都说你是最后脱单的，没想到现在倒是你领了先。"

崔良野的态度很自然，时笙从他脸上看不出什么。难道这人不是慕白？还是升级版慕白？

"关你什么事。"夏零的态度一如既往地冷硬。

"夏零，"崔良野似乎有些无奈，"我和安宸都不怪你，你何必……"

夏零的眼神陡然冷下来，四周的空气似乎凝固，要不是碍于时笙在旁边，夏零现在是想揍人的。

安宸突然出声道："良野，他从来就不会认错，以前是这个样子，现在还是这个样子。你和他有什么好说的？"

夏零的嘴角勾起冰冷的弧度，有冷光从他眼底渗透出来，冻人三尺。

崔良野似乎有点为难，左右看看，不知道该怎么办。

四周的人有点看好戏的样子，都看着这边，对着几人指指点点。当初盛极一时的闪耀组合，解散两年后成员重聚，气氛却是这么诡异。看来，当初网上的爆料都是真的。夏零真的出卖了闪耀组合。

这下，对着夏零指指点点的人更多了，只不过碍于身份，大家不好说得太难听。

"我们走。"夏零忍住揍人的冲动，拉着时笙准备离开。这样的活动，他一点都不想参加，还不如和他家媳妇儿在家里待着。

"走什么啊？"时笙拽着他，冲他眨眨眼。

夏零微微皱眉。他不想和这两个人坐在一起。

显然，安宸也是这么想的。他已经叫工作人员过来换位子了。

"很抱歉，安先生，这位子现在没法换……"工作人员很无奈。位子是一早就安排好的，怎么能说换就换？

时笙扫了一眼脸色不好的安宸，带着夏零往第一排的贵宾席走。工作人员想拦住他们。时笙往那边看了一眼，对着其中一个人叫了一声："师父。"

贵宾席上一个穿着西装、闭眼养神的中年大叔慢慢地睁开眼，朝时笙这边看过来。他虽然有几分帅气，可配上那严肃的表情，怎么看怎么让人觉得是学校的教导主任来了。

"那是谁啊？"

"不知道，和严老一起来的。"

"步萌刚才叫他什么？师父？这什么乱七八糟的关系……"

师父严肃地盯了时笙几秒，和他旁边的一个老者低语一声，老者身边的人立即过来请他们过去。

这下四周的人不敢说话了。严老在圈子里很有话语权，得罪严老，那可就没好日子

661

过了。

直到时笙和夏零真的在贵宾席坐下,其他人才移开视线。

这位严老脾气怪得很。他这么早就到场了,看看别的大人物,哪个不是最后才出场?

安宸盯着前方的人影,手紧了紧,好一会儿才松开。

"安宸,夏零这次是真的要火了。"崔良野在安宸身边感叹。

安宸刚松开的拳头又握紧了。崔良野拍了拍安宸的肩膀,安慰道:"你也别担心,以你现在的人气,他还超不过你。"

"哼!"安宸冷哼一声,转过头,不再关注贵宾席。

崔良野无奈地耸耸肩。

贵宾席。

师父板着脸将夏零上上下下、里里外外打量了好几遍,臭着脸问:"这就是你看上的臭小子?除了长得好看,有什么特殊的?"

时笙认真地反问:"长得好看还不够?"就这张脸,拿出去都能风靡万千……好吧,夏零的黑粉对他这张脸并不买账,简直是个奇迹。

师父脸色更臭地道:"看人不能看脸。"

时笙认真请教道:"那看哪里?"身体?

师父沉默几秒,又道:"品性,我听说他脾气不好?"自从于声跟他说了这件事,他就一直在关注这个叫夏零的男生,网上骂声一片,什么殴打主持人、挑衅粉丝、迟到耍大牌。这种人怎么可以和小萌在一起?

"他对我很好。就算他对别人不好,那又如何?对我好就够了。师父,对我来说,看一个人顺眼就够了。"

师父:"……"怎么感觉一段时间不见,他家徒弟变聪明了?

"现在的小年轻,你就让他们自己去闹。夏零这孩子是不错的,你放心,我给你做担保。"严老突然笑眯眯地插话,眉宇间都是慈祥。

夏零冲着严老微微颔首,目光转向皱眉的师父,郑重地道:"我只对小萌一个人好。"

严老笑得更开心了,又夸上几句:"这小子就是看着傲,实际上心地不错。有时候啊,人表现出来的,不一定就是真面目。"

师父本想再训她几句,但严老都开口了,场合又不合适,他便没再继续这个话题。

"小萌,告诉师父,怎么忽然就想说话了?"他这次下来,一是帮严老解决一点问题,二是为自家徒弟开口说话和谈恋爱的事。

"师父,这事还是回去说吧。"

师父想了想，点头应下。这里确实不是说话的地方。

师父板着脸瞪了夏零一眼，转头和严老说话。时笙冲夏零挑挑眉，往他那边靠了靠，压低声音道："够可以的啊！这圈子里的大人物你都能有人情？"没想到她家"媳妇儿"竟然这么厉害。

夏零目光柔和地笑了一下，握住时笙的手："我刚出道的时候，和严老有过几面之缘。"

那个时候，他还是个什么都不懂的新人，第一次遇见严老，是在一场比赛上。比赛还没开始，严老一个人坐在后台，身边也没人跟着。严老戴着眼镜，拿着一台平板电脑，认真地在上面点来点去。夏零本没打算理会这个怪老头，结果严老自己拿着平板电脑过来，问他怎么打不开网页。夏零也就随手帮了他一下，谁知道这个怪老头就看他顺眼了。前两年他混不下去的时候，严老还想找人捧他。

每个人都有自己的机缘，严老显然是夏零的贵人，可他没有利用这个贵人。

时笙和夏零说悄悄话，师父不时投来不满的视线。气氛诡异，直到颁奖礼开始。

"下面我们颁发的是，本年度人气明星奖。"主持人的声音扩散至整个会场，"获奖者会是谁呢？"

随着主持人的话音落下，大屏幕上开始播放VCR，是闪耀组合出道的MV，那个时候的夏零还是个白白嫩嫩的小男生，帅气十足，却尚显稚气。

夏零其实并不适合唱这种节奏快的歌，他适合唱舒缓空灵的歌。

夏零看着大屏幕，目光沉了又沉。

VCR播放结束，主持人继续念着台稿："那么接下来有请我们的人气小天王……夏零。"

整个会场诡异地安静下来。什么情况？夏零？那家伙黑粉满天飞，怎么是人气小天王？

聚光灯打在夏零身上，一身漆黑礼服的男人俊美无双，眉眼间带着几分傲气。圈子里的人都知道夏零长得好，以前他们的关注点都在夏零恶劣的行为上，这回几乎是他们第一次觉得，这个男人原来如此闪耀。

后方的安宸盯着被聚光灯照亮的男人，目光似淬了毒，怎么会是他……所有人都可以拿这个奖，偏偏他不行！

夏零对这个奖没什么感觉，上台拿了奖杯就走，根本没说什么获奖感言。主持人尴尬了好一会儿。夏零也因此获得一个称号——黑粉小天王。

颁奖结束后，师父要寸步不离地跟着严老，因此时笙和夏零也只能跟着严老去了严家。

出会场时，两人遇见安宸和崔良野。安宸的脸色不太好，他极力掩盖眼底的情绪。

"恭喜。"崔良野看上去倒是比较大度，笑吟吟地跟夏零道贺。

夏零牵着时笙，看都没看他们一眼，直接从旁边走过。崔良野尴尬地收回手。

"热脸去贴人家的冷屁股。"安宸冷哼一声。

崔良野扯了下嘴角，不置可否。

安宸盯着外面被记者围住、准备揍人的夏零，表情更加难看。身为一个艺人，他一点都不注重形象，任性妄为，竟然也能拿奖？

"沫沫，一会儿我得先回公司去，你去公寓等我。"

"嗯，好的。"

两道人影从安宸身边走过，安宸觉得那声音有些熟悉，抬头看去，目光里闪现一抹惊艳。

严家。

严老年轻的时候也是歌坛的传奇人物。他家里到处都是收藏品，有年代已久的海报、唱片……整个严家都透着古老陈旧的感觉。

一进去，时笙就感觉到一股阴冷之气，让她很不舒服。他师父进入严家的时候，明显比之前更加严肃，整个身子都是紧绷的。

时笙环顾客厅一圈，客厅里东西太多，许多都是年代已久的。

"随便坐。"严老招呼他们进门，又吩咐保姆："去泡茶。"

严老大概知道时笙和师父有话说，笑眯眯地道："夏零，你跟我来书房。"

夏零放开时笙，冲着师父点点头，跟着严老去二楼。

"师父。"

"说吧，怎么回事？"师父坐到时笙对面。

时笙抿了抿唇，开门见山地问："师父，你知道我拥有什么样的能力吧？"

时笙不相信这男人不知道。原主表现出来的能力，她自己不知道，他这个旁观者还能不清楚？

"谁告诉你的？"师父没有否认。

时笙耸耸肩，道："自己发现的。"

师父打量时笙几眼，见她表情自然，不像说谎，便缓了缓表情，道："当初你还小，我不告诉你是为你好，怕你因为这个能力走上歪路。"

言灵术，这是一种很厉害的能力。当初他发现这一点的时候，也很震惊。

"既然你现在知道了，师父要告诉你的就是，坚持本心，不要做违法乱纪的事。"师父顿了顿，又道，"我是不建议你常使用这个能力，能力越大，后期付出的代价就越大，世界是有规则的。"

"言灵术对好人是没用的，"时笙撑着下巴，道，"而且不能置人于死地，只能让他们付出相应的代价。"比如若一个人杀人之后逍遥法外，就会遇到牢狱之灾；一个人抢占他人财产,最后就会变得一无所有。

师父显然不知道这一点,有些诧异地问:"你怎么知道?"

"摸索出来的呗。"

师父神情诡异地看了时笙一眼。她刚才那句话的意思,表明她曾经想杀人?师父被这个念头吓到,严肃地瞪着时笙:"小萌,我跟你说……"

师父好好地给时笙上了一课,教她什么叫遵纪守法。

离开严家的时候,已经快凌晨两点。出门时,时笙看了看坐在沙发上的严老:"师父,我看您还是带严老换个地方住吧,这里……有点晦气。"

师父一脸严肃地道:"别乱说话,赶紧回去。"

时笙耸耸肩。想必师父也是知道的,她多说也没用。

安宸回国后,立即出现在公众视野里,将之前流失的人气给拉了回来。当初那件事虽然还有人提,可和安宸没有多大的关系,顶多就是他被尹宝宝骗了,粉丝们纷纷心疼地安慰安宸。

安宸是害怕的,他怕夏零的成就超越自己,所以当初在组合里的时候,他几乎都不给夏零多少机会崭露头角。

安宸现在什么都和夏零对着干。夏零并不怎么搭理安宸,实在被惹到,夏零就直接揍人。

夏零吸引黑粉的手段也越来越高明。这些黑粉中,渐渐出现另一种人,他们不再是纯粹抹黑,而是用抹黑的方式帮夏零洗白。这么清新脱俗的洗白方式,时笙绝对是第一次见。

而关于时笙来历的传言,也在圈子中传开。最后,不知是谁查出了那天颁奖礼上她师父的身份。她师父也是有微博的,人家可是正儿八经的道长,账号获得过微博官方认证。网友的力量是非常大的,这个消息传出来没多久,就有人扒出原主在山上穿着道袍的照片。她可是大师的徒弟,难怪那么厉害,一说就中!

时笙一进夏零的公司,就被一群人围住,纷纷要求她为自己算命。时笙那叫一个无语地道:"我不是算命先生。"

她就会那么一句,而且那是她的特别能力,跟算命没有任何关系。

"小萌,你帮我算算嘛,我给你钱。"

"小萌,你也帮我算算,最近我老倒霉……"

"小萌……"

时笙深吸一口气,咧着嘴,阴森森地道:"我看你们印堂发黑,有血光之灾啊!"

众人:"……"

时笙趁着这群人百思不得其解的时候,快速从他们身边挤过去,一溜烟儿跑进夏零的练习室。练习室里很安静，时笙环顾一圈，都没见到人，往前面的休息区走，在沙发上看到趴着的夏零。夏零戴着耳机，微微闭着眼，头发自然垂下，挡住了修长的眉。他似乎没察觉有人进来，一动也不动。

时笙悄无声息地靠近他，准备亲他一口。她刚埋下头，夏零忽地睁开眼，伸手拉住她的手，将她拉到自己身上。夏零搂着她的腰，道：“干什么？想吃我豆腐？”

"对啊。"时笙直接亲他。

夏零有点招架不住，喊道：“停停停……”夏零的声音有些嘶哑。他偏开头，喘息两下，无奈地捏了捏时笙的脸蛋，“要不是这里不方便，我今天绝对不会放过你。”

时笙一脸正经地道：“就是因为不方便，我才撩你啊！”

"回去收拾你。"夏零压下体内的躁动，抱着她坐起来，"小萌，你来当我新歌MV的女主角好不好？"

时笙奇怪地道：“你的MV不是都没有女主角吗？”

夏零在时笙脖子上蹭了蹭，唇瓣缓缓滑落到她的锁骨，暧昧地轻咬："我想我的一切都有你的参与。"他想让他的世界遍布她的足迹，这样他才能确定，她真的在，她是属于他的。

时笙其实不太愿意拍，但是夏零缠着她，她没办法，只能答应。

于声听说时笙要拍MV，倒没怎么反对，只是让夏零注意分寸，别给他家小萌招黑。MV是古风的，讲的是一个亡国公主的故事，时笙一共要换十几套衣服。现在天气炎热，穿好几层衣服，还要不断换装，时笙只想砍人。

"步小姐，您别乱动，妆花了。"化妆师提醒时笙。

"热啊！"时笙用手扇风，小脸红扑扑的。

化妆师也没办法，无奈地道："步小姐，您忍忍，这是最后一套了。"

"怎么这么麻烦。"时笙挠桌子。换这么多套衣服，要命啊！

化妆师捂着嘴笑了笑。做这行的，哪里有轻松的！

旁边的造型师一边挑选发饰一边问："步小姐，您真的会算命吗？"

"不会，谁又乱传我谣言？"她都说了很多遍了，她不会算命，这些人咋就不信呢？

"现在都这么说。"造型师走过来给时笙戴发饰，双眼放光，"您要是真会，能不能帮我算算？"

"我不会算命。"时笙托着下巴，感受着脑袋上越来越沉的重量，内心崩溃地道，"你能不能给我少戴点？这又不是真的，谁做的道具，弄这么重。"

化妆师在旁边笑，解释道："这是真的，特别赞助的。"

"特别赞助？"时笙照了照镜子，"谁赞助的？这玩意儿值不少钱吧？"

"不知道，导演拿过来的，说是有人赞助。"在场的工作人员都不知道是谁赞助的。

最后一场拍摄。

亡国公主忍辱负重，终于为自己的国家报了仇，但是当年轻的帝王心甘情愿死在她面前的时候，亡国公主才明白，自己早就爱上了他。

最后一幕是公主自杀殉情。说起来简单，做起来却很难，让时笙耍帅还行，生离死别的感情，她是不太适应的。导演没办法，拍了一条勉强能过的，到时候再加特效，保持唯美就好了。

最后一条过了后，时笙立即从地上跳起来，扯着腰带就开始脱……好热！

"回去再脱。"夏零从另一边过来，脸色有些沉。这里这么多人，她就敢脱？

"我里面还有好几层。"再不脱，她感觉要中暑了。

"不行。"夏零态度坚决，拉着她往化妆间走。

凤辞对自己的占有欲不比她少，时笙很能理解那种感觉，所以只是沉默地跟着他回去。

两人刚走到化妆间外，耳畔突兀地响起剧烈的爆炸声，一股热浪从前方扑过来。夏零下意识将时笙往怀中一搂，将她扑倒在地。

爆炸声之后，整个空间似乎都寂静下来。

夏零的身子微微发抖。好一会儿，他才摸着时笙的胳膊，声音微颤地问："你有没有受伤？"

"没有，我没事。"时笙摸着夏零的脸，"我好好的。"

等到时笙的声音，夏零的心跳似乎慢慢地恢复跳动。夏零手脚发颤地将时笙扶起来，随后猛地将她抱进怀中。

四周人声渐响，由远及近。

时笙轻拍夏零的后背，目光落在爆炸的地方，那是之前那间化妆间。

这么大的爆炸，明显是人为的，剧组的人很快报警。警方确定没有人死亡，只是当时在化妆间外的化妆师被炸伤了。至于爆炸原因，暂时还不清楚。

媒体很快听到风声，夏零这个主角，自然又被抹黑了。

本来，这个案子是不归洪队所在的市局管的，但是看到时笙的名字，洪队立即带着人过来。洪队是市局的骨干，办案效率很高，但这一次，爆炸的原因依然没被查出来。他们在现场也没找到一点火药。

时笙听完洪队的说法，心底已经有了答案。除了慕白那个智障，她实在想不出来谁有这么大的本事。时笙去问过导演，她之前戴的那些东西是谁赞助的，导演说是一家知名厂商，因为是免费赞助，他就答应了。然而，时笙去查那家厂商，人家表示根本就没赞助过。导演当初见的那个人，时笙怎么都查不到。幸亏她觉得那些东西来路不明，最终全换成了自己空间里的,不然,被炸掉的说不定就是她的脑袋……

"步小姐,请你回答我的问题。"洪队敲敲桌子。这死丫头从刚才起就在走神,也不知道在想什么。

时笙无辜地看向洪队："什么？"

洪队忍着怒气重复一遍："请问步小姐最近是否有得罪什么人？"

"得罪的人？"时笙歪歪头。

洪队点头,拿着笔准备记录。

"我得罪的人多了,和你说三天三夜都说不完。"

洪队："……"来人啊！把这死丫头给本队长拖出去打死。

洪队告诉自己要冷静,又道："有没有比较特别的？"

"特别的？不认识。"她根本就不知道慕白那个智障这次是谁,也不知道他是什么身份。

"描述一下外貌。"

"没见过。"

"声音？"

"没听过。"

洪队手里的笔差点被折断。他狠狠地瞪时笙一眼,道："步小姐,我希望你说实话,这是为你的安全着想。"

"我说的就是实话,你不相信,我有什么办法？"她本来就没见过慕白那个智障,怎么说啊？

洪队几欲抓狂。

"洪队,我看你最近……"

洪队冷着脸起身,直接往外走。他已经知道她接下来想说什么。刚才进来的时候,遇见她的人都被送了一句"看你印堂发黑,最近有血光之灾"。

"哎哟！"

洪队刚打开门,就看到警局的一个警员撞到门框,疼得龇牙咧嘴。他看着纷纷出状况的警员,好后悔把这个灾星带回来,现在送走她,还来不来得及？

送走肯定是来不及的,这个案子还没破。

这个案子没法破,爆炸现场附近只有两部监控器,监控里没有发现形迹可疑的人。

时笙和夏零是受害人,不是嫌疑犯,问过话之后,警局自然得放人离开。警局的人巴不得时笙离开。她来一次,整个警局就得集体出一次意外。用"邪门"两个字来形容她,都是小看她了。

"下次见。"时笙冲洪队挥手。

洪队只当没看到,他现在一点也不想看到她。

夏零一言不发地带着她回家，回去后第一件事就是将时笙摁着一顿亲。关键时刻，于声回来了。夏零只得从时笙身上爬起来，胡乱套上衣服，打开门出去。

于声见他从时笙房里出来，上下打量他几眼，竟然没发火："小萌没事吧？"

"没事。"夏零走过去。

于声语速极快地道："怎么会突然爆炸？警方怎么说？"

"没什么结果。"

"没什么结果？"于声皱眉。什么叫没什么结果？怎么爆炸的、有没有嫌疑人，这些不都是结果吗？

这次的爆炸明显针对时笙或者夏零，那个化妆间就是为他们两个准备的。于声更倾向于对方是针对夏零，毕竟这人得罪的人那么多，谁知道哪个疯子会想不开？不行，他得去找小萌的师父。

于声问了半天，夏零都是冷着脸。实在问不出什么，于声去看了一眼时笙，随后匆匆离开。夏零关上门，继续刚才的事。直到两人精疲力竭，夏零才搂着时笙不再动弹。现在想想他还是觉得后怕，他差一点就失去她了。

第二天，时笙看到了手机上的短信，没有显示号码，只有一句话。

——你命可真大。

时笙："……"

时笙翻身下床，双腿有点发软。她龇牙咧嘴地瞪了床上的人一眼，随意套上裙子，坐到书桌前打开电脑。

短信是通过一个加密平台发过来的，信息本身还有重重加密，即便破解，她能得到的有用情报应该也不多。时笙放弃从这条短信进行追查，撑着下巴想了想，输入之前导演告诉她的那家被冒用的厂商名。

"安氏企业？"时笙看着商家的注册信息，嘴角一抽。安氏……安宸。

"看来你一点都不累。"夏零不知什么时候站在时笙后面，将她抱起来往床上扔。

夏零身上什么都没穿，他炽热的身体压着时笙，在她耳边道："是不是我昨晚不够努力？"

"夏零……唔……"

时笙的嘴被堵住，内心崩溃。他的精力怎么就这么好？但是，接下来夏零并没做什么，只是一言不发地搂着她。

夏零的声音在时笙耳边响起："小萌。"

"嗯？"

"你怕吗？"

"怕什么？"

669

夏零突然沉默下去，房间中只剩下两人轻缓的呼吸声。良久，夏零在时笙耳边轻轻地吐出一句话："我会和你在一起，不论生死。"

我会和你在一起。

不论生死。

时笙缓缓地勾起唇角。他有这个觉悟是最好的。

她师父抽空过来了一趟，给了她和夏零一人一枚护身符，说是可以帮他们挡一次灾。

时笙忙着找慕白。夏零不知道在忙什么，新歌的事都交给于声在操办，整天见不着他的人影。警局那边也没什么进展，爆炸的事似乎就这么不了了之。

时笙每天起床后的第一件事就是刷微博，看看自家"媳妇儿"又涨了多少黑粉，以及来找自己算命的那些奇葩。

这天她刚上去，就看到热搜上出现"夏零"两个字。和以前不同，这次只有单独的"夏零"两个字，并没有什么奇怪的后缀和前缀。他点进去，里面最醒目的标题是——夏氏企业新总裁上任，竟是小天王夏零。

时笙沉默。说好的不是富二代呢？这个骗子！这段时间，他竟然鼓捣这玩意儿去了？

夏零的黑粉们都震惊了，本来以为夏零无权无势，谁知道他突然成了总裁？

时笙摸出手机给夏零发信息。夏零接到信息的时候正在开会，一群董事会的老家伙盯着他，气氛很是紧张，下一秒似乎就能打起来。就是在这样的情况下，夏零镇定地拿着手机看信息。

——你想当总裁，我送你一个总裁当，干吗要去夏家？

会议室的人看着首座上的年轻男人，有点摸不着头脑。刚才他还一副想打架的模样，怎么看了一条短信，就像被顺了毛的猫？

——你只需要被我护着就好。

夏零回复完毕，收起手机，嘴角微微勾着，明明是一个笑脸，在场的人却感觉季节瞬间进入寒冬，四周寒风凛冽。

"刚才谁说有意见的？"声音很清越，亦如他的歌声。

此刻却无人觉得好听，众人后背无端生出一股寒气。他们都是在商场摸爬滚打多年的老家伙，此刻却被一个二十来岁的年轻人给震慑了。

会议室里诡异地安静下来。

夏零起身，单手插兜，另一只手的指尖在桌面上点了点："大家都是聪明人，既然他将公司交给我，证明我不是你们想的那种废物。别做让我恼怒的事，关于我的传闻，想必你们最近也了解得够多了，我这人做事，不讲究什么礼节。"他加大嘴角的弧度，目光从在场的人当中扫过，缓步走出会议室。

直到他的身影彻底消失，会议室的众人才感觉自己能够呼吸。

夏零上任的第一件事，就是断绝和安氏所有的生意往来，使劲打压安氏。夏氏有人出来反对，结果就是被强行解除职位。夏零强硬的手段让夏氏的人明白，他不是那么好拿捏的。

安氏莫名其妙地被夏氏攻击。安氏和夏氏实力相差不大，但夏零的手段比他们预料的要狠得多，一点余地都不留。安氏近年的发展比较保守，对上不顾后果的夏零，自然只有输的份儿。安氏的羽翼被夏零一点一点斩断。

安宸作为安家的下一任继承人，这个时候，安家也不会任由他继续在外面乱来。当初安宸进这个圈子，他们就是不同意的。这些年，家族也没给安宸提供多少帮助，此时家族出了这样的事，安宸被迫回到家族中。

"你和他在一个组合里那么久，就不知道他和夏家有关系？"安父恨铁不成钢地看着自己的儿子。

安宸翻着报纸，抓着报纸的手不断收紧，目光有些阴狠。半晌，他才憋出几个字："他从没说过。"

夏这个姓不少见，而且当初的资料显示，他是孤儿院的孤儿。

安宸将报纸揉成一团，道："不过是一个私生子，有什么好怕的？爸，你纵横商场这么多年，还怕他？"夏氏的正经继承人还在，他不信夏零还能越过继承人，得到夏氏。

安父恨不得一巴掌拍死安宸，扯着嗓子吼道："你知道现在是什么情况吗？你整天就知道音乐音乐，关心过家里吗？"

"我对这些不感兴趣。"

安父忍不住一巴掌抽在安宸头上："安家若没了，你以为你还能安心地做音乐？"

安宸被打得有点不满。为他唱歌的事，他已经和家里吵过很多次，最狠的一次，是差点和安父断绝关系。

"明天就来公司！"安父不给安宸拒绝的机会，直接上楼去了。

安宸的目光落在地板上，报纸上面有一张已经被揉皱的人脸，那桀骜不驯的眉眼，似乎正嘲讽着他。

夏零！

安宸阴沉着脸，踩着报纸离开。

安宸作为男主角，就算不想继承家业，总裁该有的技能他还是有的。安宸去公司后，直接接替副总的工作，花了一段时间熟悉公司现在的情况，和夏零对着干了起来。

商战是没有硝烟的战争，同样需要天时地利人和，一步错，满盘皆输。安宸作为男主角，幸运之神本就偏帮他。夏零就有点吃力了，一连两次失利后，董事会的人坐不住了。

夏零和夏董事长谈过之后,其他董事的意见就不重要了。董事会的人都被压了下来,这些人一个比一个震怒。

"夏治那老东西不知道怎么想的,非得让这么一个兔崽子来糟蹋公司,这么整下去,公司都得完蛋。"

"我看咱们还是赶紧想想办法,夏治现在就信夏零,咱们说什么都没用。"

"夏董事长应该有别的用意,不可能让夏零糟蹋公司。"

夏治是什么人,他们最清楚。这个人唯利是图,绝对不会让夏零这么糟蹋公司。他肯定在打别的主意。

众人怒骂几声,出了气,各自散开。

"夏总,夏总,我们出口的货全被扣住了,说是有问题……"夏零的助理焦急地从外面进来。

夏零抬起头,目光微冷地扫过助理。助理的语速立即慢下来。

助理走近他,低着头汇报:"刚接到消息,有人举报我们携带违规物品,所有货物都需要重新检查。这一耽搁,过了交货日期,我们就得赔付违约金。"那么大一批货,真要赔违约金,可不是小数目。

"联系对方,争取时间,准备车。"夏零简短地吩咐。

"是。"

夏零带着人到了海关,海关的工作人员推三阻四,负责人也不出来见面。这个情况证明,明显有人在背后捣鬼,他们不需要检查什么,只需要拖延时间就行。

夏零目光阴森地盯着远处的码头。

"步小姐!夏总,是步小姐。"助理突然指着一个方向。

夏零顺着助理指的方向看去,长相可爱的女生正和一个男人走出来,男人看上去有点畏惧,恭恭敬敬地将她送到门口。

"步小姐慢走。"男人满头大汗,就差九十度鞠躬。

时笙看他一眼。男人立即明白过来,重申道:"步小姐放心,以后绝对不会发生这样的事。夏总的货,我们会在第一时间检查放行。"

"早这么听话,不是什么事都没有了?"

男人汗颜地道:"步小姐,那……"

"过几天就好了。"时笙摆摆手,转身离开。

言灵术的效果只能维持一到两天,具体时间长短看对象而定,只要不是什么杀人放火的人,一般是不会被抓进监狱的。这一次,时笙假扮神棍,吓唬了这个男人一把,敢动她家"媳妇儿",也不看看谁罩着他。

· 672 ·

夏零并没有让时笙看到自己，他看着时笙消失在人流中，吩咐助理："让人准备工作。"

助理："……"工作什么啊，不追步小姐吗？

就在助理不解的时候，海关的电话打来了，告诉他们货物已经检查完毕，可以放行。

助理："……"神奇啊，夏总！

夏零没有回公司，而是直接回家。

时笙却不在家里。夏零在下面看到她的车，她应该回来了才对。夏零给时笙打电话，却被提示不在服务区。夏零准备下楼，路过电梯的时候看了一眼电梯，数字停在七楼，他站了十几秒，数字都没跳动。像是被什么牵引一般，夏零下到七楼，到了电梯门口："小萌，你在里面吗？"

时笙正准备砍电梯，突然听到夏零的声音，立即把铁剑收起来："夏零，找人来救我。"

夏零松了口气，轻声安慰时笙："你别急。"他摸出手机给物业打电话。

时笙站在电梯里，十分无语。刚才回来的时候，她的车子突然刹车失灵，差点撞到人。这会儿坐电梯，人又被困住，电梯的紧急铃还坏了，运气值又开始作怪了！

物业的人和消防队来得很快，鼓捣半天才把电梯给弄开。时笙镇定地站在里面，没有半分紧张。

"小姑娘胆子挺大的啊，快出来吧。"消防队的人称赞一声。

时笙还没出来，夏零直接冲了进去。就在他进去后，电梯突然开始往下滑，整个电梯都变得不稳当起来。

这个变故，所有人都始料不及，包括时笙和夏零。电梯晃动的时候，夏零脸色白了，手紧紧地抓着旁边的扶手，另一只手却不敢太用力。电梯的抖动程度越来越厉害，夏零单手将时笙搂进怀中，偏着头，不让时笙看到他脸上的神情。

夏零的变化时笙当然看到了，这人从来不坐电梯，不管多高的楼他都是用走的。这样的行为，在这个机械化的时代，简直就是自虐。然而，时笙已经习惯了。风辞不带点怪癖，那就不是风辞。

电梯下降的速度很快，就要到达底部，这么掉下去，里面的人几乎不会有生还的可能。

当电梯接触到地面的时候，夏零身上散发出一股白光，将他和时笙笼罩住。时笙耳畔只有一声巨响，身体并没有感受到任何疼痛。

夏零放在时笙腰间的手动了动。他还能感觉到他家媳妇儿身上的温度，他还活着。手腕上的表盘闪过一缕光泽，里面的指针快速地旋转一圈，水波荡漾之后，一切恢复正常。

夏零神情呆愣，怎么会……什么事都没有？

时笙仰头去看身侧的人，电梯里闪烁的光线照着他略显苍白的脸，怎么看都让人觉得心疼。

"没事吧？"时笙轻声询问。

夏零有点僵硬地垂下头："没事。"

四周压抑的环境让夏零很不适应。他将时笙圈进怀中，后背抵着冰冷的电梯，似乎这样能让他找到一点安全感。时笙翻了个白眼，扯着他坐下，将他搂在怀里。

"一个大男人，你还怕坐电梯？"这是什么设定啊！他没有什么幽闭空间恐惧症，现在这种行为，只能表明他是单纯地怕坐电梯。

夏零心安理得地抱着时笙的腰，脸贴着她柔软的胸部，耳畔传来她的心跳声，很平缓，像涓涓细流，安抚了他的焦躁。

很久以前，夏零遇到过一次意外，就是电梯失事，让他差点死在里面。之后，夏零就对电梯敬而远之。今天要不是时笙在里面，他是绝对不会进去的。

消防队很快赶到，确定他们还活着，准备救援。好在现在电梯停在底部，不用担心电梯继续下坠的问题。但是，电梯门被卡死了，消防队费了好大劲才打开。

时笙不顾外面一群人的诧异，将已经睡过去的夏零打横抱出去。

众人目瞪口呆。这小姑娘厉害，那么大个男人，她这么轻松就抱起来了？

一个娇小的妹子抱着一个大男人，这画面要多诡异有多诡异。

"小姑娘，我帮你送他去医院吧？"消防队的一个大叔上前，好心地建议。

时笙避开大叔的手，礼貌地颔首，声音压得低低地道："谢谢，他没事，只是睡着了。"

"那我送他上去，你们住几楼？"大叔很热情地询问。

时笙依然礼貌地拒绝，并给消防队的其他队员道谢，然后抱着夏零上楼。

众人面面相觑。这小姑娘什么意思？

围观的人中，有人将此事的照片传到网上。不过半个小时，整个热搜又被夏零的黑粉霸占了。

粉墙低：夏零是不是男人，竟然要女人抱？太给我们男人丢脸了。

梅花照眼：什么情况？

卷上纱笼：我看错了？我竟然看到我的女神抱着夏零，还是"公主抱"？楼下也看到了吗？

金栗凝空：夏零竟然被抱了，啊啊啊啊啊，为什么女神抱的不是我！

不放花零落：被沉烟包养的夏总裁？天，我好像打开了新世界的大门。

网上的轩然大波并没有影响到时笙。

· 674 ·

夏零最近太累，加上电梯的事，他睡了许久才醒，一转头就看到靠在旁边看书的时笙。从夏零的方向，能看到书的封面，像是一本杂志。等他撑着身子坐起来，看到里面的内容，黑着脸从时笙手中把书抢了过去。

时笙看得正起劲，手里突然没了书，表情也跟着一凶："干什么？"

"我还不够看吗？"夏零沉着脸道，"你还需要看这些东西？"

时笙："……"她这不是无聊吗？看本书消遣一下还不行了？

夏零伸手解开不知什么时候换上的睡衣，露出结实的胸膛："我让你看个够。"说着，他还要去掀被子，大有裸奔的架势。

现在天气已经转凉，他身上穿着一套薄睡衣，之前又在电梯里待了那么久，时笙怕他感冒，赶紧摁住被子："我错了，以后不看了。"她凑过去吻了吻夏零的唇角，"只看你还不行吗？别生气了。"

"再亲一下。"夏零仰了仰下巴。

时笙捏住夏零的下巴，道："不要得寸进尺！"

夏零继续掀被子。

时笙："……"

安抚好夏零，时笙才有时间问他今天怎么会突然回家。那个时间，他应该在公司才对。

"你帮我解决了那么大的麻烦，我这个当男朋友的，当然得好好回报。小萌，你觉得呢？"夏零的语调中有几分调侃，眸子里满是笑意。

"举手之劳，不用……"时笙瞧着夏零的脸色慢慢阴沉下去，立即改口，"既然你这么想，那我就不客气了。"

夏零没问时笙是怎么搞定那些人的，他内心深处对她有一种信任，不管她做什么，都不会害自己。他也不好奇她在做什么，他要的，只是她待在自己身边。

夏零这边有时笙帮忙，安宸哪里还是他的对手？几个回合下来，安宸很快就支撑不住。

夏零能拿到夏氏的掌控权，是因为他答应了夏治，会将安氏收入囊中，让夏氏扩展版图。

就在他收购安氏的紧要关头，突然跳出一个第三方，想要渔翁得利。安氏现在被逼到绝境，对方开出的条件非常好，安宸肯定会选择与第三方合作。

"少爷，签约仪式还有十分钟开始。"一个秘书打扮的人站在车外，态度恭敬地向车里的人道。

车窗滑下一半，透过昏暗的光线，隐约可以看到里面坐着一个年纪不大的男生。他腿上放着一台笔记本电脑，屏幕的光照着他清秀的脸庞，将他的眸子镀上一层诡异的蓝光。

"知道了。"男生的声音从车子里传出。

秘书微微点头，拿着东西离开。

"时笙，老子就不信搞不过你！"慕白合上笔记本，嘴角扯出一抹志在必得的笑。

"想搞过我？回炉重造几百年吧！"

慕白脸上的笑容僵住。旁边的光线猛地一暗，一个娇小的人影出现在车窗外，娃娃脸上带着几分笑意："慕白！藏得挺好的嘛！"

她怎么又来了？！他都这么小心了！冷静，作为绅士，他要冷静，要优雅。

本少自杀用的刀呢？

慕白内心是崩溃的，脸上却是一派镇定："时笙，好久不见。"

"次次都是这句台词，你就不能换一句？"时笙睨着慕白，就差在脸上写上"智障"两个字。

慕白深呼吸，不断在心底念着阿弥陀佛。

"你怎么知道是我的？"

"凭什么告诉你？"我又不傻，凭什么告诉你让你增长经验？

慕白："……"不说就不说，神气什么。

时笙打量慕白几眼。他现在这个身份，是尹宝宝她爸在外养的小三生的孩子。难怪尹宝宝当初说，她在那两个私生子那里吃了大亏，有慕白这个家伙在，尹宝宝怎么对付得了？说起来，尹宝宝被逼成那个样子，还有慕白掺和，尹世杰当时可能已经完全放弃了尹宝宝。

所以说，这个智障，是来和她抢任务的吗？

时笙身形微动，朝着慕白走过去。慕白身子紧绷，猛地抬起手，用一把刀抵着自己的脖子，呵斥一声："你别过来！"

时笙："……"这人还自杀上瘾了？

慕白也不想自杀，但他更不想被时笙抓住。

时笙顿住身形，目光平静地看着车里的人："你在帮谁做事？"

慕白清秀的脸庞狰狞了一瞬，道："我以为你真的无所不能，看来你不知道的事也很多，这样想想，我心里就平衡不少。下次见！"

平衡个屁！他又要死。这是什么鬼剧情！

慕白见时笙想往他这边来，没有任何迟疑地将刀往脖子上一抹，快、准、狠。时笙慢了一步，如果他有一点迟疑，她就能拦住他，可偏偏他没有。下次见到他，她要先把他给抓起来，不信他还能自杀！

时笙刚准备离开，地下室里不知从哪儿冒出一群警察，虎视眈眈地举枪对准她。

历史总是惊人地相似！

· 676 ·

时笙："……你们是从哪儿冒出来的啊？"

这次可不是什么打打架，是出了人命。带队的是时笙没见过的一位老警察，看上去办案经验挺丰富。

"你杀的？"老警察一上来就问。

时笙摇头道："不是。"

"不是？"老警察音量提高，"不是你在案发现场干什么？"

时笙一脸镇定地道："这是公共场所，我怎么不能来？"

老警察大概觉得时笙说得有理，问出另外一个问题："你看到了什么？"他满心狐疑地打量着对面的女孩子，一张娃娃脸让她看上去非常年轻，像个未成年人，但是遇见这种事，她竟然这么镇定。这哪是一个姑娘该有的表现？

"看到他自杀。"

老警察吃惊地道："你说什么？"

时笙重复一遍："看到他自杀。"

"你看到他自杀？亲眼看到的？"

时笙扯着嘴角笑道："真是抱歉，来不及录像。"

对面的女孩子过于镇定，不，不是镇定，是冷血。她完全没有感情，眸子里一片平静。本该是什么心事都掩藏不住的年纪，她却像包裹了铜墙铁壁，让人完全看不懂。有了这个认知，老警察对时笙的态度更加谨慎。变态的智商往往高于常人，特别是这种冷静型的变态，非常难对付。

老警察还没想好对策，洪队就带着人赶到了。

"步小姐，这次你都闹出人命了？"前面几次没死人，这次直接死了人，接下来是不是该死一片人？

"和我可没关系，他是自杀的。"这个锅她不背。

"自杀？"洪队眉头拧成川字，叫来尸检的同事询问。

同事得出的结论是，死者确实是自杀，车里也没发现什么可疑的指纹。

"车库的监控调了没？"这种车库，一般都安装着监控器，几乎没什么死角。

"洪队，我正要和你说这个，那段时间的监控视频都不见了，像是人为删除的，技术部的同事正在尝试恢复。"

时笙的眉梢挑高。慕白又留了一手，她就说这些警察怎么来得这么及时！

慕白死得莫名其妙，时笙是唯一一个在现场的嫌疑犯，自然被带回警局。已经不记得几进宫的时笙，熟练地跟人打招呼。

众警察："……"这神棍怎么又来了？谁抓回来的？

"我看你印堂发黑，最近有血光之灾……"

"我看你……"

"步小姐！"洪队呵斥一声。她还真把这里当成自己的家了？

时笙眨巴着眼，无辜地看向洪队："打个招呼而已，你这么凶干什么？"

"带进去。"洪队黑着脸吩咐旁边的人。再让她说下去，这警局今天也不用运转了。

时笙立即扬声开启群攻技能："我看你们印堂发黑，小心血光之灾。"

洪队：本队长的枪呢？！

两个警员赶紧带着时笙往审讯室走去。时笙一走，警局的其他人围上来："队长，这个步萌是不是乌鸦嘴？她每次来，我们就得倒霉……"

"她不是那个什么大师的徒弟吗？网上都传遍了，她不会真会什么道家法术吧？"自从这小姑娘来了几次警局，就算他们不玩儿微博，也知道这小姑娘在网上的事迹。

"队长，她这次犯的什么事？咱们没接到报警，你怎么又把她给带回来？"

洪队无语，你以为我想吗？他冷眼扫过围着的人，道："你们的工作都做完了？很闲吗？"

众人："……"每次步萌这个神棍一来，洪队就像吃了炸药。做事，做事，别惹洪队，赶紧散开吧！

大家使完眼色，纷纷散开。

"哎呀……谁在门口扔了香蕉皮，有没有一点公德心？！"

警局里一阵诡异的静默。

夏零带着律师来了警局。现场并没有直接指向时笙的证据，警局的人也不能扣着人不让他们见面。

"你怎么又把自己折腾进来了？"夏零一脸无奈地道，"给你带了吃的，先吃东西。"

时笙眉眼弯弯地看着夏零："还是你好，外面那群人就给我买了两个馒馒。"

外面看着监控器的警察："……"洪队，你快来，她又黑我们！什么叫馒馒？他们明明给她买了盒饭，这小姑娘净睁眼说瞎话！

"安氏那边怎么样了？"时笙一边吃饭，一边问夏零，一点也不顾忌外面正大光明监视的民警。

"签约的时候……"夏零顿了顿，目光微闪，"应该没什么问题了。"

安氏准备和尹家签约，但是最后关头似乎出了什么事，签约终止。他没想到这件事又和她有关。她就不能安静地当他的女朋友吗？

夏零不好多说什么，这里是警察局，她看上去恃无恐，可万一被警察掌握到什么证据，到时候他想把她弄出来，那就难了。

吃过晚饭，律师才开始工作。听完时笙的叙述，律师一脸不解。

· 678 ·

"步小姐，你亲眼看着死者自杀？"这是他今年听过的最诡异的话，好好的人，为什么要当着外人的面自杀？有病啊！

"嗯。"

律师咽了咽口水，咳嗽一声，道："按照步小姐说的，您并没有靠近车子，死者的尸检结果也是自杀，这件事确实和您没多大关系。现在难就难在，车库的监控不见了。"

如果监控还在，这件事到底如何，将一目了然。

"既然没有直接证据，我可以保释小萌出去吗？"

律师微微点头，道："可以的。"没有证据，警察局不能扣人。

"先把小萌保释出去。"

律师出去办保释手续，夏零陪着时笙。律师的效率很高，但时笙还是得在警局待满二十四个小时才能离开。

洪队带着人连夜加班。除了那被离奇删掉的监控画面，没有任何证据可以证明人是时笙杀的。二十四小时一满，夏零便带着时笙离开。洪队只能干瞪眼。

离开警察局，夏零才沉下脸道："怎么回事，说吧。"

时笙一脸无辜地道："我在警局说的是真的。"她没说谎话好吗，他竟然不相信她！想分手……

夏零不是不相信时笙，只是觉得她有所隐瞒。她在警局说的话，完全像是瞎扯，谁会没事自杀给别人看？

夏零身子朝着时笙那边倾斜，将她逼到车窗的角落："小萌，看来我对你太放纵了。"做这种事前，她竟然不告诉自己，万一出什么事怎么办？

时笙嘴角一抽，双手抵着夏零的胸膛，将他推倒在旁边座位上，半个身子压在他身上。

"我对你也太放纵了，都敢这么和我说话了，嗯？"

夏零的目光深了几分，伸手搂住她的腰肢："小萌，别惹火。"

时笙嗤笑一声，道："你就这点定力？"

"我只是对你定力不好。"夏零的手掌在时笙腰间揩油，"你是我最在乎的人，不要让我担心。"

时笙突然沉默几秒，才开口道："我之前不是告诉过你，有个人想算计我们吗？还记得你在学校里突然弹的那首曲子吗？"

夏零没想到时笙开始说正事，调整了一下坐姿，让时笙在自己怀里躺得更舒服些。

"我今天查到他的行踪，本想把他解决了，但他先自杀了。"

夏零微微皱眉。

"不是安宸？"

"安宸?"时笙奇怪地道,"你对付安宸,是你以为那人是他?"

夏零:"……"难道不是吗?他查的那些东西,都证明是安宸做的。包括之前的爆炸,所有的证据都指向了安宸。

时笙眸子转了转,轻声道:"大概是被利用了。"慕白这个人,谁都敢利用,他可是连自杀都不眨眼的变态。

时笙和夏零查的完全是两个方向,夏零查出来的是慕白放的烟幕弹,用来迷惑时笙的,但时笙从不按常理出牌,怎么可能会上慕白的当?夏零万万没想到,自己本想保护好媳妇儿,结局却是这样的。

"所以啊,以后乖乖被我宠着就好了。"时笙拍了拍夏零的手,"我可是很厉害的,绝对不会给你丢脸。"

"你和他有什么仇?"夏零抓住时笙捣乱的手,"他为什么会自杀?"

时笙:"……"话题怎么又绕回来了?

时笙随口胡诌道:"前辈子有仇。谁知道他怎么会自杀,也许是被我美死了。"

夏零:"……"

时笙也没说谎,她和慕白也算上辈子有仇,真要和夏零解释,她得从头开始解释,好麻烦,还是等他以后恢复记忆再说吧。

案子没有任何进展,洪队的人已经连续加班好几天。他们调了车库附近所有的监控,将当天接触过死者的人审了又审,但都没什么有用的信息,谁也不知道死者为什么自杀。据最后见过死者的人说,死者当时没有自杀的倾向,他才离开没多久,死者就自杀了,这怎么想都不可能。

这里虽然没什么有用的信息,但是洪队挖出了他们即将和安氏签约的事,签约结果是死者一手促成的,死者一死,签约就终止了,得利的是夏氏。而他们的嫌疑犯,正好和如今的夏总裁是男女朋友关系。洪队第一次觉得,证据这玩意儿好烦人。证据来源不明不能采用,证据不全不能采用……这个案子折腾到最后,还是以自杀结案,洪队气得不行。

夏零当初会对付安宸,是以为他是加害时笙的凶手,现在知道安宸不是,他立即没什么兴趣,准备拍屁股走人。对于夏治,夏零是没什么感觉的。这个人是他名义上的父亲,但从小到大他都没感觉到什么父爱。因为他是夏家唯一的男孩,夏治对他很严格,若他完成不了夏治布置的功课,会受到体罚。后来他母亲离世,夏治的正室有了孩子,他被赶出来,夏治也没说什么。他的正室娘家后台很硬,之前因为正室没孩子,他才忍气吞声,有了孩子,夏治当然想都没想就选择了正室。

如今这个局面要怎么收拾,夏零是完全不在意的。用他媳妇儿的话来说,他想做总裁,他媳妇儿可以送他一个。嗯……好像有哪里不对。

夏零开始筹备新歌,之前的新歌因为这件事给耽搁了,他现在要重新准备几首。夏零练歌需要很长时间,时笙就蹲在外面,跟公司的小姑娘聊"你有血光之灾"。现在公司上上下下都知道时笙是乌鸦嘴,她根本不会算命。但是她长得可爱,就算是乌鸦嘴,也有人喜欢。

"小萌,我今天会倒霉吗?"

时笙咬着夏零刚给她买来的果子,含混不清地回复小姑娘:"我说你要倒霉你就要倒霉,你想倒霉吗?"

小姑娘摇头道:"我不要倒霉。"她顿了顿,满脸期待地看着时笙,"小萌,你祝福我两句呗,我今天要去告白。"

"告白?"

"嗯。"小姑娘点头。她想告白好久了,可是一直没勇气。

"告什么白,直接上。"

时笙的话音刚落,脑袋就被人按住:"上谁?"

小姑娘畏惧地缩了缩脖子,弱弱地叫一声:"夏哥。"

夏零将时笙拎进自己怀中:"想上谁?"

时笙差点被果子噎死,一巴掌拍到夏零胸膛上:"上你……放开我,我喘不过气了。"

"下次再敢背着我撩妹,看我怎么收拾你。"

"讲道理,我和这小姐姐在愉快地聊天,你哪只眼睛看到我撩她了?"她不是见一个撩一个的负心人好不好!不对,她什么时候撩过妹?

"我说有就有!"

"你不要无理取闹!老子也是有脾气的,跟你讲,别以为我宠着你,你就能上房揭瓦。"时笙撸袖子,想要揍人。

"不想上房揭瓦。"

"那你还想上天!"

夏零嘴角一勾,俯身凑近时笙耳边:"我想……"

时笙:"……"

小姑娘:"……"她不是透明人啊!

夏零拎着时笙往练习室走。时笙回过头,冲着小姑娘挥挥手:"祝你表白成功。"

小姑娘眸子一亮,噌的一下站起来,双手握拳,道:"嗯,我一定会成功的。"

小姑娘风风火火地跑去表白,结果她还没开口,对方就先告白了。

之前有人因被时笙鼓励,得到了好运,现在小姑娘这个例子,又证明了这件事,自此时笙又多了一项技能。但是，大部分人得到的都是"你有血光之灾"，只有少数小姑娘能得到她的祝福。

夏零的新专辑筹备得比较顺利，之前他和时笙拍的那首MV也收录其中，而这首歌成为时下最热的歌曲。

黑粉们好久没看到夏零。夏零突然蹦出来，这群黑粉先把夏零抹黑一顿，然后开始疯狂地宣传新歌。

时笙拍的MV广受好评，后期效果又搞得特别朦胧，反而让人感受到那种爱而不言、爱而不得的凄美。

爱而不得……时笙抱着膝盖，看着屏幕上最后一个镜头，嘴角微微上翘。

丁零零——

沙发旁的座机突然响了，时笙关掉电视，去接电话。于声有些气喘的声音透过话筒传出来："小萌……你师父出事了，在医院，夏零去接你了，你赶紧过来。"

时笙心底咯噔一下。她师父一直在严家，两人每隔几天会通一次电话，昨天他们才通过电话，师父怎么会出事？

时笙挂掉电话去房间换衣服，等她下楼，夏零也刚到。

医院里满是消毒水的味道，时笙按照于声说的，一路到了重症监护室。

她师父被送到医院的时候，差点没抢救过来，现在虽然还有一口气，但医生说随时都会咽气。医院说他身体器官衰竭，无法维持正常运转。至于为什么会这样，医生到现在也没说出个所以然。

时笙得到医生的许可，进去看望师父。一进病房，她就感觉到一股阴寒之气，病床上的男人戴着氧气罩，面容消瘦，和之前时笙见过的那个帅气大叔判若两人。

时笙有点头疼地揉揉眉心，从空间里摸出一张符纸，贴到师父额头上。符纸一接触到他，病床四周的温度骤然回升。符纸上的符文闪烁几下，接着，整张符纸缓慢地消失。

医院本来已经发了病危通知书，却不想病人的情况突然好转，之前衰竭的器官也恢复了机能。主治医生震惊了，他们都以为这个病人死定了，谁知他突然又好了。

就连师父清醒之后，也觉得奇怪，问于声是不是有同行来看过他。于声说没有，来看他的就只有他们几个和严家的人。

于声知道做他们这行会遇见很多奇奇怪怪的事，所以对于师父突然的病危，又突然的康复，他只是觉得奇怪。

师父恢复得非常快，直到出院，一群医生都还处在震惊中，要不是面前是个活生生的人，他们估计想直接拖他去手术台上解剖研究。

医院门口，师父叫住时笙："小萌，我和你说几句话。"

时笙看了夏零一眼，让他去车上等着，她则跟着师父去了旁边一处稍微安静的地方。

师父一路上都很沉默，走到无人的地方，才开口道："是你吧？"那天他意识模糊，隐约感觉身边站着一个人。

"嗯。"时笙点头。

师父情绪复杂地看了时笙一眼，道："谁教你的？"当初他那么教她，她都学不会。怎么下山几年，她就变了那么多？

时笙理直气壮地道："无师自通。"

"别跟我打马虎眼，是谁教你的？"他才不信她能无师自通。现在，他最想知道的是这个教她的人是不是别有目的。

"真的是无师自通。"时笙无奈地道。

师父皱眉，盯着时笙好一会儿，才道："我之前跟你说的，你可记得？"

"记得，不做违背良心之事，不做丧尽天良之事……"时笙摇头晃脑地将他之前灌输给她的道理背了一遍。

师父欣慰地点头道："记得就好，师父不求你有多大本事，只要求你做正直的人。我不管你是怎么学来的那身本事，要是有一天我发现你做了不好的事，不会手下留情。"

时笙："……"

"师父，"时笙打断还在喋喋不休的师父，"你还要回严老那边去？"

住院期间，严老也亲自来看过他，不过时笙瞧严老那样子，缠着他的东西来头肯定不小，严老估计是活不长了。

"嗯，师父欠他一个人情，必须还。这事你别管，师父真要有什么三长两短，你把我的骨灰带回去就行。"师父说得大义凛然，似乎已经接受自己会死的命运。

"为了一个人情，搭上自己的性命，值得吗？"

"师父觉得值得就值得。"师父拍拍时笙的肩膀，"有些东西，别人是无法衡量价值的。"

时笙无所谓地撇撇嘴，摸出几张符塞给师父："友情赞助，帮不帮得上忙我不知道，不过紧急关头，师父可以试一下。"这些符可是她从其他位面的那些非常出名的道长手里弄来的，之前已经试验过，效果很不错。

师父盯了符纸几眼，这符纸的画法和他见过的完全不一样。

"小萌……"

"师父，我能告诉你的已经说完了。"时笙表情严肃地道，"你想知道其他的，我不能告诉你。"就算她说了，这位也不一定信啊！

· 683 ·

师父欲言又止，没有继续追问。

两人回到医院正门，师父要回严家，夏零还有通告要赶，于声自然跟夏零走。

时笙开始不务正业，于声说过她几次，时笙都以不感兴趣为由搪塞过去。她又不是自家的孩子，不听话还能打？于声劝了几次，见没效果，也就由着她去。反正以夏零对她的态度，她这辈子应该是不愁吃穿的，所以他还是督促夏零赚钱比较好！

自此，夏零的行程又被于声安排得满满的。

夏零的工作越来越忙，已经开始筹备演唱会，这件事是最让于声头疼的。夏零有那么多黑粉，真要开演唱会，那些粉丝还不得组团来打他？

演唱会的消息一出，黑粉们就炸了锅，纷纷表示要买票去现场抹黑夏零。

当天，所有门票几乎眨眼的工夫就卖没了。直到演唱会开始，时笙才知道夏零的黑粉数量有多庞大，演唱会场地外人山人海。

"你的人气竟然这么高！"时笙的脸贴着车窗，外面到处都是人，而且这些人穿着一样的T恤，上书"黑粉"两个大字。

她都没这么多粉丝呢……原主的粉丝都是冲着她的歌来的，时笙又不写歌，粉丝流失很快。现在关注她的人，都是想拆散她和夏零的。

"可是我身边只有你一个。"夏零笑着答。

时笙转过头，忽略夏零撩拨她的话，愤愤不平地道："你人气竟然比我高！"

夏零："……"自家媳妇儿的关注点是怎么回事？

外面的人实在太多，两人进入演出场地比较困难，好不容易进去，又是各种突发状况，后台一片混乱。时笙站在一旁，捂着嘴不说话。夏零瞧她那小模样，只觉得好笑。

"夏哥，先去换衣服吧。"有工作人员递给夏零衣服。

他只好揉了揉时笙的脑袋，去换衣服。接下来的时间，夏零几乎都没空和时笙说话。夏零暗下决定，等他赚到足够的钱，就再也不干这行了。

演唱会上，个别激动的粉丝想要闹事，夏零当场就和粉丝对骂起来。一直不肯臣服于夏零美貌的黑粉表示，这次恐怕真的要臣服了。把演唱会开成明星和粉丝对战的，夏零绝对是头一个。待在后台的于声恨不得上去掐死他。

夏零满世界开演唱会的时候，安宸的日子可不太好过。

安氏被夏氏恶意收购，安父试图挽救。安父几天几夜没睡觉，过度劳累，不幸猝死。没了安父，本就摇摇欲坠的安氏企业轰然倒塌。

安宸将自己关在房间里。电视上正在直播夏零的演唱会，歌声在房间中流转，安宸躺在地上，身边全是酒瓶子。安宸歪着头，看着电视里的人，嘴里喃喃道："夏零，夏零，夏零……"

"为什么？！该站在那里的明明是他，为什么最后会是夏零？凭什么？！"安宸从地上爬起来，冲到电视机前，抓着电视机，眸子里满是狰狞的狠光："凭什么？夏零，你凭什么？！"

安宸越吼越激动，最后拿着旁边的东西往电视机上砸，歌声戛然而止，房间里只剩下安宸喘粗气的声音。

门外突然有敲门声响起："安总，外面来人说要收走这套房子。"

夏零是狠，可他用的手段正大光明。夏治就不同，可不管用什么办法，只要能达成目的就行，安氏现在基本已经被他掌握了，可他还是不满意，他不能给安家的人东山再起的机会。

外面的秘书还想敲门，房门突然被人拉开。忽然对上一双布满血丝的眼睛，看到里面刻骨的恨意，秘书差点吓得失态。

"安总……"

此时的安宸头发乱糟糟的，脸色铁青，身上的衣服皱巴巴的，哪里还有明星的样子？

秘书只觉让人窒息的酒气扑面而来。

安宸看了秘书一眼，阴沉着脸往楼下走。下面站着一群西装革履的人，有的已经在清点别墅里的东西。

"你们在干什么？"安宸站在楼梯上，冷冷地出声。

为首的男人看向安宸，脸上带着几分敷衍的笑："安总，您名下的不动产，我们都要进行清算。"

"滚出去！"

"安总……"

"滚出去！"

安宸的吼声震耳欲聋，其他人都停下来看着他。他此时的样子着实可怕，那眼神好像要将他们剥皮抽筋。

男人动了动眼皮，道："安总，您现在已经不是安氏集团的少爷，我称您一声安总是看得起您。"

"滚，都给我滚！"安宸有点失控地从楼梯上冲下来，将男人往门外推搡。

男人被推得恼怒，冲着旁边没动静的人大吼："你们愣着干什么？！还不过来拉开他！"

安宸被人拉开。男人扯了扯被安宸弄得皱巴巴的衣服，不屑地嗤笑一声："本来还想给安总留几分面子，看来安总也不需要我们这种小人物给面子，把他扔出去！"

"你们敢！"这是他家，他们凭什么把他扔出去？

男人冷笑着挥手。他还当自己是安氏的大少爷吗？真是可笑！

安宸直接被人扔到大门外。他身上什么都没带,只穿着睡衣,看上去狼狈极了。

安宸被扫地出门,身无分文,他去找崔良野。

安宸看了看门牌号,伸手想按门铃,却半天都没按下去。他这个样子,让崔良野看见他后怎么想?以前,崔良野都是跟在他身后的……

就在安宸迟疑的时候,门突然开了,说说笑笑的声音从门内传来。崔良野搂着一个女人,正准备出门。

"安宸?你怎么弄成这个样子了?"崔良野看到安宸显得很惊讶。

安宸看了女人一眼,很漂亮,全身上下都是名牌。

崔良野在女人脸上亲了一口,道:"宝贝,你先过去,我和我朋友说点事。"

"安宸?"女人轻蔑地一笑,随后对着崔良野道:"你快点,我只等一个小时。"

"知道了。"

崔良野将女人推出去,女人扭着小蛮腰,从安宸身边过去,带起一阵醉人的香气。直到女人的身影消失在崔良野的视线中,他才慢慢地收起笑容,看向落魄的安宸。

"安宸,你怎么来找我了?"

这段时间,安宸看多了这些人的嘴脸,哪里还不明白崔良野是什么意思?安宸转身就要走,就算他落魄,也是有傲骨的。

崔良野几步追上安宸:"安宸,我知道你最近不好过,当兄弟的也没什么本事,这卡里有点钱,算是兄弟我赞助你的。"崔良野脸上带着几分戏谑的笑,没了以往的和善与谦卑。

安宸不接崔良野的卡,绕过他离开。崔良野却不打算就这么放过他,再次追上去:"这个时候,你就不要和兄弟客气了,来,拿着吧。"

安宸拽过卡往地上扔去,怒目瞪着崔良野:"崔良野,羞辱我有意思吗?"

崔良野看着地上的卡,半晌才笑出声:"安宸,你也知道这种滋味?当初在组合的时候,你不也是如此?自觉高人一等?"

在闪耀组合的时候,崔良野几乎都是透明人,谁关注过他?他受够了那样的日子。

崔良野弯腰把卡捡起来,从容地揣进裤兜,仰着下巴从安宸身边过去。走了几步,他又顿住,道:"你知道当初让你们失去进修机会的是谁吗?"

安宸猛地抬头看向崔良野。崔良野大笑两声,道:"你当初是怕夏零的风头盖过你吧?所以在夏零闹事的时候,你从来不阻拦,可是你看看,夏零现在混得可比你好多了,哈哈哈!"

崔良野大笑着离开。

安宸在圈子里还认识一些人,他本想重回圈子,可是安家没了,圈子里还有谁会看着安家的面子帮他?安宸的日子很不好过,后来靠几个女星帮忙炒作,也没什么用。如今圈子里炙手可热的是夏零,他扑腾出来的那点水花,夏零说句话就能给他把热度盖下去。之后,圈子里再也没有安宸的消息,他似乎得罪了什么人,被封杀了。

安宸的后半辈子过得很潦倒。倒是崔良野,被人给捧了起来,和夏零在圈子里并驾齐驱。但是,当崔良野准备和夏零一较高下的时候,夏零突然宣布退出歌坛。他正是火得一塌糊涂的时候,竟然要退出?这个状况是所有人都没想到的。

夏零退圈之后并未完全消失在众人视线中,相反,他每隔一段时间就能上一次微博热搜。

原因无他,时笙在作妖。

人倒霉的时候连喝凉水都塞牙,时笙的倒霉指数多达五颗星。她吃个饭、遛个弯都能遇见刑事案件,大多数都是小案子,极少数是命案。警局现在对时笙那叫一个发怵,警员听到她的名字都条件反射般捂住耳朵——遇见她就倒霉。

而洪队儿乎成了时笙的专用队长。此时,他盯着满地的碎玻璃,好一会儿才看向站在柜台旁一脸悠闲的小姑娘。

"这次又是怎么回事?"洪队已经被磨得没了脾气。这小姑娘看上去很可爱,可给他的感觉一点也不像好人,身上有股邪气。她还有张乌鸦嘴,好的不灵坏的灵。罪犯要是遇见她,被抓都是轻的,有的直接被翻出十几年前的案子。他们警局的破案率噌噌往上涨。

"抢劫。"时笙抬了抬下巴。

"我是问你怎么在这里?"

"当然是来买戒指。"时笙翻了个白眼,道,"不然我是来帮他们抢劫的吗?"

洪队:"……"

"你们要结婚了?"洪队看向站在她身边的男人。这男人也是个奇人,大好的前途不要,整天跟着这小姑娘不务正业,满大街乱跑。

时笙笑眯眯地发出邀请:"洪队来参加婚礼吗?"

洪队想象了一下婚礼场景,打了个哆嗦,道:"我很忙。"他才不去给他们收拾烂摊子。

因为太熟,时笙和夏零很快就被放行,洪队去审问那几个抢匪。

"都是你。"一出犯罪现场,时笙就对着夏零抱怨,"选的什么鬼地方。"

夏零一把按住时笙的脑袋:"刚才是谁看对方不顺眼,出言挑衅的?"

"他竟然想摸你!"说到这个,时笙更气,"我都舍不得摸一下,他竟然想摸你,我骂他怎么了?"那歹徒连抢劫都不认真,竟然还想摸她男人,是来搞笑的吗?活该被抓!

夏零暧昧地冲时笙眨眨眼:"回去让你摸个够。"

"真的?"

"真的。"夏零点头道。

时笙摸出手机，打开录音功能，举到夏零面前："来，再说一遍。"

夏零："……"他就这么不可信吗？

夏零无奈地看时笙一眼，道："回去就给小萌摸个够。"

"啊！"

夏零声音刚落，旁边就响起一声尖叫，高分贝的叫声吓得时笙差点把手机扔了。

"夏零，是夏零……"

"天啊，我竟然看到活的夏零了！"

粉丝激动的声音不断从旁边传来，越来越多的人朝着他们围过来。时笙和夏零只能退回案发现场。

"你们回来干什么？"洪队听到动静，从里面出来，见时笙这个灾星又回来了，顿时呵斥一声。

时笙一脸愁苦地道："崇拜我的人太多，洪队介意让警车为我开开道吗？"

洪队："……"当他耳聋呢？人家喊你对象的名字，你往自己脸上贴金是几个意思？

"在旁边等着，别搞事！"洪队警告时笙。

此时微博上已经炸开锅了。

如洪队所料，时笙和夏零的婚礼并不是很顺利，过程堪称曲折。先是车队遇上堵车，婚礼延迟，之后是婚礼司仪突然出了状况，被临时换掉，接着婚礼进行到一半，整个场地停了电。大大小小的突发状况层出不穷，气得时笙差点带着新郎跑路。

网友对这曲折的婚礼过程给出评价——活该！让你们没事就搞事！让你们动辄就说别人有血光之灾！现在倒霉了吧，都是报应！

她师父已经完成了严老的心愿，而严老到底还是死了。听她师父说，此事和严老年轻时喜欢的人有关。严老是心甘情愿死的。

师父参加完她的婚礼就回了山上。对于自家徒弟突然变厉害的事，师父是怀疑的。回山上之后，师父没多久又把时笙给叫了回去，对她进行了各种试探。

时笙除了性格变化太多，其他方面与以前的步萌没什么区别。

时笙在山上招摇撞骗了一阵，弄得山上鸡飞狗跳，师父赶紧把她给赶下山去。

夏零这一世寿命挺长，算是寿终正寝。直到安排好夏零的身后事，时笙才回到系统空间。

回到空间，时笙直接往地上一坐，发了好一阵呆，也不知道在想什么。

· 688 ·

【宿主……你还要休息多久？】

"关你什么事？"

连我休息多久你都要管了？

【……】它害怕！

"你主人怎么还没回来？"时笙扭头去看屏幕，"他行不行啊？"

就算不能重新连接通道，他也应该可以传个信进来。

【……】你问我，我问谁去！

系统憋屈地刷出资料。

姓名：时笙

人品值：-292000

生命值：40

积分：50000

任务等级：B

任务评分：85

隐藏任务：未完成

隐藏任务奖励：扣除积分3000

道具栏："女王的皇冠""鬼王之心""暗夜""麒麟血"

不对，隐藏任务完成后才得2000积分，如今未完成，你凭什么多扣我1000积分？

【……】任性！反正事情都这样了，大家就互相伤害，破罐子破摔，谁怕谁！

时笙咬牙，掏剑朝屏幕上砍，结果铁剑还没碰着屏幕，屏幕已经自动消失。

厉害了我的系统，你都学会反抗了。

系统现在就是抱着破罐子破摔的念头，就算主人不在，它也要做个不畏惧宿主的正直系统。